LES TROIS CAVALIERS DE LANGSON

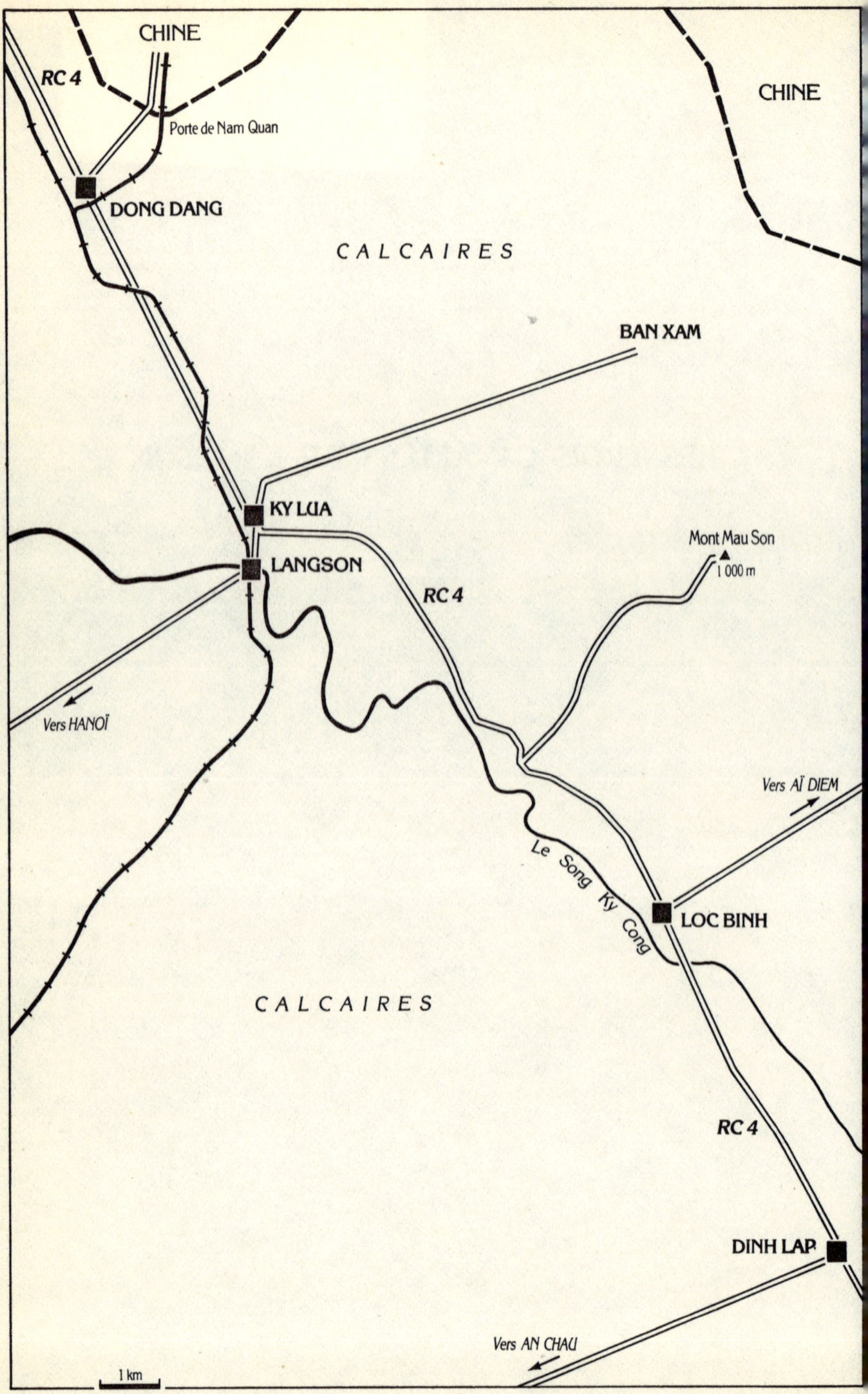

CHINE
RC 4
Porte de Nam Quan
DONG DANG
CHINE
CALCAIRES
BAN XAM
KY LUA
LANGSON
Mont Mau Son
1 000 m
RC 4
Vers HANOÏ
Vers AÏ DIEM
Le Song Ky Cong
LOC BINH
CALCAIRES
RC 4
DINH LAP
Vers AN CHAU
1 km

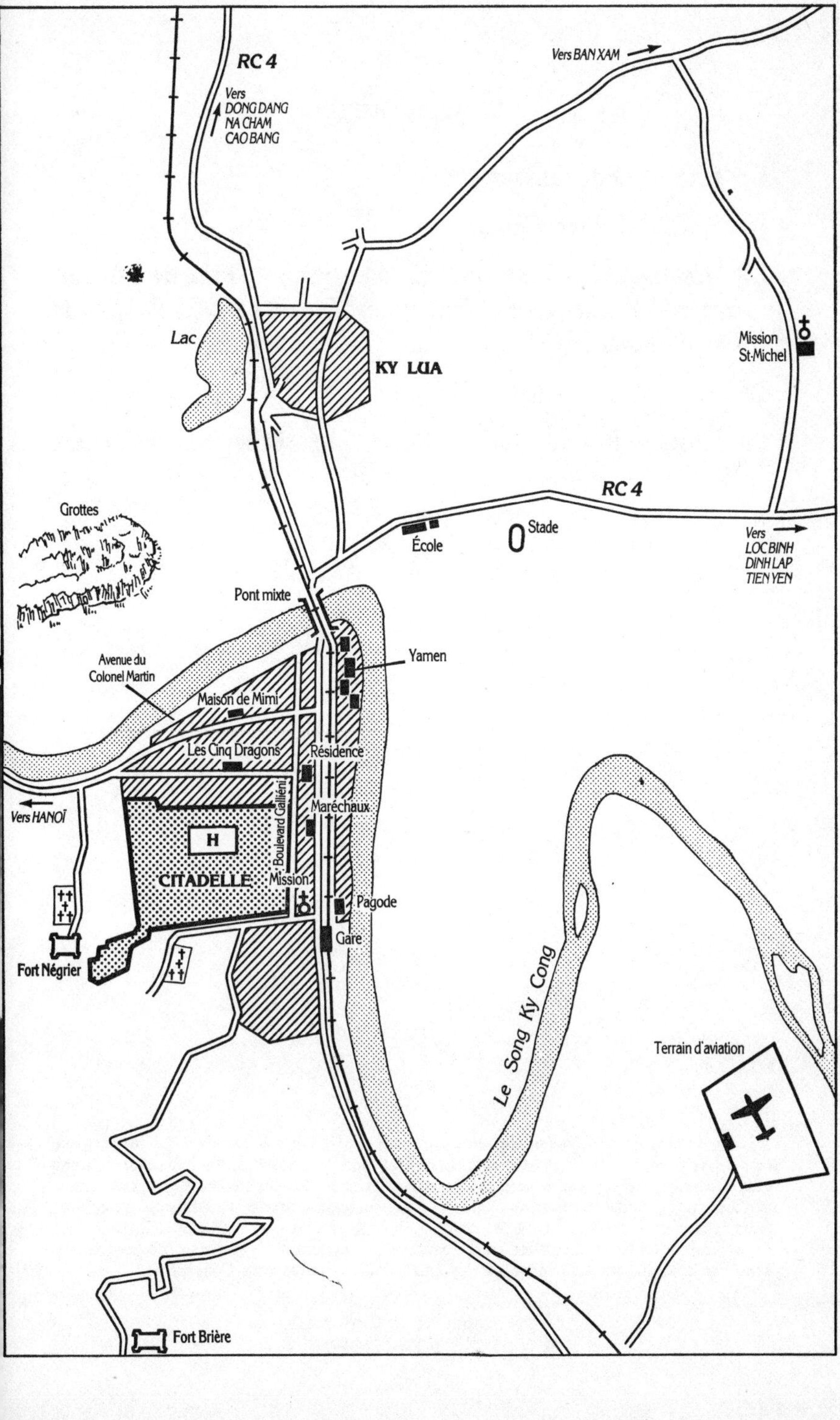

RC 4
Vers
DONG DANG
NA CHAM
CAO BANG
Vers BAN XAM
Lac
KY LUA
Mission
St-Michel
RC 4
Grottes
École
Stade
Vers
LOC BINH
DINH LAP
TIEN YEN
Pont mixte
Yamen
Avenue du
Colonel Martin
Maison de Mimi
Les Cinq Dragons
Résidence
Vers HANOÏ
Maréchaux
H
Boulevard Galliéni
CITADELLE
Mission
Pagode
Gare
Fort Négrier
Le Song Ky Cong
Terrain d'aviation
Fort Brière

DU MÊME AUTEUR

LE JOBARD, Éd. Olivier Orban.

JULIA, Éd. Olivier Orban.

LE DÉSERTEUR EN NEPTUNE, France-Empire (Prix de l'Académie de Marine, Grand Prix de la Mer de l'ADELF, Prix du Crédit Maritime).

LE VIET, J.-C. Lattès.

LA PAGODE ROUGE, Presses de la Cité (Prix Claude-Farrère 1988).

ISBN 2-258-02664-4

HENRY NOULLET

LES TROIS CAVALIERS DE LANGSON

Collection « Troupes de Choc » dirigée par Jeannine Balland

ROMAN

PRESSES DE LA CITÉ

DANS LA MÊME COLLECTION

Erwan BERGOT	Cycle « Les Sentiers de la guerre » Tome 1 : Les Sentiers de la guerre Tome 2 : Frères d'armes (Prix Claude Farrère 1984) Tome 3 : Le Flambeau L'Héritage Convoi 42 2e Classe à Diên Biên Phû
Jean BOURDIER	Les Évadés du jour « J » La Citadelle du désert La Route de Dunkerque
Alain DUBOS	L'Embuscade
Alain GANDY	L'Escadron (Prix Claude Farrère 1985) La Dernière Rafale Le Sang des colons (Prix de Madagascar 1988)
Patrick de GMELINE	L'Aigle et l'Étoile
Michel HÉRUBEL	Rendez-vous à Bastogne Les Aigles de Midway Les Enfants de l'espoir
Claude JACQUEMART	Chelia, duel dans l'Aurès
Jean MABIRE	Les Paras perdus
François MARTINEAU	Un pont sur le Song Chay L'Agonie des seigneurs (préface d'Erwan Bergot)
Henry NOULLET	La Pagode rouge (Prix Claude Farrère 1988)
Maurice PASQUELOT	Le Marin de l'ombre
Philippe RANDA	Le Rêve éclaté
Pierre SERGENT	Cycle « Les Voies de l'honneur » Tome 1 : Les Voies de l'honneur Tome 2 : La Revanche (à paraître)
Alexis WASSILIEFF	Le Tonnerre des armes

Aux équipages de *Sirocco* et de *Simoun*,
mes chasseurs, mes hommes, mes amis.

LANGSON, LE 10 MARS 1945.

Reprenant conscience, le lieutenant Philippe Ebrard crut d'abord que le poids qui l'oppressait était celui de la terre dont on avait déjà comblé sa tombe. Sa lucidité retrouvée, il se dit qu'il n'avait pas échappé à un peloton d'exécution pour crever enterré vif dans un charnier. D'un coup de reins, il essaya de se dégager, mais son mouvement, trop brusque, réveilla à son flanc la douleur que son évanouissement avait endormie. Immobile comme un gisant, il attendit qu'elle se fût apaisée pour renouveler sa tentative. Serrant les dents pour ne pas gémir, il s'arqua de nouveau et, de ses mains libérées, il rejeta à côté de lui la chape humide et molle qui le paralysait. Il la palpa en aveugle et sut alors que cette masse inerte était celle d'un cadavre. L'homme, fauché par la même rafale, en lui faisant de son corps un bouclier, lui avait évité le coup de grâce.

Ebrard, s'aidant des broussailles qui garnissaient les parois du fossé, se hissa sur le bord de la route. Il resta un moment étendu sur l'herbe trempée pour reprendre son souffle. Il était sauf, certes, mais pour combien de temps ? S'il ne les pansait pas, ses blessures allaient le vider lentement de son sang, celle de sa jambe surtout, entaillée comme par un hachoir de boucher. Car c'était bien une boucherie à laquelle il venait d'échapper. Il s'assit et leva les yeux. Dans le ciel chargé de nuées, pas une étoile qui pût le guider. La nuit était impénétrable, sauf vers le nord où un halo de lumière coiffait la ville. Il écouta sa rumeur que scandait parfois de son rythme le halètement de l'usine électrique.

« Langson s'est remise à vivre... sans nous », se dit-il avec amertume. Comme s'il avait à lui reprocher quelque ingratitude !

Pourtant, au risque de se faire surprendre par une patrouille, il décida d'y revenir.

Réhabituée à l'obscurité, sa vue s'éclaircit peu à peu. Bientôt, il put distinguer, blafard dans l'ombre épaisse, le tracé de la piste empierrée. Elle le mena au pied du glacis de la forteresse. Sur sa gauche, une lumière timide filtrait à travers le mur disjoint d'une *ca nha*. Il hésita quelques secondes à y chercher secours, mais il réfléchit que ses occupants, dans la terreur des représailles, au mieux lui refuseraient leur aide, au pire le livreraient pieds et poings liés aux Japonais. Malgré la souffrance qui tenaillait son dos et son mollet, il repartit. Un obstacle imprévu le fit trébucher. Il s'écroula plus qu'il ne s'assit sur le tertre contre lequel il avait buté. Une croix le surmontait, silhouettée sur l'horizon vaguement illuminé.

Le cimetière catholique n'était séparé des jardins de la Mission que par une étroite bande de rizière. Encore quelques pas et il y serait à l'abri, provisoirement du moins, et soigné peut-être s'il y restait encore une bonne âme qui consentît à le faire. Devant la Maison des Sœurs, le faisceau d'une torche balaya la rue remplie aussitôt d'appels rauques et de coups tambourinés sur une porte. Ebrard se plaqua dans l'encoignure d'un porche.

« S'ils viennent par ici, pensa-t-il, je me montre et je me laisse prendre. »

Cependant la lampe s'éteignit et le vacarme cessa aussi subitement qu'il avait commencé.

A son tour, il alla frapper sans grand espoir qu'on lui ouvrît. Mais par le battant entrebâillé, une main le saisit par le poignet et l'attira à l'intérieur.

– Officier... Français... blessé, bredouilla-t-il.

La voix qui lui répondit était douce et tremblait un peu. Une voix de femme.

– Taisez-vous, monsieur, et entrez vite. Ils sortent d'ici.

– Je sais. Je les ai vus.

Il se laissa entraîner dans un couloir obscur jusqu'à une pièce faiblement éclairée par le filament à peine rougi d'une ampoule suspendue au plafond.

La bonne sœur le lâcha et se tourna vers lui. Elle était petite et menue, mais sa taille n'était pas due au tassement de l'âge. Des rides étoilaient ses yeux et ses mains fragiles se serraient nerveusement devant elle sur un tablier bleu de jardinier. Sans un mot, elle prit dans une armoire vitrée une bouteille, saisit sur la tablette d'un lavabo un verre qu'elle lui tendit à demi rempli d'un liquide couleur de thé.

– Votre blessure, c'est au ventre, monsieur ?

– Non.

– Alors, vous pouvez boire.

C'était du rhum âpre et fort, produit d'une distillerie locale. Ebrard l'avala d'un trait. Elle le dévisagea, surprise de son avidité.

– Ça va mieux ?

– Merci, ma sœur.

– Il faut vous déshabiller.

– Tout ?

– Oui, tout. D'ailleurs, vous êtes déchiré et sale... Ce sang, la terre mélangée, une boue.

Le lieutenant se dévêtit en grimaçant. Quand il fut nu, elle lui montra à l'aplomb de la lampe une table couverte d'une toile cirée blanche.

– Couchez-vous ! Non... sur le côté. Je commence par le plus facile. Un coup de couteau, n'est-ce pas ?

– Non, de baïonnette.

– C'est la même chose. Il y a longtemps ?

– Je ne sais plus. Quatre heures peut-être. A Brière-de-l'Isle. Tout est fini maintenant.

Tandis qu'elle nettoyait la plaie de son dos, fébrilement, comme si le fait de parler pouvait lui faire oublier sa souffrance, il raconta.

– La citadelle était prise. J'ai fait comme les autres. Je ne les connaissais pas. Je viens d'arriver à Langson, vous savez. Je me suis replié sur le Fort Brière. On pouvait tenir deux jours en attendant du renfort. Ce matin, les Japs ont essayé de nous démolir au canon. Mais vous les avez entendus aussi bien que nous... Quatre morts, des blessés qu'on a descendus dans une soute vide. Vers trois heures, les avions sont arrivés. Nous avons cru que c'était les nôtres. Enfin! C'était les autres, bien sûr. Leurs bombes ont disloqué les murailles pourtant solides. Les plafonds s'effondraient. Nous étions sonnés par le chahut terrible, les chocs. Ils ont donné l'assaut. Des centaines. Ils braillaient : « *Banzaï, banzaï.* » Nous avons résisté tant que nous avons pu. Mais plus on en tuait, plus il en venait.

Les lèvres pincées sur ses épingles de nourrice, la bonne sœur l'écoutait sans broncher, toute à son travail d'emmaillotement. D'une pression légère sur son épaule, elle lui signifia de se coucher sur le ventre.

– A la jambe, maintenant. Je ne vais pas vous faire de bien... Après, il s'est passé quoi ?

– Après, le commandant est monté hisser le drapeau blanc. Les Japs ont cessé le feu. Nous sommes sortis. Les blessés d'abord, puis les hommes valides, puis les sous-officiers, les officiers en dernier. En tout, on était soixante... Soixante-dix, peut-être. Bon Dieu! Vous me faites mal!

– Ne jurez pas. Elle n'est pas jolie cette blessure-là. La balle a déchiré les chairs jusqu'à l'os. Je vais vous recoudre ça... comme un matelas. Je ne suis pas chirurgien, mais à force...

Ebrard protesta :

– C'est de la ficelle à rôti, votre catgut?

– Je n'ai que ça. Mais continuez!

Le lieutenant poursuivit son récit d'une voix hachée par les plaintes que la douleur lui arrachait malgré lui.

– Ils nous ont mis par rangs de trois... Alors, nous avons vu leurs mitrailleuses... des Lewis, braquées sur nous... Nous avons compris... Quelqu'un a entonné *la Marseillaise*... Nous avons tous chanté... pas bien. Ils nous ont tiré deux ou trois rafales dans les jambes pour nous faire basculer dans le ravin, derrière nous... Allez-y doucement, merde! Pardon... *Banzaï, banzaï!* Ils se sont précipités sur nous... à coups de sabre, de baïonnette.

– Mon Dieu, murmura la sœur dans un sanglot.

– Le type... un type qui était tombé sur moi m'a protégé.

– Vous lui devez la vie.

Mais Philippe Ebrard pensa que, là où il était, il se foutait bien de sa reconnaissance. La sœur s'éclipsa un moment. Elle revint avec un pantalon de toile, une veste de cotonnade bleue et un vieux chandail effrangé, sans couleur. Il était debout, appuyé à la table.

– Rhabillez-vous. Ce sont des vêtements que nous gardons pour nos pauvres.

– Ça ira. Ne vous excusez pas.

Elle arracha des lambeaux de son uniforme ses galons et ses insignes et les lui tendit. Ne sachant qu'en faire, il les fourra dans sa poche. Elle lui apporta un autre verre, du vrai thé cette fois. Il le but aussi avidement que l'autre. Sanglé par le large pansement qui le prenait à la taille comme une ceinture de légionnaire, Philippe souffrait moins. Il fit quelques pas en boitillant.

– Vous pouvez marcher maintenant, monsieur, chuchota la sœur encourageante.

– Oui, mais je n'irai pas loin.

– Pourtant, vous ne pouvez pas rester ici. S'ils vous trouvent...

– Ils m'achèveront, comme les autres.

– Et ils nous tueront aussi pour vous avoir caché. Écoutez. Ils reviennent.

Dehors, la rue de la Mission était de nouveau remplie de leurs clameurs. Partout dans la ville où ils s'étaient répandus ivres de leur victoire, ils traquaient les survivants de la tuerie pour que personne ne puisse en témoigner jamais. Un coup de fusil claqua tout proche derrière les volets clos. A la pauvre lumière de l'ampoule, l'officier vit tressaillir la religieuse et surprit son regard affolé de terreur.

– Ils ne vont pas cavaler comme ça toute la nuit. Les Japonais, ça dort aussi quelquefois. Mais rassurez-vous, ma sœur, dès qu'ils seront partis, je m'en irai à mon tour.

Elle hocha la tête avec un air de doute.

– Pour aller où ?

– Je ne sais pas... ou plutôt, si. En Chine. La frontière n'est pas loin.

Ils tendirent l'oreille tous les deux, unis dans la même angoisse. Les cris des forcenés s'estompèrent et le silence régna de nouveau dans la pièce, à peine troublé par la respiration haletante de ses occupants.

– C'est le moment, je pense, souffla Ebrard.

– Au revoir donc, monsieur. C'est un miracle que vous soyez vivant. Vous le devez à Dieu, ne l'oubliez pas. Nous prierons pour vous.

– Pour moi tout seul ?

– Non, pour vous tous.

– Vous aurez fort à faire.

– Moins que vous ne croyez. Les soldats morts pour la Patrie sont des martyrs et les martyrs n'ont plus besoin de nos prières.

– Merci en tous les cas, pour cela et pour tout.

– Remerciez Dieu.

Mais Dieu, le lieutenant Philippe Ebrard y croyait moins qu'à sa chance. Il lui tendit la main. Au lieu de la prendre, d'un élan spontané, elle se jeta sur lui et l'embrassa bruyamment sur les deux joues, à la paysanne.

– Allez à présent, monsieur.

La porte se referma sans bruit sur ses talons, le livrant à la nuit menaçante. Très haut, dans le ciel noir, des lueurs dansaient dans les embrasures du Fort Brière. Une garnison nouvelle prenait ses quartiers dans ses ruines.

A Loc Binh, étape obligée dans sa fuite, le Song Ky Cong était encore assez bas pour que le lieutenant Ebrard pût le franchir à gué. Il repéra le passage au bruissement du courant sur les rochers. Tâtant le fond de la crosse de son fusil, il s'y engagea dans l'obscurité sans savoir où le menait sa marche aveugle et vacillante.

Le fleuve s'étalait largement dans son lit et sa traversée lui sembla interminable. Ses efforts avaient ravivé sa douleur. Chaque pas était une torture. Un instant il pensa se laisser tomber dans l'eau qui faisait à sa jambe une guêtre de glace, pour en finir enfin avec son agonie. Mais depuis sa résurrection dans le charnier du Fort Brière, il avait assez défié la mort pour lui donner une victoire trop facile à quelques heures de son salut.

La rive que la route coloniale n° 4 bordait n'était pas aussi escarpée qu'il l'avait craint. Il s'y hissa et rampa sur l'asphalte jusqu'au fossé où de hautes herbes lui offraient un abri. Étendu sur le dos, il vit scintiller à travers une déchirure du ciel les boutons dorés du Baudrier d'Orion. Pour atteindre le carrefour de la piste d'Aï Diem, vers le sud que lui indiquaient les étoiles, il ne lui restait plus que quelques centaines de mètres à parcourir. Mais il devait passer sous le poste militaire.

N'ayant jamais imaginé qu'il aurait un jour à l'éviter, il n'avait pas étudié avec assez d'attention les cartes d'état-major où figurait peut-être un chemin de traverse. Sa chance l'avait servi jusque-là. Il prit le risque d'alerter la sentinelle japonaise qu'il devinait dans son mirador à trois mètres au-dessus de lui. Un caillou crissa sous sa semelle. Il se plaqua aussitôt contre la muraille. Il entendit une culasse de mousqueton claquer sur sa butée et le déclic de l'interrupteur d'un phare. Mais celui-ci refusa de s'allumer. L'homme maugréa et ne renouvela pas sa tentative. Philippe attendit un peu avant de reprendre son chemin. Le pansement, saturé d'eau, était serré comme des attelles autour de son mollet. Il en marcha plus vite et mieux.

L'aube se levait à peine quand surgit devant lui, émergeant de la grisaille du crachin, la pancarte blanche qui marquait l'entrée du village. Il ne lui restait que peu de temps pour trouver un refuge avant le plein jour. Sur une colline, à sa gauche, une faible lueur filtrait à travers les planches disjointes d'une porte. Il était peu probable que les Japonais se fussent installés dans un aussi pauvre cantonnement. Il y grimpa aussi vite qu'il put. Le battant céda sous sa poussée. Il s'effondra face contre le sol de terre battue. Quelqu'un l'agrippa par les épaules et le traîna comme un sac trop lourd à l'intérieur.

Il resta prostré, immobile, jusqu'à ce que se ralentissent les battements de son cœur. Quand il releva la tête, il vit une femme devant un âtre qu'elle ranimait. Il se retourna lentement. Un homme était debout près de lui. Il s'était emparé du fusil et le tenait maladroitement, ne paraissant pas savoir qu'en faire. A ses vêtements bleus, à la forme pointue de son chapeau de paille, Philippe Ebrard reconnut un Nhung et s'adressa à lui dans sa langue.

– Français... Officier, balbutia-t-il.

– Ça ne se voit pas, répondit l'homme méfiant.

Rien dans ses défroques ne pouvait en effet laisser

croire qu'il l'était. Le lieutenant se souvint alors de ses galons que la bonne sœur lui avait rendus et qu'il avait fourrés dans sa poche avant de quitter la Mission. Le Nhung hocha la tête.

– Je vous crois maintenant. Vous êtes blessé, monsieur ?

– La jambe... le côté aussi... Les Japonais... à Langson.

– Mon nom est Yang Tao. Je suis le sorcier ici. Vous avez de la chance.

« Une fois de plus », pensa Ebrard. Yang Tao retroussa jusqu'à la cuisse le large pantalon de *nha qué* dont il était affublé et déroula le pansement souillé de boue, de sang et de sanies.

– Il faudra que vous restiez chez moi un peu de temps avant que vous ne puissiez repartir.

– Combien ?

– Deux semaines peut-être. Je vous cacherai. Les Japonais seront trop occupés à vous chercher, vous et les vôtres, le long de la frontière pour venir vous dénicher si près.

– Merci d'avance.

– Sans les aimer beaucoup, nous préférons quand même les Français aux Japonais, aux Chinois, aux Annamites qui ne pensent qu'à nous chasser de nos montagnes.

Le Nhung lava les plaies avec l'eau de la marmite que sa femme avait mise à bouillir pour la soupe du matin. Puis il leur appliqua des emplâtres de glaise et d'herbes qu'il maintint avec des bandes de chiffons. Son patient se demanda si le peu ragoûtant remède ne serait pas pire que le mal. Mais, n'ayant pas le choix, il se laissa faire et s'en trouva soulagé.

Pendant dix jours, il resta claustré depuis le lever du jour jusqu'à la nuit tombée dans une resserre pouilleuse encombrée d'outils et de paniers, avec pour seule distraction, hors celle de ses pensées, le spectacle par une étroite ouverture, des poules et des cochons noirs qui fouillaient inlassablement dans la gadoue d'une courette voisine.

Dès que le dernier client du sorcier était parti, il venait prendre place sur le bat-flanc de la salle commune. Faute d'autre chose, il fumait le tabac noir et puant comme cent diables de l'unique pipe à eau de la maison. Parfois, Yang

Tao sortait d'un placard un nécessaire à opium dépareillé. Il en nettoyait les menus instruments, reniflait dans le fourneau des odeurs lointaines et contemplait avec nostalgie une petite boîte vide de la Régie.

– Il y a longtemps que je n'en ai plus, monsieur le lieutenant. J'aurais eu du plaisir à le partager avec vous.

– Je vous en enverrai de Chine.

– Vous n'y penserez plus.

Philippe Ebrard quitta Aï Diem un soir de bruine et Yang Tao le guida par des sentiers de contrebandiers jusqu'à la frontière.

– La route va être longue maintenant, monsieur, mais vous y rencontrerez d'autres Français qui ont réussi, comme vous, à échapper aux Japonais. Il en est déjà passé beaucoup. Les génies du voyage vous accompagnent. Ils sont bons. Je ne m'adresse d'ailleurs qu'à ceux-là. Je ne sais pas si je serai encore en vie quand vous reviendrez. Je suis vieux et malade... les poumons.

– Ils m'attendront, vos poumons!

L'Indochine! Il s'était juré d'y revenir mais en vainqueur cette fois, alors qu'il la quittait en fuyard, nippé de guenilles de paysan, aussi blessé dans son orgueil que dans sa chair.

Le lieutenant Ebrard avait passé près de cinq mois à Tchoung-King lorsqu'il revint en France. Dès le lendemain de son arrivée à Paris, il se présenta à la Direction des Troupes coloniales, en civil, dans un costume démodé qu'il ne remplissait plus. L'officier supérieur qui le reçut nota qu'il boitait et lorgna, soupçonneux, sa boutonnière que n'ornait même pas le dérisoire insigne barbelé des anciens prisonniers. Pour lui, il n'était de blessure qui n'eût été sanctionnée par une médaille. Il pointa son stylo sur la jambe de son visiteur.

– Un accident?

– Une balle japonaise, le 9 mars, au Tonkin, mon commandant.

– Et même pas une commémorative!

– Vous voyez.

Tandis que le commandant feuilletait son trop mince dossier, Philippe se dit, non sans une amère ironie, que l'Armée française trouverait bien un jour le moyen de baptiser une promotion de Saint-Cyr « Ceux de Langson ».

– Votre état de service est presque vierge, mon vieux. Vous n'avez appartenu à aucune des grandes unités combattantes. Vous n'avez pas été résistant F.F.I. ou F.T.P. Vous n'avez pas été déporté non plus. Je vois que vous parlez des langues de là-bas. Cela n'est guère une référence.

Une référence! Comme s'il avait été un employé de maison en quête d'une place!

– Vous voulez quoi, au juste? Une pension d'invalidité?

C'était insultant. Le lieutenant réagit sèchement.

– Je ne réclame pas autre chose que mon droit à me battre. Je veux repartir. Ce n'est pas trop demander, non?

– Revenez dans trois mois, à la fin de votre congé de fin de campagne... enfin... de séjour.

Vers le milieu de novembre, quelques jours avant la fin de son congé, le lieutenant Ebrard se présenta une seconde fois à la Direction de son arme. Il boitillait encore, mais rien vraiment ne s'opposait plus à son départ. Le même commandant le reçut, plus aimablement.

– Ah vous voilà, Ebrard! Votre visite m'évitera de vous envoyer une convocation. Vous tombez bien. J'ai quelque chose pour vous. Les Services spéciaux de l'état-major des T.F.I.S. * réclament des experts en chinoiseries. Cela vous convient?

– Je suppose que je n'ai pas le choix.

– Quand pouvez-vous partir?

– Tout de suite, mon commandant.

– Vous viendrez prendre votre feuille de route la semaine prochaine. Vous percevrez ici votre paquetage outre-mer, une avance de solde. Enfin tout, quoi!

Le commandant porta sur ses épaules un regard sourcilleux.

– Vous ne portez pas vos galons? Vous n'avez donc pas lu les promotions d'octobre au J.O.?

* Troupes françaises d'Indochine Sud.

– Ce n'est pas mon quotidien habituel.

– Vous êtes capitaine. A l'ancienneté évidemment. Félicitations quand même!

Le capitaine Philippe Ebrard s'embarqua à Marseille, le 4 novembre, à bord du paquebot *Jehan de Witt*, par un joli froid sec, sous un ciel bleu pervenche.

I

Marseille. Décembre 1945, à bord du Jehan de Witt

Une âpre bise, après avoir raboté les rochers de l'Estaque, venait cingler de ses rafales les mollets et les bras nus des hommes rassemblés sur le quai. Au chaud dans leur cantonnement d'Aubagne où ils étaient restés consignés dans l'attente de leur embarquement, ils n'avaient jamais pensé qu'à Marseille, sous un ciel aussi bleu, il pût faire aussi froid.

Affublés à l'anglaise d'une chemise de brousse aérée comme un canevas de point de croix, d'un short trop long et d'invraisemblables chaussettes sans pieds, ils s'étaient fait des silhouettes d'explorateurs auxquelles le casque de liège à bouton ajoutait beaucoup. Ainsi l'Intendance les livrait-elle prêts à l'emploi sans qu'ils fussent encombrés de tenues de drap parfaitement superflues sous un climat sans hiver.

C'était cette coiffure surtout qu'ils avaient dû troquer contre leur calot de chasseur à soufflet vert qui les chagrinait. Bien qu'on leur eût répété sur tous les tons que, sous le soleil implacable des tropiques, à ne point le porter ils risquaient le coup de bambou meurtrier, certains se demandaient quand ils allaient pouvoir se débarrasser de cet encombrant galure et le voyaient déjà bouchonner par centaines dans le sillage du bateau.

Le sous-lieutenant Bertrand Loubrerie de Ferlac, leur chef, accoutré du même déguisement, grelottait, stoïque, tout en se félicitant d'avoir réussi à dissuader ses proches de venir assister à un départ aussi peu glorieux. Le *Jehan de Witt*, agité par le clapotis du port, se dandinait et tiraillait sur ses amarres avec une molle impatience.

Devant la coupée, un officier emmitouflé dans une canadienne des surplus américains feuilletait nerveusement une liste. Ferlac, non sans insolence, lui demanda au nom de quoi on les laissait peler de froid à taper la semelle sous ce putain de vent. Il lui fut répondu vertement que les « isolés » montaient à bord les premiers et « qu'on avait assez de mal à les retrouver dans ce bordel pour être emmerdé en plus par les détachements constitués ».

– Encore un fonctionnaire, grommela le sous-lieutenant avec mépris, qui va se taper campagne double au camp Sainte-Marthe.

Sur le pont supérieur, celui de première classe, un officier dont il ne pouvait distinguer le grade semblait l'observer. Une jeune femme vêtue d'une jupe kaki et d'un blouson de toile claire se tenait à côté de lui.

– Y en a qui s'emmerdent pas, nota le cavalier Caron. Ils partent avec leurs poules.

– Qu'en sais-tu ? répliqua Ferlac agacé.

Le passager agita la main dans sa direction. Il crut que son geste s'adressait à un ami ou un parent venu l'accompagner. Il se retourna, mais il n'y avait personne. C'était donc bien à lui que ce salut était destiné. Il n'y répondit pas. L'inconnu disparut, laissant la fille seule, les bras frileusement croisés sur sa poitrine, ses cheveux noirs ébouriffés par les bourrasques.

– Tu vois bien, Caron, si c'était sa ... femme, elle l'aurait suivi.

Le cavalier Caron haussa les épaules et ramassa son sac marin. On embarquait, enfin.

Ses gens installés, plutôt mal, dans une cale aménagée en chambrée, Bertrand de Ferlac s'enquit de sa cabine. Le commissaire du bord lui jeta un numéro. Le jeune officier s'étonna sans le dire qu'il n'y eût aucun steward pour l'y conduire. Mais sa déception fut plus amère encore de constater qu'il n'y serait pas seul. Son compagnon de voyage dormait sur la couchette supérieure où il avait grimpé sans s'être déchaussé. Réveillé en sursaut, il se dressa sur son séant et tapota fébrilement autour de lui.

– Nom de Dieu, mes lunettes! Où sont mes lunettes?

Il les trouva enfin sous son oreiller et les ajusta sur son nez pointu de Croquignol pour dévisager l'intrus.

– Alors, c'est toi, l'autre?

– Sous-lieutenant Bertrand Loubrerie de Ferlac, du 1er Chasseurs.

– Lieutenant Rouzic, Joseph, de l'Infanterie, sans affectation particulière.

– Euh... mes respects, mon lieutenant.

– Mets-les-toi où je pense. Tu peux me tutoyer. S'entendre péter pendant un mois, ça crée des liens. Autant les nouer tout de suite.

Ferlac porta un regard réprobateur et vaguement inquiet sur les scandaleuses godasses.

– Vous... tu ne les enlèves jamais pour te coucher? C'est un peu dégueulasse, non?

– Qu'est-ce que tu crois? J'ai mis un journal.

Rouzic était de taille moyenne mais large d'épaules et comme il se tenait voûté, il paraissait plus petit qu'il n'était avec quelque chose de simiesque dans sa façon de laisser pendre ses mains le long de son corps. Derrière ses verres épais, il avait un regard mouillé, un peu triste, comme son sourire, et on sentait bien que sa gouaille était forcée comme s'il avait voulu laisser croire qu'il se foutait de tout et que tout était dérision. Il alla jusqu'au hublot fermé au bas duquel venaient battre les vaguelettes du clapot.

– On est au ras de l'eau. On n'aérera qu'aux escales. D'un autre côté, nous bougerons moins ici qu'en haut.

– Tu as déjà navigué? Rouzic, c'est un nom breton, ça.

– Tous les Bretons ne sont pas marins.

Les tôles des cloisons se mirent à vibrer aux premiers battements de la machine.

– Je t'offre un remontant, dit Rouzic.

Mais le bar derrière lequel officiait une sorte d'Hindou solennel et funèbre ne proposait que des jus de fruits et des eaux gazeuses. Rouzic, accablé, s'affala dans un des fauteuils de cuir qui, disposés par quatre autour de tables basses, meublaient le fumoir des premières.

– A table, ils vont nous refiler du thé.

– Tout juste et vous devrez vous en contenter, mon cher camarade.

La voix nette, tranchante, les fit sursauter d'autant qu'ils n'avaient pas remarqué la présence de son propriétaire auprès d'eux.

– Les boissons alcoolisées sont strictement prohibées à bord. *Strictly prohibited!* D'ailleurs, tout est *prohibited*, et notamment la visite des individus de sexe mâle dans les cabines des dames et vice versa. Mon nom est Ebrard, Philippe, capitaine d'Infanterie coloniale.

Rouzic et Ferlac se soulevèrent respectueusement de leurs sièges pour se présenter à leur tour. D'un geste où il mit quelque condescendance, Ebrard les fit se rasseoir. Il se renversa contre son dossier, silencieux, avec un demi-sourire satisfait.

« Il la ramène, ce type, pensa Rouzic. Il est capitaine, et alors ? »

Bien qu'il n'éprouvât pas pour les Britanniques de sympathie particulière, le capitaine Ebrard ne détestait pas s'en donner le genre. Il arborait une très belle moustache en croc comme un officier de Sa Gracieuse Majesté eût porté la cravate du King's Royal Rifle Corps ou du Duke of Cornwall Infantry Regiment. Il adoptait volontiers un ton sarcastique et une attitude impassible, une rigidité lointaine que démentait parfois l'éclat pétillant de son regard. Mais c'est d'un œil sévère qu'il lorgna les genoux nus du sous-lieutenant Loubrerie de Ferlac.

– Je ne vous ai pas dit, monsieur, que si on ne boit que du thé à table, il est de bon usage de s'habiller pour le dîner. Vous avez une demi-heure pour aller vous changer.

Ferlac tirailla sur son short, et se leva brusquement.

– Je n'en ai pas pour si longtemps, mon capitaine.

Il revint vêtu d'un pantalon et d'une chemise strictement boutonnée aux poignets et au col, le tout passablement chiffonné après un séjour de plusieurs heures dans un sac. Ebrard le toisa des pieds à la tête.

– Ce n'est pas parfait, mais c'est mieux. Dites-moi, vous sembliez avoir froid tout à l'heure sur le quai.

– Ah! c'est vous qui m'avez fait un signe de la main. Vous ne me connaissiez pourtant pas ? Il y avait une dame à côté de vous sur le pont. Je me suis demandé...

– Une femme? C'est bien possible. Je ne l'ai pas remarquée.

« Il cravate, se dit Ferlac. Il veut nous faire croire que, pour lui, les femmes sont des êtres transparents. »

– Tenez, s'écria-t-il, je n'ai pas rêvé, la voilà! Enfin... je crois que c'est elle.

Ebrard se dévissa le cou au-dessus de son dossier. Elle n'était reconnaissable qu'à ses cheveux noirs bien qu'elle les eût rassemblés en chignon. Elle avait abandonné son blouson et portait une chemise de coupe militaire. Elle se tenait immobile, bien droite, la main posée sur la rampe du grand escalier qu'elle venait de monter. Elle semblait chercher quelqu'un parmi tous ces hommes vautrés dans leurs fauteuils.

Ebrard se leva et se dirigea vers elle. Ferlac nota alors qu'il boitait un peu. Comme il ne portait aucune décoration, il conclut qu'il ne le devait pas à une blessure de guerre. Sans qu'il eût rien pour étayer cette hypothèse, sinon qu'elle était selon lui la plus favorable, il décida que ce boitillement était la suite d'un accident de cheval.

Ils accompagnèrent du regard la jeune femme tandis qu'elle s'approchait de leur table. Elle marchait la tête haute avec une assurance tranquille sans presque mouvoir ses épaules. A chacun de ses pas, ses cuisses tendaient le tissu d'une jupe droite qui moulait étroitement ses hanches. Ses seins, un peu forts, entrouvraient les soufflets de ses poches. Mais en dépit de ses rondeurs, les proportions de son corps étaient harmonieuses. Ses yeux, étirés en amande, ses pommettes hautes lui donnaient un petit air asiatique. Ebrard fit les présentations.

– Au fait, je ne sais pas votre nom, mademoiselle... ?

– Madame. Fabienne Récy.

Les traits du capitaine restèrent impénétrables.

– Eh bien, madame, ces deux jeunes gens qui vont terrasser le dragon vous feront la cour en attendant de lui être confrontés.

– Pas vous, monsieur ?

Ebrard resta muet. Il n'osait quand même pas lui répondre que, s'il se plaisait dans la compagnie des jolies femmes, il n'entendait pas perdre son temps et sa peine à les conquérir.

« Appétissante, pensa Rouzic. Ebrard a raison. Elle vaut qu'on s'en occupe un peu. »

Ferlac se réjouit, lui, que Fabienne Récy eût d'entrée de jeu marqué un point.

– On ne peut rien vous offrir, madame ? demanda-t-il.

– Merci, non.

– D'autant qu'il n'y a rien à boire. Mais alors, rien ! précisa Rouzic lugubre.

Un autre Hindou travesti en maharadjah annonça le dîner par une petite musique tapotée sur un xylophone qu'il portait devant lui comme un étal d'ouvreuse. Son signal déclencha un grand brouhaha et une ruée générale vers l'escalier de la salle à manger. Ebrard tendit sa main à Fabienne pour l'aider à sortir de son siège, et il lui sembla qu'il serrait la sienne un peu plus qu'il n'était nécessaire.

– Nous ne vous lâcherons plus, madame.

Le propos justifiait le geste. Ainsi qu'ils s'y attendaient, ils ne trouvèrent sur la table, au reste bien mise, que des carafes embuées et des théières fumantes. Le capitaine huma sa tasse avec la mine extasiée de qui flaire un vin précieux.

– Goûtez-moi ça, Rouzic. Exquis, non ?

Rouzic ne répondit pas. Les sarcasmes d'Ebrard commençaient à l'agacer lui aussi. Mais, sans bien savoir pourquoi, il tenait à cette étrange complicité que le hasard avait établie entre eux. Il la sentait fragile et craignait de la rompre par une manifestation d'humeur que le persiflage du capitaine ne justifiait pas. Il se tourna vers Fabienne placée à côté de lui face aux deux autres.

– Vous êtes bretonne, n'est-ce pas ?

– Oui. De Concarneau. Comment l'avez-vous deviné ?

– Beaucoup de Bretonnes, comme vous, ont un air chinois.

– Et la réciproque est exceptionnelle, ajouta Ebrard sentencieux.

– Nous sommes donc pays. Votre nom... Rouzic...

Il marmonna qu'il était de l'intérieur des terres, originaire d'un patelin perdu du côté de Malestroit, qui ne valait pas le déplacement. Elle ouvrit de grands yeux émerveillés en apprenant que Ferlac était du Périgord.

– Un si joli pays où on mange si bien !

C'était exactement ce que disaient les gens qui n'y avaient jamais mis les pieds.

– Et c'est plein de châteaux en ruine, précisa le sous-lieutenant de Ferlac.

– Et vous, monsieur ? demanda-t-elle à Ebrard.

– Parisien, mais indochinois de cœur. Je viens de passer cinq ans en Asie.

– Et vous y revenez... si vite ?

– On y revient toujours, madame. Quand on n'y est pas « resté », bien sûr.

Elle les quitta sur le pont des premières où s'ouvrait sa cabine. Rouzic s'éloigna vers l'arrière où quelqu'un jouait à l'accordéon un air de caboulot.

Chacun, au cours de ce premier repas, en donnant les raisons de son engagement dans cette nouvelle guerre, avait lâché une bribe de soi, mais avec réticence et chichement, comme si, en se confiant davantage, il eût craint de signer un pacte qu'il lui serait plus tard impossible de rompre. Le jeune Ferlac allait se battre parce qu'il avait choisi pour métier de le faire. Rouzic avait affirmé, peut-être par bravade, une vocation mercenaire.

– Moi, j'y vais pour la soupe, avait-il dit.

Ebrard avait fait allusion au mystérieux enchantement de l'Asie. Fabienne Récy allait tout simplement rejoindre son mari et poursuivre à Saïgon son métier d'infirmière. Mais était-ce là toute la vérité ?

***

Philippe, resté seul sur le pont désert, se demandait comment lui qui se liait si peu avait élu des compagnons de route aussi disparates, d'origines aussi différentes : un nobliau de cambrousse, un soldat de fortune, une gentille bourgeoise qui devait rêver déjà de popote et de marmaille. C'était pourtant lui qui avait pris l'initiative de les rassembler. Quelle mouche l'avait donc piqué de manifester sa sympathie à ce petit bonhomme anonyme qui grelottait sur le quai sous son ridicule chapeau colonial et de se mêler au fumoir à une banale conversation ? Tout ça pour en faire les cibles de son ironie.

Pourquoi enfin était-il allé prendre par la main cette Fabienne qu'il n'avait nullement l'intention de séduire ?

Bien sûr elle était seule et avait l'air désemparé au milieu de tous ces mâles, mais il n'était pas dans ses habitudes de caresser les chiens perdus. Toujours est-il que, durant quelques jours, elle apporterait un peu d'élégance et de tendresse à ces deux hommes que la guerre allait jeter dans la boue et le sang. Cette explication de son étrange conduite lui parut pour l'instant satisfaisante.

***

Bien qu'il l'écoutât avec plaisir, l'accordéon ne rappelait pas que de bons souvenirs au lieutenant Rouzic. Dans son village du Morbihan, il avait remplacé, pour scander les danses des frairies, le biniou et la bombarde * du folklore. C'était à l'une de ces fêtes qu'il avait rencontré Pierrette et qu'il lui avait ravi sans grande peine une vertu fragile dans l'asile d'une meule de foin. Instituteur, il était pour elle, dont les parents tenaient une médiocre épicerie-buvette, un beau parti. Elle ne lui avait cédé d'ailleurs que dans l'espoir d'un mariage flatteur. Pour éviter le scandale, il avait dû l'épouser enceinte de deux mois. Un fils lui était né dans lequel il ne se reconnaissait pas. Il était exaspéré par ses cris autant que par les molles doléances de sa mère. Le soir des jours de classe, il rentrait le plus tard possible et corrigeait les devoirs de ses élèves sur un coin de table de bistrot, sourd au brouhaha des clients. Aux « bolées » d'âpre cidre qu'ils lui offraient, il préférait la redoutable eau-de-vie de pommes que son beau-père faisait bouillir chaque automne. Celui-ci, trouvant dans son gendre un complice de sa propre intempérance, n'essayait pas de l'en dissuader. Souvent, c'était en titubant que Joseph Rouzic gravissait l'escalier de la chambre conjugale. Il s'y endormait comme une bûche jusqu'au gris du matin. Chaque jour, il s'enfonçait un peu plus dans la lise de sa déchéance. Pour en finir avec l'alcool et son triste ménage, il n'avait d'autre moyen que de les fuir.

Une nuit, c'était au tout début des grandes vacances, des résistants, la Sten à l'épaule et la poitrine bardée de chargeurs, étaient descendus des landes de Lanvaux où ils

* Hautbois breton.

avaient leur maquis, se ravitailler chez le maire. Ils allaient repartir, abreuvés et lestés gratuitement de denrées introuvables quand l'instituteur s'était levé brusquement.

– Attendez-moi ! Je pars avec vous, avait-il crié.

Il n'était jamais revenu.

***

Le sous-lieutenant Bertrand de Ferlac était enchanté. Il était flatté qu'un officier plus ancien que lui le traîtât en égal et qu'un capitaine lui manifestât son intérêt en l'invitant à sa table. Il lui savait gré aussi de n'avoir pas réservé à son usage exclusif la seule femme du bord. Et surtout, il allait enfin se battre. Avant que son régiment ne quitte Montauban, sa garnison d'attente, il avait fait un saut en Périgord pour embrasser les siens, à Cantegril, un petit manoir branlant aux toits aigus de tuiles plates, investi de tous les côtés par des bois noirs et menaçants comme les arbres soldats du roi Duncan *. M. de Ferlac avait espéré quelque temps que son fils resterait à la terre, bien qu'il sût qu'elle était pour lui sans avenir. Mais le gamin s'il était « gentleman » n'avait pas la vocation de « farmer ». Il voulait être officier. Il y en avait eu dans la famille de sa mère. L'un d'eux, son oncle, avait disparu dans le sanglant tohu-bohu de Verdun. Mme de Ferlac était heureuse que fût perpétuée une tradition. Son mari se résignait à devoir abandonner, l'âge venu, à un quidam sans titre, un domaine qu'il avait eu tant de peine à garder.

Au cours d'études appliquées, sans plus, chez les jésuites de la ville voisine, Bertrand de Ferlac s'était inscrit aux cours de préparation militaire supérieure. Pendant qu'il effectuait son stage d'officier de réserve à l'École de cavalerie, la guerre avait pris fin. Tout n'était pas perdu car un Corps expéditionnaire s'équipait pour le Japon. Et voilà que les deux pétards d'apocalypse du président Truman, mettant les Nippons à genoux, avaient fait capoter une fois de plus ses projets de gloire. Restait l'Indochine où l'on avait bon espoir de s'étriper un peu,

* *Macbeth.*

au moins pendant quelques mois. Ayant raté tous les trains de la guerre, il s'était précipité dans celui-là. Mais pour rien au monde il n'eût avoué que c'était le premier qu'il parvenait à prendre. En revenant de Cantegril, il avait à peine eu le temps de faire ses adieux à Lucy. Il l'avait rencontrée à la terrasse d'un café au bord du Tarn où, étudiante en médecine, elle potassait un cours. Elle était jolie et fine, mais portait d'énormes lunettes d'écaille qui lui donnaient un air effaré de hulotte prise dans le faisceau d'une lampe. Pour l'un comme pour l'autre, leur liaison n'avait été qu'une passade. Ils n'avaient aimé d'eux-mêmes que le plaisir qu'ils se donnaient. Ainsi s'étaient-ils séparés en amis sans mains tordues de désespoir, sans regards embués de larmes.

⁂

La cabine était toute petite, laquée de blanc, comme le lit, comme la penderie de tôle et la table qui l'encombraient. N'eussent été le cercle de bronze du hublot et la claire-voie vernie de la porte, Fabienne eût pu se croire dans la chambre de l'infirmière de garde à l'hôpital de Concarneau. Son diplôme d'État passé à Brest, elle avait exercé trois mois, le temps de ses fiançailles, dans le vieux lazaret de la rue Vauban. Elle habitait à deux pas, au cœur de la Ville Close où les maisons en habit de granit et d'ardoises bleues avaient l'air d'être en uniforme de pensionnat. Deux pas encore, et elle était sur la tour du Maure où, rêveuse, elle allait voir dans l'avant-port se frotter et se bousculer de la hanche quand le clapot était trop fort les coques pansues des thoniers à l'amarre. Elle allait parfois le soir assister au retour de leur flottille et, parmi les criailleries des mouettes, elle reconnaissait les bateaux de son père au gloussement lent et rythmé de leur Diesel.

Ce n'était pourtant pas un patron de pêche qu'elle avait épousé, mais Alain Récy, un enseigne de vaisseau de la Royale dont elle avait fait la connaissance au cours d'un stage à l'hôpital maritime de Brest. Le Louharn, le père de Fabienne, avait considéré ce mariage comme une trahison, mais devant la farouche obstination de sa fille, il s'était résigné. De même, le capitaine de vaisseau en retraite Récy avait-il fait grise mine que son fils eût choisi une épouse dans le milieu du cabotage. Après une noce un peu morose, les jeunes mariés n'avaient eu que deux jours pour s'aimer. C'était trop peu pour que Fabienne, jusque-là restée sage, ait pu en découvrir toutes les joies. Parce qu'elle en était frustrée, parce qu'elle aimait Alain et pour fuir aussi la froideur et la réprobation de son entourage familial, elle s'était engagée dans le Corps des Infirmières militaires pour servir en Indochine.

Comme certains soirs à Concarneau, dans sa chambre de jeune fille, quand par hasard elle avait de la peine à trouver le sommeil, elle rêva que, soulevée doucement de son socle par quelque fantaisie tellurique, la Ville Close relevait ses deux ponts-levis, larguait leurs chaînes et virait sur place pour se faufiler entre la plage de Lanriec et le môle de l'avant-port. Silencieux vaisseau de pierre enlevant son équipage inconscient, tous feux éteints, elle gagnait le large vers les rochers des Glénans tout miroitant de lune. Mais Fabienne s'endormait toujours avant de savoir où l'entraînait cette escapade.

***

– Vous ne venez pas à terre avec nous, Philippe ?

– Tiens, vous vous êtes quand même décidée ?

– A descendre ?

– Mais non, à m'appeler par mon prénom.

– Mais je vous permets d'en faire autant.

– Merci, Fabienne. Non je ne vais pas à terre. Port-Saïd, je connais. Des houris crasseuses dans des boîtes à matelots, des gosses vicelards suspendus à vos basques pour vous refiler des photos cochonnes et de la mouche cantharide pilée, des marchands déguisés en émirs dans des boutiques pleines de maroquinerie de deux sous et de sucreries fadasses. Enfin, vous verrez bien.

– Mais c'est l'Orient, ça, Philippe !

– C'est l'Extrême qui m'intéresse, moi.

Le sous-lieutenant de Ferlac avait planqué son casque de liège sous sa couchette et portait fièrement son calot d'arme à soufflet vert chasseur. Le lieutenant Rouzic, sans galons ni coiffure, prétendait passer pour un civil. Fabienne aussi. Sur le quai, Rouzic partit de son côté, les laissant devant un éventaire de confiseries orientales.

– Alors, Port-Saïd, c'était bien, Fabienne ?

– Mieux que vous n'avez dit, moins bien que je ne pensais.

– Qu'avez-vous fait de Rouzic ?

– On l'a perdu au bazar, mon capitaine.

– Les bazars sont faits pour ça. Il est assez grand pour s'y retrouver tout seul.

Le sous-lieutenant de Ferlac n'en était pas si sûr. Il avait bien une idée sur la disparition de son camarade, mais, dans le doute, il préféra se taire. Il descendit chez lui pour se doucher et se changer. Il était suant, poussiéreux. La chaleur qu'en débarquant il avait trouvée agréable après les frissons de Marseille était devenue, au fil des heures, lourde et poisseuse bien que le ciel fût resté d'un bleu imperturbable. La cabine était une étuve. Il ouvrit le hublot qu'affleurait l'eau calme et s'y pencha. Le soleil couchant teintait de safran les jeux de cubes de la ville et faisait flamboyer des incendies à toutes ses fenêtres. C'était joli, mais convenu comme un chromo de calendrier des Postes. Il ne s'y attarda pas.

Frotté, propre comme un sou neuf, il s'étendit sur sa couchette sous le filet d'air tiède que soufflait l'aérateur. Séché, il revêtit la tenue fraîchement repassée, livrée en son absence par le garçon de la buanderie.

L'heure du dîner approchait. Rouzic aurait dû être là. Il lui était sûrement arrivé quelque chose. Ferlac imagina le pire. Pour le voler, des voyous l'avaient assommé et laissé pour mort et peut-être mort tout à fait dans une ruelle du quartier réservé. Au mieux, c'était lui qui avait provoqué une rixe et il gisait, menottes aux poignets, sur la paille pourrie de quelque geôle de commissariat.

Mais le sous-lieutenant de Ferlac était loin de la vérité. La porte qu'il avait seulement fermée au crochet claqua comme un coup de feu en se rabattant sur la cloison de tôle. Joseph Rouzic s'y encadra, titubant, les lunettes en bataille, la chemise trempée de sueur, déboutonnée jusqu'au nombril. Interdit, Ferlac bredouilla la première chose qui lui vint à l'esprit :

– Tu es malade ? Ce n'est quand même pas le mal de mer ?

– C'peut'fout que je sois malade, hein, hoqueta Rouzic. Je suis beurré. Oui, et alors ? Mais... je t'ai rapporté quelque chose.

Il fouilla maladroitement dans ses poches et finit par en tirer un paquet de photos à demi collées par l'humidité.

– Tiens, regarde ! Mais regarde !

Ferlac sursauta. La première épreuve représentait une dame, à l'évidence orientale, à quatre pattes sous un bourricot dans une posture lascive et sans équivoque.

– Marrant, non ?

– Dégueulasse !

– Rends-les-moi alors. Je vais les montrer à la Récy... et tout de suite.

– Ne fais pas ça, Rouzic.

– Et comment que je vais le faire !

Il esquissa le geste de sortir. Ferlac lui arracha le paquet des mains et le balança par le hublot. Furieux, le lieutenant lui sauta dessus et le tira violemment en arrière par le col de sa chemise. Déséquilibré, Ferlac tomba à la renverse. Il se releva d'un bond, la bouche tremblante, les yeux assombris de rage plantés dans le regard trouble de son adversaire. Il hésita pourtant quelques secondes. Voies de fait envers un supérieur, cela pouvait lui valoir le conseil de guerre. Sitôt arrivé, sitôt reparti... rapatrié disciplinaire... la fin ignominieuse d'une carrière à peine entamée.

Rouzic, devant lui, vacillait. Il n'eut pas besoin de mettre toutes ses forces pour le faire basculer dans la douche. Il y resta, inerte, effondré comme une loque. Ferlac ouvrit le robinet et referma la porte. Dans les coursives, le maharadjah de service tapotait sur sa musiquette.

Déjà à table, Ebrard et Fabienne attendaient devant leur bol de consommé.

– Et Joseph ? demanda Fabienne.

– Il a dîné à terre.

– Et son dîner n'a pas passé, conclut le capitaine, sarcastique. On ne se méfie jamais assez des épices.

– C'est sûrement ça, mon capitaine.

Avant de les rejoindre sur le pont, Ferlac descendit aux

nouvelles dans sa cabine. Rouzic dessoûlé, hagard encore, assis sur la couchette basse, semblait compter les doigts de ses mains posées sur ses genoux.

– Ça va mieux ?

– Ça va. Excuse-moi pour tout à l'heure, Ferlac. Pourtant... j'avais juré...

– A qui ?

– A moi. Serment d'ivrogne, c'est ça que tu penses, hein ?

– Je ne pense rien.

– Tu leur as dit ?

– Oui. Ta cuite, les photos, tout.

– Dis-moi que ce n'est pas vrai.

– Non, mais j'aurais dû.

A chaque méandre de la rivière, le *Jehan de Witt* gîtait un peu comme une voiture trop bien suspendue dans les virages d'une route. L'eau, épaissie de limon, s'ouvrait maussadement sous la lame d'étrave. A l'arrière, les vagues du sillage allaient mourir sans force au pied des arbres de la rive. Rien, pas une bosse, un talus, une digue pour rompre la monotonie du paysage. De la terre parvenait une odeur lourde de fumée de bois, de vase remuée, de plantes mortes. Il semblait que personne ne vécût sur cette platitude marécageuse. Au-delà, pourtant, grouillait tout un monde lacustre, industrieux, attentif, secret, hostile peut-être.

– C'est pas l'enthousiasme, remarqua Rouzic. Ce doit être l'heure de la sieste.

– Vous espériez peut-être être accueilli par des fanfares et par les enfants des écoles brandissant des drapeaux tricolores ?

– Non, mon capitaine. Mais ce vide, ce silence...

– Op-pres-sant, précisa Ferlac avec jubilation.

Mais à mesure que l'on s'approchait de Saïgon, des hameaux de *ca nha* découvraient leurs toits de palmes. Des silhouettes noires, debout sur des radeaux de bambous, relevaient des filets miroitant de paillettes. Des buffles croûteux de boue grise, cornes en diadème, tendaient leurs mufles poilus vers l'énorme machin qui troublait leur baignade.

A bâbord, les réservoirs de la Shell balisaient l'entrée du port. Dans une demi-heure, le *Jehan de Witt* serait à poste le long du quai. Fabienne disparut dans sa cabine pour un dernier regard à sa glace. Ferlac fila vers l'avant où le maréchal des logis Locatelli, son adjoint, avait rassemblé son peloton. Quand il remonta, les treuils tendaient les aussières et des coolies poussaient des passerelles aux coupées du bateau.

– C'est ici que nous nous quittons, décida le capitaine.

Fabienne n'avait de regard que pour la foule parmi laquelle elle cherchait déjà la casquette blanche de l'enseigne de vaisseau Récy. Elle répondit presque distraitement.

– Mais nous nous reverrons, Philippe. Je vous donnerai mon adresse à tous. On s'écrira.

– C'est juré.

Rouzic et Ferlac ne doutaient pas de tenir un jour leur serment. Seul, Philippe Ebrard savait ce que valaient les promesses de fin de croisière.

– Bon, je rejoins mes types, dit Ferlac.

Sans lui demander sa permission, il embrassa la jeune femme, tapa dans le dos de Rouzic et, au garde-à-vous, la main au calot, puisque la hiérarchie reprenait ses droits, il salua réglementairement le capitaine. Il s'éloigna d'un pas décidé, une grosse valise au poing, son sac à l'épaule.

– Nous revoilà des « isolés », Rouzic. Je ne vous dis pas à bientôt, je n'y crois pas.

A terre, avant de se perdre dans la cohue, ils se retournèrent. Fabienne était toujours sur le pont. Ils lui firent de grands signes de la main. Mais elle ne les regardait pas.

Le pont sur lequel était restée Fabienne était désert. Mais elle ne se décidait pas à le quitter de peur qu'Alain n'arrivât pendant qu'elle errait dans les coursives et que ne la voyant pas, il repartît sans l'attendre. De son poste de guet, elle ne pouvait pas le manquer.

Le *Jehan de Witt* achevait de se vider. Les derniers passagers, comme des spectateurs attardés à la sortie d'un cinéma ne se pressaient plus. Sur le quai, les chapeaux de paille des coolies prenaient peu à peu la place des coiffures militaires. Une nuée de petits hommes noirs, tous pareils, piaillaient autour des palanquées qu'extrayaient de ses cales les mâts de charge du bateau.

Elle distinguait au bout de l'avenue que longeait la rivière le drapeau de l'Amirauté. Un gros navire de guerre y était à poste et, comme des canetons autour de leur mère croisent sans trop s'en éloigner, d'autres petits bâtiments l'entouraient : des péniches de débarquement, des chalands, des chaloupes. Fabienne se dit que parmi elles, il y avait peut-être la *Farandole* que commandait son mari.

Devant elle, de l'autre côté de l'esplanade des docks, on était en train de refermer les grilles de la Douane. Pour pénétrer dans le port, il n'y avait d'autre passage que celui-là. Au fil des minutes, son impatience grandissait et, plus que son inquiétude, sa mauvaise humeur. Il ne lui venait même pas à l'esprit qu'Alain eût pu être retardé contre son gré. Elle s'indignait presque. Car enfin, chez elle, à Concarneau et ailleurs, il fallait qu'une femme soit en train d'accoucher ou à l'agonie pour ne pas courir assister à l'arrivée de son homme. Le fait que les situations fussent inversées ne changeait rien à l'affaire. Si dans cinq minutes il n'était pas là avec des explications satisfaisantes, elle saurait bien lui manifester sa contrariété.

Mais elle savait aussi que devant son air penaud et contrit, elle fondrait comme neige et ne pourrait se retenir de lui sauter au cou au risque de faire rouler dans la poussière sa belle casquette immaculée. Or, aussi loin qu'elle pût voir, il n'y avait rien qui ressemblât à une Jeep et encore moins à une casquette.

Une main se posa sur son bras. Elle sursauta et se retourna vivement. Ce n'était pas l'enseigne de vaisseau Récy qui lui faisait face, mais seulement un officier de la base de transit.

– Vous ne pouvez pas rester là, madame.

– Mon mari doit venir me chercher, monsieur. Il ne va pas tarder.

– Vous devriez téléphoner du bureau de la Douane. Vous avez bien le numéro de son service ?

Elle secoua la tête négativement. Il jeta un bref coup d'œil sur ses bagages.

– Je vais vous envoyer deux hommes pour descendre ça. Ils vous appelleront un cyclo-pousse.

Au pied de la passerelle, il y en avait un justement, surgi comme d'une trappe, qui attendait, le pied calé sur la pédale haute de son tricycle prêt à partir. D'un air engageant, il souleva son chapeau de feutre pisseux. Fabienne lui fit signe qu'elle n'avait pas besoin de lui. Il démarra mollement, en danseuse avec un haussement d'épaules résigné.

Elle fit déposer ses valises à l'ombre d'une pile de grandes caisses oblongues, peintes en vert sombre. Vissée sur chaque boîte, une étiquette métallique indiquait son contenu : un grade, un nom, une croix, une date. Surmontant son appréhension, elle entreprit de les déchiffrer toutes. Celle qu'elle redoutait de lire était la dernière. « Enseigne de vaisseau Alain Récy, † 23 Déc. 1945. » C'était au pied de son cercueil qu'il lui avait donné son dernier rendez-vous.

Un instant elle resta les yeux écarquillés sur les lettres blanches comme pour s'assurer qu'elles n'étaient pas nées d'une hallucination due au soleil trop fort ou à l'énervement de l'attente. Elle posa sa main à plat sur les planches mal rabotées. Ces caisses étaient bien des cercueils.

Prise de vertige, elle se laissa tomber sur le sol où elle demeura assise, la tête dans ses mains, secouée de sanglots sous le regard indifférent des coolies qui passaient et repassaient devant elle sans la voir.

Elle entendit grincer la grille des Douanes et le ronflement d'un moteur. Les yeux encore aveuglés de larmes mais prise d'un fol espoir, elle courut vers la voiture en trébuchant dans le mâchefer du quai. Un officier de marine venait à sa rencontre, forme floue et pâle, comme à travers un rideau de pluie lui apparaissait Alain, à Brest, derrière les glaces du café où ils avaient l'habitude de se retrouver. Elle l'appela du fond d'elle-même d'un cri silencieux.

– Madame Récy ? Capitaine de corvette Normand, de l'état-major de Marine Saïgon.

– ...

– Ainsi, vous savez déjà. Nous aurions préféré vous l'apprendre nous-mêmes. C'eût été moins brutal, moins cruel.

– Ce n'est pas votre faute.

L'officier bredouilla ses condoléances dont il avait

pourtant répété la leçon et pesé tous les termes. La Marine française solidaire... associée dans le même deuil... mort héroïque... Légion d'honneur.

Que lui importait la gloire d'un mort, des lauriers fanés sur une tombe ? Où aller dans cette nuit de l'âme où plus une lueur d'espoir ne brillait ? Mais l'officier répondit à cette interrogation muette.

– On m'a assuré que vous pourriez repartir pour la France après-demain, par le même bateau... que lui.

Elle leva sur Normand ses yeux noyés de larmes. Comme si l'accompagner pour son dernier voyage eût pu atténuer son chagrin !

A l'Amirauté, Normand emmena Fabienne directement dans son bureau. C'était une pièce un peu sombre, isolée de la chaleur et du bruit par la véranda qui courait tout autour de l'étage. Derrière la table une carte de la Cochinchine couvrait tout le mur. Tout ce qui était navigable, rivières, canaux, arroyos y traçait un réseau de veines et de veinules bleues comme sur les écorchés des planches anatomiques.

Au fauteuil de rotin qu'il lui proposa, elle préféra une chaise où elle se piqua toute droite, les mains serrées entre ses genoux. Un reste de larmes scintillait au fond de ses yeux noirs.

– Vous m'avez demandé tout à l'heure, madame, de vous raconter les circonstances de la mort de votre mari. Je ne pourrais que vous lire le compte rendu que j'en ai. Mais il se trouve que j'ai ici un témoin direct, le second maître Belloch. Il avait le rôle de second à bord de la *Farandole*. C'est un homme simple et sa franchise risque de vous heurter.

– Vous n'avez rien à me cacher, n'est-ce pas ?

– Non, bien sûr.

– Alors, je veux tout savoir.

Belloch entra, gêné, tortillant dans ses doigts son béret de toile bleue délavée. N'osant croiser le regard de Fabienne, il se tourna vers le capitaine de corvette et entama son récit d'une voix impersonnelle et sourde.

– Nous étions de patrouille sur le Vaïco. C'était le matin, vers neuf heures. « Monsieur » Récy * voulait

* Usage ancien de la Royale, tombé en désuétude.

essayer de remonter la rivière de Tay Ninh. Au confluent, nous avons sondé. Il n'y avait pas trente centimètres d'eau sous la quille et puis c'était plein de gros paquets de leur espèce de liserons qui risquaient de se fourrer dans l'hélice. Au bac de Cau Lac, nous avons viré de bord et nous nous sommes laissés dériver par le courant jusqu'à la sucrerie pour y déposer le courrier et les colis de Noël aux marsouins du poste. Trois kilomètres après, on a sauté. Une saloperie de mine bricolée sur des flotteurs en bidons d'huile mouillée dans le chenal. Elle a faussé la mèche du gouvernail. Il est resté bloqué. Le bateau est allé s'échouer dans la rive. Ça s'est mis à tirer devant nous, d'un village caché dans les bananiers et les bambous. Et derrière aussi. De partout. L'embuscade, quoi! Nous avons répondu avec les mitrailleuses et le mortier. Un obus a foutu le feu aux *ca nha*. Les Viets sont sortis en gueulant. Pendant que je le couvrais, Monsieur Récy a foncé vers eux avec quatre matelots à nous et trois partisans. J'ai entendu que ça accrochait dur dans les paillotes. Deux grenades ont explosé et la fusillade s'est calmée. Les nôtres sont revenus. Quatre *nha qué* qu'ils avaient raflés dans leurs trous portaient un de leurs lits de bambou. Le lieutenant était dessus. Je l'ai fait transborder sur un banc le long de la claire-voie de la machine à l'ombre du taud. Son short était plein de sang. J'ai cru que c'était au ventre... Il faut que je continue, commandant?

Normand interrogea Fabienne du regard. Elle acquiesça.

– Il avait un trou, là – Belloch montra l'endroit, à l'aine – comme le poing. Il se vidait en vitesse, le lieutenant. Il a ouvert les yeux et il m'a dit tout d'une traite, comme s'il avait peur de pas pouvoir aller jusqu'au bout : « C'est l'artère fémorale. Mets-y un paquet de pansements tout entier et presse fort. Trouve un sampan. Envoie deux partisans prévenir à la sucrerie. Avec un peu de chance, la liaison de Tay Ninh y sera encore. Mais, vite! » Je lui ai dit qu'on gagnerait du temps à l'y mettre tout de suite, sur le sampan. Il m'a répondu : « La *Farandole* n'est peut-être qu'une mauvaise chaloupe, mais c'est mon bateau, Belloch. » Le lieutenant était pâle. Il avait refermé les yeux. Il n'avait pas l'air d'avoir mal. Il m'a dit encore, mais j'ai dû me pencher sur lui pour l'entendre : « Belloch, pour le sampan, ce n'est plus la peine... Dommage... La vie, j'aimais. »

– Il n'a pas dit un mot de moi, monsieur ?

Belloch affronta alors le regard de Fabienne.

– Il a dit « la vie », madame.

La Jeep de la Marine conduisit Fabienne Récy jusqu'au centre d'accueil des « filles » à Dakao, aux lisières de Saïgon. Ses yeux brûlaient tant d'avoir trop pleuré que, de la ville, elle ne vit rien que des alternances d'ombre verte sous les arbres des boulevards et de lumière aveuglante aux traversées des places et des carrefours.

Dans sa chambre, elle se garda d'ouvrir les persiennes fermées dès le matin pour conserver la fraîcheur de la nuit. Au-dessus du lit, la moustiquaire tendait son baldaquin de mousseline. Avant de se coucher, elle la fit retomber et la borda sous le mince matelas, moins pour se défendre des moustiques que pour établir une barrière de plus entre elle et le reste du monde. Son orgueil refusait la pitié. Elle entendait assumer seule son mal et ne devoir à personne sa guérison, espérant qu'avec le temps, un jour, elle ne souffrirait plus que des souvenirs de sa peine.

Fabienne avait encore deux jours pour donner une réponse au capitaine de corvette Normand. Mais elle était au moins sûre d'une chose : elle ne reviendrait pas en France par le *Jehan de Witt*. Qu'on pense d'elle ce qu'on voulait, à Brest comme à Concarneau. Les Récy ne manqueraient pas de juger sévèrement son absence à l'enterrement de leur fils. Il en serait de même pour ses parents pour lesquels une veuve de marin dont la mer a bien voulu rendre le corps ne pouvait se soustraire au devoir sacré de le porter en terre.

A Concarneau, elle reprendrait possession de sa chambre de jeune fille avec ses nounours et ses poupées qu'elle n'aimait plus depuis qu'elle avait choisi le métier de soigner les hommes. Sa mère prendrait la relève de ses larmes pour lui reprocher de ne pas pleurer assez. Le père Le Louharn partagerait sincèrement le chagrin de sa fille, mais avec le bel entêtement de sa race, il reprendrait son projet de mariage que sa liberté recouvrée rendait de nouveau réalisable. Elle l'entendait proférer, l'air de rien, entre deux bouffées de sa pipe : « On fait aussi bien une veuve dans la Royale que dans la grande pêche », ou bien « L'Indochine, ce n'est pas mal, mais pour la langouste, il n'y a pas besoin d'aller aussi loin. »

Étienne, son prétendant, allait réapparaître, énorme et taciturne, le dimanche, un bouquet dans une main, sa casquette de navigateur dans l'autre. Excédée par ses avances embarrassées et l'obstination de son père à le lui faire aimer, elle finirait par se montrer odieuse. Le tableau était aussi sombre qu'un ciel de fin du monde.

Fabienne avait bien conscience de l'avoir noirci un peu trop. Il emporta néanmoins sa décision. Alain était mort en Indochine. C'était en Indochine qu'elle réapprendrait à vivre.

II

Parce qu'il ne savait trop que faire de ses cavaliers démontés, le commandement de la place de Saïgon en faisait n'importe quoi, arguant, et il n'avait pas tort, qu'une troupe, quelle que soit sa valeur, perdait de sa combativité en ne l'exerçant pas.

Parqué au quartier Martin-Despallières, presque au centre de la ville, le 1er escadron qu'avait rejoint le sous-lieutenant de Ferlac était employé à des missions aussi hétéroclites qu'indignes du corps d'élite qu'il se flattait d'être. C'est ainsi que le premier soir, Ferlac avait été désigné pour une patrouille mixte. En effet, les Anglais du général Gracey, chargés d'assurer l'ordre dans le sud de l'Indochine entre le départ des Japonais et l'arrivée du Corps expéditionnaire français, lui passaient les consignes.

Pendant deux heures, il avait dû arpenter les rues chaudes en compagnie d'un officier sikh et d'une escouade de soldats gurkha. Le premier, un individu colossal, avec ses yeux de braise et sa barbe flave roulée dans un filet, avait l'air d'un prince hindou en rupture d'éléphant et de tigre, fourvoyé dans une battue au lapin.

Les seconds étaient de petits bougres, à la mine sombre, strictement sapés de vert olive, armés de rifles démesurés et d'un poignard à lame courbe qui, disait-on, avait fait merveille dans les aveugles échauffourées de la jungle birmane. Apparemment, ils ne parlaient aucune langue connue et Ferlac qui avait essayé d'engager la conversation dans le style de la méthode Ollendorf * en avait été pour ses frais. Mais leur mutisme altier n'était peut-être que la marque du mépris affiché par les serviteurs de l'Empire britannique, toutes couleurs de peau confondues, à l'égard des autres soldats du monde, considérés par eux comme des farceurs, voire des incapables.

Pour économiser le combustible de la centrale électrique plus que pour faire appliquer un illusoire couvre-feu, le courant était coupé à dix heures du soir. Mais au fond des cours et des boutiques, des lampes rougeoyaient, éclairant de suspects conciliabules autour de tambouilles sataniques. C'était du moins comme cela que Ferlac avait vu la chose.

Deux jours plus tard, le 1er escadron avait été affecté à la garde de cette même centrale. Le charbon tonkinois n'arrivait plus depuis des semaines. Les chaudières ne brûlaient plus que du maïs et du paddy. C'est pourquoi la tâche des chasseurs consistait davantage à empêcher le chapardage, au reste justifié par la pénurie, que le sabotage des machines. L'usine était bordée par un arroyo où elle puisait son eau. C'était par cette voie que les affamés pouvaient accéder à la manne.

Le poste du peloton Ferlac était justement installé sur la rive. A la lueur d'une lune avare, l'eau noire avait de sinistres reflets d'huile et le faible courant charriait lentement des paquets d'herbes qu'il était facile de confondre avec des sampans poussés par une gaffe silencieuse. Il en était résulté, la première nuit, une fusillade intense et l'on estimait miraculeux qu'elle n'eût pas fait de victimes.

Alors que l'escadron commençait à s'habituer à sa mission, à ne plus prendre des liserons flottants pour des bateaux pirates et des lucioles pour des lanternes, on l'avait ramené à Martin-Despallières, transformé en compagnie de transport et équipé de camions japonais de récupération. Avant de rendre l'âme, les guimbardes, sabotées pour la plupart, avaient permis aux chasseurs d'appliquer sur des parcours difficiles les leçons de conduite reçues sur les routes ombragées et paisibles du Tarn-et-Garonne.

Pour se consoler, les jeunes lieutenants avaient le soir la

* La clef du jardinier est dans la poche de ma tante.

ressource d'aller voir se pâmer dans des bras d'officiers supérieurs des créatures dorées et pneumatiques et siroter des punchs incendiaires au Club de la cavalerie que deux colonels, et non des moindres, animaient de leurs extravagances.

Le colonel Petitpierre, du 1er Chasseurs, n'était pas de ceux-là. C'était un homme qui faisait profession d'austérité, ne portait jamais de chaussettes et, à l'instar de certains anachorètes, avait des cheveux si longs sur la nuque qu'il eût pu s'en faire un chignon.

Berger, le capitaine de Ferlac, officier qui pourtant avait l'air d'avoir toute sa tête, avait un jour fait irruption dans le bureau du colonel et l'avait mis en demeure d'une façon particulièrement véhémente de donner à sa troupe une mission correspondant à sa capacité. Il avait immédiatement pris des arrêts glorieux. Ses cadres et ses hommes se fussent immolés sur le même bûcher si le bruit n'avait couru d'un prochain départ de l'escadron vers un secteur où il se passait enfin quelque chose qui ressemblait à la guerre.

Il était temps. Le sous-lieutenant Loubrerie de Ferlac commençait à se demander si le Corps expéditionnaire n'était pas composé que d'hurluberlus.

Cette fâcheuse impression se trouva confirmée lorsque l'escadron, débarquant dans la citadelle de Tay Ninh, y fut reçu par le lieutenant Dorset, commandant d'armes par intérim. Dorset – il prononçait « Dorsett » à l'anglaise – était un très vieil officier de réserve, habillé en boy-scout attardé, constellé de badges et de pompons de couleur, coiffé d'un chapeau de feutre coquettement relevé sur le côté du salut militaire par un bouton-pression. Il ne se déplaçait pas sans une canne de battue et un chien de chasse du genre setter, Dick, dit aussi « Grande Saucisse », efflanqué comme un peigne et aussi chenu que son maître.

– Après l'asile, c'est l'hospice, murmura Ferlac.

– Fasse le Ciel que ça ne devienne pas l'hôpital, répondit Dorset qui avait l'oreille fine.

A la popote où le capitaine, eu égard à son âge, le laissa présider la table, il raconta qu'à Ceylan la plantation de thé qu'il dirigeait depuis plus de vingt ans avait été détruite.

– Pourtant ce n'était pas la guerre, à Ceylan, insinua le capitaine Berger.

– Non, mais il y a des éléphants, monsieur. C'est la même chose et quand ces animaux se mêlent d'être contrariants, croyez-moi, ils le sont.

Sa ruine consommée, il n'avait eu d'autre ressource pour lui survivre que de rempiler dans l'Armée française, à Trincomali où se formait le Corps léger d'intervention. Il raconta aussi, presque sur le ton badin de la conversation, le drame que venait de vivre le régiment de dragons et qui motivait sa relève par les chasseurs. Une tentative de conquérir le Nui Baden, montagne toute proche, truffée de grottes, de caches et de pagodes souterraines, s'était soldée par la perte d'un sous-officier et de plusieurs hommes. Au retour d'une opération de nettoyage, une embuscade avait tué le chef de corps, deux officiers et blessé beaucoup de monde.

– Mais qui? demanda le capitaine Berger.

– Est-ce que l'on sait! L'ennemi est divers, fluide, insaisissable. Phu So, l'ermite de la Dame noire? On le dit partout, on ne l'a encore trouvé nulle part. La bande d'Auber, le métis? Elle s'est réfugiée dans la plaine des Joncs. Elle n'a que la route de Phnom Penh à traverser et elle est là. Les caodaïstes? Des farfelus sanglants armés par les Japs. Leur pape, Tran Quang Vinh a été exilé, mais Pham Cong Tac, son grand vicaire, trône dans une cathédrale de fou, en pleine forêt, à deux pas d'ici. Les Viets? C'est tout le monde et personne. Ils se détestent tous autant qu'ils sont. Ils s'étripent frénétiquement, mais dès qu'il s'agit de nous cogner dessus, ils sont comme derrière et chemise. Les dragons se sont cassé les dents à ne mordre que du vent. Étêté, décimé, le régiment était irréparable.

Le lieutenant Mikian, que l'on avait promu officier mécanicien parce qu'il était ferrailleur dans le civil, se permit d'intervenir.

– Comme dans les manuels de maintenance américains, alors? Si un truc ne marche pas, on le change et c'est tout.

– C'est cela.

– Faut être riche, ajouta Ferlac.

– Eh oui, jeune homme!

Riche, le 1er escadron ne l'était pas. Au lieu des automitrailleuses et des scout-cars sur lesquels ils s'étaient entraînés à Montauban, les chasseurs ne trouvèrent dans les garages de la citadelle que des camionnettes britanniques, haut perchées et camuses comme des bouledogues.

Trois d'entre elles étaient des citernes de deux mille litres dont l'emploi n'apparaissait pas évident dans un pays inondé les trois quarts de l'année. Néanmoins le capitaine Berger, dans un grand souci d'équité, en affecta une à chacun de ses chefs de peloton pour lui servir de véhicule de commandement.

Pour sa première sortie, Ferlac, prit donc place dans la cabine, son escorte, hilare, s'installa à califourchon sur la tonne comme les quatre fils Aymon sur leur cheval Bayard. La mission était aussi simple que ses moyens limités. Elle consistait à accompagner le lieutenant Dorset et une cinquantaine de coolies cantonniers jusqu'à leur chantier sur la route des Plantations, régulièrement sabotée.

Le vieil officier, excipant de sa longue expérience dans le maniement des ouvriers indigènes, s'était octroyé cette tâche puisque aussi bien personne n'en voulait. Il avait conçu une méthode pour embarquer le plus de monde possible dans un seul camion et le faire débarquer sans perte de temps. Il l'exposa à Bertrand, médusé.

– Je démarre brusquement. Ils se tassent sur l'avant et j'en fourre dix de plus. A l'arrivée, je freine de même et tout le monde descend d'un seul coup comme d'une benne basculante. Astucieux, non?

– Et ils ne gueulent pas?

– Si, mais de rire.

– Ah bon.

Mais le sous-lieutenant de Ferlac, qui avait des principes en matière de politique coloniale, ne trouvait pas cela tellement drôle. Les choses se passèrent comme l'avait dit Dorset. Sur le chantier, avant de faire demi-tour, Bertrand s'inquiéta de laisser le vieux lieutenant tout seul, en pleine forêt armé de son Smith et Wesson à six coups contre un demi-cent de coupe-coupe, de haches et de pioches.

– Vous n'avez pas peur qu'il vous arrive quelque chose, mon lieutenant ?

– Que voulez-vous qu'il m'arrive ? A la guerre, jeune homme, la mort a trop à faire pour s'occuper des vieux.

Bertrand le vit pour la dernière fois, assis sur sa fameuse canne, un petit cigare tordu au coin de la bouche, Dick couché à côté de lui.

Ce fut le chien qui donna l'alerte. A bout de forces, il s'effondra aux pieds de la sentinelle, la gueule mousseuse de bave, la langue pendante, ses beaux yeux dorés embrumés déjà par l'agonie. Le capitaine était à la résidence en ville pour sa visite de politesse. On eût perdu du temps à l'aller prévenir. Mikian était le plus ancien des lieutenants. Il décida trop vite.

– J'y vais voir avec le bahut du dépannage. Des fois que leur camion serait en brioche.

Mais il se doutait bien que si le chien avait couru à en crever ce n'était pas pour avertir d'une simple panne.

– Je vais avec vous, dit Bertrand.

– C'est moi qui commande, Ferlac. Vous obéissez. Vous restez !

Le sous-lieutenant se renfrogna. C'était la première occasion qu'il avait de se battre enfin, et parce qu'il avait un malheureux galon de plus, cette espèce d'Arménien la lui « sucrait » !

Mikian rafla une demi-douzaine de chasseurs du peloton de commandement, le sien, et démarra sur les chapeaux de roues. Comme au bout de deux heures il n'était pas revenu, le capitaine rassembla tout l'escadron sauf les hommes de garde et les éclopés de l'infirmerie. Le convoi buta sur un arbre énorme abattu en travers de la route. Une centaine de mètres plus loin, le pick-up de Mikian achevait de se consumer dans un gros nuage de fumée noire. Les cadavres des six hommes, cueillis au vol alors qu'ils sautaient de la plate-forme, gisaient épars, criblés de balles sur la terre rouge de la chaussée qu'assombrissait leur sang. Dans la cabine, ils découvrirent ce qui restait de Mikian et de son chauffeur, deux pauvres choses informes, calcinées, ratatinées, réduites par le feu à la dimension d'un enfant de quatre ans.

Berger ne s'y attarda pas. Pour eux, il n'y avait plus rien à faire. Un peu plus loin, au milieu de son chantier déserté, le lieutenant Dorset était mort lui aussi, la gorge tranchée jusqu'aux oreilles. Ils retrouvèrent dans l'herbe, à quelques mètres, son revolver vide et sa canne de battue brisée en deux. Ses coolies, qui s'étaient égaillés dans la forêt, en ressortirent un à un, tremblants, gris de peur. Leur *caï* s'agenouilla devant le capitaine et se prosterna trois fois, les mains jointes, dans un geste de supplication.

– Les Viets, lui, beaucoup.

– Quels Viets ?

– Pas connaisse.

– Pas connaisse, mon con! Laissez-le-moi cinq minutes, ce coolie de merde, mon capitaine, dit le lieutenant Brébant. Je vais le faire parler, moi. J'en ai fait chanter de plus mariolles.

Brébant avait été commissaire de police, à Paris, pendant l'occupation. Il fallait qu'il fût au comble de l'indignation pour lâcher un peu de son inavouable passé. Berger le calma.

– Si c'était eux, ils ne seraient pas revenus pour nous le dire, Brébant.

Le camion de Dorset était intact sauf quelques trous dans la tôle du capot et de la portière. Son chauffeur avait disparu. Le *caï* durement secoué ne put qu'avouer : « Lui parti. » Ce qui était l'évidence.

– T'occupe. On le retrouvera, gronda Brébant.

Le capitaine n'eut d'autre moyen pour ramener le corps du lieutenant Dorset que de le faire lier, assis, sur son siège. Les coolies embarquèrent tous sans qu'on eût à employer le procédé dont Dorset était si fier. Revenu sur le lieu de l'embuscade, Berger laissa à son plus jeune officier le soin d'emballer dans une bâche les horribles dépouilles noires et sanguinolentes de Mikian et de son conducteur. La puanteur de viande brûlée était atroce. Ferlac s'écarta pour dégueuler tout ce qu'il savait. Il hoqueta entre deux nausées.

– Je ne sais pas si je pourrai, mon capitaine.

– Eh bien, prenez sur vous, mon vieux.

Il s'exécuta, livide, aidé par son adjoint, Locatelli, que rien ne rebutait. Sa tâche terminée, Berger posa sa main sur son épaule.

– C'est votre premier mort, Ferlac ?

– Oui.

Le sous-lieutenant de Ferlac venait d'avouer lui aussi que la guerre, la vraie, celle du sang et des larmes, il la voyait pour la première fois. Mais était-ce vraiment la guerre, ça ?

Ils furent enterrés le lendemain très tôt, avant la chaleur, dans le petit cimetière français de Tay Ninh où, sous d'autres croix militaires, des frères d'armes les attendaient. Les fleurs ne manquaient pas. L'escadron en couvrit les tombes fraîches. Elles furent aussitôt fanées.

La cérémonie terminée, le capitaine rassembla ses officiers à la popote, Brébant, Ferlac et le sous-lieutenant de Saint-Alvère qui était arrivé depuis à peine une heure avec le convoi. Il tombait bien celui-là ! Il avait l'air d'un adolescent poussé en graine, si mince qu'il eût pu faire deux fois le tour de sa taille avec son ceinturon. Enfin, presque. Il roulait dans l'échancrure du col de sa chemise une pomme d'Adam distinguée.

Ils pensaient tous que Berger les réunissait pour tirer devant eux les leçons du désastre de la veille. Il n'en fut rien. Le capitaine fit apporter du rhum et de la mélasse, produits d'une sucrerie locale. Il pressa lui-même des citrons verts et avec recueillement, comme s'il accomplissait quelque rite sacré, il confectionna un punch décapant qui fit sortir les yeux de la tête aux deux sous-lieutenants. Brébant avala son verre sans sourciller et clapa de la langue.

– Fameux ! A réveiller un mort, mon capitaine.

– L'image n'est guère de circonstance, Brébant.

Elle fit sourire quand même. On but une deuxième tournée et sans trop s'attendrir, on évoqua les disparus en les parant de toutes les vertus, celles qu'ils avaient vraiment et celles qu'avec le temps, on eût peut-être découvertes. Berger mira la bonbonne de rhum. Elle était presque vide.

– Un beau jour, il faudra aller en chercher à Hiep Hoa. Il y a maintenant un poste de marsouins dans la sucrerie. Un lieutenant Rouzic ou quelque chose comme ça.

– Rouzic, s'écria Ferlac. Je le connais. C'est un ami.
– Eh bien, il nous fera des prix.

Mais l'état-major du secteur trouva qu'il y avait des opérations plus urgentes. Réoccuper le Nui Baden, par exemple. Des renseignements permettaient de penser que l'ermite de la Dame noire y était revenu.

La montagne, posée sur la plaine comme un entonnoir renversé sur une table, était ceinte d'une bonne piste. Elle fut encerclée sans peine. Au 1er escadron échut l'honneur de l'escalader. Le peloton Ferlac qui devait s'y installer prit la tête de la colonne.

Un escalier de pierre aux marches abruptes grimpait sous un tunnel de feuillage entre des arbres gigantesques et d'impénétrables fourrés rendant tout débordement impossible. Le sous-lieutenant, ailé par l'enthousiasme, s'y élança quatre à quatre, devant ses éclaireurs, au mépris de toute prudence. Mais ce qui aurait pu être une impardonnable bêtise ne fut qu'une fanfaronnade sans conséquence. Sur le parvis des temples, à mi-chemin du sommet, le prieur des monastères l'attendait, revêtu des riches attributs de son sacerdoce et mitré d'or.

– Merde, un évêque, s'exclama le cavalier Caron éhabi.

– Moi, je ne vois de crosse que celle de mon flingue, dit le brigadier Révoil.

– Et son chapeau, c'est quoi ?

– Y a pas d'évêque chez les bonzes.

– Y a bien un pape chez les Cao Daï.

Ferlac se retourna vers les bavards.

– Vous allez la fermer un peu, derrière ! C'est un genre d'église, ici.

– Qu'est-ce que je disais, chuchota le cavalier Caron.

Il ôta son béret de toile et s'avança vers le moine. A l'évidence, le personnage rondouillard et souriant qui l'accueillait n'était pas celui qu'il espérait trouver. Mais bien qu'il fût déçu, Ferlac était plutôt soulagé d'avoir atteint son objectif sans incidents. Le capitaine aussi. Il arriva peu après avec le gros de la procession, suivi par une théorie de porteurs, ballots et caisses sur la tête, dans la plus pure tradition des explorations coloniales. Le sous-lieutenant rendit compte sobrement comme il était prescrit, d'autant qu'il ne s'était rien passé.

– R.A.S., mon capitaine.

– Et manque personne ! Je vois, Ferlac, je vois. Et qui est ce gentilhomme en costume de carnaval ?

– Je ne le lui ai pas demandé. Ce doit être l'abbé.

Le révérend gazouillait un peu le français, ce qui facilita grandement l'interrogatoire de Brébant.

– Et l'ermite de la Dame noire, monseigneur, connaisse ou pas connaisse ?

Sortant sa main de sa large manche, le religieux eut un geste circulaire et évasif.

– Des ermites, y en a, monsieur, mais beaucoup vieux et beaucoup malades.

– Montre-les voir un peu tes cénobites.

De fait les grottes de la montagne en logeaient une vingtaine tout prêts à tomber en poussière de vétusté et grelottant de palu. Brébant leur jeta des poignées de petites pastilles jaunes de mépacrine comme des dragées à la sortie d'un baptême.

– Et ça va vous donner joli teint !

– Mais ça ne va pas vous changer de couleur, murmura Ferlac.

Le sous-lieutenant, toujours soucieux de ne pas heurter des convictions religieuses et de s'attirer la confiance du clergé, assista à l'office du soir à la pagode principale. Aménagée dans une vaste caverne, elle comportait tout ce qu'il fallait de bouddhas ventrus, de génies grimaçants, de gongs de bronze et de clochettes. Le chapitre, une poignée de bonzes réunis autour de leur abbé, se contenta de psalmodier des prières avec des voix d'outre-tombe et à toute vitesse. Les lampes à huile aux flammes tremblantes et fuligineuses rappelèrent à Bertrand de Ferlac les calels de cuivre de Cantegril, pendus pour faire joli de chaque côté de la cheminée de la cuisine.

Le peloton passa à table sous la présidence de son chef flanqué de ses deux sous-officiers, Locatelli et Lasalle.

– C'est quoi le menu, ce soir, Loca ?

– Caisse n° 1 *.

– Pudding aux rognons et pêches au sirop, alors ?

– Et du riz qu'a apporté « sézigue ».

* Rations anglaises numérotées de 1 à 7, celle du dimanche, que l'on ne voyait jamais.

« Sézigue », la mitre de travers, les mains modestement dissimulées dans ses manches, se tenait debout à l'autre extrémité de la table. Il semblait soucieux, mais son sourire crispé s'épanouit sur sa figure de lune quand il entendit comme venant du ventre de la montagne le halètement d'une machine. Presque aussitôt, des ampoules que personne n'avait remarquées rougeoyèrent un peu partout dans le temple. L'émerveillement des convives fut de courte durée. Les lumières s'éteignirent à peine allumées et une violente explosion précipita tout le monde à terre. « L'attaque enfin », pensa Ferlac.

– Ça pourrait chier, nota sobrement Locatelli.

Les hommes galopèrent à leurs postes de combat. Avant de les rejoindre au centre de son dispositif, le sous-lieutenant braqua le faisceau de sa lampe sur le bonze. Il était blême et tremblait comme un flan.

– Attends, mon salaud, que je revienne.

Mais dehors, la nuit était de nouveau silencieuse et calme. La grenade n'avait donc été que l'arme d'un attentat foireux. Lasalle et son groupe partirent à la recherche de son auteur. Ils revinrent bientôt, poussant à coups de pied aux fesses un vieux bonze, noir de suie et de cambouis, la soutane en dentelle.

– C'est leur usine, mon lieutenant. Lui, c'est le mécanicien. Sa chaudière lui a pété au nez, éclatée comme une figue mûre.

On se passa d'électricité. Ce fut le seul événement notable qui marqua le séjour, au reste éphémère, du 1er peloton sur le Nui Baden. Quatre jours plus tard, le capitaine Berger revint récupérer son monde.

– Allez, Ferlac, on remballe.

– La guerre est déjà finie, mon capitaine ?

– Pas encore, je le crains. Mais l'ermite est au trou et les Cao Daï parlent de se rallier.

Dommage ! Le sous-lieutenant de Ferlac se sentait à l'aise dans sa caverne comme un seigneur dedans son fort château. Il fut presque triste de planter là son gras chapelain et ses ouailles délabrées.

***

A l'arrivée du *Jehan de Witt* dans le port de Saïgon, une pancarte brandie parmi tant d'autres au-dessus des têtes portait le nom du capitaine Ebrard. Il fut fort aise de ne plus être l'isolé anonyme qu'il avait été à son départ de Marseille.

Une Austin des T.F.I.S. l'attendait. Il se dit qu'il eût volontiers partagé ce privilège avec ses trois amis s'il n'avait pas été trop tard pour le leur proposer. Fabienne Récy était certainement déjà dans les bras de son mari, Ferlac repris en main par son capitaine et Rouzic probablement attablé à la Pointe des Blagueurs * devant un demi frais.

Il n'avait à la main qu'un « baise-en-ville » de cuir culotté, mais en fait d'accessoires de galanterie, cette sabretache d'estafette ne contenait que ses pipes de première urgence et ses papiers. Quant au gros de ses bagages que les garçons de cabine du *Jehan de Witt* avaient consenti à descendre sur le quai, il eût perdu la face d'y toucher alors que divaguait autour de lui une main-d'œuvre aussi nombreuse que sous-employée.

Il avisa deux coolies planqués dans l'ombre d'un tas de caisses en train de taper un carton mystérieux. Avec délicatesse, il leur souleva le derrière du bout du pied et d'un geste sans réplique il leur indiqua sa cantine et sa valise.

– Moyen, *sep*, répondirent-ils avec un ensemble de duettistes.

Il les rétribua d'un paquet de Craven entamé en espérant non sans malignité que le nombre impair de cigarettes restantes donnerait lieu à une répartition orageuse. Il fut déçu. Les deux dockers parurent également satisfaits de leur part.

– En les revendant à la pièce, ils vont pouvoir se les rouler au moins trois jours, nota le chauffeur de l'Austin. Des bons à rien, tout ça. On y va, mon capitaine ?

– On va à Cholon, hôtel Co Cua.

– Mais je dois vous amener à l'état-major, moi.

– Tu fais ce que je dis.

– Mais je ne sais pas où c'est.

– Tu te démerderas !

* Bistrot en plein air au bord des quais du port de commerce.

Avec un rien de mauvaise humeur, le militaire fit crier ses pneus dans le virage de la douane.

– Et tu n'esquintes pas le matériel, ajouta Ebrard d'un ton glacial.

Il se souciait peu de passer sa première nuit dans le tohu-bohu du camp des Mares. Bien qu'elle fût encore plus agitée, il lui préférait l'ambiance d'un hôtel chinois dont les odeurs et le vacarme lui étaient devenus familiers depuis son séjour à Tchoung-King. Son nez s'était habitué au mélange subtil de fumets de cuisine, de tinettes et d'opium brûlé et son oreille s'était faite au tintamarre de la musique céleste, aux miaulements de ses chanteuses, au crépitement du mah-jong et aux raucités du parler cantonais.

A Langson, quelques jours avant le 9 mars 1945, Nhong Ho Tong, son logeur, lui avait recommandé à toutes fins utiles l'établissement que possédait à Cholon son cousin Lo Han. Ce n'était donc pas par hasard que Philippe avait choisi le Co Cua. Au milieu du hall d'entrée, sous un ventilateur immobile, le patron somnolait, les yeux mi-clos, sur une cathèdre de bois sombre incrusté de nacre. Il agitait mollement devant sa large figure huileuse un éventail de paille tressée.

Bien qu'il en fût surpris, il n'en laissa rien paraître quand il vit entrer chez lui, en uniforme, un officier français et il resta tout aussi impassible quand celui-ci s'adressa à lui dans sa langue. Il s'anima pourtant lorsqu'il entendit citer le nom de son lointain parent.

– C'est une honnête crapule. Quand l'avez-vous vu pour la dernière fois, monsieur le capitaine?

– Il y aura bientôt un an. J'espère que sa santé est restée bonne et que son négoce est prospère.

– Certainement. Il a été pillé par les Japonais, par les Viêt-minh et je suppose que mes compatriotes sont en train de le ruiner définitivement.

– Je croyais qu'ils n'étaient au Tonkin que pour veiller au départ de l'occupant japonais.

– Les soldats, vous savez... Et quand en plus ils sont chinois... Ils s'en foutent, monsieur le capitaine. Voulez-vous accepter un peu de ce mauvais thé?

Lo Han sortit de son panier capitonné une théière

ansée d'un fil de laiton et la leva très haut pour en faire glouglouter le jet dans la tasse.

Bien qu'il eût préféré une bière fraîche, Ebrard sirota son eau tiède avec la componction d'usage. Lorsqu'il eut terminé la sienne, l'hôtelier se racla la gorge, moula un crachat sur sa langue et l'expédia dans un pot de faïence par une trajectoire aussi tendue que celle d'un obus antichar. C'était sans doute sa manière de clore l'entretien car, s'arrachant à son fauteuil, il alla prendre une clef au tableau et la tendit à son client.

– Le boy va vous monter vos bagages. Peut-être souhaitez-vous partager votre repos avec quelqu'un ?

– Une autre fois.

Mais le capitaine Ebrard n'avait besoin de l'entremise de quiconque pour se procurer ce genre de délassement. Au reste, il se méfiait de sa gratuité. Il savait que chez les Chinois, comme ailleurs, il n'était de politesse que l'on ne dût rendre.

***

Bien qu'il eût appartenu à la D.G.E.R. *, le colonel Bauer, chef du 2e Bureau des T.F.I.S. n'usait pas pour exprimer des idées simples de l'ésotérique baragouin des professionnels du secret. Il était ouvert aux suggestions des hommes d'expérience plus qu'aux spéculations de ses anciens collègues qui, pour avoir mis un pied en Indochine, croyaient tout en savoir. Aussi était-il satisfait que le capitaine Ebrard eût été affecté dans son service. Il ne s'embarrassa pas de préliminaires pour entrer dans le vif de son sujet.

– Que savez-vous des sectes, Ebrard ?

– Qu'en Extrême-Orient, il s'en crée une chaque fois qu'un enfant vient au monde, mon colonel.

– Non, je veux parler de celles qui nous en font dans le dos, mon vieux. Les Hoa-Hao, les Binh Xuyen, les caodaïstes. Jusqu'à présent, ils donnent un coup de main aux Viets pour nous cogner dessus. Les premiers ne sont qu'une poignée, mille cinq cents peut-être, mais une poignée d'assassins frénétiques. Leur chef, Huynh Phu So,

* Direction générale des études et des renseignements.

ne sort de sa planque dans la plaine des Joncs que pour aller saccager les patelins pouilleux de sa périphérie. Les Binh Xuyen sont vaguement trotskistes. Ils tiennent le maquis dans la forêt de Rung Sat... et à Cholon, les tripots que les Chinois ne possèdent pas. Les caodaïstes sont installés dans la région de Tay Ninh. A tort ou à raison, on leur attribue quelques embuscades sanglantes contre nos gens. Mais ils n'ont plus beaucoup de munitions et ce ne sont pas les Viets qui leur en refileront. Leur pape à la noix, Pham Cong Tac, est aux Comores où nous l'avons expédié prendre le frais. Son grand vicaire ne se sent plus en position de force. Il est prêt, croit-on, à négocier le retour de son bon maître contre le ralliement de sa bande, et des bricoles en plus. Vous sentez-vous capable de me débrouiller ça ?

– Les moyens ?

– Pour vous, une Jeep. Pour eux, des armes pour remplacer leur camelote japonaise.

– De l'argent ?

– Une misère.

Ebrard porta son pouce à ses lèvres et déploya l'empan de sa main. Le colonel fronça les sourcils.

– Et ça veut dire quoi, votre imitation de trompette ?

– C'est le geste de reconnaissance des fumeurs d'opium, mon colonel.

– Ah bon. La Régie m'en céderait, mais les Cao Daï ne tirent pas sur le bambou.

– Ce n'est pas à eux que je pensais.

– Vous pensiez à qui ?

– Aux Chinois, comme intermédiaires.

– Ils ne se mouilleront pas.

– On peut quand même les faire réfléchir.

– En leur faisant sauter deux hôtels et trois boutiques à Cholon ? Et en faisant porter le chapeau aux autres ? C'est bien ce que vous vouliez dire ?

– ...

– Non ! Ce serait du racket... et florentin par-dessus le marché. Enfin... Ne faites rien sans me prévenir. A propos, où logez-vous, Ebrard ?

– Mais à Cholon, mon colonel, chez un Chinois.

Depuis plus de deux mois que le capitaine Ebrard

logeait sous son toit, Lo Han ne lui avait pas encore demandé pourquoi il avait choisi de vivre dans la ville chinoise plutôt qu'à Saigon. Les compartiments * à louer n'y manquaient pas qu'il eût pu partager agréablement avec des camarades ou avec une concubine annamite. Il avait d'abord pensé que l'officier s'était installé chez lui pour se perfectionner dans sa langue. Mais il ne parlait à personne. Leurs conversations, quand ils se rencontraient le soir dans le hall de l'hôtel, l'un devant son thé, l'autre devant sa bière, se bornaient à des silences entrecoupés de banalités qui ne laissaient en rien deviner les raisons de sa présence.

Parfois Ebrard redescendait de sa chambre en civil et traînait une chaise devant le seuil comme le faisaient les boutiquiers d'en face devant le bric-à-brac de leurs éventaires. La pipe au coin de la bouche, il contemplait les passants de la rue qu'éclairait la lumière mauve du couchant. Personne ne semblait le remarquer, ni les vieilles Chinoises boutonnées jusqu'au menton dans leur tunique noire ni les jeunes en kimonos fleuris, ni les écoliers en uniforme de leur congrégation qui pourtant, le soir de son arrivée, avaient admiré, le doigt dans la bouche et les yeux en billes d'agate, son insolite moustache.

Jamais une fille n'avait encore franchi la porte de sa chambre. Mais Lo Han, que les activités nocturnes de son client ne laissaient pas indifférent, se doutait bien, quand il lui demandait de lui appeler un cyclo, que ce n'était pas pour se rendre à une réunion d'état-major.

Depuis les premiers jours de février, le couvre-feu avait été levé et à Cholon régnait de nouveau l'incessante agitation de ses nuits. Partout, dans les gargotes, les dîneurs tricotaient des baguettes dans leur bol de soupe. Des girandoles d'ampoules colorées entouraient les enseignes des tripots.

La Nuit Bleue où se rendit ce soir-là le capitaine Ebrard n'était pas un établissement négligeable quoique son rez-de-chaussée fût réservé aux jeux populaires. Devant la roue des 36 Bêtes et autour des *ba quan* ** une

* Maison particulière sans étages, très répandue dans les agglomérations cochinchinoises.

** Sorte de bonneteau.

foule de coolies aux yeux enfiévrés brandissaient leurs gains du jour en liasses de petites coupures crasseuses. Au milieu de la salle, les Chinoises du *taï siou* * semblaient avoir autant de bras que les déesses hindoues. Le temps d'un battement de leurs faux cils, elles poussaient sur le tapis les mises que, d'une galerie du premier étage, les joueurs sérieux descendaient dans un seau de plage, secouaient les dés, renversaient la timbale, piaulaient les résultats, faisaient claquer les boules de leurs bouliers et réexpédiaient les gains par le même ascenseur, totalement indifférentes à l'infernal chahut qui les entourait.

Philippe joua deux cents piastres, rien que pour voir se lever vers lui les minois enfarinés des croupières. Les ayant perdues, il monta au dancing aménagé en plein air sur la terrasse de l'immeuble. Un orchestre qu'une affiche affirmait philippin jouait sans véritable entrain un arrangement asiatique d'une danse sud-américaine. Sur la piste encore vide, deux taxi-girls, moulées dans des étuis de satin artificiel, ondulaient des hanches avec l'air de s'embêter.

Ebrard prit dix tickets pour la plus petite des filles et commanda pour elle une menthe à l'eau à laquelle elle ne toucha pas. Alors que l'accordéon prenait son souffle pour un tango, elle posa sur son bras sa main fragile aux ongles trop longs.

– Pas danser ?

– Si, mais parler d'abord. La boîte ici, ce sont les Chinois ou les autres ?

– Pas Chinois.

C'étaient donc les Binh Xuyen. Mais elle avait hésité à répondre comme si elle avait eu peur de l'avouer.

Le matin même au bureau, en feuilletant les télégrammes de la nuit, il avait appris la mort de Ba Duong Bach Maï, leur maître. Décapitée, en plein désarroi, la secte devait hésiter sur le choix de ses alliés. Le moment était donc venu pour le capitaine de réaliser le plan longuement mûri depuis sa première entrevue avec le colonel. Dans le creux de sa main, il montra à la fille deux petits pots de cuivre du diamètre d'une boîte de cachous.

* Roulette.

– Tu connais?

Elle acquiesça.

– C'est l'opium.

– Ton patron, ça l'intéresse?

– Pas savoir.

Elle mentait. Tout le temps qu'il avait couché avec elle, elle lui avait préparé ses pipes, dévotement. Philippe lui tendit les pots.

– Mets-en un dans ton sac. C'est cadeau. L'autre, tu vas le lui donner et tu lui diras que je veux lui parler.

Elle revint une minute plus tard.

– Venir.

Il la suivit jusqu'au bar où étaient accoudés deux Annamites devant des cognac-soda. Ils se tournèrent vers lui, lentement.

– Alors, capitaine Ebrard, que pouvons-nous faire pour vous?

Le colonel Bauer releva ses lunettes sur son front et passa à Ebrard *Le Journal de Saïgon* qu'il était en train de lire.

– Vous arrivez bien, Ebrard. Vous avez vu ce papier?

L'article s'étalait à la une, illustré par une mauvaise photo prise au flash : « Attentat à la bombe dans un hôtel chinois à Cholon. »

Le texte fournissait les détails habituels : dégâts matériels, victimes (six blessés), intervention des pompiers, etc. Mais les poseurs de bombes avaient signé leur crime de leur emblème, celui des caodaïstes, un œil inscrit dans un triangle.

Le capitaine rendit son journal à Bauer, sans commentaires.

– Ça n'a pas l'air de vous surprendre.

– Il fallait s'y attendre, mon colonel. Ils ne vont pas s'en tenir là, maintenant. A moins bien sûr que...

– Ils? Qui, ils? Vous vous foutez du monde, hein?

– Je n'ai pas l'habitude de vadrouiller dans Cholon avec un « baise-en-ville » bourré d'explosifs, mon colonel.

– Taratata! Vous feriez mieux de tout me dire avant que la police ne s'en mêle. Elle nous coûte combien, cette connerie?

– Un kilo.
– Foutre!
– Les Binh Xuyen de la Nuit Bleue en ont été enchantés. Au reste, ils n'étaient pas mécontents d'éliminer un rival en mettant l'affaire sur le dos des autres.
– Et s'ils vendent la mèche?
– Ce sont les Cao Daï qui les feront sauter.
– Et voilà! Et votre Chinois, qu'en pense-t-il, lui?
– Il a trouvé un œil dans un triangle sur son comptoir, à son petit lever. Je lui ai soufflé dans l'oreille que, vu ce que je savais, il avait intérêt à s'entendre avec les farceurs de Tay Ninh. Je lui ai proposé de négocier sa paix en même temps que la nôtre, sur un terrain neutre, à condition qu'il ménage l'entrevue, mais cela, je ne le lui ai pas dit. Il a une petite plantation d'hévéas près de Cu Chi sur la route de Phnom Penh. Elle est abandonnée. On y sera tranquille.
– Et il va leur apporter quoi aux Cao Daï, dans sa musette, le Chinetoque?
En guise de réponse, le capitaine frotta son pouce contre son index.
– Bon, et nous?
– Mais vous me l'avez dit, mon colonel, le retour de leur pontife et quelques fagots d'armes.
– C'est mon rayon, en effet. Pour le reste, je vous fais confiance, encore que je me demande si vous n'êtes pas un peu marginal pour un officier de renseignements. Je ne veux pas me débarrasser de vous, Ebrard, mais je ne pense pas qu'après ce coup tordu il soit bien sain pour vous de rester à Saïgon. Que diriez-vous du Tonkin? Si tout va bien, nous serons à Hanoï avant la mi-mars.
Le capitaine Philippe Ebrard n'en demandait pas plus.

***

A Cu Chi, Ebrard prit la section de Légion qui devait l'escorter, mais il la laissa à l'entrée de la plantation de Lo Han, prête à intervenir au premier appel. Sans arme, il s'engagea sur la piste de terre rouge, suivi de l'hôtelier qui eût de loin préféré être assis en lotus sur son socle de poussah plutôt que de trotter dans sa poussière.

Les arbres, saignés à blanc au coupe-coupe, étaient morts et tendaient vers le ciel gris de plomb leurs branches dénudées. Le sinistre spectacle n'était pas sans rappeler celui qu'offraient aux poilus de 14-18 les forêts autrefois prospères, réduites par la mitraille à des moignons noircis et déchiquetés. En revanche, sur le sol qu'aucune ombre ne couvrait plus la brousse avait poussé, épaisse, impénétrable. De la maison du contremaître et du séchoir, il ne restait plus que des ruines calcinées. Sous un hangar, le malaxeur de crêpe et la calandre à laminer les feuilles de caoutchouc étaient déjà rongés de rouille.

Personne n'était au rendez-vous. Ebrard commençait à se demander si Lo Han, ayant eu vent de ses responsabilités dans la ruine de son compatriote, n'avait pas concocté quelque traquenard pour le venger. Son visage était impassible, mais il triturait entre ses gros doigts un morceau de gomme qu'il avait ramassé dans les décombres de son usine.

– Dites-moi, Lo Han, ils se font attendre vos curés?

– Mais ils sont là, monsieur le capitaine.

Lui les avait devinés, tapis dans les fourrés de tranh pour jauger sans qu'il pût les voir, ce guerrier que l'Armée française leur envoyait pour leur parler de paix. Ils jaillirent comme un seul homme de leurs cachettes, une dizaine d'Annamites, coiffés de coules de moine, mais des flingues nippons dans la main et des grenades à la ceinture de leur froc. Leur chef s'avança seul, désarmé comme son visiteur. Derrière lui, un maladroit laissa tomber sa mitraillette qui se vida en tressautant à terre comme un poisson hors de l'eau. On entendit alors une galopade et l'on vit surgir autour de la clairière de l'usine, trente légionnaires déployés comme à l'exercice, leurs trois F.M. braqués sur le religieux.

– Lo Han, dis-lui qu'il fasse disparaître ses novices en vitesse, que mes hommes à moi ne sont pas des enfants de chœur qui jouent au soldat et qu'ils sont plus du Diable que de Dieu.

Le Chinois traduisit et les Cao Daï s'éclipsèrent en silence, comme à regret dans la broussaille d'où ils étaient sortis.

– Et maintenant, on peut parler.

Le palabre dura longtemps bien que chacune des parties sût très bien jusqu'où elle pouvait aller dans ses offres et ses exigences. Pour conclure l'envoyé de Tran Quang Vinh, le grand vicaire, précisa que ce dernier ne quittait pas l'ombre de sa cathédrale, mais que s'il acceptait les préliminaires de l'accord, il recevrait volontiers sous huit jours une délégation française pour discuter de ses termes.

L'on se quitta sans chaleur excessive. Mais c'était déjà beaucoup que la première entrevue se fût déroulée sans incident. Lo Han en fut très soulagé. Le capitaine s'en contenta. Le colonel fit de même. Il n'était plus que d'attendre le *Nihil Obstat* * du Vatican.

* Rien ne s'oppose.

III

Pour se faire conduire de Dakao à l'hôpital 415 *, Fabienne dut louer les services de deux cyclo-pousse, un pour elle, un pour ses valises que le premier avait refusé de charger tant elles étaient lourdes et encombrantes. Durant le trajet, elle avait vécu des moments de terreur dans ce véhicule fragile que son conducteur projetait dans le maelstrom du trafic avec la témérité d'un cascadeur. Son petit convoi était quand même arrivé sans encombre à l'hôpital.

Une ambulance cabossée et boueuse y entra en même temps qu'elle. Une grosse fille en jaillit, vêtue d'une combinaison tachée de sang et de cambouis. Fabienne courut à l'arrière ouvrir les portes, livrant aux brancardiers annamites son chargement de civières.

– *Maulen*! On se grouille un peu! Le commandant Carrières est prévenu.

La convoyeuse redémarra en dérapant sur les gravillons de la cour. Au spectacle de ces hommes inertes et inconscients parvenus peut-être au terme de leur dernier voyage, Fabienne se dit soudain qu'elle était là, elle aussi, pour soulager les souffrances des autres et non pour se délecter de la sienne. Il ne lui fallut que quelques secondes pour sortir du superbe isolement dans lequel elle s'était drapée comme dans un péplum de pleureuse antique.

Au bureau des entrées, on ne l'attendait pas. Elle se nomma. Une P.F.A.T. secrétaire consulta une liste.

* Hôpital militaire entre Saïgon et Cholon.

– Je ne vois pas de Récy, dit-elle, flairant quelque imposture.

– Regardez à Le Louharn. C'est mon nom de jeune fille. Qui sait... Une erreur peut-être...

– Le Louharn... Le Louharn... Fabienne. Vous auriez dû être là hier.

– J'ai été retenue.

– Où ça ? Vous avez fait la java à Dakao, oui. Paraît qu'on s'embête pas chez les filles.

Bien sûr, elle ne pouvait pas savoir la folle bringue qu'avait été sa dernière nuit entre ses cauchemars et ses larmes.

– Vous vous présenterez au docteur Carrières. Il fait les membres.

Elle était donc affectée en chirurgie. Ignorant tout des maladies tropicales, elle fut soulagée de n'avoir à s'occuper que des blessés, des gens bien portants, somme toute. Pour se rendre chez le médecin-commandant, elle dut traverser les salles de son service. Les patients étaient des fractures ouvertes pour la plupart. Leurs membres brisés étaient maintenus en extension par des systèmes compliqués de câbles, de poulies et de contrepoids qui rappelaient les chevalets de torture de la Sainte Inquisition. Elle croisa une petite infirmière brune aux yeux clairs, vive, souriante et qui n'avait rien d'un bourreau.

– Vous venez voir quelqu'un ?

– Je viens voir tout le monde.

– Ah bon ! Vous êtes nouvelle alors. Mon mari vous recevra quand il aura fini. Il opère en ce moment. Une amputation et une réduction. Ça risque de durer un peu. Venez !

Elle la mena jusqu'à la salle de soins où, sur une table d'examen, était étendu un des entrants de tout à l'heure. C'était presque un gamin. Il avait le teint cireux, les narines pincées et geignait doucement. Fabienne se pencha sur lui et, du bout des doigts, releva sur son front une mèche collée par la sueur. Il ouvrit les yeux et grimaça une ombre de sourire.

– Ça va aller.

Il hocha la tête. Il allait déjà mieux, rassuré par la présence d'une femme et apaisé par la douceur de sa caresse.

Henri Carrières était un homme grand et osseux, aux traits accusés, mais son apparente austérité était démentie par le sourire clair de son regard. Avant de s'adresser à Fabienne, il se lava les mains longuement, peigna sa brosse grise que le bonnet avait aplatie et alluma une cigarette. Elle lui tendit la fiche qu'elle avait remplie à la réception. Il y jeta un bref coup d'œil et la dévisagea avec attention.

– Vous avez l'air fatiguée ?

– Le voyage, monsieur. La chaleur. Je ne suis pas habituée.

– C'est pourtant la saison fraîche ici. Reposez-vous cet après-midi et installez-vous. Ma femme que vous venez de rencontrer vous montrera votre chambre. Vous la partagerez avec une autre. Nous n'avons pas trop de place, vous savez. Je suis obligé de mettre du monde sous les galeries.

– Ça ne fait rien, monsieur.

Alors qu'elle sortait, il la rappela.

– Fabienne ? Ne m'appelez pas monsieur ! Je ne suis pas un prof et venez boire un verre ce soir à la maison. Hélène passera vous prendre à sept heures. Vous nous parlerez de vous et nous discuterons boutique.

Située au seul étage que le bâtiment comportait, la chambre était petite et ouvrait sur la véranda par une porte à claire-voie comme celle de sa cabine à bord du *Jehan de Witt*. Elle était meublée de deux lits de fer à la peinture écaillée, de deux armoires, d'autant de chaises et d'une table. Une douche et un lavabo étaient dissimulés derrière un rideau de toile cirée blanche. C'était tout. C'était assez pour n'y vivre que le temps du sommeil. Sur le polochon d'un des lits trônait un lapin de peluche auquel il manquait un œil. Ses oreilles pendaient comme celles d'un cocker. Des vêtements sales étaient répandus sur le sol dont une salopette de mécano, tout à fait semblable à celle que Fabienne avait remarquée sur le dos de l'ambulancière.

Elle entreprit de défaire ses valises et la première chose qu'elle y vit était les cadeaux qu'elle destinait à Alain pour le Nouvel An, un livre ancien sur les corsaires bretons qu'elle avait déniché chez l'antiquaire de la Ville Close, une pipe qu'il n'aurait pas fumée, une cravate qui ne lui aurait pas plu. A genoux devant ces paquets que personne n'ouvrirait jamais, elle se remit à sangloter. Mais de crainte d'avoir à expliquer les raisons de son chagrin si elle était surprise, elle courut au lavabo sécher ses larmes et rafraîchir ses yeux.

Il était temps. L'autre fille entra en coup de vent. Elle était bien la conductrice de l'ambulance qui l'avait dépassée au seuil de l'hôpital. Grande et forte, elle roulait ses épaules comme si elle avait eu besoin de cela pour se donner une allure plus masculine. Avant de dire un mot, elle envoya promener son malheureux lapin à travers la pièce et se jeta à sa place.

– Je suis morrrte, annonça-t-elle avec un accent rocailleux de terroir.

Ce qui était évidemment façon de dire car elle se releva aussitôt pour se fourrer sous la douche où elle entama un soliloque haché de bruits de cataracte, de halètements, de borborygmes joyeux.

– Elle est quand même frrroide... Merrrde! Tu es infirmièrrre... Tu arrrives?... Brrr... Tu as vu Carrrièrrres?... Bel homme, non?... Tu ne dis rien, mais tu le penses... Houlà!... Moi qui espérais me taper un vrai mâle entier et tout, je ne ramasse que des morceaux... c'est bête, hein.

Elle réapparut, dégouttante d'eau, exhibant son corps de Junon, tout rosi d'avoir été frotté, pas plus gênée qu'une statue de square.

Les Carrières habitaient tout près de l'hôpital, le rez-de-chaussée d'une villa délabrée au crépi rose éraflé par des éclats d'obus. Elle était précédée d'un jardin touffu où des bananiers utilitaires se mêlaient à des arbustes à fleurs. Au salon, les fauteuils de rotin se dépenaillaient et les meubles au placage décollé avaient eu des jours meilleurs. Henri Carrières s'excusa.

– Nous n'avons pas beaucoup de temps pour nous occuper de la maison et je ne sais que rafistoler les gens, moi.

Hélène servit les whiskies dans des verres dépareillés.

– Des amis anglais nous en procurent. Ils peuvent en acheter dans leur N.A.A.F.I. *, expliqua-t-elle. D'ailleurs, il n'y a rien d'autre à boire.

Fabienne n'y avait jamais goûté. Elle lui trouva un drôle

* Économats de l'Armée anglaise.

de goût de poussière. Mais c'était frais et la B.G.I. * ne lésinait pas sur les bulles de ses eaux gazeuses.

– Parlez-nous de vous, Fabienne.

Elle se contenta d'évoquer son adolescence heureuse à Concarneau, la maison basse de la Ville Close, les bateaux de son père, et ses études à Brest en évitant de leur parler de son drame, par pudeur et aussi pour ne pas assombrir une atmosphère où elle se trouvait bien.

Accompagné par la jolie musique des glaçons, le médecin-commandant évoqua à son tour ce qu'il appelait modestement ses « bricolages » et les « trucs » de métier auxquels elle devrait s'initier dès le lendemain : les mélanges d'anesthésiques qu'elle aurait à doser quand le Pentothal ne suffirait pas, les sulfamides, panacée irremplaçable contre l'infection, les appareils d'élongation dont il était essentiel de bien régler les contrepoids pour que les os se ressoudent sans déformation des membres.

Elle l'écoutait, attentive, la bouche un peu ouverte, son regard fixé dans le sien comme une bonne élève soucieuse d'apprendre, au premier rang de la classe. Il précisa que beaucoup de blessures étaient dues à des maladresses dans la manipulation des armes, à l'inexpérience des conducteurs de véhicules. Les renforts que la métropole expédiait à pleins bateaux étaient instruits trop vite pour une guerre mal connue et qui s'avérait chaque jour plus avide de jeunes hommes.

– Et souvent, ajouta-t-il, ils nous arrivent trop tard, choqués, exsangues, alors qu'un simple garrot, un pansement compressif les eût tirés d'affaire.

Une question brûlait les lèvres de Fabienne qu'elle se décida à poser d'une petite voix étranglée.

– Mais il y a des hémorragies contre lesquelles on ne peut rien, monsieur ?

– C'est vrai. Les inguinales. Ou alors il faut appliquer des pinces tout de suite. C'est un travail de professionnel et il n'y en a pas à tous les carrefours de pistes.

Fabienne se tassa dans son fauteuil et cacha sa tête dans ses mains sans pouvoir retenir ses larmes.

– Il faudra quand même vous faire à tout ça, Fabienne,

* Bières et glacières d'Indochine.

et à ne voir que le laid côté de la guerre. C'est celui-là que vous avez choisi.

Mais comment pouvait-on exiger d'elle qu'elle s'habituât à son déchirement ? Et y avait-il vraiment autre chose dans la guerre que le deuil et la souffrance ? Sous peine d'être jugée trop sensible pour assumer sa mission d'infirmière, elle ne pouvait plus se taire. Alors elle raconta la mort d'Alain comme l'avait décrite le marin de l'Amirauté.

– Pourquoi ne nous avoir rien dit ? demanda Carrières, navré.

Spectateur quotidien de tragédies, il ne savait trouver la bonne réplique dans l'épilogue de celle-là. Mais Hélène qui avait toujours des solutions simples aux problèmes difficiles intervint d'une voix décidée :

– Vous resterez bien dîner, Fabienne ?

De retour dans sa chambre, elle trouva l'ambulancière debout sur une cantine dont elle piétinait sauvagement le couvercle rétif.

– Ah, te voilà! Tu arrrives quand je parrrs. Demain. Pour My tho. Y a la Légion. Ce sera bien le diable si je n'en trouve pas un qui aime baiser les grosses.

Fabienne fut contente de se retrouver seule dans la chambre. Certes, sa compagne d'une heure avait eu une présence tonique mais, à la longue, elle se fût révélée sans doute d'un encombrement excessif.

Il y avait deux mois que Fabienne était en Indochine. Tant ses tâches l'accaparaient, elle avait presque perdu la notion du temps. Elle ne voyait les Carrières qu'à l'occasion du service, lui, pendant les opérations où elle l'assistait, elle, dans la salle de soins où, entre deux gardes, elles prenaient une tasse de thé en bavardant. Ils l'avaient pourtant invitée plusieurs fois, mais elle craignait de provoquer la jalousie de ses collègues et se suffisait d'une préférence qu'elle savait assurée. D'ailleurs, ils n'insistaient pas, sachant par expérience que les plaies de l'âme chez les sujets sains n'ont pas besoin de baumes pour se cicatriser toutes seules.

Comme partout dans le Delta à l'approche des premières pluies, la chaleur montait, surtout dans la ville où ne parvenait pas un souffle de brise. Dans les salles combles où les ventilateurs malaxaient plus qu'ils ne brassaient l'air épais, les hommes que leurs blessures forçaient à l'immobilité étouffaient. Les dartres, la bourbouille, toutes les misères nées de l'humidité du climat, aggravaient leur malaise. Ils guérissaient pourtant et, leurs forces revenues, ils portaient d'autres regards que ceux de l'abandon confiant sur les femmes qui les soignaient.

Souvent, quand elle avait le dos tourné, Fabienne sentait leurs yeux fixés sur son corps dont sa blouse légère ne dissimulait rien dans les transparences des contre-jours. Elle avait conscience des désirs qu'elle provoquait sans tout à fait le vouloir. Elle ne s'en offusquait pas car ils étaient signes de santé et, au risque de fondre, elle ne pouvait quand même pas se cuirasser de jupons de gitane pour sacrifier à sa pudeur. Certains, plus audacieux que les autres, osaient en rigolant lui demander à l'oreille des soulagements qu'il ne lui était jamais venu à l'idée d'apporter à quiconque. Les termes trop précis de leurs avances l'avaient d'abord fait rougir, puis elle s'était mise à en rire, ce qui était la meilleure façon de les décourager.

Au fond, ces hommages, si grossiers fussent-ils, la flattaient. Chez elle, quand après la douche elle se contemplait nue devant la glace de son armoire, elle se trouvait belle, et à la seule vue de son corps elle éprouvait un trouble équivoque qu'elle refusait de prendre pour une simple faim d'aimer. La nuit, quand la chaleur faisait de son sommeil une somnolence, elle songeait aux quelques moments de plaisir qu'elle avait passés avec Alain au cours de leurs deux jours de mariage, aux caresses de ses mains et de ses lèvres sur son visage, son cou, ses seins, son ventre et d'autres plus indiscrètes encore. Mais sagement, alors que rien ne lui interdisait de les entretenir, elle chassait ces pensées folles que les bonnes sœurs du couvent de Concarneau classaient parmi les « mauvaises » et qu'il fallait impérativement confesser. Elle essayait alors sans y parvenir de s'embarquer à bord du vaisseau de pierres de la Ville Close vers ces îles imaginaires où ne régnait que l'innocence.

Il lui prit envie de visiter Saïgon qu'elle n'avait vue qu'à travers l'écran opaque de ses larmes. Avec la bénédiction des Carrières qui virent dans son appétit du monde des signes de guérison, un après-midi, vêtue d'un uniforme blanc et d'un petit béret à ruban, elle héla le premier cyclo-pousse qui passa devant l'hôpital.

– Où ça aller, madame docteur ?

– Aller la ville.

– Saïgon, beaucoup grand.

Et sans attendre une destination qu'elle eût été bien incapable de lui donner, il la mena rue Catinat puisqu'en définitive, c'était là que tout le monde allait. Elle flâna devant les magasins de mode, les bijouteries, les antiquaires où sa modeste solde d'infirmière lui interdisait d'entrer.

Elle tomba en arrêt devant la vitrine réfrigérée d'un salon de thé-pâtisserie dont les produits, quoique de fabrication locale, étaient des plus appétissants. Elle en avait assez des papayes, des mangues, des bananes des mangoustans, des sapotilles et des crèmes gélatineuses qui composaient les desserts du mess au 415 et ce n'était pas une demi-douzaine de gâteaux qui allaient lui faire reprendre les kilos qu'elle avait heureusement perdus.

Elle entra, posa son sac et son béret sur une table et alla se remplir une assiette. Alors qu'elle entamait sa deuxième nougatine aux cacahouètes, elle crut reconnaître dans la foule, sous un képi de capitaine, la moustache d'Ebrard. Sans lâcher son gâteau, elle courut à la porte et au risque d'une méprise qui l'eût rendue ridicule, elle appela :

– Philippe !

***

Sourd aux protestations d'amitié de Lo Han, Ebrard avait quitté l'hôtel Co Cua l'après-midi même de son expédition à Cu Chi. Puisque ses économies le lui permettaient et qu'il n'avait pas à y demeurer longtemps, il s'installa au Continental, infiniment plus dispendieux mais quand même plus confortable.

Sitôt ses bagages déposés dans sa chambre, il alla flâner rue Catinat. Ce fut en passant devant un salon de thé, un peu plus haut vers la cathédrale qu'il entendit héler son prénom. Il y avait sûrement d'autres Philippe à Saïgon, mais la voix féminine qui l'avait appelé ne lui était pas inconnue. Il se retourna.

– Fabienne, d'où sortez-vous avec un gâteau dans la main ?

La bouche pleine, elle ne put que lui montrer la vitrine du pâtissier. Philippe lui tapota l'épaule.

– Mais rentrons donc. Votre thé va refroidir.

– C'est du thé glacé.

– Alors il est en train de se réchauffer. Je vous en offre un autre.

Il s'assit en face d'elle et la regarda. Il la trouva changée. Elle avait minci. Cela lui allait bien, mais deux petites rides marquaient le coin de ses lèvres et dans son regard qui fuyait le sien passait une ombre de tristesse. Il se dit que peut-êre elle avait trouvé sa place prise par une de ces belles métisses dorées croqueuses de marins. Pour se donner une contenance, elle piquait du bout des doigts des miettes de gâteau dans son assiette. Philippe posa sa main sur la sienne.

– Dites-moi.

Pour la deuxième fois elle raconta la mort d'Alain sans omettre un mot du récit qu'en avait fait le second maître Belloch. Des larmes coulaient le long de son nez.

– Votre thé va être salé si vous continuez à pleurer dedans.

C'était tout ce qu'il avait trouvé à dire. Elle sourit pourtant et renifla son chagrin.

– Et vous, Philippe, qu'êtes-vous devenu ?

Il lui décrivit ses tractations avec les caodaïstes dont le ralliement était possible sinon probable.

– Si tout va bien, j'irai la semaine prochaine à Tay Ninh faire une visite de politesse à leur maître.

– Tay Ninh, ce n'est pas loin du Vaïco et de l'endroit où Alain... Je veux y aller.

– Pour quoi faire ?

– Pour voir ce qu'il a vu pour la dernière fois, pour mettre mes pas là où il a posé les siens.

– Le paysage aura changé et l'herbe aura recouvert ses traces.

– Je veux y aller, répéta-t-elle, butée. Emmenez-moi, Philippe.

– Mais je ne sais même pas si de Tay Ninh la route est ouverte jusqu'au Vaïco.

A son tour, elle serra son poignet, très fort.

– Emmenez-moi... Je vous en prie.

IV

Entre le port et le camp des Mares où les « isolés » étaient hébergés en attendant leur affectation, Joseph Rouzic n'avait pu qu'entrevoir la ville depuis la plate-forme d'un G.M.C. La rue Catinat remontée à toute allure lui avait paru dépourvue d'exotisme, son théâtre sans style et la cathédrale où elle aboutissait d'un rosâtre insignifiant. Au milieu d'une place vaguement délimitée par des immeubles délabrés et des cahutes provisoires, un policier annamite casqué de blanc était perché sur une sorte de chaire à roulettes. Il s'égosillait dans son sifflet en agitant ses bras de mouvements sémaphoriques pour tenter de régler une circulation délibérément brownienne. Ce bordel superbe de cyclo-pousse crispés sur leurs timbres, de véhicules militaires toutes sirènes hurlantes, de carrioles à cheval, de poussettes de marchands de soupe et de glace râpée, lui avait semblé des plus sympathiques. Rouzic, qui appréciait une certaine forme d'anarchie et qui n'était pas ennemi d'ajouter au désordre où il y en avait déjà, avait trouvé d'assez bon augure cette première impression d'Asie.

Arrivé au camp des Mares, à peine avait-il eu le temps de fourrer sa cantine sous un lit Picot qu'il avait dû se présenter, comme tout un chacun, à l'officier du 1er Bureau chargé de l'accueil des nouveaux arrivants. C'était un fort capitaine, enveloppé du lard des sédentaires, de ceux pour lesquels il n'était de situations qu'assises.

– Rouzic, Joseph. Quelle arme ?

– Infanterie.

– Coloniale ?

– Pas encore. Mais l'Indochine est bien une colonie, non ?

L'officier qui arborait l'« hameçon » * sur ses insignes de col, le dévisagea sévèrement par-dessus ses lunettes.

– N'appartient pas aux troupes de Marine qui veut. Cela dit, vous voulez faire quoi ?

– La guerre. Je n'ai pas fait douze mille kilomètres pour venir enfiler des perles.

Du coup le capitaine se sentit visé. Du plat de la paume, il appliqua une claque furieuse sur une fiche étalée devant lui.

– Chacun se bat où il doit et l'héroïsme, c'est d'abord d'obéir. Vos origines devraient vous inciter à plus de modestie. Si j'en crois ce que je lis... ici, poursuivit-il en retapant sur le papier.

Voilà que ça recommençait ! Qu'on lui reprochait ses galons comme s'il les avait ramassés pour trois sous dans la sciure d'un bazar de foire. Son appartenance aux F.F.I. n'était quand même pas une tare qui allait le marquer toute sa vie. Il s'approcha et s'appuya de ses deux mains sur la table, presque menaçant.

– Et alors, mon capitaine !

Le capitaine se leva brusquement. Un instant ils se défièrent de leurs regards de myopes.

– Et alors, je vais vous dégoter un poste de rêve, moi, Rouzic, et si vous en revenez, vous viendrez m'en donner des nouvelles.

Il joignit ses doigts boudinés et les porta à sa bouche en cul-de-poule avec un bruit de baiser mouillé comme pour exprimer la succulence du plat vengeur qu'il mijotait.

– Un poste de rêve, je ne vous dis que ça, répéta-t-il.

Sortant du bureau, Rouzic se demanda s'il n'était pas allé un peu trop loin dans l'insolence. Après tout, ce gros type voyait défiler chaque jour une trentaine d'officiers subalternes de tous poils et de toutes couleurs et il était normal qu'en fin de liste alphabétique, il se montrât un peu susceptible.

Après la menace du capitaine, le lieutenant pouvait dif-

* L'ancre de marine.

ficilement espérer prendre la tête d'un commando flambant dans une zone où les lauriers poussaient dru comme des cannes à sucre. Mais où qu'il fût affecté demain, il y aurait toujours le temps de méditer sur les conséquences de son accès d'humeur. C'est pourquoi, sans plus s'en soucier, il repartit à la découverte de Saïgon. Le cyclo-pousse qui l'y mena, flairant un frais débarqué, ne manqua pas de lui proposer l'inauguration d'une petite sœur « jamais cassée ». Et comme son passager ne répondait pas, il insista, mais sur un ton plus confidentiel.

– Ou le petit « fraire » pour moi ?

– Et ton pépé, aussi, peut-être ?

Nullement décontenancé par son échec, le cyclo le propulsa d'un habile coup de frein sur la terrasse du Continental. Le lieutenant s'y assit à la seule table libre et commanda de la bière. Un boy cuirassé dans une veste cartonneuse d'empois lui apporta avec toute la célérité souhaitable une canette de B.G.I. ornée d'un tigre, emperlée de buée. Il en savoura l'amertume glacée tout en regardant passer les gens dans la rue Catinat.

Beaucoup de militaires, des Anglais à casquette, stick sous le bras, et des Français remarquables par l'extrême diversité de leurs uniformes et de leurs coiffures, képis en goguette, calots sur le nez, bérets sur l'oreille et chapeaux de feutre en auréole sur la nuque. Chacun semblait avoir choisi la sienne au hasard dans le stock d'une friperie spécialisée dans le galure. Des civils avantageux dans des costumes blancs déambulaient en compagnie d'Européennes aux yeux las, vêtues de robes démodées.

Des petites Annamites, perchées sur leurs socques de bois, faisaient voltiger les pans de leur tunique sur leur pantalon froufroutant et cachaient leur visage de chat sous l'ombre de leur capeline pointue. Des coolies fugitifs trottaient, leur palanque à l'épaule.

Des mômes tapaient du plat de leurs brosses sur leur boîte de cireur. L'un d'eux désigna à Joseph ses chaussures ternies avec une mimique dégoûtée. Il les lui abandonna et le paya d'un billet de cinq piastres, somme si fastueuse que le gamin s'enfuit à toutes jambes de crainte que, pris de regrets, il ne les lui reprenne.

Il entrevit dans la foule, venant vers lui, un officier de

marine et marchant collée à sa hanche une jeune femme à l'allure décidée. Il crut reconnaître Fabienne Récy et fut soulagé que ce ne fût pas elle quand elle arriva à son niveau. Il ne tenait pas à rencontrer son mari ni à être le témoin de leur bonheur parce qu'il voulait garder l'image de la femme disponible qu'elle avait donnée d'elle à bord du *Jehan de Witt* en acceptant de se laisser désirer.

Il but une autre bière qu'il transpira aussitôt et qui ne le désaltéra pas. Il entreprit de remonter la rue à pied jusqu'à la cathédrale. Les boutiques avaient dû être élégantes, mais leurs vitrines étaient presque vides sauf celle, d'un salon de thé où s'exhibait une clientèle décrépite et d'un antiquaire chinois tapi derrière un bric-à-brac poussiéreux. Sur la route de Cholon, il s'attabla dans une gargote. On lui servit dans un bol de faïence grossière une soupe aux nouilles qu'il assaisonna trop généreusement de piment rouge. Il s'en alla rassasié, mais la gorge en feu et plus assoiffé qu'il n'avait jamais été.

Au camp des Mares, il trouva épinglée sur son lit Picot une note lui enjoignant de se présenter dès que possible au bureau du transit. Le gros capitaine l'y attendait.

– On vous cherche partout. Où étiez-vous, Rouzic ?

– En ville.

– Vous avez bien fait d'en profiter. Vous embarquez demain, sept heures, à l'appontement de la Marine, sur la *Farandole*, pour Hiep Hoa.

– C'est quoi ?

– Un poste sur le Vaïco. Ce que je promets, je le tiens.

Rouzic s'en foutait. Hiep Hoa ou ailleurs... Il était heureux de quitter Saïgon avant d'avoir à la regretter bien que les charmes de « la Perle d'Extrême-Orient » ne lui soient pas apparus clairement au cours de sa vadrouille.

La *Farandole*, une chaloupe de quinze mètres, lui rappela le petit vapeur de promenade à bord duquel, une fois, pendant son voyage de noces à Vannes, il avait fait le tour des îles dans le golfe du Morbihan. Son commandant, tout fier d'avoir déjà un commandement « à la mer », lui fit les honneurs de son navire. La chaudière chauffait au bois dont une pile imposante occupait une partie du pont avec un lot de caisses diverses et des fûts de gas-oil.

– Le gas-oil, c'est pour l'usine de Hiep Hoa, expliqua l'enseigne.

Rouzic se vit en un éclair à la tête d'une équipe de gardiennage dans un fouillis de hangars, d'ateliers, de cuves et de tuyauteries.

– Une usine ?

– Oh ! toute petite. Une sucrerie. La canne, ça pousse aussi bien que les joncs de la plaine du même nom, juste en face.

Un matelot en bourgeron émergea du capot de la machine.

– On a la pression, commandant, claironna-t-il.

– Alors, on y va.

Le commandant ajusta sa casquette et disparut dans l'édicule de planches qui lui servait de passerelle. Le sifflet hulula trois fois et la *Farandole*, bravement, s'engagea à contre-courant dans le chenal de la rivière.

A bâbord, la plaine marécageuse n'était qu'un immense champ de roseaux. Son morne paysage contrastait avec celui que l'on pouvait observer à tribord, foisonnant de verdure, grouillant de vie. Sur la berge, des *ca nha* accroupies comme des couveuses sur le nid de leurs vergers ne faisaient qu'un seul village étiré le long d'une seule rue liquide. Sur l'eau paresseuse glissaient vers la ville des sampans chargés de légumes et de fruits bariolés. Des *nho* *, tout nus, patouillaient en braillant de plaisir et des femmes, gainées de leurs nippes ruisselantes, se douchaient à pleines calebasses. C'était joli et naïf comme les images animées des livres d'enfants.

– C'est la paix ici, remarqua Rouzic.

– Non, vieux. La paix n'est nulle part et les Viets sont partout.

– Et nous, pas assez présents ?

Pourtant, sur chaque estacade où abordait la *Farandole* veillait un petit poste blanc, de terre et de troncs de palmiers. Les couleurs de la France flottaient en haut d'un aréquier. Les gradés qui les commandaient y attendaient le courrier, les rations, le riz des partisans, les nouvelles de la guerre que leurs radios ne diffusaient pas et les échangeaient contre le bois pour la « chafuste » **

* Jeune enfant.
** Chaufferie en argot de marine.

gourmande du bateau. Rouzic s'étonna que l'on dût les ravitailler par le fleuve.

– Il est plus sûr que la route.

– Et Hiep Hoa ?

– Entre Tay Ninh et Hiep Hoa, la route est coupée sans cesse et pour un « boujaron » de rhum, les biffins * ne vont quand même pas y risquer un convoi.

– Parce que, la sucrerie...

– Elle ne distille que de la bibine, Rouzic. Une bibine sauvage même.

Le soir approchait. On apercevait au loin, au-dessus de la verdure, une cheminée de briques. L'enseigne montra au lieutenant un village que rien ne distinguait des autres si ce n'était les décombres de quelques *ca nha* incendiées.

– Je t'ai dit que le fleuve était plus sûr que la route. C'est pourtant ici que mon prédécesseur à bord de ce bateau est tombé dans une embuscade. Récy. Il s'appelait Alain Récy.

Joseph Rouzic sursauta :

– Il attendait hier matin sa femme, sur le quai, à Saïgon.

– Fabienne ? Il en parlait souvent au carré de l'Amirauté. Tu l'as vu, lui ?

– Non. Dans la foule, tu sais...

– Tu ne pouvais pas le voir. Il est mort, là, sur le banc de la claire-voie, en deux heures, sans qu'on ait rien pu pour lui.

– Que va devenir Fabienne ?

– Elle va rentrer en France. Que veux-tu qu'elle fasse maintenant ? Elle n'avait personne que lui en Indochine.

– Si, elle avait... moi, murmura Joseph. Elle avait... nous.

Les brumes de la nuit fumaient encore sur la rivière quand la *Farandole* reprit la route de Saïgon. Elle ramenait avec quelques bonbonnes de ratafia de première chauffe le lieutenant Merlet que Rouzic était venu relever. Resté seul sur l'estacade de planches, il écouta longtemps les battements feutrés de l'hélice avant de prendre

* Tout ce qui n'est pas marin, toutes armes confondues.

possession de son domaine. Une vaste enceinte de barbelés flanquée de deux casemates de terre défendait l'usine. De la sucrerie primitive, il ne restait que des ruines sauf un hangar ouvert à tous les vents qu'un mirador surmontait comme un lanterneau sa coupole. Il abritait la broyeuse et les cuves à fermentation de la mélasse. Celle-ci était distillée dans un autre bâtiment, clos de murs.

Joseph Rouzic y entra. Le foyer en sommeil rougeoyait et, dans la pénombre, le ballon du bouilleur luisait de reflets cuivrés. L'odeur était lourde et aigre à la fois. Elle lui rappela sans qu'il en éprouvât la moindre nostalgie, celle de l'alambic ambulant où son beau-père faisait brûler ses pommes. Dès l'instant où il avait mis pied à terre à Hiep Hoa, il avait décidé qu'il ne toucherait pas au rhum. Déjà la veille, il avait stoïquement refusé à Merlet le punch de son départ. Mais, par le fait d'un hasard malicieux, l'appentis qui lui servait de chambre et de popote était contigu à la cave où étaient stockés les fûts d'alcool.

A la porte du poste, le sergent Albert, un métis, assisté de deux partisans, vérifiait le contenu des charrettes à buffles chargées de cannes.

– Des fois qu'il y aurait des Viets dessous, mon lieutenant.

– C'est arrivé ?

– Jamais. Mais avec cette racaille de coupeurs, on n'est sûr de rien.

Et comme ça, pour rien, pour manifester son autorité et sa différence, il engueula un *nha qué* dans un annamite véloce et véhément.

Sous le hangar, le Diesel toussait dans un réveil difficile sous l'œil inquiet du contremaître chinois.

– Ça va marcher ? demanda Rouzic pour être aimable.

Le Chinetoque se tourna vers lui. Il avait le regard glauque, les mains tremblantes et la parole embrouillée.

– Tu es malade ?

– C'est les « vabeurs », monsieur lieutenant.

– Et tu te les condenses pour être cuit plus vite, hein ?

Le moteur démarra vraiment et la machine déglutit sa première bouchée.

Le bateau, poussé à la perche par un partisan sampanier, défilait lentement entre d'épaisses grilles de palétuviers et de roseaux. Couché à l'avant, le caporal Than avait le doigt sur la détente de son fusil mitrailleur. Derrière lui Rouzic, agenouillé sur le fond de la coque, essayait de voir quelque chose au-delà de ces écrans impénétrables. Le silence n'était troublé que par le friselis de l'eau caressée par l'étrave, parfois par le plongeon d'une grenouille, l'envol d'un oiseau dans une mare proche, le cancan angoissé d'une cane sur sa couvée.

Depuis un mois, Rouzic et son adjoint effectuaient presque chaque jour ces patrouilles de routine dans le lacis de canaux et de rachs de la plaine des Joncs et, jusque-là, leur chasse aux Viets avait été infructueuse. C'était pourtant là qu'ils se cachaient. Mais dans les rares hameaux lacustres où ils s'arrêtaient, les habitants semblaient ignorer leur existence et même celle de la guerre. Sans qu'on leur demandât rien, ils offraient leurs poissons, des pastèques, des bananes, des papayes, tout ce qui pouvait pousser sur leurs îlots de boue.

A Cham Doc, un patelin tout de guingois sur des pilotis tordus, où ils avaient l'habitude de faire escale, ils ne furent accueillis ce matin-là que par un vieux branlant à demi fou de peur. Albert le secoua comme un sac d'os. Le vieux zèbre mâchouilla dans sa bouche vide que les Viets étaient venus au lever du jour.

– Et alors ?

D'un index tremblant, le *nha qué* leur indiqua la cahute du chef de village. Au pied de l'échelle, il refusa de monter. Le sergent s'y engagea.

– Faites gaffe, Albert ! C'est peut-être un piège à cons.

– Non, mon lieutenant. Le bonhomme sait trop bien ce qu'il risque à nous y envoyer.

Sur la plate-forme, le sergent resta interdit. Sans se retourner, comme s'il avait été fasciné par le spectacle d'horreur qu'il découvrait, il appela Rouzic.

– Venez voir, mon lieutenant. Mais c'est dégueulasse.

Rouzic escalada les degrés à son tour. Sur le plancher de lames de bambou entre lesquelles le sang encore chaud s'écoulait goutte à goutte, était étendu un couple. La tête de l'homme, tranchée au coupe-coupe, était posée à côté de son cadavre. Pour faire bonne mesure, les Viets l'avaient émasculé. Quant à sa femme, ils s'étaient contentés de l'éventrer mais, dans sa bouche ouverte sur son dernier cri ils avaient enfoncé le sexe de son mari. Quand ils redescendirent, le *nha qué* se jeta à genoux devant eux et chevrota un discours entrecoupé de hoquets, de reniflements, de sanglots.

– Mais qu'est-ce qu'il raconte, Albert ?

– Il nous supplie de ne plus venir. Il dit que c'est nous qui apportons la mort.

– Il ne manque pas de culot, le pépère. Répondez-lui que je reviendrai si je veux.

Le métis traduisit et le bonhomme larmoya de plus belle.

Le soir, dans la paix de sa chambre, Joseph Rouzic réfléchit qu'en forçant ces pauvres bougres à accomplir leurs devoirs d'hospitalité, en acceptant leurs cadeaux, il les avait compromis aux yeux de ceux dont la haine dictait la cruauté et qui voyaient dans une timide marque d'amitié une trahison impardonnable. Pourtant, mieux que personne, il savait que parfois, les combats de l'ombre n'avaient pour arme que le crime.

Au compte rendu qu'il avait dû faire de l'incident, il lui avait été répondu une note sèche lui prescrivant d'avoir désormais à s'en tenir à sa mission principale, la protection de la rhumerie. En outre, elle lui rappelait qu'il ne pouvait prétendre pacifier à lui seul un territoire grand comme le quart de la Cochinchine. A contrecœur, il dut abandonner ses sorties aquatiques où il s'entêtait à penser qu'un jour, au détour d'un canal, il aurait bien fini par affronter son adversaire.

Son terrain de chasse se limitait désormais à la route de Tay Ninh où de temps en temps il poussait des patrouilles jusqu'à ses premières coupures. Le reste de ses activités consistait à surveiller dans leurs champs les coupeurs de cannes, comme un planteur des Isles ses esclaves noirs.

Rien ne venait rompre la monotonie de la vie du poste sauf, toutes les quinzaines, le passage de la chaloupe des marins avec sa maigre cargaison de courrier et de vivres et la vacation radio quotidienne où il n'avait à transmettre que des R.A.S. désolants.

La saison des pluies approchait. La chaleur était de plus en plus lourde. Pour fuir les touffeurs de sa chambre, le lieutenant faisait monter chaque soir son lit Picot sous l'auvent de sa porte. Le ciel qu'assombrissaient des nuées sans orages rendait les jours plus gris, les nuits plus noires. La mousson, continente, retenait ses averses. Dans la journée, les sentinelles somnolaient sous le toit de tôle surchauffé des blockhaus, mais dans l'obscurité étouffante, elles devenaient nerveuses. Elles prenaient parfois le bruissement de l'eau sur les berges pour des sampans viêtminh et tiraillaient sur d'invisibles fantômes.

C'était au début de mars. Rouzic fut arraché à sa torpeur poisseuse par une rafale d'arme automatique. Il fila engueuler les hommes de garde oubliant qu'ils n'étaient armés que de fusils. Il grimpa au mirador avec Than et son 24-29 dans l'espoir que les Viets en poursuivant leur tir dévoileraient leurs positions. Mais leur silence déçut son attente. Albert, déconcerté, accourut au bas de l'escalier de fer, prendre les ordres.

– Que veulent-ils, mon lieutenant ?

– Tâter nos défenses. Nous emmerder, quoi !

– Que fait-on ?

– Rien. Doublez vos types aux casemates et renvoyez les autres se coucher.

Une heure plus tard, une autre rafale, aussi brève, remettait la section en alerte. Sur l'autre rive du Vaïco traversé à l'aube le lendemain, ils ne trouvèrent aucune trace de passage. Mais, presque chaque nuit, à des heures différentes, les Viets revinrent gaspiller des cartouches, à croire qu'ils en avaient à revendre, et chaque fois, le lieutenant et ses hommes s'imaginaient qu'elles étaient le prélude à un assaut.

Le P.C. de zone avait d'autres chats à fouetter que le harcèlement de ses postes. Il prescrivit une vigilance redoublée en attendant la vaste opération de nettoyage qu'il préparait dans la plaine des Joncs.

L'imprécision de la menace, sa permanence rendaient plus pesante encore l'atmosphère déjà lourde de Hiep Hoa. A l'entrée de l'usine, les charrettes de cannes se faisaient plus rares. Les ouvriers avaient des visages fermés et le Chinois se battait les flancs devant ses cuves vides.

Les partisans que la situation forçait à des tours de garde supplémentaires maugréaient. Le sergent Albert parlait de mutation. Rouzic, enfermé dans sa propre prison de barbelés souffrait de son inutilité, de son impuissance. Il ressentait plus durement sa solitude à laquelle la présence du métis n'apportait rien. Il avait cru pouvoir retrouver en Indochine la fraternité chaleureuse qui l'unissait à son maquis dans les bois de Lanvaux et il se heurtait à l'indifférence hargneuse d'une troupe qu'il croyait prête à le trahir. Il se disait avec amertume que le gros capitaine de Saïgon ne l'avait pas trompé et que Hiep Hoa n'était décidément pas un cadeau.

Il dormait mal, quand il dormait, baigné dans sa sueur, étouffant sous sa moustiquaire étanche comme un aquarium. Ses insomnies se nourrissaient de fantasmes érotiques. Depuis bientôt quatre mois, il n'avait pas touché à une femme. Celles qu'il rencontrait chaque jour, les cheveux enturbannés de noir, la bouche sanglante de bétel, le pantalon troussé sur des mollets noueux, ne le tentaient pas. Pourtant, sous leurs oripeaux il devait s'en cacher de jolies, comme les petites Annamites qu'il avait vues défiler devant lui à la terrasse du Continental. Albert devait bien en connaître. Comment faisait-il, lui ? Il s'abaissa à le lui demander.

Le soir même, le sergent frappait à sa porte suivi par un bout de femme presque une enfant, attifée de son *aï dao* de fête, fardée comme une poupée de foire.

– Je vous l'ai arrangée un peu, mon lieutenant.

Ce n'était pas ce qu'il avait fait de mieux. La petite avait les yeux pudiquement baissés sur le bout de ses larges pieds de paysanne.

– Ça ira. Combien faudra-t-il que je lui donne ?

– Cinquante piastres si vous êtes content. Sinon, un coup de pied au cul.

Une fois le métis parti, Joseph s'approcha d'elle et d'un doigt releva son menton. Sans le plâtras qui recouvrait son visage, elle eût été mignonne. Il entreprit de la déshabiller. Elle regimba croisant ses bras sur sa poitrine. Plus excité que furieux de sa résistance, il la bloqua dans un coin de la pièce. Dans son impatience, il arracha les boutons de sa tunique et fit tomber son pantalon autour de ses chevilles. Il la souleva et, tout entravée, il la jeta sur son lit. Il se dévêtit sans la quitter du regard. Elle n'avait aucun mal à cacher de ses deux mains ses seins minuscules et serrait ses cuisses maigrelettes sur un sexe imberbe de gamine. Il ne s'attarda pas en caresses préliminaires et la prit brutalement en la forçant de son genou. Elle se releva en larmes. Frustré du plaisir qu'il avait cru pouvoir prendre, il la gifla et la flanqua dehors avec ses frusques. Aussitôt, il regretta d'avoir suivi le conseil du sergent et courut derrière elle. Mais elle avait disparu.

Alors le lieutenant Joseph Rouzic, au lieu de rentrer chez lui, se dirigea d'un pas d'automate vers la porte de la cave à rhum. Un tonnelet, celui sans doute où le *caï* chinois pompait ses « vabeurs », était muni d'un robinet et coiffé d'un bol à riz. Il le remplit à ras bord et le vida d'un trait comme s'il ne l'avait été que de thé.

V

Dans le secteur de Tay Ninh, la paix semblait revenue. Le capitaine Berger prétendait que les caodaïstes étaient en train de retourner leurs soutanes et que d'ici peu « on allait pouvoir échanger avec eux plus de mômeries que de horions ». Depuis la mort de Mikian et de Dorset, la route des Plantations n'avait pas été coupée. Les patrouilles et les camions isolés y circulaient entre les hévéas aussi tranquillement que dans les allées d'un parc bien peigné. En revanche, à quelques kilomètres de la Citadelle, la chaussée de Hiep Hoa n'était qu'une succession de tranchées profondes et de banquettes abruptes qui rappelait l'alternance des touches noires et blanches d'un clavier. Mais les planteurs, estimant plus économique d'évacuer leurs balles de caoutchouc par la voie fluviale, insistaient pour qu'on leur ouvrît au plus vite l'accès au Vaïco. Pour infléchir la décision des militaires dans leur sens, ils avaient généreusement ajouté le renfort de leurs propres coolies au maigre effectif des cantonniers.

Ainsi, depuis deux jours, sous la protection des chasseurs et la surveillance d'un *caï* des Travaux publics, une centaine de terrassiers de tout âge pelletaient à tour de bras et faisaient voltiger leurs petits paniers dans l'enthousiaste brouhaha des fils de Noé creusant les fondations de la Tour de Babel. De leur côté, les ouvriers de Hiep Hoa requis par le lieutenant Rouzic avançaient à leur rencontre, mais plus lentement, car moins nombreux et probablement moins énergiquement stimulés.

C'était au tour du sous-lieutenant de Ferlac d'assurer la

sécurité du chantier. La veille au soir, Brébant s'était arrêté devant un ponceau en dos d'âne qui paraissait intact. On y accédait par une légère pente pour en redescendre de même jusqu'au niveau de la plaine.

– Méfie-toi quand même, Ferlac, s'ils n'ont pas foutu ce pont en l'air, c'est qu'il y a une raison.

Bertrand alla le reconnaître à pied avec ses quatre fidèles avant d'y jucher sa citerne. Assis sur le toit de la cabine, il avait une vue plus lointaine sur le morne paysage de rizières desséchées et de champs de cannes coupées. Devant lui, tendue comme un doigt rose vers le ciel, la cheminée de la sucrerie marquait le bout de son chemin. Mais plus près des bouffées de poussière montaient de la route et des lames d'outils scintillaient dans la lumière franche du matin. Parmi les minuscules et sombres silhouettes de ses hommes il crut distinguer, plus haute et plus claire, celle de son ami Rouzic. Si tout allait bien, avant la nuit, ils se tendraient la main au-dessus de la dernière coupure.

Vers midi, alors que tout le monde déballait les casse-croûte, une fusillade crépita sur la gauche, ni très nourrie ni très précise, mais bien répartie sur la lisière touffue d'un village.

– A terre tout le monde, gueula le sous-lieutenant en sautant de son tonneau.

Tout le 1er peloton était debout, mais les coolies n'avaient pas attendu d'y être invités pour se planquer dans les tranchées qu'ils n'avaient pas encore tout à fait comblées. Le brigadier Révoil hasarda quand même un œil au-dessus de la diguette derrière laquelle il s'était mis à couvert.

– Faut arrêter ça, mon lieutenant! Ils sont en train de recreuser les trous. Je vais leur botter le cul à deux ou trois, moi!

– Les trous, on s'en fout! Lasalle, en position face au patelin!

Le déplacement du maréchal des logis déclencha la riposte d'un fusil mitrailleur viet et ses rafales claquèrent sèchement au-dessus des têtes, écrêtant les talus. Lasalle répondit au jugé.

– Si encore on en voyait la queue d'un! râla-t-il.

Les Viets, invisibles derrière leur écran de bambous et de broussailles étaient à l'affût du moindre mouvement sur le glacis de la rizière et leur tir devenait dangereusement ajusté.

– Bon, couvrez-moi, Lasalle. J'y vais voir avec Locatelli et mes types.

– Quand vous y arriverez, ils auront filé, mon lieutenant.

Et il marmonna comme pour lui-même :

– Et il n'y aura peut-être plus personne pour nous le raconter.

Mais Ferlac tenait enfin sa bataille. Il leur eût fallu d'autres arguments pour le faire renoncer à s'y jeter. Avant de s'élancer, il se retourna. Le maréchal des logis Locatelli leva son pouce en l'air pour lui signifier qu'il était prêt à gicler. Ferlac porta un regard machinal sur le pont à cent mètres derrière lui. Une seconde, il se crut la victime d'une hallucination. La citerne démarrait doucement, sans bruit vers Hiep Hoa. Pourtant Lefort, son conducteur était bien là, à côté de lui, aplati dans les éteules dont il semblait brouter la paille sèche.

– Lefort, souffla-t-il, tu vois ce que je vois ?

– Merde, s'exclama le chasseur, mon bahut !

Il sauta sur ses pieds et se mit à cavaler vers la route au mépris des tirs qui convergeaient vers lui.

– Arrête, brailla l'officier.

Mais Lefort criait des injures à la terre entière et ne l'entendait pas. La citerne avait pris de la vitesse et dévalait la pente bon train. Alors qu'il allait la rattraper et sauter dans la cabine, la mine explosa, couvrant le crépitement de la fusillade. Le camion se volatilisa dans une gerbe de flammes blanches et rouges et de débris de bois et de tôle. Ferlac vit son chasseur vaciller et dégringoler au bas du remblai. Du village, les Viets, satisfaits de leur mince victoire, ne tiraient plus. Il hésita. Mais il était trop tard pour donner l'assaut et, à présent, il avait peu de chances de tomber sur autre chose que sur des caches vides. Et Lefort était peut-être en train de mourir, haché par les éclats de son véhicule.

– Repli de l'autre côté de la route, ordonna Ferlac. Et on ne s'endort pas.

Le chasseur s'était relevé et venait à sa rencontre en boitillant. Du sang, pas beaucoup, tachait la jambe de son pantalon au-dessus du genou.

– Ça va, Lefort ?

– Non... Oui... Mon bahut, répéta-t-il, hagard. Le frein à main a lâché. Ce n'est pas ma faute, mon lieutenant.

– Mais qui t'engueule ? Montre ta cuisse un peu.

Ce n'était rien qu'une entaille comme faite par la serpe d'un coupeur de fagots maladroit.

– J'aurais été dedans, mon lieutenant...

– Tu ne serais plus qu'une boîte de confiote, lui répondit le brigadier Révoil.

– De fraises, ajouta Ferlac.

Il releva la tête. Du bout de la route, des types, tout en noir, galopaient vers eux, brandissant des fusils.

– Attention, les revoilà !... Ne tirez pas !

Devant eux, pistolet au poing, le chapeau de brousse renversé sur la nuque, le lieutenant Rouzic lui-même courait au canon. Il s'immobilisa à quelques pas de Ferlac :

– Monsieur Loubrerie de Ferlac, je présume, dit-il en tortillant une moustache imaginaire.

Le ton était pompeux, mais les yeux rigolaient derrière ses carreaux. Ils se jetèrent l'un vers l'autre et s'étreignirent à l'espagnole à grandes claques dans le dos.

– Pas de bobo ? s'enquit Rouzic, un peu ému quand même.

Ferlac lui montra le cratère qu'avait creusé la mine dans l'asphalte et le tas de ferraille qui l'entourait.

– Si. C'était mon véhicule de commandement.

– Et il y avait quelqu'un dedans ?

– Euh... non.

– Alors il ne commandait rien ?

Le sous-lieutenant de Ferlac ne pouvait quand même pas lui avouer que le Corps expéditionnaire venait de perdre un matériel qui ressemblait plus à une arroseuse municipale qu'au command-car du général Leclerc.

Sur une ferme injonction de leur *caï*, les coolies émergèrent de leurs abris, tous ensemble, comme les figurants des trappes d'une scène. Aux oreilles de leurs protecteurs, le tintement des outils remplaça avec avantage le vacarme de l'échauffourée. Rouzic entraîna Ferlac vers son chantier où le sergent Albert s'égosillait en annamites malédictions. Le travail avançait là aussi et, pour peu qu'aucun incident ne vînt l'interrompre, avant la nuit la route serait libre jusqu'au Vaïco.

– Je t'offre un remontant chez moi, Ferlac. C'est à vingt minutes. Tu repartiras sur tes roues.

– Et si les Viets revenaient ?

– Ils ne reviendront pas. Ils me font le coup presque toutes les nuits. Viens donc !

Chemin faisant, le lieutenant apprit à son compagnon la mort de l'enseigne de vaisseau Récy à bord de sa chaloupe échouée à deux pas de son poste.

– Et Fabienne ?

– Elle est repartie, parbleu.

Ferlac ne répondit pas. Il avait une boule dans la gorge. Sa joie de retrouver Rouzic était soudain ternie par cette nouvelle. Non qu'Alain Récy eût été tué. Après tout, il ne le connaissait pas, mais qu'elle eût disparu à tout jamais de l'horizon de ses rêves et de ses espoirs. Il pensa que s'il avait été près d'elle au moment de son choix, il eût trouvé les mots pour la retenir. Il lui aurait dit... Mais qu'aurait-il pu lui dire sinon son amitié dont elle n'aurait eu que faire après la ruine de son bonheur. Joseph Rouzic s'aperçut de son désarroi. Tout en marchant, il lui tapota l'épaule.

– Tu iras la voir à Concarneau, à ton retour. Elle sera encore une jolie veuve et tu seras devenu un beau guerrier. A toi, elle ne pourra rien refuser.

– A moi ? Pourquoi, à moi ? Et qui te dit que je lui demanderai quelque chose ?

Le lieutenant fit entrer son visiteur dans sa cahute où tout indiquait l'abandon, le laisser-aller. La vaisselle du dernier repas était restée sur la table encombrée de paperasses et de vieux journaux. Des vêtements sales étaient éparpillés sur le sol poussiéreux. Il traînait dans la petite pièce une odeur sucrée comme l'haleine d'un ivrogne. Ferlac en chercha la source autour de lui, mais ne vit rien qui ressemblât à une bouteille d'alcool. Son regard s'arrêta sur son hôte, interrogateur, inquiet. Il avait une barbe de deux jours ; sa chemise de brousse était constellée de taches ; une patte d'épaule privée de son bouton pendait. Il avait changé. Son teint était brouillé. Des bouffissures bleuissaient sous ses yeux. Il se tenait plus voûté qu'avant. Ses mains tremblaient quand il sortit les verres d'un placard.

– Ne me regarde pas comme ça, Ferlac. Oui, je bois. Vois plutôt!

A la tête de son lit, sortant du mur, une sonde de caoutchouc était pincée par un tronçon de bambou fendu. Il ouvrit l'ingénieux robinet et remplit les verres.

– C'est commode. Il y a un tonneau juste de l'autre côté de la cloison.

Le soir, je n'ai qu'à me fourrer le tuyau dans la bouche et à téter. Je m'endors comme un petit môme après son biberon. C'est du rhum. Du vrai. Goûte!

Bertrand s'étrangla et des larmes lui jaillirent des yeux. Il bredouilla.

– Tu te suicides, Joseph.

– Oui, et alors?

– Saint-Alvère, nous avons de la visite ce soir. Vous ferez ajouter deux couverts au dîner et, à tout hasard, vous ferez préparer deux chambres.

– Pourquoi, à tout hasard, mon capitaine?

– Parce qu'il s'agit d'un type du 2e Bureau de Saïgon et d'une bonne femme dont j'ignore les relations.

– Un couple irrégulier, alors, avança Ferlac avec une nuance de réprobation dans la voix.

– Vous en connaissez beaucoup qui ne le soient pas, vous, dans le Corps expéditionnaire?

Mais le sous-lieutenant n'avait pas encore eu l'occasion d'en rencontrer. Tout de suite il imagina celui-là, furtif et honteux d'avoir dû choisir pour abriter ses cabrioles adultères le sobre décor d'une citadelle coloniale. Une fugue minable à laquelle il se félicitait de n'être pas associé.

L'après-midi touchait à sa fin. Ceint d'une serviette éponge d'un vert passé, Bertrand de Ferlac se séchait de sa douche dans le courant d'air de la galerie quand la Jeep attendue s'arrêta dans la cour. Il se réfugia dans l'ombre pour observer les passagers plus à son aise. Bien qu'il n'en crût pas ses yeux, il dut se rendre à l'évidence. L'officier élégant et moustachu qui déchargeait les bagages était le capitaine Ebrard. La femme lui tournait le dos. Ses cheveux corbeau étaient rassemblés en chou sur sa nuque.

Elle était mince, plus mince que Fabienne. Mais, hors ce détail, elle avait la même silhouette équilibrée, les mêmes courbes gracieuses, au moins pour ce qu'il en voyait. C'était elle, quoi! Il n'avait pas besoin de la contempler de face pour en être sûr. Il se retint de l'appeler. C'eût été une inconvenance, autant d'ailleurs que de s'exhiber vêtu d'un pagne, fût-il d'un kaki d'uniforme.

Il se précipita sur ses vêtements. Mais deux sentiments contradictoires vinrent tempérer sa hâte. Il était en effet partagé entre la joie et la déception. Certes il était heureusement surpris qu'elle fût restée en Indochine et qu'elle fût là, dans son poste, où il allait l'accueillir comme il l'eût fait sur le seuil usé de Cantegril, mais il était étonné, choqué même, qu'elle eût gardé si peu de temps le deuil de son mari. Cette hâte à se jeter dans les bras du premier venu n'était pas dans la tradition des veuves bretonnes, chrétiennes par surcroît. Il fallait donc qu'Ebrard, en cynique qu'il était, l'eût entortillée dans ses ficelles de Lovelace pour que, pauvre oiseau blessé, elle s'y fût laissé prendre. Ainsi en voulait-il bien plus au capitaine de l'avoir séduite qu'à elle de lui avoir cédé. Néanmoins, il décida de leur montrer une égale froideur.

Il les trouva à la popote devant le bar où Berger leur faisait les honneurs de son punch.

– Ne restez pas là, planté à la porte, Ferlac. Approchez que je vous présente à nos invités.

– Je pense que ce ne sera pas la peine, dit Ebrard.

Quant à Fabienne, elle se retourna si brusquement qu'elle renversa son verre sur le comptoir. Elle sauta de son tabouret et, avant qu'il ait eu le temps de faire un pas, en deux enjambées, elle fut contre lui. Elle lui prit la tête dans ses mains et, une seconde, elle plongea son regard dans le sien avant de plaquer sur ses deux joues deux baisers claquants.

– Mon Dieu, Bertrand, que cela me fait donc plaisir de vous revoir!

Elle semblait si sincère qu'il sentit fondre comme sorbet ses farouches résolutions. Ebrard assistait à cette scène avec un sourire narquois sous sa moustache de major. Bertrand se figea devant lui dans un garde-à-vous cataleptique où il crut mettre un peu d'insolence.

– Repos, mon bon. Repos!

Philippe Ebrard descendit à son tour de son siège, la main tendue. Assez bas pour que Fabienne ne put l'entendre, il chuchota du coin de la bouche :

– Récy est mort. Pas de gaffe.

– Je sais, mon capitaine.

Elle vint se placer entre eux et leur prit le bras comme si elle avait eu conscience de la tension qui les opposait.

– C'est si bon de se retrouver... après tout ça. Philippe m'a amenée jusqu'ici. C'est à vous de me conduire dans ma chambre, Bertrand. Elle avait dit « ma » et non « notre chambre ». Bertrand commença à penser qu'il en avait fait des amants un peu trop vite.

– J'en ai pour un quart d'heure. Vous avez sûrement des choses à raconter à Philippe.

En l'attendant, le capitaine Ebrard lui expliqua les raisons de son séjour à Tay Ninh, celles de la présence de Fabienne près de lui et son entêtement à vouloir revivre dans leur cadre les derniers instants d'Alain Récy. Bertrand s'était donc lourdement trompé mais son soulagement fut tel qu'il étouffa tous ses remords.

– Comment avez-vous appris la mort du marin?

– Par Rouzic. Il est en poste dans une rhumerie sur le Vaïco.

– Et... ça va?

D'un hochement du menton, le sous-lieutenant montra une bonbonne de rhum sur l'étagère.

– Pas très bien, mon capitaine.

Au dîner où, comme dans tous les repas passa l'ange, le capitaine Ebrard rompit le silence.

– Et il est sage, le petit? demanda-t-il à Berger en désignant Ferlac.

Un père s'informant auprès du directeur d'école de la conduite de son gamin! Bertrand rougit jusqu'aux oreilles et, furieux, posa bruyamment sa cuillère dans son assiette.

– S'il était sage, Ebrard, il ne mériterait pas de servir dans la cavalerie légère.

– Alors vous me le prêterez demain pour m'escorter chez les Cao Daï...

Rasséréné, le sous-lieutenant avala la demi-pêche au sirop qu'il avait dans la bouche.

– ... et après-demain pour aller voir son ami Rouzic ?

– Et moi et Saint-Alvère, pendant ce temps-là, on va sécher, râla Brébant.

– Pas longtemps, conclut Berger. Il va nous rapporter de la bibine, mais pas dans sa citerne, évidemment.

Bertrand déglutit avec peine le reste de son dessert sous le regard interrogateur de Fabienne. Elle ne pouvait avoir compris l'allusion.

– Il vous racontera, madame.

Le lendemain, en passant à l'endroit où Mikian avait été tué, Bertrand montra au capitaine Ebrard la trace noire qu'avait laissée sur la pierraille de la chaussée l'incendie de son camion. Il pensa que s'il avait insisté un peu plus pour accompagner l'Arménien, il aurait pu, lui aussi, abandonner là un peu de ses cendres. Si, au lieu de s'arrêter sur le pont de Hiep Hoa, il avait roulé cinquante mêtres de plus, il aurait droit maintenant à sa croix blanche dans le cimetière de Tay Ninh. Il se dit alors qu'il avait peut-être la baraka, l'étoile, le talisman invisible qu'avaient porté sur eux les héros de son adolescence, Lasalle, Guynemer, Bournazel, et que portait sans doute Ebrard que sa chance avait ressuscité, comme Lazare de son tombeau, du charnier de Langson.

Suivi de loin par le peloton d'escorte, ils débouchèrent sur l'esplanade de la cathédrale que les flamboyants ensanglantaient de leurs pétales comme une jonchée de Fête-Dieu. L'édifice était d'une hideur somptueuse, crépi de jaune vif et décoré de fresques aux couleurs éclatantes. Les toits rebiqués de ses deux tours s'étageaient dans le style des pagodes chinoises. Au-dessus du porche auquel on accédait par quelques marches, un balcon où devait apparaître le pontife était soutenu par une colonnade baroque.

– Saint-Sulpice plus le Vatican, mais pire, murmura Ebrard.

Pendant qu'éberlués ils contemplaient l'incroyable monument, le parvis s'était peuplé de fidèles silencieux aux mines patibulaires.

– Et voilà la Garde suisse !

– Avec des hallebardes automatiques, ajouta Ferlac.

– Ils ne s'en serviront pas, sauf si par exemple je calottais le grand vicaire. Mais rassurez-vous, je me contiendrai. Allez, venez!

Les miliciens s'écartèrent devant eux. Le dignitaire de blanc vêtu, chargé de les recevoir, les salua en portant ses mains jointes à son front. Le capitaine lui rendit sa politesse, mais au lieu de se casser en deux il se contenta d'une simple inclinaison. Le portail s'ouvrit sur la nef déserte au fond de laquelle brûlaient des lampes. La voûte était soutenue par des piliers contournés autour desquels se lovaient en spirale des dragons écailleux aux gueules menaçantes. La lumière du dehors, filtrée par des vitraux de couleurs, irisait un carrelage de cuisine lustré par le piétinement des foules.

– Profitez-en pour faire vos dévotions, mon fils, recommanda la capitaine. Au moins, pendant ce temps-là, vous ne ferez pas de bêtises. Moi, je vais baratiner le grand vicaire dans l'ombre fraîche des sacristies.

Ferlac attendit qu'il eût disparu au bout du temple pour s'avancer à son tour. Devant la table des célébrations était posée sur un socle une corbeille * en forme de canard dont le bec eût été une embouchure de trombone. Bertrand se dit qu'il s'agissait peut-être de ces conques sacrées propres à s'attirer l'attention des divinités bienveillantes. Ebrard devait le savoir. Il le lui demanderait.

Accompagnées par le clapot discret de leurs pieds nus, d'affreuses nonnes en lévites douteuses s'affairaient dans le déambulatoire où logeait le Panthéon du Cao Daï. Il y avait là, disposés dans des niches, l'effigie de Sun Yat-sen, une statue de Jeanne d'Arc dans son costume de tôles articulées, son gonfanon fleurdelisé au poing, le maréchal Pétain avec sa tête de pépé réclame ainsi que d'autres spirites et thaumaturges moins connus. Victor Hugo, très fleuri, semblait être l'objet d'une dévotion particulière.

Bertrand s'arrêta devant lui et sous l'œil attendri de ses pieuses servantes, il sembla s'abîmer dans une profonde méditation.

– *Au seuil des bivouacs désolés,* marmonna-t-il, bouche pincée,

On voyait des clairons, à leurs postes, gelés,
Restés debout en selle et muets, blancs de givre,

* « La corbeille à bec » où parviennent les messages de l'Au-delà.

Collant leurs bouches en pierre aux trompettes de cuivre.

« D'abord, les clairons sont à pied, c'est bien connu, et s'ils sont clairons, c'est qu'ils n'ont pas de trompettes. Une fois de plus Totor a dit n'importe quoi pour se faire une rime riche.

Cela dit, il tourna les talons et rejoignit son peloton où il l'avait laissé, à l'entrée du domaine papal.

– C'est bien, dedans ? demanda le maréchal des logis Locatelli.

– C'est comme dehors.

– Donc, on n'a rien raté !

La sortie du capitaine dans la lumière éclatante de midi fut accompagnée par le cliquetis des armes présentées.

– Alors ? demanda Bertrand.

– Vous avez entendu ? J'ai eu droit aux honneurs. C'est dans le sac. Le schisme part en brioche. Avignon se soumet à Rome et la Garde pontificale va avoir ses fusils 36.

Pour faciliter sa formation, le convoi de caoutchouc avait été regroupé la veille dans la cour de la citadelle. Il démarra au point du jour précédé par le peloton d'escorte dont les deux pick-up encadraient la Jeep du capitaine Ebrard. En tête, debout sur le siège de la cabine débâchée, le sous-lieutenant de Ferlac eût aimé avoir comme Janus des yeux derrière la tête. Sur la chaussée hâtivement rafistolée, les camions des planteurs chargés à casser leurs essieux cahotaient et se déhanchaient au risque de se désarticuler. Devant lui, il cherchait à deviner au creux des fondrières les pièges que les Viets n'auraient eu aucun mal à camoufler. Mais à sonder toutes les cicatrices de la route, on eût usé plus de temps que les coolies n'en avaient mis à les fermer.

On se traînait presque au pas sous un ciel pâli de louches nébulosités, alors qu'hier, dans la clairière des Cao Daï, les jaunes flèches de la cathédrale se détachaient sur un bleu de vacances.

Ferlac transpirait à grosses gouttes. La chaleur bien sûr, mais aussi la tension, l'inquiétude. A ses pieds, le chasseur Héberlé, qui avait remplacé Lefort au volant du véhicule, ne pipait mot. A ce chemin où chaque tour de roue pouvait l'éparpiller dans un geyser de cailloux et de terre, il se prenait à préférer les pistes défoncées, noyées de neige ou de boue sur lesquelles il avait conduit en Russie un bahut de la Wehrmacht.

A bord de la Jeep, Philippe Ebrard et Fabienne songeaient. Il se demandait encore au nom de quoi il avait cédé au caprice de sa passagère et il ne comprenait toujours pas son obstination à accomplir un aussi triste pèlerinage. De temps en temps, il lorgnait d'un coup d'œil son profil. Rudement ballottée, elle se retenait à la poignée fixée au-dessus de la boîte à gants et regardait sans le voir le paysage plat et vide qui défilait lentement devant elle.

Elle essayait d'imaginer parmi tous ces villages lointains qui parsemaient la rizière de leurs ilôts de verdure celui dont elle avait fait le but de son voyage. Elle se disait aussi, pour se justifier de l'avoir entrepris, qu'il lui aurait au moins permis de retrouver ses amis et qu'avec eux elle saurait affronter avec plus de sérénité l'épreuve que sa fidélité au souvenir d'Alain lui imposait.

Sitôt qu'il aperçut à l'horizon les tourbillons de poussière que soulevait le convoi, le lieutenant Rouzic descendit du mirador où il se tenait depuis l'aurore comme une vigie sur sa hune. Un message crachoté dans sa radio l'avait prévenu de la visite chez lui de deux personnages de marque.

Ignorant leur importance, il avait fait préparer un piquet d'honneur. Pour la circonstance, ses partisans avaient abandonné leurs défroques de *nha qué* pour leur unique tenue de toile claire. A tout hasard, quand la Jeep franchit le portail de l'usine, il leur fit présenter les armes.

Un instant il fut contrarié de s'être mis en frais pour un simple capitaine, mais il ne le regretta plus quand dans cet officier il identifia Philippe Ebrard. Ce dernier accepta de bonne grâce le cérémonial qui ne lui était pas dû et passa la troupe en revue avec l'air sourcilleux d'un général en inspection. Bien que c'eût été son devoir, Rouzic ne l'accompagna pas, tout à ses effusions dans les bras de Fabienne.

Ferlac le reconnut à peine. Il était rasé de frais. Il n'avait plus son regard mouillé de chien battu. Seules des taches de couperose marquaient ses pommettes. Sa chambre, dont la porte était grande ouverte, était briquée.

Au-dessus du lit fait, la moustiquaire était tendue comme un dais de procession. La table était débarrassée de ses paperasses et, surtout, le tuyau fatal avait disparu. Ce fut d'une démarche assurée et d'un pas nerveux qu'il entraîna Fabienne faire le tour de son domaine.

Resté seul en compagnie de Ferlac, le capitaine Ebrard s'étonna de ne pas trouver en Rouzic le malade que le geste du sous-lieutenant avait laissé entendre.

– Qu'est-ce que vous m'avez chanté, Ferlac ? Il va très bien, notre ami.

– C'est miraculeux, mon capitaine. Je ne comprends pas.

Pourtant Ferlac n'avait pas rêvé. La pipette de caoutchouc dans le mur il l'avait bien vue, et le bordel dans la chambre, et les nippes dégueulasses par terre... Et il avait noté tout ça avant d'avoir bu une goutte de rhum.

– Quoi qu'il en soit, je suis rassuré de le voir aussi fringant.

Le sous-lieutenant de Ferlac hocha la tête. Il savait bien que tout cela n'était qu'une mise en scène et que dès qu'ils auraient tourné les talons, le rhum recommencerait à suinter comme une laide fuite à travers la cloison de la cave.

– Nous irons par la rivière, décida le lieutenant Rouzic. Même avec une Jeep on ne passe pas par la piste de berge. Les dernières crues l'ont à moitié bouffée. D'ailleurs Hoc Than, ce n'est pas loin et nous aurons le courant.

Deux sampans étaient amarrés au pied de l'appontement de la sucrerie. Dans le premier, le sergent Albert s'était déjà installé avec un équipage de partisans auxquels des turbans de serviette éponge donnaient l'allure de pirates barbaresques. Le second arborait à sa poupe le pavillon national.

– Le canot amiral, annonça Rouzic avec un fier mouvement de menton. Bienvenue à bord !

Il y sauta le premier et s'y reçut debout au risque de le faire chavirer. Une fois son équilibre assuré, en guise de sifflet de gabier, il introduisit deux doigts dans sa bouche et modula un trille officiel. Cette pantomime laissa Fabienne médusée, mais ne sachant si ce rappel de l'étiquette navale était une simple facétie où l'hommage rendu à une veuve d'officier de marine, elle prit le parti d'en sourire. Ferlac trouva quant à lui la plaisanterie d'un goût exécrable, mais il se ravisa en constatant que la jeune femme ne s'en offensait pas. Le capitaine resta perplexe. Il profita de ce que Rouzic était occupé à donner ses ordres à sa conserve pour s'ouvrir de son sentiment à son compagnon.

– Vous aviez peut-être raison, Ferlac. Il ne va pas très bien.

Les hommes du sergent Albert jouèrent avec brio la scène qu'ils répétaient presque chaque jour le long du Vaïco. Ils s'égaillèrent à travers le village pour aller se poster sur ses lisières du côté de la brousse. Ebrard et Ferlac, leurs pantalons retroussés jusqu'à mi-jambe comme des pêcheurs de crevettes, pataugèrent jusqu'à la terre ferme. Comme Fabienne hésitait à les suivre, d'autorité, Rouzic la souleva et sans vaciller sur la pente pourtant glissante, il escalada le talus où les autres les attendaient. Avant de la déposer, il la garda serrée contre lui. Mais elle se dégagea, haletant un peu.

– Merci, Joseph.

– Tout le plaisir était pour moi.

Ce n'était pas une vaine formule. Cette étreinte, si banale et si brève qu'elle fût, avait été le seul instant de bonheur qu'il eût goûté depuis son arrivée à Hiep Hoa. Quelques secondes il avait senti sous ses doigts le sang battre au pli soyeux d'un genou, la chair souple d'une taille et autour de son cou la fraîcheur d'un bras nu. Et soudain il s'était mis à désirer ce corps de femme lourd de promesses d'amour.

– Je ne vous croyais pas si fort.

– Dites tout de suite que j'ai l'air d'un crevard, bougonna-t-il.

Elle lui tendit la main pour qu'il l'aidât à franchir un petit fossé. Il la saisit avec brusquerie comme s'il lui en voulait du trouble qu'inconsciemment elle avait provoqué en lui.

Les décombres des maisons incendiées que le commandant de la *Farandole* avait montrés au lieutenant Rouzic avaient disparu. A leur place, enrichie par la cendre, une herbe drue avait poussé. Des toits de paille dont on apercevait des pans roux à travers les arbres des jardins, montaient, toutes droites dans l'air immobile, des colonnes de fumée. Des poules gloussaient en grattant des détritus que des cochons bassets leur disputaient. Hoc Than semblait vide.

Mais bientôt des enfants curieux sortirent des *ca nha* où la vue des militaires les avait fait se cacher. La présence d'une femme parmi eux n'était sans doute pas étrangère à leur témérité. Des mères portant des bébés à la hanche les appelèrent depuis leur seuil mais durent se résoudre à les suivre. Un vieux brèche-dent qui mâchouillait une chique de bétel invita les Français à s'asseoir sur un banc de bambou à l'ombre d'un banian tutélaire.

Les mômes, qui n'avaient jamais vu d'Européenne, s'enhardirent auprès de Fabienne. Ils étaient nus et dorés, tous pareils avec leurs yeux de perles noires, leurs cheveux raides coupés au bol et leurs petites jambes crottées de boue. Elle leur sourit. Ils ôtèrent leurs doigts de la bouche pour lui répondre.

– Ainsi, c'était là, murmura-t-elle.

Mais rien, plus rien ne rappelait dans ce hameau paisible le drame qu'il avait abrité.

– Vous êtes sûr que vous ne vous êtes pas trompé, Joseph ?

Pour toute réponse, il fit venir son sous-officier.

– Demandez au petit père de nous montrer où le marin français a été blessé.

Albert, qui ne semblait connaître d'autre façon de s'exprimer, vociféra.

– *Ong biet,* chevrota le vieux.

– Il dit qu'il ne sait pas.

– Il se fout de nous.

Le métis reposa sa question avec plus de véhémence encore. Le *nha qué* se leva et les guida en trottinant derrière sa maison. Du bout de son bâton, il leur indiqua une plate-bande de taros, mais comme il n'était pas sûr de l'endroit, il leur montra aussi un bosquet de bananiers et une haie de haricots grimpants.

– Il nous trimbale. Il n'en sait pas plus que nous.

Comme pour démentir l'affirmation du capitaine, le bonhomme s'éclipsa dans sa cahute et en ressortit serrant dans sa main tremblante quelque chose qu'il donna à Albert. C'était un écusson de métal grossièrement émaillé qui représentait une vague bleue sur un fond blanc chargé d'une ancre de marine. Il avait dû se décrocher de la poche d'Alain quand il était tombé.

– C'est l'insigne que j'ai vu peint sur la coque du bateau, affirma Rouzic.

Fabienne le retourna dans ses doigts, l'air absent. Tous se taisaient, regardant ailleurs pour ne pas être témoins de son émotion et de ses larmes. Mais elle ne pleura pas. Fouillant dans son sac, elle en sortit un billet de cent piastres que le bonhomme refusa avec la mine outragée d'un mandarin intègre qui se voit offrir un pot-de-vin.

– Il dit que c'est un cadeau, madame.

– Eh bien, il ne manque pas de souffle, s'indigna Ferlac. Un cadeau volé!

– De toute façon, il est trop cher payé, ajouta Ebrard.

– Il le partagera avec les autres, Philippe. Insistez, monsieur, dit-elle au sergent.

Le vieux fit encore quelques simagrées de pure forme et finit par accepter. Mis en train par l'aubaine, il expédia un gamin faire tomber des noix en haut d'un cocotier. Redescendu aussi agilement qu'il était monté, celui-ci scalpa les fruits, les décalotta en trois coups de machette et vint les offrir aux visiteurs. Le lait, très vaguement sucré, n'avait de mérite que d'être frais. Le capitaine se leva et posa sa main sur l'épaule de la jeune femme. Arrachée à ses pensées, elle sursauta.

– Quand vous voulez, Fabienne.

– Maintenant, Philippe. J'ai vu ce que je voulais voir. J'emporte plus qu'une image, une relique.

– Triste?

– Bien sûr, mais moins que je ne le craignais.

Le courant était faible. Les sampaniers prirent leurs barcasses pour des esquifs de compétition et, stimulés par les encouragements de leurs chefs de nage, ils firent la course jusqu'à la sucrerie. Le bateau de Rouzic arriva le premier. Il sauta sur l'esplanade dont il balaya les planches d'un chapeau imaginaire pour saluer un vainqueur qui n'était autre que lui-même. Cette dernière excentricité ne fit rire personne et le sous-lieutenant de

Ferlac se dit que cette guerre était bien étrange qui mêlait si intimement le burlesque et le tragique.

Avant de reprendre la route, ils s'assirent un moment sous l'auvent de bambou tressé que le lieutenant avait fait construire devant sa porte. Ils burent des jus de citrons verts édulcorés de sucre fauve grossièrement raffiné.

– Je n'ai rien d'autre à vous offrir, s'excusa Rouzic.

Mais quand il croisa le regard de Bertrand, il détourna la tête.

– Quand nous reverrons-nous maintenant, mon capitaine ? demanda-t-il.

– Je ne sais pas. Je pars pour le Tonkin dans huit jours.

– Le Tonkin ? Ah bon. Et toi, Ferlac ?

– Aussi. Nous devons y relever les spahis de la 2e D.B., mais pas tout de suite.

– Et vous, Fabienne ?

– Rien ne me retient plus dans le Sud, à présent.

Au moment où le capitaine allait monter dans la Jeep, Rouzic le prit par le bras et l'attira à l'écart.

– J'ai quelque chose à vous dire, seul à seul.

– Écrivez-le !

– Ça ne peut pas attendre. Vous connaissez du monde à l'état-major à Saïgon. Faites-moi sortir d'ici, très vite. Je deviens fou, vous comprenez, dans cette merderie d'usine. Il faut que je parte. Il faut.

– Mais n'est-ce pas vous que vous voulez fuir, Rouzic ?

– Au Tonkin, je me retrouverai... différent.

– Le Tonkin, mon vieux, ce ne sera pas la maison de famille où se regroupent les cousins pour les vacances.

– Je le sais bien. Emmenez-moi !

Sur le trajet du retour, Fabienne se dit que dans son malheur elle avait eu de la chance de s'être fait de tels amis. A eux trois, si dissemblables fussent-ils, ils réunissaient toutes les qualités qu'une femme peut souhaiter chez un homme, l'intelligence, la force, la jeunesse. Il sembla que Philippe eût deviné sa pensée.

– Au Tonkin, railla-t-il, vous allez reconstituer votre cour. Votre écuyer... votre fou...

– Et vous ?

– Un conseiller, peut-être.

VI

Le Junkers 52, bondé comme un autocar chinois, s'arracha lourdement en bout de piste dans le rugissement de ses trois moteurs tournant à plein régime. Les passagers qui n'avaient pas trouvé de place sur les banquettes latérales étaient assis sur leurs sacs ou sur les caisses entassées en vrac au milieu de la cabine.

On avait attendu longtemps sur l'aire de parking l'autorisation de décoller. Bien que les hublots fussent restés ouverts, la chaleur ne se dissipait pas. Le vacarme était assourdissant et l'appareil qui peinait pour prendre son altitude de croisière vibrait de toutes ses tôles, à croire qu'il allait se désintégrer en plein vol. Quand il entra dans la zone de turbulences, il sembla battre des ailes comme un gros oiseau déséquilibré par une rafale inattendue.

Les hommes dont la plupart empruntaient l'avion pour la première fois de leur vie sentaient à chaque trou d'air leurs tripes leur venir à la bouche et s'entre-regardaient, inquiets de ce mal dont ils n'avaient jamais imaginé qu'il pût les atteindre. Aux relents d'huile, de métal surchauffé, de sueur, s'ajouta bientôt l'aigre puanteur des vomissures.

Le capitaine Ebrard, pensif, regardait à sa gauche la ville étirer dans la rizière les tentacules de sa banlieue. Le paysage qu'une gaze de brume estompait peu à peu lui rappela dans son imprécision vaporeuse les thèmes favoris des peintres du Fou-kien. Au-dessus, l'avion frôlait un plafond de nuages bas amassés en troupeaux plus pressés et plus denses à mesure qu'on allait vers le nord.

Le chef de bord, un adjudant-chef, s'encadra dans la porte du poste de pilotage. Il tonitrua :

– Ça va là-dedans ? Mieux que Luna Park, non ?

Mais que l'attraction fût gratuite ne la rendit pas plus attrayante et son intervention n'obtint aucun succès.

– Paksé dans un quart d'heure. Il y aura peut-être de la bière fraîche à l'escale.

Paksé n'était qu'une piste de ciment tracée dans une savane d'arbres grisâtres et rabougris. Une baraque de bois surmontée d'une antenne tenait lieu de tour de contrôle. Un camion chargé de fûts d'essence était garé sous un auvent de latanier. Le plein fait, l'aviateur fit rembarquer ses passagers sans qu'il eût été question de la moindre canette. Ils reprirent leurs places, résignés à souffrir la mort trois heures de plus. Avant d'aborder le calme du Delta, l'avion cabriola encore, effleurant presque de ses roues les écailles sombres et dentelées du Dragon de la Cordillère.

Sur l'invitation du sous-officier, Ebrard put venir s'asseoir dans le cockpit, derrière les pilotes. Bientôt le fleuve Rouge lui apparut contenu dans ses digues et, au-delà de la carcasse dégingandée du pont Doumer, Hanoï dont les deux lacs scintillaient, sertis dans la verdure de ses avenues et de ses parcs.

A peine la porte fut-elle ouverte que deux Viets au casque marqué de l'étoile rouge se présentèrent, la mine coincée et soupçonneuse.

– Ouvrez les valises ! Voilà les douaniers, plaisanta l'adjudant-chef.

Quoiqu'il fût au courant des accords de la France avec le Viêt-nam d'Hô Chi Minh, Ebrard ne put s'empêcher de trouver cocasse d'être contrôlé par ceux-là mêmes avec lesquels on s'arrachait les yeux dans le Sud.

– Alors, c'est ça, le statu quo ?

– Oui, mon capitaine. Ça consiste à faire marcher les gens les uns à côté des autres pour empêcher qu'ils se retrouvent face à face.

– Ce qui finira bien par arriver s'ils continuent à nous emmerder.

De fait, tous les édifices publics devant lesquels passa Philippe Ebrard en se rendant à la Citadelle arboraient l'emblème rouge à l'étoile jaune. Auprès d'eux les drapeaux tricolores paraissaient à peine plus grands que ceux qu'agitent les enfants des écoles au passage de cortèges officiels.

Avant de se trouver un toit, le capitaine se présenta au 2e Bureau des T.F.I.N. * Il y apprit qu'il était affecté au Service historique, couverture à vrai dire transparente d'une annexe de la D.G.E.R., chargée des besognes que les officiers de renseignements n'étaient pas vraiment préparés à accomplir.

Le colonel Réaud, un ancien de Tchoung-King, l'accueillit avec chaleur dans un bureau qui eût été discret s'il n'avait été flanqué d'une antenne gigantesque. Ebrard tint à lui expliquer qu'il avait été maintenu en Cochinchine jusqu'à la signature de la paix avec les caodaïstes, alors qu'il pensait sa mission terminée avec la conclusion de ses préliminaires.

– Nous nous installons à peine. Rien ne pressait.

– Si. Deux choses, mon colonel : mettre mille kilomètres entre les Binh Xuyen et moi...

– Ce n'est quand même pas la maffia ?

– Ça y ressemble... et être parmi les premiers à Langson.

– Nous n'y sommes pas encore. Mais je vous retiens une place. Sur le point de prendre congé, Ebrard hésita.

– Quelque chose encore, Ebrard ?

– A Langson, je serai seul dans ma boutique, mon colonel ?

– Vous aurez un radio chiffreur.

– J'aimerais qu'il soit officier.

– C'est un luxe. Vous avez un nom ?

– Le lieutenant Joseph Rouzic, du 3e R.I.C. Il est dans un poste pourri quelque part sur le Vaïco.

– C'est un ami ?

– Je pense.

***

L'orage avait éclaté vers cinq heures, bref mais torrentiel. Sous les derniers clins d'œil du soleil, l'asphalte de la

* Troupes françaises d'Indochine Nord.

rue Paul-Bert fumait comme un fer rouge au sortir de sa trempe. La journée avait été torride et la pluie, loin d'avoir rafraîchi l'atmosphère, l'avait alourdie de ses vapeurs. Philippe Ebrard avait trouvé abri à la Caravelle. Le bar qu'il avait hanté si souvent durant les quatre ans qu'il avait passés à Hanoï s'était délabré d'être resté fermé depuis le coup de force des Japonais. Les glaces étaient ternies. Le vernis des meubles de rotin s'était écaillé et les ventilateurs engourdis par l'inaction grinçaient comme des réas de puits abandonnés.

Laura, la barmaid eurasienne, s'ennuyait devant ses étagères presque vides. Elle était toujours belle quoiqu'elle eût vieilli un peu. De fines rides s'étoilaient aux coins de ses yeux et deux plis de lassitude marquaient ses lèvres. Dans la pénombre qui maintenait dans la pièce une illusion de fraîcheur, elle ne reconnut pas le capitaine. Il se jucha devant elle sur un tabouret.

– Tu sais toujours faire des gin-fizz, Laura ?

Elle fronça les sourcils. Il était peu de clients auxquels elle eût permis de la tutoyer.

– Mais as-tu seulement du gin ?

Il cacha de sa main le bas de son visage.

– Et sans moustache, tu ne devines pas ?

– Ebrard, murmura-t-elle d'une voix couverte. Ebrard ! On m'a tant dit que tu étais mort à Langson.

– On a dit n'importe quoi.

Laura avait du gin, des citrons verts, des sodas. Bien que ce fût contraire à ses principes, elle accepta de trinquer avec lui. Il n'y avait d'ailleurs personne dans le bar qui pût être témoin de cette exception. En peu de mots, ils évoquèrent tous ceux qui, sous le prétexte de boire étaient venus s'accouder au comptoir pour glaner l'aumône d'un sourire, de la caresse indulgente d'un doigt sur une joue râpeuse, les disparus, les morts et, tout simplement, ceux qui étaient partis. Mais ils ne parlèrent pas de ces instants qui, parfois, les avaient réunis au hasard de leurs désirs dans le studio qu'elle avait derrière le théâtre et où il lui arrivait de recevoir ses amants d'une nuit. Elle posa sa main sur son poignet.

– Où loges-tu ?

– Je ne sais pas encore. J'arrive.

– Je t'hébergerai pour ce soir.
– J'ai perdu l'habitude de dormir sur une natte.
– Qui te parle de natte... et de dormir ? Rejoins-moi avant le couvre-feu.

Elle était étendue sur son lit, nue, les bras croisés sous la nuque, un genou relevé, ses cheveux répandus en ondes noires sur l'oreiller. Elle avait un corps plein et doré, les seins un peu lourds, des cuisses fortes qui rappelaient la *Maja* de Francisco Goya dont elle avait pris la pose sans le vouloir. Ebrard pensa à Fabienne Récy à qui elle ressemblait aussi.

– Tu ne dis rien. Ils t'ont coupé la langue, les Japs ?
– Ils ne m'ont rien coupé du tout.
– Alors qu'attends-tu ?

Aux premiers jours de juillet, il revint à la Caravelle prendre un dernier verre.

– Où vas-tu, Ebrard ?
– A Langson. Demain.
– Encore ! Tu reviendras cette fois ?
– Si Dieu le veut.
– Dieu ? Tu n'y crois pas.
– C'est peut-être à Langson que j'ai failli y croire.

Le convoi se regroupa une première fois après le pont Doumer dont le tablier trop étroit obligeait les conducteurs de G.M.C. à déjumeler leurs roues arrière. Il défila lentement devant le poste de garde où un *bo doï* tirait la langue comme un écolier devant sa page d'écriture pour noter le nombre et le contenu apparent des véhicules.

Une centaine de camions, de blindés hérissés d'armes et d'antennes, s'étirèrent bientôt sur dix kilomètres entre les deux pelotons de protection. On traversa Bac Ninh où, deux jours avant, les Viets, rompant les accords du 3 avril, avaient tendu aux marsouins du 21e R.I.C. une embuscade meurtrière.

A Phu Lang Thuong, occupée depuis une quinzaine par une garnison française, le marché du Pont grouillait de monde comme s'il ne s'était rien passé. Puis la route filait toute droite dans les rizières aux eaux de plomb vers l'horizon bleu des collines. Au-delà, des montagnes plus sombres se confondaient avec un ciel de menaces.

A l'orée de la forêt de Kep, alors que l'on s'essoufflait déjà dans les premiers lacets, la voiture de tête se heurta à une coupure. La chaussée qui serpentait en corniche entre une paroi de pierraille et un ravin était effondrée sur quelques mètres. Mais ce pouvait être aussi bien le résultat de l'érosion que celui d'un sabotage. Le Génie eût tôt fait de faire ébouler dans la faille tout ce qui ne demandait qu'à y tomber.

Quelques coups de feu isolés tirés des crêtes forcèrent les fantassins à gicler de leurs half-tracks et à escalader les pentes, ce qui leur permit de se dégourdir les jambes. Quant aux canons de 37 des automitrailleuses, ils ripostèrent pour le principe. Leurs obus explosèrent sur les rochers cachés dans la broussaille ou ricochèrent en miaulant.

A Lang Nam où le rail et la route divergeaient, une deuxième fusillade arrêta la colonne. Ce fut pour Philippe Ebrard l'occasion de se présenter au colonel Dargence qu'il voyait d'ailleurs pour la première fois.

C'était un bel homme au visage fin et avenant. Sous son calot d'Infanterie de Marine qu'il portait crânement sur le côté, une mèche blanche barrait son front ajoutant une note originale à sa distinction de grand seigneur.

« Homme à femmes, mais chef à poigne », pensa Ebrard.

– Je ne vais pas déployer un bataillon pour un coup d'épingle. On repart, lui dit-il en faisant tournoyer sa canne.

Il avait raison. Ces harcèlements n'étaient que coups de gueule de chiens couards. Ils n'avaient d'autre but que de manifester une présence hargneuse à ceux qui, forts de leurs droits, ne faisaient que revenir chez eux.

Des arbres abattus, des barrages de branches et de charrettes n'opposèrent que des obstacles illusoires à l'entrée des Français dans Langson. Enfreignant les consignes des Viets, la population accourut, curieuse et peut-être soulagée, aux ronflements des moteurs et aux cliquetis des chenilles.

Un petit boy-scout « populaire » jaillit de la foule brandissant un couteau. Il se précipita sur une automitrailleuse et croyant, parce qu'on le lui avait dit, que son blindage n'était qu'un leurre de carton, il le frappa de toutes ses forces. La lame se cassa net au ras du manche.

– Tiens, railla le chef de voiture du haut de sa tourelle, essaye donc le mien, couillon!

Le gamin penaud le ramassa sous les rires un peu forcés de ses copains jaloux du cadeau que le sous-officier venait de lui faire.

Le convoi s'aligna le long du boulevard Gallieni. En attendant de prendre possession de leurs gîtes, les hommes cassèrent la croûte au bas de leurs bahuts sous les regards venimeux des *bo doï* qui les épiaient aux meurtrières de la Citadelle. La garnison s'installa dans les cantonnements qu'ils lui avaient laissés, à Ky Lua, de l'autre côté du Song Ky Cong, et en ville, au bord de l'eau, dans les ruines de l'ancien quartier des Mandarins.

L'hôtel du commandement redevint le P.C. du secteur. Dans leur retraite, les soldats chinois en avaient emporté jusqu'aux boutons de portes, aux robinets des lavabos. Mais le bâtiment, au milieu de son jardin en friche avait encore grande allure. Ce fut sur son perron que le colonel Dargence accueillit les officiers de son état-major et ses commandants d'unité pour leur premier briefing. Souriant et décontracté comme s'il s'était agi d'une réunion amicale, il exposa la situation. Elle était claire. Il le fut aussi.

– Les Chinois de Lu Han ont désarmé les Japonais. Les Viets ont relevé les Chinois et par la même occasion se sont débarrassés d'un parti rival, le Dong Minh Hoi. Nous n'avons donc plus en face de nous qu'un seul adversaire... éventuel. Dans la zone frontière, les Nhung, les Man, les Tho, hostiles aux Annamites du Delta, se rallieront volontiers pour peu qu'on aille les en prier avec des arguments suffisants. Ce sera la mission du Service spécial, si j'ai bien compris les instructions d'Hanoï. N'est-ce pas, Ebrard?

– Historique, mon colonel. Service historique.

– Il ne trompera personne et dites-vous bien que l'antenne que vous allez planter sur votre officine ne vous servira pas de parapluie. Le 2e Bureau me fournira au plus tôt l'organigramme des forces Viêt-minh et me fera part de ses intentions.

– Elles ne m'ont pas paru spécialement cordiales, mon colonel, avança l'officier de renseignement.

– Nous ne pouvions pas nous attendre à un vin d'honneur. Quelles que soient leurs provocations, nous devrons nous en tenir strictement aux termes des accords. Je prendrai seul les responsabilités des ripostes. Demain, Capelle occupera Dong Dang avec sa compagnie et une section de half-tracks.

Le capitaine Capelle avait des traits chahutés, un gros nez et des yeux tombants qui lui donnaient l'air d'un clown triste.

– Pourrai-je ériger mon quartier en principauté libre, mon colonel ? demanda-t-il imperturbable.

– Certes, mais il est entendu que je reste votre suzerain.

Tout le monde prit la réplique pour ce qu'elle était : un avertissement. S'il n'était pas ennemi de la facétie, le colonel Dargence ne tolérerait pas que son autorité soit mise en cause. Il poursuivit :

– Le sous-groupement blindé de Commensal assurera la sécurité de nos déplacements. Jusqu'à preuve du contraire, la route d'Hanoi reste ouverte et le train circule, mais... Bien. Messieurs, à vous le soin, comme l'on dit dans la Marine. Ah, j'oubliais, mais cela va de soi. Pas d'histoire de filles ou de bistrot. Tenez vos gens ! Plus de questions ?

– Vous n'avez pas parlé des résidents chinois, mon colonel.

– C'est simple, Ebrard. Les Chinois sont... chinois. Vous les connaissez mieux que personne.

En sortant du P.C., Ebrard décida que sa première visite serait pour Nhong Ho Tong. Il partit à pied sur le boulevard en direction du pont. Si le Delta était une fournaise, à Langson l'altitude et le vent de Chine rendaient la température supportable. Mais eût-elle été une canicule à tomber d'un coup de sang, il l'eût trouvée délicieuse. L'ombrage des manguiers lui parut aussi amical que celui des platanes du Champ-de-Mars au cœur de l'été. Rue des Bambous, l'hôtel des Cinq Dragons était fermé, mais après ce que lui avait dit Lo Han à Cholon, Ebrard ne s'attendait pas à ce qu'il en fût autrement. Les volets de bois obturaient les fenêtres du restaurant.

Pourtant, à l'étage, l'une d'elles était entrebâillée. Il

frappa sous l'œil sévère d'un couple de miliciens du peuple. Un minois effarouché se montra dans l'embrasure de la porte. Le capitaine n'eut pas besoin de palabrer longtemps pour qu'on le laisse entrer. A la suite du gamin, il traversa le café saccagé comme après une rixe. Au fond de la cour, dans la chambre commune, il trouva les cinq autres marmots de l'hôtelier agrippés à la tunique noire de leur mère. Mme Nhong Ho Tong était sans âge, sans rides aussi, mais des mèches grises apparaissaient dans son chignon soigneusement tiré.

Il stagnait dans la pièce une odeur d'âtre éteint, d'encens et d'opium. Des baguettes brasillaient en effet devant une image du Fo * et sur un plateau étaient étalés tous les ustensiles du fumeur. Machinalement, le capitaine tâta le fourneau de la pipe. Il était froid. Il s'assit sur le bat-flanc. Traînant toujours sa marmaille à ses trousses, la Chinoise alla chercher le thé à la cuisine. Les yeux baissés, elle lui présenta sa tasse dans ses deux mains et, un peu penchée vers le sol, elle attendit qu'il veuille bien lui adresser la parole.

– Nhong Ho Tong ?

– Il est au Fort Négrier.

– Depuis quand ?

– Hier, ils sont venus le chercher.

Ainsi les Viets avaient-ils pris la précaution de se constituer une réserve d'otages. Mais pour quel échange, contre quelle rançon ? Il rassura la femme comme il put et sourit aux enfants. Après tout, ils étaient désormais ses ouailles comme les catholiques, celles de la Mission. Peut-être y savait-on quelque chose. Il y alla en flânant. Il éprouva un instant d'émotion en passant le seuil qu'il avait franchi épuisé et sanglant et qui s'était rouvert pour le livrer à une nuit noire d'incertitudes et de menaces.

Le père Mangin se dressa devant lui, barbu, colossal, le regard enflammé, moine soldat qu'il eût bien vu armé d'un espadon cruciforme, avec des têtes d'infidèles accrochées à sa ceinture.

– Ebrard! Un miraculé! Il ne manquera plus qu'un quatrième pour le bridge de l'évêque, clama-t-il d'une voix caverneuse de lama tibétain.

* Bouddha des Chinois.

– Il arrive, mon père, il arrive.

Philippe ne parut pas plus interloqué par l'accueil insolite du missionnaire que par celui de son supérieur. Mgr Hallier était de taille plus modeste que Mangin. Il était très mince, presque ascétique. Son menton s'ornait d'une touffe bifide de poils soyeux et blancs.

– Tiens, un mécréant! Vous ne voulez pas vous confesser, je suppose, mon capitaine? Mais asseyez-vous. Un peu de thé? Non? J'ai entendu le père parler de bridge. Il est vrai que depuis le coup des Japonais nous en sommes réduits à la crapette et au Monopoly.

– Où vous gagnez tout le temps, monseigneur.

– Il est dans mon état de ne m'intéresser qu'à la rue de la Paix *, père Mangin.

Lorsque la poussière du convoi fut retombée sur la route déserte et que le bruit des moteurs se fut estompé dans le silence de midi, le lieutenant Rouzic redescendit du mirador. La Jeep du capitaine emportait ses derniers espoirs de quitter ce poste maudit. Il se demanda si Ebrard avait bien perçu son appel au secours et si, dans l'affirmative, il l'entendrait encore dans le brouhaha de la guerre nouvelle qu'il était parti mener au Tonkin.

Durant le bref instant qu'il avait serré Fabienne dans ses bras, il avait eu l'impression que, loin d'être choquée de son trouble, elle l'avait partagé. Pas davantage, elle ne s'était offensée de ses pitreries comme si elle s'était rendu compte que la farce, la dérision, étaient le seul exutoire à l'accablement qui pesait sur lui chaque jour un peu plus. Une fois encore, il avait résolu de ne plus boire, mais, le soir venu, son ennui lui parut plus lourd et sa solitude plus cruelle après l'intermède de la visite de ses amis. Il remit en place le tuyau de caoutchouc dans le mur de la cave et s'abîma très vite dans le moite anéantissement de sa cuite quotidienne. Il crut à un cauchemar quand Albert vint le secouer au milieu de la nuit.

– Mais vous n'entendez pas, mon lieutenant? Ils sont bien là, cette fois.

L'explosion d'un obus de mortier à quelques mètres devant sa chambre le réveilla un peu. A tâtons, il chercha

* Allusion au Monopoly.

ses vêtements autour de lui pour s'apercevoir qu'il s'était couché tout habillé. Il rafla sur sa table de nuit la grenade qu'il y laissait à tout hasard comme d'autres un verre d'eau en cas d'insomnie et sortit en titubant.

De l'autre côté de la rivière une arme automatique égrenait de courtes rafales dont les balles dinguaient sur le toit du hangar aux machines. Un second fusil mitrailleur à la lisière d'un champ de cannes prenait en enfilade l'allée centrale de l'usine sur laquelle s'ouvrait sa chambre et qui, plus loin, traversait le village des partisans. Dans les courtes accalmies de la fusillade, on entendait piailler les femmes et les mômes affolés.

La lune, que dévoilait parfois la galopade des nuages, éclairait la cour par intermittence. Rouzic à demi inconscient restait debout et, dans sa tenue claire, il constituait alors, pour les assaillants, une cible rêvée. Des impacts à ses pieds firent gicler des cailloux, cinglant ses jambes. Le sergent l'agrippa par le pan de sa chemise et le tira à l'abri.

– Vous voulez vous faire tuer, mon lieutenant ? grogna-t-il.

Dans la confusion de son mauvais réveil où la nausée se confondait avec son dégoût de lui-même et de la vie, le lieutenant se dit qu'en effet le moment était peut-être venu d'en finir.

– Je fais ce que je veux!

– Et nous, mon lieutenant ?

– Ce que vous voulez, je m'en fous!

Il jaillit de sa chambre et galopa droit devant lui jusqu'au blockhaus du portail. La sentinelle était recroquevillée derrière son parapet. Il l'attrapa par le col de sa veste et essaya de la remettre debout.

– Tu crèves de trouille, hein, lopette ?

Mais ce n'était pas de peur que l'homme était mort. Rouzic prit sa mitraillette, une crécelle dérisoire de 7.65 et ses chargeurs gluants de sang. Il vida d'une seule rafale celui qui était resté en place. Le F.M. viet se remit à cracher devant lui à une quinzaine de mètres. Il dégoupilla sa grenade, compta jusqu'à trois et la balança en chandelle d'un geste mesuré de pointeur de pétanque. L'arme se tut. Rageusement, il engagea un second chargeur dans la sienne, sauta la murette et, tout en tirant, il fonça vers le rideau de cannes, là où il avait repéré le F.M. aux flammèches de ses départs. Il dut l'arracher des mains de son tireur qui l'étreignait désespérément de toutes les forces qui lui restaient. Tapis dans leurs trous de combat derrière la mince défense des barbelés, les partisans tiraillaient sans autre but que de se rassurer par leur propre vacarme.

– *Im* *, gueula le lieutenant.

En face, les Viets cessèrent un instant le feu comme s'ils avaient pris l'ordre pour eux. Rouzic en profita pour courir à l'usine. En passant devant chez lui, il jeta le F.M. viet puisque, sans munitions, il ne pouvait pour le moment lui servir à rien. Il appela son sergent. Sous la voûte de ferraille, sa voix s'enfla comme dans une cathédrale vide.

Albert surgit, silhouetté par le feu qui s'était mis à l'herbe sèche et aux roseaux de l'autre côté du Vaïco.

– Ils vont essayer de traverser plus haut, mon lieutenant. Ils nous ont piqué les sampans.

– Et merde! Allez les attendre. Moi, je monte et je vous les chope au phare.

Il restait un peu de jus dans la batterie. Le pinceau portait à une centaine de mètres. C'était assez pour qu'on pût les voir se jeter à l'eau et se replier en barbotant sur la rive d'où ils étaient venus.

La lumière du projecteur jaunit, diminua, s'éteignit. Rouzic descendit engueuler ses bonshommes qui continuaient à expédier du plomb aux nuages mais, cette fois, pour se faire plaisir. Il dut cavaler tout autour de l'enceinte pour les faire taire tous. Cavaler! C'était à vrai dire ce qu'il n'avait cessé de faire comme un fou depuis le début du combat.

A bout de souffle mais dessaoulé, il se laissa tomber par terre contre le mur de sa chambre pour attendre son adjoint. Il arrivait jappant selon son habitude aux mollets d'on ne savait trop qui.

Au jour, ils purent établir le bilan de l'attaque. Le poste n'avait perdu que l'homme de garde au portail, abattu au tout début de l'affaire. On trouva dans les cannes les cadavres des deux servants du F.M. déchiquetés par la

* Vos gueules!

grenade du lieutenant et un troisième, noyé, empêtré dans les herbes de la berge auprès de l'épave du sampan amiral troué comme un tamis.

Pour le partisan, Albert réquisitionna le somptueux cercueil rouge que le *caï* chinois venait de se faire fabriquer. Les trois Viets furent enroulés dans des nattes. Avec les mêmes honneurs militaires pour tout le monde, on les enterra au coin d'un champ que le métis assura assez bien orienté pour offrir aux âmes des héros un asile durable et sûr.

Le fusil mitrailleur récupéré constituait un trophée précieux. A la vacation du matin, le lieutenant rendit compte de sa prise. Il en fut chaudement félicité. Il se dit pourtant que si l'on avait su ce qui avait guidé sa conduite, il eût entendu une tout autre chanson, même si le succès pouvait excuser toutes les extravagances. Il n'en prit pas moins une fois encore la résolution de ne plus toucher au rhum. Mais, comme la victoire méritait d'être arrosée, il en remit l'application au lendemain.

Le lieutenant Rouzic apprit sa mutation de la bouche de l'officier qui venait le relever. En lui passant les consignes il ne manqua pas de lui vanter les charmes du site, la qualité de la troupe et l'excellence de ses rapports avec le personnel civil de la sucrerie. Il s'embarqua à l'aube sous un orage, sans essayer une seconde de distinguer à travers l'épais rideau de pluie le paysage qu'il comptait bien ne jamais revoir. Le même gros père aux yeux globuleux derrière ses lentilles de télescope le reçut au 1er Bureau des T.F.I.S.

– Alors, Rouzic, Hiep Hoa, des vacances, non ?

– Un délice, mon capitaine.

– Si vous n'aviez pas été réclamé en haut lieu, j'aurais été heureux de vous y laisser.

– Et moi d'y rester.

– Et je me suis laissé dire que vous avez apprécié les ressources locales, ajouta-t-il, fielleux.

J'ai bien pensé à vous apporter un peu de sucre, mais j'ai eu peur qu'il ne vous fasse encore grossir, mon capitaine.

Ainsi, tout se savait, comme si la Cochinchine n'avait été qu'un village avec des yeux à tous les carreaux, des cachotteries sous chaque porche et des médisances de comptoirs. Il se dit que le Tonkin était trop loin pour que sa réputation l'y poursuive. De toute façon, il était bien décidé à s'en bâtir une toute neuve.

A Hanoï, il reçut son affectation au 21e régiment d'Infanterie coloniale qui venait de s'installer à Langson. Il devait rejoindre le lendemain par le train où il aurait à commander l'escorte des wagons destinés à la garnison française.

Plutôt que de flâner dans la ville annamite, où les *bo doï* de l'oncle Hô traînaient leurs sandales, il alla tout de suite rue Paul-Bert et, rue Paul-Bert à la Caravelle. Laura y officiait, souveraine toujours. Il commanda un citron pressé, un peu honteux d'une consommation aussi modeste.

– Avec une goutte de gin... ou de rhum ?

Il la dévisagea fixement, mais il n'y avait dans son sourire mélancolique et lointain aucune trace d'ironie. D'ailleurs, comment aurait-elle su si vite ?

– Merci, répondit-il. Je ne bois pas d'alcool.

– Je ne vous ai jamais vu ici, monsieur.

– Non, et vous ne me reverrez plus. Je pars demain pour Langson.

– Langson, répéta-t-elle, rêveuse. Tout le monde va à Langson. J'y ai un ami, le capitaine Ebrard. Vous lui direz bonjour de la part de Laura.

Le visage de Rouzic s'éclaircit.

– Je le connais. C'est un ami aussi. Tenez... Laura, rajoutez-moi donc quelque chose d'un peu fort dans cette pisse d'âne... pour fêter l'événement.

Comme s'il avait eu besoin de lui fournir une excuse !

Ebrard avait donc bien enregistré son message de détresse lancé en l'air à Hiep Hoa. Cette fois, ce n'était pas le hasard qui les réunissait. Le capitaine, pensait-il, n'était pas homme à s'apitoyer sur les états d'âme d'un soldat perdu. S'il le faisait venir, ce n'était pas seulement pour le remettre dans le droit chemin. Quelque part, quelqu'un avait enfin besoin de lui. On ne lui avait pas caché que la situation était tendue en zone frontière où les chiens de faïence qui se regardaient pouvaient à tout moment se transformer en molosses furieux. Il avait hâte d'y être et d'être fixé sur son sort.

Le trajet, où il étouffait dans un wagon de bois en

compagnie de ses marsouins, lui parut interminable. Le train dont la locomotive de western chauffait au bois s'arrêtait partout, ahanait poussivement dans les côtes pour tricoter des bielles à tout berzingue dans les descentes au risque de décoller des rails. A chaque station, des *bo doï* aux mines constipées arpentaient la voie le long de la rame, s'érigeant en gardiens d'un chargement sur lequel ils auraient volontiers fait main basse s'ils n'avaient craint de provoquer l'irréparable.

A Lang Loa, une halte coincée au fond d'une gorge, un filet d'eau claire cascadait sur les rochers. Soudés dans leur boîte, les militaires français, assoiffés, rouspétaient. Le lieutenant mit pied à terre. Un gradé viet accourut aussitôt et croisa son fusil devant lui.

– C'est interdit absolument, aboya-t-il avec un accent saccadé.

– Par qui, mon con joli ? demanda Rouzic.

– C'est interdit, répéta le *bo doï*. Vous aurez de l'eau abondante et hygiénique à Langson, monsieur.

Rouzic se retint de talocher sa tête à claques. Ebrard, qui sans doute s'était porté garant de lui, n'aurait pas toléré qu'il se distinguât par un esclandre avant même d'être arrivé. Une demi-heure plus tard, le tortillard stoppa à Langson dans un tintamarre de grincements de freins, de chuintements de vapeur et de chocs de tampons.

La Compagnie des Chemins de fer du Yunnan n'avait pas montré beaucoup d'imagination dans l'architecture de ses gares. N'eût été la proximité d'une pagode biscornue et la présence des *bo doï*, l'on se fût aussi bien cru à Sotteville-les-Vast ou à Trintel-Ladignac. Des portes vitrées s'ouvraient sur un quai abrité par une marquise. Le bâtiment principal était flanqué par ses édicules traditionnels, des « Hommes – Dames » pudiquement cachés derrière une haie fleurie et une lampisterie où dans la pénombre reluisaient des lanternes de laiton astiquées par un préposé modèle.

Le lieutenant Rouzic, poisseux de sueur et de suie, sauta sur la plate-forme alors qu'Ebrard sortait de la salle d'attente des première classe.

– Quand on n'est pas pressé, le train, c'est quand même le rêve, n'est-ce pas Rouzic ?

Le ton sarcastique de son accueil était bien dans la manière du capitaine. S'il n'avait été au garde-à-vous, Rouzic eût haussé les épaules, mais l'immobilité du premier geste interdisait le second.

Ebrard emmena son adjoint directement chez lui, une maison chinoise dans le Yamen au bord du fleuve, dont le propriétaire, ruiné par la rapacité de ses compatriotes militaires, n'avait pas eu la patience d'attendre le retour de la prospérité pour revenir dans son pays. Pour y accéder depuis la rue, il fallait contourner l'écran de maçonnerie qui dissimulait la porte. Rouzic s'en étonna.

– Les génies malfaisants sont en général des imbéciles, expliqua le capitaine. Ils cavalent toujours droit devant eux. Il suffit d'un paravent de papier pour les décourager.

On pénétrait de plain-pied dans une vaste pièce vide, l'ancienne boutique du Chinois, au plafond de laquelle dansait une ampoule nue. A droite, s'ouvraient deux chambres sobrement meublées d'un lit Picot et de quelques caisses.

– Spartiate, nota Rouzic.

– Lacédémone après le passage des Wisigoths. Mais ça s'arrangera.

Au fond, dans une troisième chambre plus petite, une grosse radio boutonneuse de voyants et de molettes étageait ses constituants comme les tiroirs d'un semainier. Un coffre-fort vert mouluré d'or, tabernacle baroque, lui faisait pendant de l'autre côté d'une fenêtre ronde dans laquelle, en guise de grille, s'inscrivait un idéogramme stylisé.

– Votre domaine, mon cher camarade.

– Mais je ne saurai jamais faire marcher ce bazar, mon capitaine.

– Intelligent comme vous êtes, vous apprendrez vite. D'ailleurs, tant que ça fonctionne, vous n'aurez à toucher à rien... sauf au manipulateur.

– Et l'alphabet morse ?

– A la portée des boy-scouts.

– Je ne l'ai jamais été.

– Pourtant je vous aurais vu pas mal en culotte courte, chaussettes à pompons et chapeau à bosses de la Police montée.

Ebrard ouvrit le coffre. Il ne contenait encore aucun papier, mais un pistolet mitrailleur Thompson et une carabine M1 avec leurs chargeurs, une machine à chiffrer C36 pas plus grande qu'une boîte à cigares et des piles de petites boîtes de métal doré.

– Qu'est-ce que vous allez faire de ce stock de conserves ?

– Du marché noir. Non. En gros, ma mission – elle sera la vôtre aussi – est pour le moment de préparer le soulèvement des minorités frontalières à l'heure opportune. Ils n'obéissent qu'à leurs seigneurs et leurs seigneurs s'achètent avec ça. De l'opium, mon bon ami, du légal, premier choix. Je comptais sur un ami chinois pour opérer les transactions, mais les Viets l'ont fourré au trou. Il faudra donc compter sur notre sens du commerce et sur notre diplomatie. C'est d'ailleurs la même chose en Asie.

Un passage entre le magasin et les chambres donnait sur une cour pavée de briques au centre de laquelle, entouré d'une margelle, poussait une sorte de pin.

– Pour la sieste de Lon Chen, notre boy. C'est un Nhung. Il lavera vos frusques, tapotera votre lit et soulèvera votre poussière. Ne lui bottez pas inconsidérément le cul. Il prétend l'avoir sensible. Au demeurant, il a bon caractère.

– Chinois, ajouta Rouzic sans sourire. Un caractère chinois.

– Très drôle, assurément. Bon. La douche est dehors. Au mess des Maréchaux vous verrez tout à l'heure tout ce qui se fait de mieux dans la ville : nous!

Le lieutenant Rouzic était déçu, bien qu'il n'eût osé le montrer. Tandis qu'il s'aspergeait à grandes casserolées d'eau rouillée, il se dit qu'il n'avait pas fait mille kilomètres pour jouer les télégraphistes dans une poste de chef-lieu de canton et pas davantage pour distribuer des boîtes de confitures aux roitelets sous-alimentés du no man's land sino-tonkinois. Si on l'avait arraché à Charybde, ce n'était pas pour le jeter sur Scylla.

Il cessa de ronchonner au souvenir de la traversée du détroit de Messine, des lumières sur les côtes de Sicile et du parfum de Fabienne qui, accoudée tout près de lui sur la lisse du *Jehan de Witt*, regardait clignoter au bord de l'horizon ces étoiles des hommes.

VII

Cela faisait presque un mois que l'escadron était dans le Nord. Depuis, le temps avait passé si vite que le sous-lieutenant de Ferlac avait du mal à se souvenir de tous les événements qui l'avaient rempli. Frais débarqué à Haïphong – ce qui était façon de dire dans une touffeur de buanderie – il avait passé sa première nuit tonkinoise à la Cotonnière. Il n'en avait gardé que l'image d'une machine à vapeur mirobolante, hydre d'acier et de bronze assoupie au milieu d'un troupeau de métiers et de broches, prête à cracher des flammes délétères par tous ses naseaux et ses gueules.

Le paysage du delta du fleuve Rouge contemplé depuis le train d'Hanoï ne lui avait pas semblé très différent de celui du Mékong. Les mêmes rizières inondées se moiraient de reflets cuivrés sous le couvercle des nuées menaçantes. Les mêmes buffles gris touillaient la boue, menés par les mêmes *nha qué* auréolés de paille. Pourtant, là où dans le Sud des pagodes nichaient, discrètes, dans des villages de terre et de bambous, des clochers d'église ostentatoires émergeaient des toits de tuiles de vraies maisons. Ce qui avait fait dire au lieutenant Brébant :

– Ça m'a l'air bien peinard, tout ça. Si la France est la fille aînée de l'Église, sa petite sœur ne peut décemment pas lui bouffer le nez.

– Pas de votre avis, Brébant, avait répondu le capitaine Berger. Dans les querelles de famille, on se bouffe souvent bien autre chose.

D'Hanoï où les frelons verts du général Giap bourdonnaient dans tous les édifices militaires, Ferlac n'avait pas vu grand-chose; d'ailleurs, le périmètre où les troupes françaises étaient pratiquement consignées était assez vaste pour qu'elles puissent s'ébattre sans éprouver le besoin d'aller chatouiller la susceptibilité des *bo doï* dans les quartiers annamites.

Installés dans un lycée vidé par les vacances d'été, les chasseurs qui n'étaient quand même pas tous des cancres s'étaient d'abord indignés de cette retenue collective, mais la perception de leur matériel leur en avait fait oublier les rigueurs. De toute manière, l'instruction menée tambour battant du matin au soir sur la route circulaire du Petit Lac, et autour du Jardin botanique, ne leur avait laissé que fort peu de loisirs. Au reste, un foyer leur offrait de la bière fraîche et un B.M.C., des filles qui l'étaient moins, mais dont l'ardeur à l'ouvrage permettait de satisfaire tout le monde.

Les officiers avaient accès au bar du Club sportif où de pulpeuses barmaids dispensaient à des prix scandaleux des boissons d'origine inavouable mais fortes. Certains, et Ferlac en était, préféraient les bords de la piscine pour y admirer les évolutions acrobatiques de naïades au teint de pêche qui paraissaient, tant elles y étaient à leur aise, être nées dans leurs maillots de bain *.

Alors que sur les axes pourtant autorisés aux convois éclataient des échauffourées meurtrières, le Petit Lac était un lagon paisible sur le récif duquel venaient battre les lames sournoises d'un conflit larvé. Bertrand trouvait, quant à lui, de plus en plus bizarre cet état de non-guerre où les belligérants, armés jusqu'aux dents, faisaient assaut de pacifisme.

Un soir Ferlac avait été désigné pour une patrouille mixte. Face à son homologue viet, il avait parcouru dans un half-track les rues désertes et mal éclairées de la ville. Souvent, croisant le regard de l'officier *bo doï*, il avait cru surprendre dans ses yeux étroits une lueur de haine et de peur. Lui-même n'était pas plus rassuré. L'un comme l'autre savaient qu'une maladresse ou qu'un geste de folie pouvaient faire de leur véhicule un charnier roulant.

* Maddy Moreau, championne internationale de plongeon... entre autres.

Aussi le sous-lieutenant avait-il été bien soulagé quand le half-track, délesté de la moitié jaune de ses occupants, avait franchi le portail du lycée. Ses hommes aussi.

– Pour un peu, avait soupiré le brigadier Révoil, on se serait haché comme chair à saucisse.

– De Strasbourg, avait précisé Caron.

– Pourquoi, de Strasbourg ?

– Parce que, dans celles de Toulouse, on trouve encore des morceaux.

– Demain dimanche, annonça le capitaine Berger, pour fêter votre départ pour Phu Lang Thuong, Ferlac, nous allons déjeuner chez la mère Thuong.

Le sous-lieutenant de Saint-Alvère leva un sourcil soupçonneux.

– Et qu'est-ce que c'est, la mère Thuong ?

– Le claque, dit Brébant. Mais pour ce qui est de la cuisine, je me demande si c'est la bonne adresse.

– Qu'en savez-vous, Brébant ?

– Ce n'est pas la première fois que je suis invité chez les putes, mon capitaine.

Le lieutenant Brébant venait de lever un voile de plus sur ses activités passées, mais personne n'osa lui demander en quelles occasions il avait bénéficié de cet exorbitant privilège. La demeure où Mme Thuong exerçait son négoce était d'apparence bourgeoise. A la place de sa classique lanterne rouge, l'on eût pu voir aussi bien le double panonceau doré d'un notaire.

Mme Thuong était une personne opulente, au visage placide et plat comme une pleine lune, boudinée dans un fourreau de Chinoise qui dévoilait, en haut, ses bras de boulangère et, en bas, ses mollets de grimpeur. Elle accueillit ses hôtes avec une grâce souriante si bien que les deux sous-lieutenants se demandèrent une seconde s'il ne convenait pas de lui baiser la main.

Le capitaine Berger se répandit en civilités. Quant à Brébant, chez qui l'on pressentait l'habitude, il claqua ses larges fesses. Elle ne s'en offusqua pas.

Pour recevoir les officiers, Mme Thuong avait choisi parmi son personnel les éléments qui, par leur réserve, leur éducation et leur talent, étaient les plus susceptibles de les honorer. Elle les présenta d'ailleurs comme elle l'eût fait de ses propres filles à des partis avantageux. Pour la circonstance, elles avaient abandonné leurs tuniques à pans et leurs *cai quan* flottants pour des robes fleuries et s'étaient perchées sur des cothurnes à semelles compensées. Chapitrées par leur patronne, elles minaudaient derrière leurs éventails avec des rougeurs de donzelles et clignèrent des yeux au-dessus de leurs flûtes de mousseux comme s'il y avait eu encore des bulles.

Brébant, impitoyable, rendit son verdict.

– Madérisé, ce roteux.

On le but quand même avec plaisir. Il était frais et il y avait des mois que personne n'avait touché à un liquide qui, de près ou de loin, ressemblât à du champagne. Il en fut de même du rosé de Provence, ordinaire alternative du thé dans les banquets asiatiques. Ces dames ne chipotèrent pas dans leurs bols de soupe aux abalones et le cliquetis des baguettes meubla le silence d'une conversation forcément languissante. Après un dessert de sorbets, on apporta le fruit, un durion gros comme une citrouille. Brébant huma l'air avec une mine dégoûtée.

– Ça sent la merde, remarqua-t-il, toujours courtois.

– Mais dedans, lui faire très bon, affirma Mme Thuong, pincée.

C'était vrai. La chair blanche et ferme avait un goût de noix fraîche.

Le café pris, l'hôtesse fit savoir à ses convives que s'ils voulaient prendre un peu de repos, des chambres étaient à leur disposition à l'étage et que ces demoiselles se feraient un plaisir de les y accompagner.

Le sous-lieutenant de Saint-Alvère tourna un visage traqué vers son capitaine.

– Un refus serait considéré comme une offense, Saint-Alvère. Elles ne vous mangeront pas.

– D'autant qu'avec tout ce qu'elles ont bouffé, elles n'ont sûrement plus faim, ajouta Brébant.

Le capitaine, qui aimait les femmes fortes, « monta » avec la maîtresse de maison. Le lieutenant, qui était le plus volumineux, choisit naturellement la plus fluette. Les deux sous-lieutenants se laissèrent prendre par la main. Bertrand de Ferlac n'était jamais entré dans un bordel, bien que parfois, passant devant l'unique maison close de la ville de son collège, il eût été saisi de la trouble émotion que donne aux âmes inquiètes la proximité du péché. Plus tard, grâce à l'ingénieux désintéressement de Lucy, il n'avait pas eu recours, pour être déniaisé, aux amours tarifées. Il n'éprouvait donc pas la même angoisse que son jeune camarade.

Dans la chambre où les persiennes closes entretenaient une pénombre propice, un ventilateur de table judicieusement disposé balayait le lit de rafales d'air tiède. La jeune femme se débarrassa prestement de sa robe et, en toute simplicité, jeta sa petite culotte par-dessus son épaule.

– Moyen la douche, suggéra-t-elle engageante.

Tout poisseux de transpiration, Bertrand l'y suivit volontiers. Lorsqu'ils en sortirent, des piaillements entrecoupés de sourdes invectives les laissèrent interdits.

– C'est Brébant, mais elle n'a pas besoin de brailler comme ça, ta copine.

– Lui peut-être beaucoup gros.

– Et moi alors ?

D'un bref regard, elle évalua ses risques.

– Moyen.

– Ah, quand même, soupira le sous-lieutenant de Ferlac.

Phu Lang Thuong était bien, comme le prétendaient les anciens, la chaudière du Delta. Malgré les cataractes que déversait régulièrement un ciel de fin du monde, on crevait. Et on crevait à ne rien faire. Enfin, presque rien : l'entretien des bahuts que la pluie se chargeait de laver, celui des armes qu'elle rouillait, les patrouilles de routine, l'escorte des convois jusqu'aux premières futaies de la forêt de Kep où les blindés de Langson venaient prendre la relève des automitrailleuses du peloton Ferlac.

La portion de route confiée à sa surveillance dans la plate immensité de la rizière inondée ne se prêtait pas aux mauvaises surprises et les chasseurs enviaient leurs camarades en apprenant à la radio leurs accrochages hargneux dans les calcaires du Chao Deon.

Pour meubler le temps, ils pêchaient depuis les diguettes, près du poste, des fritures infimes qu'ils s'empressaient de rejeter à l'eau. Ils flânaient au marché du Pont où les *bo doï* ne se montraient guère. Il leur arrivait pourtant de se côtoyer devant les mêmes éventaires de fruits ou de bazar. Il passait alors entre eux, comme dans les half-tracks des patrouilles à Hanoï, un courant d'hostilité féroce dont la moindre saute eût fait fondre le fragile fusible. Mais l'on sentait bien que ni les uns ni les autres ne pourraient se contenter longtemps de ces électriques frissons.

Comme ses hommes, le sous-lieutenant supportait mal cette inaction, cette attente qu'aggravait l'accablante moiteur de la mousson. A tout cela s'ajoutaient la nuit le harcèlement des moustiques et les picotements de la bourbouille qui donnaient à leurs victimes l'impression d'être couchées sur un lit d'épingles. Irritées par la transpiration à force d'être grattées, les piqûres s'infectaient. Ferlac s'était demandé avec angoisse s'il ne devait pas la gourme qui lui encroûtait la peau du crâne à quelques tréponèmes vicelards refilés par la pensionnaire de Mme Thuong. L'infirmier du poste l'avait rassuré.

– La vérole, ce n'est pas sur cette tête-là qu'elle s'attrape, mon lieutenant.

– Vous êtes sûr ?

– Je l'ai eue. Alors...

Le sous-lieutenant avait fini par prendre en patience son mal à l'âme et ses boutons en se disant que Phu Lang Thuong n'était décidément pas un de ces paradis tropicaux où fleurissent les lauriers.

Et puis, au début de septembre, le message espéré était arrivé : « Le peloton Ferlac, avec la totalité de ses moyens, fera mouvement sur Langson, le 10. Il assurera depuis sa base l'escorte du convoi ordinaire. »

La nouvelle fut accueillie avec des transports de joie que le maréchal des logis Locatelli trouva excessifs.

– Nous emballons pas, les mecs. La riflette, y en a qui la verront bien assez tôt.

Mais son avertissement n'avait pas tempéré leur enthousiasme, notamment celui de Rigal, le tireur de *Tramontane*, qui était allé casser un peu de vaisselle chez un gargotier qui, expliqua-t-il pour justifier son geste, avait « une sale tête de Viet ». Il écopa d'un tour de garde supplémentaire, mais on lui avait tant dit que la garde était un honneur que, dans son euphorie, il la considéra comme une récompense.

La M8 *Sirocco* absorbait si souplement les cahots qu'elle faisait à peine rejaillir sous ses roues les flaques de la dernière averse. Juché sur son siège, à droite dans la tourelle, le sous-lieutenant de Ferlac n'eût pas cédé sa place pour les huit tonnes en or de sa voiture. En se retournant il pouvait voir tout son convoi s'étirer sur cinq kilomètres depuis la chicane du poste.

A cent mètres derrière lui, *Simoun* se dandinait dans les mêmes nids-de-poule. Lefort, son pilote et Lejeune, son radio, le béret rabattu sur les oreilles par leurs écouteurs, bavardaient comme deux commères à leur lucarne. Noyée dans la file des camions, il reconnaissait *Tramontane* au fanion de son antenne. En queue, *Tornade* et *Mistral*, la patrouille de Locatelli, attendaient encore pour démarrer que la colonne eût pris son allure et ses distances.

Avant de donner le signal du départ, Ferlac, debout dans sa Jeep débâchée comme un général pour une prise d'armes de Quatorze-Juillet, avait passé la revue de ses troupes, une centaine de G.M.C., de bahuts civils hétéroclites et surchargés, deux ambulances et quelques Jeeps d'état-major. Leurs passagers que le goût des responsabilités n'étouffait pas s'étaient soumis docilement aux ordres d'un petit sous-lieutenant bien qu'ils fussent tous d'un grade supérieur au sien.

– C'est tous des touristes qu'on trimbale, avait remarqué le chasseur Caron.

Ferlac n'avait pas répondu, mais de l'allégeance de tout ce joli monde, il avait éprouvé une intense et secrète satisfaction.

Il reprit sa place à côté de son tireur. A ses pieds, dans leurs alvéoles, de chaque côté de la coque, les postes de radio grésillaient et, parfois, des voix lointaines portées par des ondes parasites, chuchotaient des messages mystérieux. Le sous-lieutenant souffla dans son interphone.

– Morin, demande si la queue a décollé de Phu Lang Thuong.

Morin appuya sur la pédale de son micro. Le sifflement du convertisseur couvrit le ronronnement du moteur.

– *Tornade* de *Sirocco*, position.

La voix de Locatelli se fit entendre, tremblée mais claire.

– *Sirocco* de *Tornade*, on vient de partir.

Ça suivait donc. Tant que l'on était en plaine, sur la digue droite et dégagée, il n'était que de se laisser rouler.

Bercé par le mol balancement de son A.M., Bertrand rêvassait. Il se dit que parmi les filles des ambulances aurait pu se trouver Fabienne Récy et qu'avec ces vilaines pustules qui le défiguraient, il n'eût pas paru au mieux de ses avantages. Mais il portait en lui une autre petite salissure, un autre malaise, de l'âme, celui-là. Après ce qui s'était passé à Hanoï la veille de son départ, il se demandait si son image de gentilhomme ne s'était pas un peu ternie. Il se sentait vaguement coupable de trahison et le Graal qu'il comptait conquérir par ses exploits avait singulièrement perdu de sa limpidité. A Saïgon, Fabienne n'en saurait sans doute jamais rien. Et puis, le souvenir du moment, somme toute agréable, qu'il avait vécu dans les bras graciles de la fille de Mme Thuong, tempéra quelque peu ses scrupules.

De chaque côté de la route, les touffes du riz fraîchement repiqué semblaient frissonner au passage de la voiture. Dans deux mois, au Tonkin, on moissonnerait. A Cantegril, Mme de Ferlac gardait ses dindons dans les chaumes. Partout les batteuses ronflaient. Au-dessus des coteaux bleus vers la vallée du Lot, des nuages velléitaires assombrissaient le ciel sans vouloir crever.

La trombe subite d'une averse l'arracha à cette évocation bucolique. Il n'était plus sur une charrette à bœufs chargée de gerbes, mais dans une cuve d'acier sous la colère d'un orage qui osait dire son nom. Le temps que la pluie cessât, l'horizon que barrait le mur de la montagne s'était rapproché. A présent, il distinguait nettement les premières bosses herbues de ses contreforts. Avant d'aborder les lacets, il ordonna une halte pour regrouper son convoi. Locatelli annonça deux camions en panne.

– Précisez, *Tornade*.

– Radiateur et embrayage. Des Chinois.

– Ne les attendez pas. Qu'ils se démerdent. Je repars.

La forêt de Kep paraissait contenue dans une résille de lianes sans laquelle elle eût déferlé sur la chaussée. Les chasseurs et les fantassins de l'escorte écarquillaient les yeux sur ces parois sombres et impénétrables et avaient l'impression qu'un piège se refermait sur eux à mesure qu'ils avançaient.

Bientôt, ils furent environnés par des donjons de calcaire chevelus de broussailles, plus menaçants encore que les arbres. Certains surplombaient la route et semblaient, vus d'en bas, d'une hauteur vertigineuse. Dans le poste avant, Révoil et Morin qui avaient oublié de couper leurs interphones jacassaient.

– S'il y a du monde là-haut, ils vont nous balancer de l'huile bouillante à pleines gamelles.

– Du plomb fondu, tu veux dire.

Caron, dans le fond de la tourelle ne perdait pas une miette de la conversation.

– De l'huile, ils n'en ont pas à foutre en l'air et le plomb c'est dans les fesses qu'ils vont vous le mettre.

– Pas si on reste assis, patate!

– Mais taisez-vous un peu, râla le sous-lieutenant. Vous déconnerez à Langson... si on y arrive.

Mais c'était en « déconnant » que l'équipage de *Sirocco* conjurait les maléfices qui se cachaient sur les chapiteaux échevelés des colonnes de pierre. Parfois, dans cette forêt minérale s'ouvrait une clairière où s'étageaient au flanc d'une colline des rizières en terrasses. Le paysage tourmenté prenait alors le rassurant aspect de jardins potagers et les petites maisons de bambous des *nha qué* celui de leurs cabanes à outils.

Loin derrière, au milieu du convoi, le bruit d'une explosion couvrit une seconde le rugissement des moteurs emballés dans la montée.

– *Sirocco* de *Tramontane*, grenade.

Et quelques secondes plus tard, comme si le maréchal des logis Lasalle avait eu besoin de reprendre son souffle :

– ... Des blessés dans le G.M.C. des biffins, devant moi.

Dans sa Jeep, Héberlé avait lui aussi reçu le message de *Tramontane*. Sans attendre l'ordre de son chef de peloton, il exécuta dans un mouchoir de poche un demi-tour acrobatique. *Simoun* avait déjà fait tourelle à gauche dans la seule direction où elle pouvait tirer. Bertrand embarqua en voltige. En passant sous le canon de sa deuxième A.M., il entendit le claquement sec de la culasse sur l'obus engagé. Les camions militaires, observant les consignes des colonnes à l'arrêt, s'étaient garés sur leur droite à écorcher leurs ridelles sur la paroi de pierrailles. La Jeep s'engagea à fond de train dans l'étroit passage qu'ils lui avaient laissé au bord du ravin. Il fallut néanmoins quelques minutes au sous-lieutenant pour être sur les lieux de l'incident. Lasalle s'expliqua.

– Le bahut des marsouins patinait au fond de la coupure, là, à dix mètres devant moi. Le Viet n'a eu qu'à laisser tomber sa grenade dans le tas depuis le remblai du chemin de fer. Le temps qu'on débarque, il avait filé.

– Les blessés ?

– Là, sur la route, à l'abri de ma bagnole.

Ferlac s'approcha, anxieux. Un quatre galons et une petite bonne femme en treillis de combat s'affairaient auprès d'eux.

– C'est qui, ces... touristes ?

Le commandant se redressa, une lame de colère dans ses yeux gris.

– Médecin-commandant Carrières. En promenade, vous voyez bien.

– Euh... C'est grave, mon commandant ?

– Non. Des éclats un peu partout. J'y verrai plus clair à Langson.

Une ambulance arrivait, sirène hurlante. Une fille sauta de la cabine. Elle cria à l'adresse d'une autre qui fourgonnait déjà à l'intérieur de la caisse :

– Sors les brancards, Fabienne !

Mais Ferlac était trop préoccupé pour l'avoir entendue. Il revint vers *Tramontane* où Lasalle avait repris sa place. Alors qu'il remontait dans sa Jeep, le sous-officier le héla.

– Mon lieutenant, Rigal dort. Je n'arrive pas à le réveiller.

– C'est sa cuite d'hier soir. Secouez-le !

– ... Il est comme évanoui.

Le sous-lieutenant se hissa sur la plage arrière de l'automitrailleuse.

Rigal, assis sur sa sellette, semblait dormir en effet. Le saisissant sous les bras, ils l'extirpèrent de la tourelle et l'étendirent sur les panneaux du moteur. Ils s'aperçurent alors que ses yeux restés grands ouverts étaient voilés d'une brume glauque.

Le commandant Carrières grimpa à son tour et se pencha sur le chasseur.

– Il ne dort pas, votre soldat. Il est mort.

– Mais de quoi ?

Le médecin finit par trouver la blessure, une petite étoile rouge sous le menton, comme s'il s'était coupé en se rasant. Une ferraille minuscule avait traversé sa gorge pour se loger à la base du cerveau, le tuant net. On le transporta dans la deuxième ambulance qui avait rejoint.

Accablé, Ferlac regagna, lentement cette fois, la tête du convoi. Il ne comprenait pas comment cette égratignure insignifiante avait pu endormir son chasseur pour toujours. C'était trop bête. Si au lieu de sortir de sa tourelle, il était resté à son poste à la lunette du canon, il serait encore là, Rigal, rigolard et farceur. Il avait voulu voir lui aussi au lieu de se tapir aveugle et sourd dans le fond de son trou. Le sous-lieutenant se dit que si ses ordres avaient été plus fermes, cela ne serait pas arrivé. Comptable de la vie de ses hommes, il aurait à rendre compte de la perte de celle-là mais il était prêt à en assumer toutes les conséquences.

A bord de *Sirocco*, Révoil rompit le premier le silence consterné de l'équipage.

– La riflette du margis Locatelli, il n'aura pas eu le temps de la voir, Rigal.

– Quand même, les trois bols du Chinetoque ne valaient pas ça, dit Morin.

Comme si le destin était chargé de punir les soldats! Caron se retourna, le nez au ras du blindage et regarda, pensif, la colonne qui chenillait derrière lui, à perte de vue.

– C'est égal, murmura-t-il, il aura eu du monde à son enterrement, lui.

***

A l'arrière de l'ambulance, Fabienne Récy avait pris la place de la convoyeuse. Par la lucarne ouverte sur la cabine, entre la nuque rase du docteur Carrières et la tignasse ébouriffée de la conductrice, elle entrevoyait à la faveur des virages, ici un lambeau de rizière, ou là, noyant la route de son ombre immense, une falaise nippée de broussailles.

Les aérateurs que la faible vitesse du Dodge entraînait à peine ne parvenaient pas à dissiper l'odeur tenace de désinfectant et de peinture. Fabienne avait un peu mal au cœur, mais le balancement de la suspension trop douce, la moiteur poisseuse de l'atmosphère lui rappelaient presque agréablement le minuscule poste d'équipage du thonier où son père, cédant à ses caprices, acceptait parfois de l'emmener.

« Emmenez-moi », avait-elle dit aussi à Alain sur le quai de Brest où l'attendait son bateau gris. « Emmenez-moi », avait-elle répété à Philippe Ebrard en picorant les miettes de son gâteau dans le salon de thé de la rue Catinat. De même avait-elle supplié les Carrières quand ils lui avaient appris leur départ pour le Nord.

– Emmenez-moi!

– Mais, Fabienne, au Tonkin, si on se houspille, on ne se bat pas encore. Ici, le service a plus besoin de vous que là-bas.

– Vous y allez bien, vous!

– Parce que j'en ai reçu l'ordre.

– Emmenez-moi, avait-elle répété avec une moue butée.

– Plus tard, peut-être.

– Maintenant!

Pour un peu, elle eût trépigné comme une gamine coléreuse.

– On verra.

– C'est tout vu!

Ils s'étaient quittés presque fâchés. Les amitiés qu'elle avait nouées si vite à bord du bateau, perdues trop longtemps et retrouvées à peine, avaient été autant de bouées auxquelles elle s'était amarrée après son naufrage. Elle ne supportait plus d'être abandonnée seule, à la dérive dans un monde où ne la retenait plus que son engagement.

Dans sa révolte elle oubliait encore qu'elle n'était pas restée en Indochine pour recevoir, mais pour donner. Et son entêtement de Bretonne était venu à bout de tous les obstacles qu'opposaient à son projet sa conscience et sa raison.

Priée à une « ribote » de l'Amirauté, le capitaine de corvette Normand l'avait présentée comme la femme d'un héros. Elle avait été l'objet des hommages les plus empressés mais elle avait bien senti que si elle n'avait pas été une possible conquête pour tous ces beaux jeunes gens, elle eût été laissée, politesses faites, à sa tapisserie. Mais elle ne s'était pas rendue à l'invitation de Normand pour se laisser faire la cour. Elle avait réussi à l'entraîner dans la galerie où la brise de la rivière apportait un semblant de fraîcheur.

– Je veux partir, commandant.

– Vous avez changé d'avis ? Il est un peu tard maintenant.

– Vous ne me comprenez pas. Ce n'est pas en France que je veux aller mais au Tonkin.

– Qu'y trouverez-vous de mieux que parmi nous ?

– Des amis.

Normand, vexé, avait avalé péniblement sa salive. Comme si les marins n'étaient pas plus dignes d'amitié que les autres ! Mais Fabienne ne s'était pas laissé décontenancer par son sursaut d'humeur.

– Les médecins coloniaux et les médecins de Marine sont nés dans le même berceau. L'amiral connaît sûrement le directeur du Service de Santé. Entre officiers généraux, ils ne se refusent rien, et ce que je demande est peu de chose.

Normand s'était dit qu'en effet, l'enseigne de vaisseau Récy avait assez contribué à la gloire de l'Armée de mer pour que l'on accordât une aussi mince faveur à sa veuve.

– Je vous promets d'intervenir. Mais je ne vous garantis rien.

– Mais si, mais si, commandant.

Elle avait posé brusquement sa main sur son poignet.

– Faites-moi danser maintenant.

Secoué par une houle revêche, le petit cargo noir de la

société Denis Frères cahotait vers Haïphong. Fabienne Récy accoudée à la lisse sur l'aileron de la passerelle regardait défiler, grises sous un ciel enfumé, les côtes d'Annam. Elle pensait à ses compagnons du *Jehan de Witt* et, un peu inquiète, se demandait si le hasard qui les avait réunis au cours de son pèlerinage à Hoc Than serait aussi bienveillant au Tonkin. Elle avait pris la décision de les y rejoindre sans la moindre certitude de pouvoir retrouver ne fût-ce que leurs traces.

En revanche, les Carrières qu'elle avait prévenus de son arrivée l'attendaient à Hanoï. Peut-être pourraient-ils l'aider à reconstituer sa cour, comme avait dit Philippe, avec ceux qu'elle considérait comme ses hommes liges bien qu'ils ne fussent liés par le moindre serment. Elle entendait leur accorder équitablement ses royales faveurs dans des relations où la compétition ne serait pas exclue.

Joseph Rouzic, son bouffon, n'avait, croyait-elle, forcé son talent que pour la distraire de son chagrin. Elle était persuadée qu'il portait en lui une blessure qu'il était bien dans son rôle de panser. De Bertrand, son ombrageux chevalier qu'elle imaginait toujours la main crispée sur la poignée d'une rapière, prêt à pourfendre ses prétendants, elle comptait entretenir la jalousie et, pourquoi pas, provoquer celle de Philippe Ebrard. Elle croyait « son conseiller » plus préoccupé par ses complots mystérieux que par des intrigues sentimentales. Son ironie condescendante l'intriguait et l'agaçait aussi comme la saveur acide d'un fruit vert.

Pas un instant, elle n'avait pensé que la mort, cette maîtresse exigeante de la guerre, ou même une autre femme, puissent un jour dissocier son brelan d'hommes.

Pendant une halte au poste d'Haï Dzuong, entre Haïphong et Hanoï, elle avait avisé un officier de chasseurs reconnaissable au ruban vert qui nouait son béret sur la nuque. Avec une naïveté de villageoise qui demande à un Parisien s'il ne connaît pas son cousin établi dans la capitale, elle s'était enquise du sous-lieutenant de Ferlac.

– Ferlac ? Je crois qu'il vadrouille du côté de Phu Lang Thuong.

– Et c'est loin ?

– Sur la route de Langson.

Langson, c'était cette ville, à la frontière de Chine, dont parlait Philippe Ebrard et où il voulait revenir.

Lanessan, où opéraient les Carrières, ressemblait au fond de son parc ombragé à un établissement de cure, autre oasis de calme et de silence dans la ville que l'on sentait frémir comme à l'approche d'un séisme. Les médecins français et quelques-uns de leurs confrères tonkinois se partageaient les blessés des deux bords. Mais, dans les salles où les adversaires de la veille eussent réglé leurs comptes à coups de béquilles, on ne les mélangeait pas.

– Ils nous grignotent, avait confié Henri Carrières à Fabienne. Il n'est pas de jour où nous n'admettions des victimes d'escarmouches. Si cela continue, la paix illusoire que nous entretenons à force de promesses non tenues et de conventions dénoncées va nous coûter plus d'hommes qu'une guerre déclarée. Ils ne nous ont laissé quelques routes que pour nous y harceler. La Croix-Rouge est encore respectée, mais jusqu'à quand ? Dès qu'ils le voudront, ils nous bloqueront dans les six garnisons que les accords du 3 avril nous ont chichement attribuées. Les évacuations sanitaires seront alors difficiles, voire impossibles. C'est pourquoi nous y installons en vitesse des antennes chirurgicales. Dans huit jours, nous partons, Hélène et moi, pour Langson, avant que l'on ne puisse plus y monter ou en redescendre.

– Emmenez-moi, alors ! avait répété Fabienne une fois de plus. A Saïgon, je me suis presque prostituée avec un marin pour venir vous rejoindre. Et à peine suis-je là que vous me quittez.

Sous le regard perspicace et amusé d'Hélène, elle avait détourné les yeux.

– Qui vous attend donc à Langson ? Un galant ?

– Mais non !

Ils ne l'avaient pas crue, mais ils lui avaient quand même proposé une place dans une des deux ambulances de leur convoi.

– Une fois là-bas, nous nous débrouillerons pour que vous y restiez.

Il n'était personne qui n'arrivât à Hanoï ou ne quittât la

ville sans passer à la Caravelle. Pour ne pas manquer à cet usage, les Carrières y avaient emmené Fabienne. Laura, magicienne olympienne et superbe devant ses élixirs, avait dévisagé les deux femmes de son œil le plus glacé. En général, les hommes venaient seuls chez elle et ne se hasardaient pas à y exhiber leurs Annamites que, métisse, elle détestait. Elle tolérait la présence des Françaises, au demeurant peu nombreuses, bien qu'elle les considérât, surtout quand elles étaient jolies, comme des intruses dans un domaine où elle entendait régner sans partage. Henri Carrières y était venu deux ou trois fois prendre un verre avec des confrères. Laura savait qu'il était médecin. Au titre, elle avait préféré le grade.

– Comme d'habitude, commandant ? avait-elle demandé fielleusement.

Ainsi avait-elle voulu faire croire à ses compagnes qu'il était un pilier de son établissement. Hélène était entrée dans son jeu, ce qui l'avait laissée interdite.

– Alors comme ça, Henri, tu viens siroter en Suisse chez les dames pendant que ta bonne femme torche les marmots et remue les casseroles ?

Ce « chez les dames » avait une résonance vaguement injurieuse, mais Laura, prudente, s'était bien gardée de relever l'allusion.

– On dit que vous partez, commandant ?

– Nous partons. Puisque vous savez tout, je n'ai pas besoin de vous dire où.

– Pour Langson, bien sûr. Je me demande ce que les militaires trouvent à ce patelin perdu.

– Vous y êtes allée ?

– Jamais. Mais je sais qu'il n'y a pas un bar convenable et... que Langson attire le malheur, ajouta-t-elle d'une voix plus sourde.

Comme Laura paraissait être l'annuaire des T.F.I.N., Fabienne s'était hasardée à lui demander si, parmi ses clients, elle n'avait pas connu un capitaine Ebrard.

– Ebrard ! Mais si. C'est même un ami. Un ami d'avant.

– Ah, vraiment ? Et un lieutenant Rouzic, ça ne vous dit rien ? Un costaud avec un nez pointu et de grosses lunettes.

– A Langson aussi. Je me souviens de lui parce que, c'est rare, il m'a commandé un citron pressé.

« Alors ce n'est pas lui », avait pensé Fabienne.

A Phu Lang Thuong, le convoi s'était arrêté pour prendre l'escorte des automitrailleuses. Fabienne Récy, enfermée dans sa boîte, n'avait pu qu'entrevoir, l'espace d'une seconde, le sous-lieutenant de Ferlac, debout dans sa Jeep, le menton levé et le regard lointain comme un aurige vainqueur d'une course défilant à Rome sous la tribune impériale.

Après le renseignement que lui avait donné à Haï Dzuong l'officier des chasseurs, elle n'avait pas été surprise de le voir là. Pourtant, bien qu'à travers la paroi de tôle, elle eût eu peu de chances d'être entendue, elle n'avait pu s'empêcher de l'appeler :

– Bertrand !

Le commandant Carrières s'était retourné vivement, l'œil malicieux.

– Alors, Fabienne ? Mais combien sont-ils donc, vos soupirants ?

– Trois, avoua-t-elle. Mais ils ne soupirent pas du tout.

– Allons donc !

Le convoi s'était ébranlé dans le ronflement d'orage de ses cent moteurs emballés. Fabienne savourait à l'avance la surprise qu'elle allait leur faire en débarquant à Langson et elle imaginait les effusions enthousiastes dont elle allait être l'objet... Elle regrettait que Bertrand ne l'eût pas vue au cours de son inspection et, un peu présomptueuse, elle se disait que sa vigilance eût été accrue de la savoir parmi ceux qu'il avait pour mission de protéger... Une explosion, suivie du brusque arrêt de la colonne l'avait arrachée à sa rêverie.

– Ne bougez pas, avait ordonné Carrières. Je vais voir. Ce n'est peut-être qu'une roue éclatée. Passez-moi la trousse de premier secours, Fabienne !

Il était parti au pas de course, sa boîte blanche sous le bras, suivi d'Hélène qui avait sauté de la deuxième ambulance. Un instant plus tard, un militaire au treillis taché de sang était apparu tout essoufflé, l'œil hagard.

– Le médecin dit que vous veniez. Vite. Il y a des blessés dans mon camion.

– Pas toi ? demanda la conductrice. Non ? Alors monte devant !

Elle avait démarré en chassant dans les cailloux au risque de se jeter dans le ravin. Ce fut pendant qu'elle installait les blessés sur les brancards que Fabienne avait revu Bertrand. Il était avec Carrières penché sur un homme que l'on avait étendu sur la plage arrière de l'automitrailleuse. Ce n'était ni le moment ni le lieu de manifester sa présence. D'ailleurs, l'eût-elle fait, qu'il n'eût pas levé les yeux sur elle tant il était soucieux du sort de son chasseur. Le médecin s'était relevé et ses lèvres avaient remué pour une courte phrase qu'elle n'avait pas entendue mais qu'elle avait comprise lorsque Bertrand du pouce et de l'index avait fermé les paupières du mort. Une fois à terre sur sa civière, l'officier avait pris la main de son chasseur et l'avait gardée dans la sienne tandis qu'on le transportait jusqu'à l'ambulance. Puis, les yeux secs, les traits tendus, d'un pas si lent qu'il eût pu être de parade, il était allé rejoindre sa Jeep.

VIII

A Langson les ambulances et les G.M.C. chargés du matériel médical furent aiguillés sur le boulevard Gouttenègre le long duquel les services de la garnison française occupaient l'ancien quartier de l'Administration provinciale. Les libérateurs chinois avaient pillé ce que les combats du 9 mars avaient laissé debout, des murs de brique aux fenêtres béantes sous des toits à demi écaillés de leurs tuiles et que chevauchaient piteusement les dragons vernissés des faîtières.

Il y avait moins de deux ans, les tuniques de brocart des mandarins en tenue d'audience balayaient encore les dalles de terre cuite des courettes et des salles et, dans le silence feutré du Yamen, en prêtant bien l'oreille, on pouvait entendre les pinceaux des lettrés caresser le papier de riz des états officiels.

Les *bo doï* occupant l'hôpital militaire au cœur de la citadelle, le commandant Brunier, médecin-chef du 21e R.I.C., avait installé son infirmerie dans un de ces palais déchus. C'est là que Henri Carrières fit débarquer son fourbi, des caisses, des ballots, des vrais lits de fer, une table d'opération avec son scialytique, une armoire de radiographie et, pour faire fonctionner le tout, un groupe électrogène si lourd qu'il fallut six hommes, convalescents il est vrai, pour le mettre en place.

Lorsqu'elle eut pris en compte ses blessés, Fabienne s'enquit d'une chambre. Brunier, que tout ce remue-ménage dépassait, lui indiqua d'une main molle un réduit dont la porte était remplacée par une couverture.

– Là, si vous voulez... ou ailleurs. Je m'en fous, moi, vous savez.

La jeune femme était trop harassée pour s'inquiéter de la bizarrerie de cet accueil. La douche froide puisée dans l'inévitable tonneau la revigora, et plus encore la perspective de rejoindre enfin ses amis. Elle ne doutait pas, en effet, qu'ils fussent au rendez-vous.

Mais au mess des Maréchaux où l'on buvait déjà à la santé des hôtes de passage, elle n'aperçut aucun des trois. Elle se demanda alors si cette Laura de la Caravelle n'avait pas inventé leur présence à Langson exprès pour qu'elle fût déçue de ne pas les y trouver. Mais c'était peut-être la taxer de trop de malignité. Quelle raison pouvait avoir une barmaid d'être jalouse de ses clients ? La voyant désemparée sur le seuil du bar, des officiers s'empressèrent auprès d'elle. Elle écouta leurs compliments d'une oreille distraite et profita d'un instant d'essoufflement dans leurs galanteries pour leur poser la seule question qui l'intéressait.

– L'un de vous connaît-il le capitaine Ebrard et le lieutenant Rouzic ?

– Certes, répondit l'officier de renseignement sur le même ton sarcastique qu'Ebrard.

Elle respira. Ainsi, ils étaient bien là. Enfin... dans la ville. Et comme si la nouvelle de son arrivée avait dû être le sujet de toutes ses rumeurs, elle s'étonna qu'ils ne se soient pas précipités pour l'y recevoir.

– Et « on » ne les verra pas ce soir ?

– Non, madame.

D'un geste évasif, il indiqua une direction, vers la Chine, au-delà du fleuve.

– C'est par là qu'ils sont partis semer le vent.

Quant au sous-lieutenant de Ferlac, on lui apprit qu'il avait été convoqué par le colonel et que, depuis, on avait perdu sa trace. Cette réponse ne la satisfit pas plus que celle du capitaine du 2e Bureau. Les Carrières l'entraînèrent à leur table que présidait déjà le médecin-commandant Brunier. L'œil fixe, sa serviette nouée autour du cou comme un bavoir, il roulait dans ses gros doigts une boulette de mie de pain.

– Alors, Fabienne, quand nous les montrez-vous, vos hommes ? demanda Hélène.

Elle baissa le nez sur son assiette.

– Pas ce soir.

– Il n'y a pas de quoi rire. Il n'y a pas de quoi rire, répéta le commandant Brunier d'un ton lugubre et pénétré.

Mais, à l'évidence, ce n'était pas la déconvenue de Fabienne qui motivait sa réflexion. Elle commença à se dire que le médecin-chef de la place de Langson n'avait pas tout son bon sens.

A peine les cinq automitrailleuses du peloton étaient-elles alignées le long de l'école, à Ky Lua, qu'une estafette de l'état-major vint prévenir leur chef que le colonel Dargence le réclamait sans délai. Ferlac ne s'en étonna pas. D'un colonel à un sous-lieutenant, il n'était de convocation qui ne fût urgente. Mais une fois dans son bureau, Dargence le laissa tripoter son béret un long moment avant de lui adresser la parole. Il finit quand même par lever le nez du papier qu'il faisait mine de lire et dévisagea son visiteur d'un regard sans aménité.

– Où étiez-vous dans votre convoi, monsieur ?

– Mais... en tête, répondit Ferlac, comme si cela allait de soi.

– On ne vous a pas appris que le chef doit être là où il peut le mieux commander ? Si vous aviez été à votre place, votre chasseur ne serait peut-être pas mort et mes trois marsouins ne seraient pas à l'hôpital.

Le sous-lieutenant contemplait l'extrémité poussiéreuse de ses rangers. Il avait dans le fond de la gorge une méchante boule qu'il eut de la peine à déglutir, mais son émotion n'avait pas échappé au colonel Dargence.

– Vous êtes assez puni de la perte de votre homme pour que je vous inflige une autre sanction. Au reste, il y avait parmi vos passagers des officiers plus anciens que vous. La règle dans ce genre d'affaires est que le plus ancien prenne le commandement. Je le leur rappellerai. Vous pouvez disposer.

Dans son désarroi, Bertrand remit son béret à l'envers, le ruban sur le front et s'emmêla les pieds dans son demi-tour.

– Monsieur de Ferlac !

Le sous-lieutenant se retourna, étonné et flatté aussi

que le colonel Dargence connût son nom. Il avait un rien de sourire au coin de la lèvre.

– Rien. Allez, monsieur. Allez, répéta-t-il, royal.

Un peu anxieux, le maréchal des logis Locatelli se hasarda à demander à son chef les résultats de son entretien avec le colonel.

– Ça s'est bien passé, mon lieutenant ?

– Pas mal, mentit Bertrand. Il m'a dit qu'il allait filer une avoine aux touristes. Après je suis passé à l'infirmerie pour Rigal. Il est bien. Il a un vrai cercueil, avec des bougies, de l'eau bénite, tout ce qu'il faut.

– Et personne pour le veiller ?

– Il a toutes les sentinelles de la ville, Loca. Demain, à sept heures, on le chargera sous un drapeau sur la plage arrière de *Tramontane*. Je suivrai à pied, avec vous et un piquet d'honneur, dix rombiers en armes. Le cimetière militaire n'est pas loin, en face de la Mission catholique. Ça tombe bien. On y prendra un curé. L'état-major l'a prévenu.

Le groupe scolaire qui abritait aussi la compagnie de half-tracks s'allongeait le long de la route coloniale n° 4. Il constituait vers l'est le dernier bastion de Ky Lua d'où les nostalgiques des reconquêtes, après la ligne bleue des Vosges, venaient contempler celle des monts de Chine.

Les cours de récréation qu'avait damées pendant des années le joyeux piétinement des joueurs de balle étaient à présent défoncées par les chenilles et par les pneus crantés. En revanche, dans les classes où le peloton avait pris ses quartiers étaient encore suspendus cartes et tableaux noirs. Sur les premières figuraient en rose « radical » la France en majesté au centre de son Empire. Sur les seconds, les chasseurs s'étaient empressés, avant toute chose, d'effacer les graffiti obscènes de leurs prédécesseurs par une surenchère vigoureuse.

En visitant le cantonnement, le sous-lieutenant prit un malin plaisir à demander au chasseur Caron s'il était « toujours content d'être soldat ».

– Ouais, mon lieutenant, mais après le lycée, à Hanoï, ici, c'est la communale. On est dégradés ou quoi ?

– Et estime-toi heureux qu'on ne t'ait pas redescendu en maternelle, intervint Locatelli.

– D'où on n'aurait jamais dû le sortir, ajouta le brigadier Révoil.

– Toi, tu t'écrases un peu, Révoil.

Les officiers de la compagnie blindée avaient leur popote dans la maison du directeur de l'école tout au bout du bâtiment. A l'étage, une terrasse dominait un stade pelé et une grosse tortue de rochers verdâtres sur le dos de laquelle s'érigeait un poste de sentinelle. Il faisait frais. L'air était chargé d'une odeur de paille sèche et de foin. Dans la campagne les lumières s'allumaient une à une. On entendait grincer les roues des chariots chargés de riz. En fermant les yeux, Bertrand de Ferlac se serait cru à Cantegril, un soir de moisson, à l'heure où l'étoile du berger attend dans un ciel rouge que vienne s'y accrocher la nuit. Mais le crépuscule des tropiques ne traînassait pas en mauves langueurs. La nuit tomba comme un rideau plombé. Avant de rentrer, Ferlac demanda aux autres pourquoi le capitaine Abakoumov ne s'était pas joint à eux pour le pot de l'amitié.

– Il ne boit pas.

– Pourtant les Russes, ça ne suce pas que des bâtons de réglisse.

– C'est qu'il est musulman, lui.

– Ah bon!

Le capitaine Abakoumov était déjà attablé devant une bouteille à demi pleine d'un liquide clairet.

– C'est son thé, souffla un lieutenant, la bouche de travers.

Le capitaine avait l'air renfrogné des gens à qui l'on « manque ». Il arborait une moustache mongole dont il suçotait les pointes avec un bruit agaçant. D'un index péremptoire, il indiqua au nouveau venu la place laissée libre à sa droite.

– *Allah Akbar*, proféra-t-il d'une voix de basse noble.

– Et nom de Dieu, vive la Coloniale, entonna dévotement le chœur.

Abakoumov pencha sa bouteille vers le verre de son voisin.

– Vous prendrez bien rincette thé glacé, mon jeune camarade?

Ferlac but une gorgée qu'il vaporisa aussitôt sur la

nappe comme un blanchisseur chinois sur sa planche à repasser.

– Mais c'est du rhum, mon capitaine.

Le capitaine Abakoumov dont le visage avait pris une teinte prune s'étrangla d'un rire énorme et silencieux.

Décidément, l'Armée française en Indochine ne ressemblait en rien à l'idée que l'on s'en faisait à l'École de Cavalerie. Mais le sous-lieutenant de Ferlac se demanda si au fond, ce n'était pas cette image-là qu'il préférait.

Faute de chapelle ardente, on avait déposé Rigal dans un pagodon privé que le pillage sacrilège avait débarrassé de ses idoles. Quelqu'un avait mis sur le cercueil un bouquet d'hibiscus et de petites roses d'églantier. Qui aurait eu la délicatesse d'un tel geste sinon une femme ?

Alors qu'il sortait de l'infirmerie, Ferlac la vit qui attendait dans la rue pour se joindre au cortège des chasseurs. Elle vint se placer près de lui comme si elle avait été, elle aussi, quelqu'un de la famille. Fabienne ! Alors seulement il se souvint avoir entendu son nom, la veille, pendant qu'on embarquait dans l'ambulance les blessés des marsouins.

– Fabienne, chuchota-t-il. Ça alors! Mais pourquoi êtes-vous là ?

– Mais parce que c'est un enfant qu'on enterre, Bertrand.

Au bout du tunnel d'ombre du boulevard Gallieni, se dressait dans une ogive de lumière la silhouette énorme du père Mangin. Vêtu de l'aube blanche écharpée de l'étole de deuil, il tenait dans une main comme une lance une croix de procession et dans l'autre un encensoir d'où s'échappaient de minces fumerolles.

– Il y a bien eu un enfant de chœur dans votre bande de brigands, mon lieutenant ?

Pris de court, Ferlac se retourna.

– Toi, Lejeune, vas-y!

– Pourquoi, moi ?

– Parce que tu en as la tête.

– De brigand ?

– Non, de l'autre.

Comme le prêtre et son acolyte pénétraient dans l'enceinte du cimetière, une vingtaine de *bo doï* jaillirent des tombes et s'alignèrent en braquant leurs armes sur eux. Le sous-lieutenant se jeta devant la jeune femme. Derrière, sur la tourelle de *Tramontane*, le maréchal des logis Lasalle referma d'un coup sec le couvercle de sa mitrailleuse de 30 sur une bande neuve. Alerté par le bruit, le père se tourna à demi vers l'automitrailleuse.

– Ne tirez pas ! Et vous autres, ôtez-vous de là, tonna-t-il comme un exorciste à une troupe de succubes.

– C'est une agression des forces blindées colonialistes sur un territoire de la République populaire du Viêt-nam, récita l'officier viet, impavide.

– Et le soldat français que vous avez tué hier, il vient vous agresser peut-être ? Ôtez-vous de là, je vous dis !

Comme il ne bougeait pas, le père qui le dominait de deux têtes lui fit tournoyer son encensoir au ras du nez comme la fronde du roi David devant Goliath. Le *bo doï* jappa un ordre et ses hommes se replièrent vers la citadelle d'où ils étaient venus. Mais pour ne pas faire perdre la face à leur lieutenant, Mangin l'invita à assister à la cérémonie.

Après quoi, il expédia ses prières comme autant d'anathèmes. Plus discrètement Ferlac prononça les adieux d'usage. Le piquet d'honneur encore sous le coup de l'intervention spectaculaire du clergé local l'écouta avec un recueillement relatif. Mais quel soldat avait jamais exigé que l'on pleurât à ses obsèques ?

– Maintenant, vous viendrez bien prendre une tasse de café, mon lieutenant, et vous aussi, madame.

Ils acceptèrent. Le salon de l'évêché, gravures pieuses en plus, revues dépenaillées en moins, ressemblait à une salle d'attente de dentiste. Il y flottait une odeur de pipe froide, de cire et de moisissure qui valait bien celle des antiseptiques. « Une odeur de curé, pensa Ferlac, c'est la même partout. »

Le café était bon. Tandis qu'ils le sirotaient, le père Mangin sortit des basques de sa soutane une bouffarde grosse comme un casse-tête et l'alluma avec de terribles clappements de lippes. Il leur raconta que le cimetière paisible où on venait de mettre le petit Rigal avait été le théâtre de combats meurtriers contre les Japonais, l'année passée, et qu'il comptait beaucoup moins de croix qu'il n'y avait eu de morts. Il leur parla des charniers qu'il faudrait bien ouvrir un jour pour donner aux restes de nos soldats une sépulture décente à défaut d'être chrétienne. Mais les Viets, pour d'incompréhensibles raisons, alors qu'ils n'étaient pour rien dans le massacre des Français, s'opposaient à ce qu'on les exhumât.

– Moi, j'ai eu de la chance, j'étais en tournée. Monseigneur était à Hanoï. Une poignée d'officiers et de soldats ont réussi à échapper à la boucherie. Je ne les ai jamais revus. Sauf un, le capitaine Ebrard. Il était lieutenant alors. Blessé à la jambe et dans le dos, il est resté enseveli des heures sous les cadavres dans une fosse commune. Il est venu pendant la nuit se faire soigner chez nos sœurs. C'est l'une d'elles qui me l'a dit.

– Quoi, Ebrard! Il est là, lui aussi?

– Moi, je le savais, dit Fabienne en se rengorgeant. Et Joseph Rouzic est son adjoint.

– Et vous ne me l'avez pas dit!

– Comment en aurais-je eu le temps?

– Parce que... intervint le père, vous vous connaissiez... avant?

– A peine, répondirent-ils ensemble.

– Alors vous reviendrez nous voir... avec lui.

Ils promirent. Du haut des marches de son seuil, le père Mangin scruta attentivement le crâne du sous-lieutenant.

– Dites donc, ce n'est pas joli joli, votre tête.

La gaffe! Alors qu'elle n'avait rien remarqué!

– Montrez un peu, Bertrand! Mais c'est l'impétigo des nourrissons!

– Mais non, madame, c'est la bourbouille. A Ky Lua justement, il y a une mare de boue qui vous séchera cette saloperie le temps de vous y fourrer.

– Je vois ce que c'est, dit Bertrand, furieux. Une piscine, une grotte. C'est Lourdes, quoi!

Comme au bout de deux jours, Ebrard et Rouzic n'étaient pas revenus, ce fut en ordre dispersé que Fabienne dut se résoudre à présenter sa cour aux Carrières. Invité à déjeuner au mess des Maréchaux dans ce but, Ferlac perdit un peu de sa contenance lorsqu'il reconnut dans le commandant et sa femme le couple qu'il avait traité de touristes. Henri Carrières fit une allusion discrète à leur première rencontre.

– Alors, comme ça, nous avons choisi pour y passer l'hiver la même villégiature, monsieur.

– Où les bains de boue sont connus pour leurs vertus curatives, renchérit Fabienne.

S'il avait eu le bras nu de la jeune femme à la portée de la main, le sous-lieutenant de Ferlac l'eût pincé jusqu'au sang. Mais Hélène à qui aucune tension n'échappait trouva les mots de l'apaisement.

– Nous sommes contents de vous connaître, vous savez, Bertrand – vous permettez que je vous appelle Bertrand, n'est-ce pas ? – Fabienne nous a dit tant de bien de vous.

Il était adroit de taire qu'elle en avait dit tout autant des deux autres et Bertrand fut tout rasséréné d'avoir eu l'exclusivité de ses éloges. Aussi, la première ombre dissipée, il se montra sous son meilleur jour, disert sans bavardage, cultivé sans pédanterie, bien élevé sans affectation. Ce qui fit dire à Hélène Carrières lorsqu'elle se retrouva seule avec son mari :

– Il est fort bien ce garçon, tu ne trouves pas ? Il ferait un gentil mari pour Fabienne.

– Peut-être, Hélène, mais Fabienne en a déjà perdu un et ce gamin est aussi de cette espèce que la guerre tue.

***

Les incidents auxquels la mauvaise foi des Viêt-minh trouvait toujours des prétextes se multipliaient. Les trains, soumis à des contrôles vétilleux, étaient stoppés durant des heures en pleine campagne où les quelques marsouins de l'escorte pouvaient disparaître à jamais.

Sur la route de Dong Dang, les liaisons étaient sans cesse harcelées. Une visite de routine au village catholique de la Mission Saint-Michel avait été accueillie par une fusillade.

Ce n'étaient encore que des escarmouches, mais elles coûtaient des vies, faisaient des blessés sans que la riposte dépassât jamais la mesure des agressions.

Les Chinois, dont on savait certains gardés en otage dans les galeries basses du Fort Négrier, subissaient sans encore s'en plaindre les tracasseries, les réquisitions arbitraires et brutales des *bo doï*.

Dans la garnison française, l'atmosphère s'alourdissait de jour en jour bien que, pour sauver les apparences, l'on s'y efforçât de vivre comme si la paix du statu quo n'était pas véritablement menacée.

Le colonel Dargence n'avait pas caché à Ebrard son inquiétude mais aussi sa ferme intention de prendre l'initiative du coup fourré que l'adversaire préparait derrière les murs de ses réduits. Le capitaine avait estimé que le moment était venu d'aller jauger sur place la fidélité des minorités frontalières, quitte à en payer le prix.

– Je m'emmerde, mon capitaine, lui avait confié Rouzic. Si encore j'avais quelque chose à crachoter dans la radio... Je viens avec vous. J'ai besoin de prendre l'air.

– Vous n'êtes pas le seul à étouffer. Mais je vous préviens, ce ne sera pas une promenade de santé.

– Je me doute bien qu'on n'ira pas aux fraises.

Pour être moins voyants et plus à l'aise aussi que dans leur tenue de combat, ils avaient revêtu l'uniforme bleu des gens de la montagne. Ils avaient préféré, à la Thompson et à la carabine M1, des baïonnettes japs bricolées par le boy Lon Chen et comme viatique, une musette de « poilu » pleine des petites boîtes dorées de la Régie.

A onze heures du soir, les rares lampadaires du boulevard Gallieni s'éteignirent avec les derniers halètements fatigués de l'usine électrique. Quand Ebrard et Rouzic quittèrent le Yamen, il n'y avait plus d'autre lampe allumée que celle du poste de police qui en marquait la limite. La porte restée ouverte découpait sur la chaussée un carré de lumière où se silhouettait la sentinelle comme un pantin d'ombres chinoises.

– Tu crois peut-être faire peur aux Viets en te laissant voir, lui dit le capitaine. Reste donc à l'ombre, ballot!

Tout éberluée d'être engueulée par ce qu'elle prenait pour un *nha qué*, la sentinelle s'effaça pour les laisser passer.

Le feu vert d'un signal sur la voie leur servit de repère pour la traverser. De l'autre côté, à travers les vitraux dépolis de l'église, rougeoyait la veilleuse du chœur. Au-delà, c'était la nuit, claire quoique sans lune, comme une nuit de gel. Par la rue de la Mission, ils atteignirent sans rencontrer quiconque la butte de Phia Luong, leur première étape. Ils s'accroupirent à l'aplomb d'une terrasse pour écouter. Le silence de la ville que le couvre-feu forçait au sommeil n'était troublé que par les coups de gong des hommes de garde aux bastions de la citadelle auxquels répondaient en écho lointain ceux du Fort Brière dont les *bo doï* occupaient les ruines.

Pour se rendre à Aï Diem, sur la frontière, Ebrard avait choisi le même itinéraire qu'il avait emprunté pour échapper aux meutes japonaises, parce qu'il était sans doute le meilleur, qu'il le connaissait, et aussi, qu'il avait pour lui valeur de pèlerinage. Comment eût-il oublié ce calvaire qu'il avait jalonné de ses sueurs d'angoisse, de ses souffrances et de son sang ?

Ils s'arrêtèrent encore au pied du Mé Maï qui, dressant dans l'ombre sa tour de rocailles, leur cachait vers le sud tout un pan d'étoiles. Philippe résista à l'envie d'y grimper, mais il eût imposé à son compagnon un effort inutile et ranimé peut-être l'ancienne blessure qui, hier encore, le faisait boiter.

– J'ai passé là-haut des heures exquises, dit-il à Rouzic. Un jour, je vous y emmènerai. Vous verrez, c'est superbe. Mais la terre est toujours belle quand on est sur le point de la quitter.

Sur la voie qu'ils durent franchir à nouveau, les rails encore polis par le passage du dernier train luisaient de reflets bleus. Un petit vent frais faisait chanter les fils du télégraphe, mais aucune patrouille ne faisait sonner les traverses sous ses pas. Ils furent devant Loc Binh deux heures avant le jour. Une loupiote clignotait déjà à une fenêtre du poste militaire au flanc de la montagne.

– Ils rentrent ou ils partent, chuchota Ebrard. On attend pour voir.

Un instant, ils écoutèrent le Song Ky Cong, à leurs pieds, grignoter la glaise de ses berges. La lumière s'éteignit.

– C'en est un qui est allé pisser, suggéra Rouzic.

– Il n'avait pas besoin d'y voir pour ça.

Ils durent remonter la rivière quelques centaines de mètres pour trouver la draille qui dévalait vers le gué. Les eaux étaient basses. Ils ne mouillèrent que leurs mollets.

Pour reprendre la direction d'Aï Diem, ils contournèrent le village par le nord. Des chiens aboyèrent.

– Merde, dit Rouzic essoufflé, ils ne les ont pas bouffés ceux-là ?

– Ici, ils ne les bouffent pas.

– Dommage !

Plutôt que de se perdre dans le labyrinthe de falaises et de ravines qui hachaient les monts du Hun Khan, Ebrard préféra emprunter la piste bien que cela les obligeât à défiler sous le dernier poste viet avant la Chine, une tour que tenait autrefois la Garde indigène. Il fut surpris de la voir aussi vite dresser sa forme massive au-dessus de lui. Il s'arrêta net. Rouzic qui le suivait de trop près vint buter contre lui. Il jura sourdement.

Sous le choc, les petites boîtes dansèrent une bruyante sarabande dans la musette. Une culasse claqua aussitôt à dix mètres devant eux. Une autre, quelques secondes après, lui fit écho. C'était donc bien une patrouille qui était sortie du poste de Loc Binh. Sans se concerter, ils escaladèrent le talus qui dominait leur chemin d'une hauteur d'homme. A tout hasard, ils dégainèrent leurs baïonnettes.

– Qui est-ce ? demanda une voix inquiète en nhung.

– Nous ne sommes que de pauvres paysans, monsieur, chevrota humblement Ebrard.

– Où allez-vous ?

– Au marché d'Aï Diem, vendre des plantes médicinales.

C'était presque la vérité, mais Ebrard se souciait peu d'avoir à déballer sa camelote.

– Préparez-vous, souffla-t-il à son compagnon.

Certains d'avoir affaire à d'inoffensifs *nha qué*, les deux Viets sortirent de l'ombre sur la piste blême où leurs silhouettes se détachaient nettement.

– On y va, Rouzic !

Ils sautèrent ensemble. Le premier *bo doï*, écrasé par cette masse qui lui venait du ciel, tomba à la renverse et lâcha son arme. Il se laissa éventrer sans un cri. Rouzic dégringola sur le dos de l'autre. Lui collant son genou dans les reins, il le courba en arrière et serra son cou dans le pli de son coude. Il tira d'un coup sec. Les vertèbres cédèrent avec un petit bruit de bois cassé. La nuque brisée, l'homme s'effondra sans faire plus d'histoires que son camarade.

Dans la tour, personne n'avait bougé. Ils s'éloignèrent d'un pas tranquille, puis, malgré eux, comme s'ils avaient eu le diable au derrière, ils se mirent à courir accompagnés par l'indiscrète sonnaille de leurs boîtes d'opium. A bout de souffle, ils finirent pas s'arrêter. Aucune galopade ne martelait la route derrière eux.

– Vous l'avez eu comment, le vôtre ? demanda Ebrard.

– Le coup du père François. Il n'a pas fait ouf, le petit bonhomme. Et vous ?

– Je lui ai laissé mon canif en souvenir. J'en achèterai un autre demain, à Aï Diem... contre une poignée d'herbes sèches.

– Je ne vois pas le rapport.

– C'est pourtant ce que nous sommes censés vendre au marché tout à l'heure.

Aï Diem dormait encore quand le capitaine frappa chez Yang Tao, le sorcier nhung qui l'avait recueilli et soigné dans la nuit du 10 mars lorsqu'il était venu lui demander asile. Mais il s'était passé bien des choses depuis dans la zone frontière et il n'était pas sûr qu'il fût toujours là. Anxieux, il colla son oreille à la porte et ne fut rassuré que quand il entendit l'homme s'arracher la gorge. Il n'y avait que lui pour tousser comme ça avec ses poumons engorgés par le terrible tabac noir qu'il fumait du matin au soir dans sa pipe à eau. Des gosses trop tôt réveillés se mirent à geindre. Le chien qui avait reniflé les intrus grondait le museau au sol, derrière le vantail. Un coup de pied le fit taire. Le verrou de bois claqua sur sa butée. Le Nhung hasarda un œil soupçonneux dans l'embrasure. D'un coup de lampe, Ebrard s'éclaira le visage.

– Entre, mon capitaine.

Avant de refermer la porte, il jeta un regard sur le sentier qui de la grande piste montait vers sa maison. Tout était tranquille. Des coqs chantaient. Une vache meugla dans un enclos. Au-dessus des monts du Kouang-si, la province voisine, l'aube grisaillait. Accroupie devant l'âtre, une femme ranimait les braises avec un long chalumeau de bambou. Les flammes montèrent bientôt créant dans la salle commune une bulle de lumière. Trois marmots que les visiteurs avaient arrachés à la tiédeur du lit familial s'approchèrent frileusement.

Les deux officiers, harassés, se laissèrent tomber sur le bat-flanc qu'ils venaient d'abandonner.

– Je savais que tu étais revenu, capitaine Ebrard.

– Qui te l'a dit ?

Pour toute réponse, Yang Tao se contenta de faire glouglouter sa première pipe de la journée, la plus délectable. En trois bouffées, il en eut consumé le minuscule fourneau.

– Et ta jambe ?

– Elle va bien, tu vois. Je suis venu à pied... comme la dernière fois.

Le Nhung alla ouvrir le volet d'une fenêtre sans vitre qui donnait face à la porte sur Aï Diem et, au-delà de la barrière des Douanes, sur la vallée encaissée qui prolongeait en Chine la route de Langson. Le jour venait. Il blanchit peu à peu les murs chaulés de la pièce révélant ainsi son contenu d'outils, d'ustensiles, des récipients surtout, des jarres, des paniers, certains vides dans la perspective des aubaines, d'autres pleins dans l'éventualité du manque, comme dans tous les logis paysans du monde pauvre.

Yang Tao se retourna découvrant à ses hôtes son visage racorni, raviné de rides et bistre comme un noyau de pêche. Il avait des yeux très vifs, à peine étirés sur les tempes. Édenté, il mâchonnait en parlant.

– Qui est-ce, lui ? demanda-t-il en désignant Rouzic du menton.

– Un soldat.

Cela parut lui suffire. Bien qu'il se fût prononcé peu de mots depuis leur arrivée, Joseph s'énervait déjà de ne pas les comprendre, surtout le dernier qui le concernait. Ebrard le lui traduisit. Il était de sa part une appréciation flatteuse.

– Merci, mon capitaine. Je crois qu'il faudra que je me mette au nhung.

Le silence se fit de nouveau pendant que le bol au ras des lèvres, ils enfournaient à coups de baguettes le riz du matin mouillé d'une soupe réchauffée. Yang Tao alluma sa deuxième pipe et fut pris d'une quinte de toux qui le laissa cassé en deux, asphyxié à demi.

– C'est ta saloperie de tabac, Yang.

– Tu as autre chose à m'offrir, mon capitaine?

– Peut-être.

Ebrard pensa que le moment était venu d'abattre son jeu.

– Je veux voir Vi Van. Tu sais où il est?

– Ong Cop * est toujours dans son château. Je vous y conduirai. A la nuit seulement. Tout le monde est pour les Français dans la montagne, mais les nouvelles y vont plus vite qu'on ne croit et n'arrivent pas toujours dans les bonnes oreilles. En attendant, vous vous reposerez. Ici, précisa-t-il en leur montrant une porte au fond de la salle. Si vous avez besoin de sortir, allez dans l'étable, derrière la maison.

Le capitaine prit une boîte dorée dans la musette et la tendit au sorcier.

– Tiens, il ne t'arrachera pas la gueule, celui-là.

La cellule où les deux officiers s'enfermèrent après le départ de Yang Tao était elle aussi enduite de chaux. Elle s'ouvrait de même par une petite fenêtre sur le village. Elle était meublée d'un bat-flanc de planches recouvert de nattes douteuses. Sur une étagère d'encoignure était posé un vase de porcelaine de bazar d'où sortait un bouquet de baguettes d'encens éteintes. Au-dessus, était suspendue une toile oblongue représentant, peints en couleurs vives où le bleu dominait, des personnages étranges et naïfs. Joseph Rouzic mit ses lunettes pour les voir de plus près.

– C'est le brevet de sorcier de notre hôte, expliqua Ebrard.

– Plus décoratif qu'un diplôme du certificat d'études. Et ça représente quoi?

– Une sorte de tribunal. En haut, les trois Sages du Tao. Puis les Immortels encadrés par les magistrats montés sur des bestioles mythiques, des phénix, des dragons, un tigre. En dessous, leur escorte d'estafiers et un orchestre pour couvrir de son tintamarre les protestations des innocents. Tout en bas, les types avec des masques grotesques ne sont pas des farceurs de carnaval, mais les coupables condamnés à renaître sous la forme d'animaux

* Seigneur Tigre.

et de plantes. Et le pécheur le plus endurci de la bande est jeté dans les flammes. Amusant, non?

– Diable! C'est l'enfer!

– Sans l'enfer auquel croit sans doute Yang Tao, le paradis serait pour tout le monde et n'intéresserait plus personne. Et Dieu s'embêterait s'il n'y avait pas le Diable.

– Vous y croyez, vous?

– Au Diable... non. Et pourtant.

Malgré sa fatigue, Joseph Rouzic tarda à s'endormir. Il pensa au terme qu'Ebrard avait employé pour justifier auprès de Yang Tao sa présence dans cette aventure. Un soldat. Chacun d'eux l'était à sa manière. Le capitaine, bien qu'il ne répugnât pas – il venait de le montrer – à se « farcir » un *bo doï* au couteau, était l'homme des intrigues fourrées, des négociations obscures. Ses armes, pour être celles de la ruse et de la subtilité, n'étaient pas moins efficaces que les autres. Mais lui, Rouzic, leur préférait les siennes, celles du combat solitaire, du coup de main où les adversaires s'empoignent dans l'ombre, férocement, au corps à corps et qui ne se termine que par la mort du vaincu. Il se dit pour le déplorer que le temps du maquis était révolu et que le hors-la-loi qu'il s'était flatté d'être dans la forêt de Lanvaux, ce serait le Viet qui le serait demain. Les règles de la guerre que leur armée violait déjà sans scrupules, son état d'officier français lui interdirait de les transgresser.

Le brouhaha du marché montant du village les réveilla. Ils sortirent pour pisser sur le fumier de l'étable comme le leur avait recommandé Yang Tao. Un sentier prenait à travers les broussailles qui les mena sur une butte d'où, à l'abri des rochers, ils pouvaient voir tout Aï Diem. Dominée par la tour des Douanes, son unique rue était bordée de maisons de pierres sèches aux toits de tuiles. Aux étals des boutiques se pressait une foule bleue qu'égayaient ici et là les broderies rouges et les colliers d'argent des élégantes Man *.

– C'est la foire aux mécanos, remarqua Rouzic.

– L'indigo, c'est leur couleur nationale. Dans deux ans, au train où Mao mène sa conquête, ils seront tous en

* Minorité d'origine tibétaine.

garance bon teint *. Ils aperçurent Yang Tao qui ahanait sous sa charge en grimpant sa côte. Dans la salle commune où ils rentrèrent, les enfants, vautrés sur la terre battue, s'amusaient avec le chien et une poule attachée par une patte à une cage de bambou. Mme Yang s'affairait à la marmite du déjeuner. Sitôt qu'il eut posé les plateaux de sa palanque, son mari se précipita sur sa pipe dont il entreprit de gratter le fourneau. Ce ne fut que lorsqu'il eut mené à bien cette tâche essentielle qu'il s'adressa à ses hôtes.

– Vous n'avez rencontré personne cette nuit?

– Non, mentit Ebrard.

– Parce que ce matin, on a trouvé deux soldats viêtminh morts sur la piste au pied de la tour de Ban Khoi.

– Et alors?

– Alors, rien. Ong Cop sera prévenu de votre visite. Nous irons à cheval. Vous pouvez vous promener un peu dans la montagne. Mais ne descendez pas au village. Il y aura trop de monde cet après-midi.

– Qu'est-ce qu'il dit, mon capitaine?

– Que les Viets vont grouiller dans le patelin. Il paraît qu'on leur en a trucidé deux cette nuit.

– Pas possible! s'exclama Rouzic, la mine réjouie.

La nuit était comme la précédente, étoilée mais sans lune. Le sentier qui suivait vers le nord la frontière de Chine était tortueux, caillouteux et parfois dangereusement escarpé quand il serpentait au flanc des falaises. Mais les vaillants petits chevaux nhung avaient des pieds de chèvre et semblaient habitués à l'itinéraire pourtant compliqué qui les mena en deux heures au bord de la cuvette de Ban Son. C'était là, au milieu d'une clairière inattendue dans le chaos de la montagne que s'élevait la demeure du mandarin de 1re classe Vi Van.

Des sentinelles, nées de l'obscurité, s'emparèrent des brides, sans un mot, pour guider les cavaliers à travers les diguettes et les terrasses de la rizière. Ce qu'ils purent distinguer de la tanière du Tigre leur parut tenir davantage du pavillon de banlieue que du château princier. Dans la salle où ils furent introduits un feu brûlait dans une che-

* Rouge.

minée. Une lampe à pression chuintait sur une table basse éclairant par en dessous comme les bougies des tableaux de Georges de La Tour la face ronde et blafarde du maître des lieux. Il était assis sur une sorte de trône où une deuxième personne eût pu tenir à l'aise à côté de lui si son vaste derrière n'eût occupé toute la place.

Pour recevoir ses visiteurs, il feignit l'impassible indifférence que commandait la « face » de son rang, mais dans les fentes de ses yeux bouffis de graisse passa une lueur amusée. D'un geste, il commanda le thé qu'un serviteur apporta, l'échine courbée par des années de servilité. D'un paquet de Bastos fripé, il tira une cigarette informe. Un autre esclave se précipita vers le foyer pour en rapporter en le faisant sauter dans sa main un tison incandescent avec lequel il alluma son mégot.

– C'est une joie et un honneur incomparables pour l'humble fonctionnaire que je suis de recevoir chez lui des officiers après une si longue absence de notre pays, susurra-t-il d'une voix aigrelette.

« Ils recommencent avec leur charabia », pensa Rouzic et, comme s'il l'avait deviné, le capitaine répondit à son hôte en français.

– Mais vous parlez très bien notre langue, monsieur.

Vi Van, sensible au compliment, se rengorgea. C'était vrai, il l'avait apprise à l'école publique et, bien qu'il l'eût peu pratiquée dans sa retraite, il ne l'avait pas oubliée.

– Yang Tao m'a fait savoir que vous avez fait un voyage paisible depuis Langson. Les chemins ne sont pas aussi sûrs qu'autrefois. Pour ma part je ne m'y hasarde plus. Je suis vieux maintenant, soupira-t-il en dodelinant.

L'on broda sur le thème des temps troublés un long moment que, dans son impatience, Joseph Rouzic jugea perdu. Lorsqu'il estima que les indispensables préliminaires avaient assez duré, le capitaine Ebrard aborda son sujet. Il expliqua au mandarin que le retour définitif des Français était possible dans la zone frontière et que, dans ce cas, ils continueraient comme par le passé à assurer leur amicale protection aux minorités opprimées. Il appartiendrait alors à celles-ci d'aider leurs frères à la reconquête de la paix et de la prospérité. Vi Van prit un air soucieux.

– Les communistes ne sont plus très loin, mon capitaine, et déjà leurs agents viennent prêcher la révolte dans nos villages.

– Ce sera aussi votre tâche de les en empêcher.

– Avec quoi ?

– Les peuples de la montagne ne manquent pas d'hommes fidèles et courageux.

– On ne se bat pas avec ses seules mains et un soldat n'est fidèle que s'il est payé.

– Je vous donnerai des armes modernes et... cela.

Ebrard lui montra une boîte d'opium et tapota sur sa musette pour lui faire savoir qu'elle n'était pas la seule. Un éclair de concupiscence alluma le regard de Ong Cop, mais il demeura impavide.

– Je dois consulter ceux qui dans l'au-delà restent mes guides. Yang Tao, poursuivit-il en nhung, demande-le, leur, toi qui sais parler aux ancêtres.

Le sorcier qui s'était contenté jusque-là de siroter son thé acquiesça, trop heureux de faire étalage de son pouvoir. Son regard croisa celui du capitaine et il comprit à son imperceptible battement de paupières la réponse qu'il lui dictait. Les gardes du corps qui étaient restés dans l'ombre autour de la pièce approchèrent, flairant le miracle. Yang Tao extirpa de son sac son nécessaire de divination : deux tiges de bambou entaillées à distances égales de traits de scie dans lesquelles il inséra des lames de carton. Il appuya cette petite échelle contre le montant de la cheminée. Puis il s'absorba dans une profonde méditation. Soudain, il se mit à trembler et à mâchouiller des phrases dans un langage sibyllin. Sous le pas de l'ancêtre sollicité, les marches plièrent l'une après l'autre, lentement, comme si un être invisible et léger les descendait.

– Il vient, assura le mandarin.

– Le père Noël ? murmura le lieutenant Rouzic, éberlué quand même.

Phénomène plus étrange encore, la voix de Yang Tao mua. Quelqu'un d'autre, depuis le royaume des ombres parlait par sa bouche. Vi Van le reconnut comme l'un des siens. Le sorcier retrouva son mâchonnage pour affirmer que l'avis de l'esprit était favorable aux entreprises du Seigneur Tigre. Puis, aussi solennellement qu'il était venu, l'ancêtre remonta en faisant ployer les marches de papier en sens inverse. Les exclamations admiratives de l'assistance rompirent le charme. Rouzic en profita pour confier son impression au capitaine.

– Il a un truc.

– Non, c'est le Diable, répondit Ebrard. Je l'ai payé assez cher pour ça.

***

Hors le cimetière français et la Mission, Fabienne Récy ne connaissait de la ville que le boulevard Gallieni qu'elle empruntait pour aller de l'infirmerie à l'hôtel des Maréchaux. Aussi accepta-t-elle avec plaisir l'invitation de Ferlac à venir visiter son école encore que ce monument de la culture laïque et obligatoire n'offrît rien de bien original. Mais paraître devant ses hommes en compagnie d'une Française et jolie par surcroît ne pouvait qu'accroître son prestige et lui faire, pourquoi pas, une réputation de séducteur.

Il lui fit voir la « piaule » des sous-officiers que l'un d'eux décorait d'une fresque à la façon de la broderie de Bayeux *. Le chef-d'œuvre relatait, non sans humour, le débarquement et les exploits du régiment dont le colonel, reconnaissable à son opulente chevelure, était vêtu du tricot de fer de Guillaume le Conquérant. En revanche, par crainte d'offenser sa pudeur, il se garda bien de lui montrer l'audacieuse décoration des chambres de sa troupe.

Sur la terrasse où il l'emmena, il commenta le paysage. A gauche, sur l'horizon, les « Tétons de la Baronne » érigeaient leurs mamelons embrumés. Puis, Ky Lua groupé autour de la halle de son marché et la route coloniale n° 4 qui filait toute droite vers Dong Dang, la principauté du capitaine Capelle, et à droite la masse herbue du Mau Son. Dans la cour de récréation, le peloton s'activait avec un zèle ostentatoire autour des automitrailleuses en faisant mine de ne pas les voir. Il y alla pourtant de ses commentaires. Caron siffla discrètement.

– Il ne se démerde pas si mal, le vieux. (Il oubliait, bien

* Et non la tapisserie.

sûr, que le « vieux » n'avait guère que deux ans de plus que lui.) Il n'y a qu'une femme dans la ville et il l'a fauchée aux marsouins.

– C'est ça, la Cavalerie, ajouta le brigadier Révoil.

Parce qu'il était leur chef, le sous-lieutenant de Ferlac ne pouvait être que le meilleur et sa conquête les confirmait dans cette conviction. Au passage, Ferlac flatta la carapace de *Sirocco* comme il l'eût fait d'un destrier nerveux.

– C'est ma voiture, dit-il avec fierté.

Lorsqu'ils furent assez loin pour ne pouvoir l'entendre, Caron grommela :

– Ma voiture, ma poule! et nous alors, on a quoi?

– Occupe-toi de ta tourelle, intervint le maréchal des logis Locatelli. Vous, les deuxième classe, vous n'avez à vous que la peau de vos rouleaux et même qu'il est question de vous la peler cette année.

Ignorant la présence de Ferlac à Langson, Ebrard et Rouzic furent heureusement surpris de le retrouver aux Maréchaux. Bien qu'il eût sincèrement hâte de les revoir, Ferlac s'était assez bien accommodé de leur absence. Il avait eu Fabienne pour lui tout seul pendant trois jours et il pensait avoir acquis sur eux un avantage sérieux en lui servant de protecteur et de mentor. Sans manifester lui-même le même étonnement, il les accueillit avec un rien de désinvolture.

– Mes respects, mon capitaine. Salut, Joseph!

– Tiens! Monsieur de Ferlac, dit Philippe Ebrard sur le même ton.

– On m'a dit que vous étiez partis semer le vent chez les Chinois.

– Qui, on?

– Fabienne Récy.

– Quoi? Elle est ici!

– Elle est montée par mon convoi.

Dès qu'elle les aperçut, elle courut à eux rayonnante de joie.

– Enfin vous deux! Nous étions inquiets, vous savez.

Elle les saisit chacun par une main et les entraîna vers le bar, laissant Ferlac un peu déconfit.

– Ça s'arrose, dit Rouzic. Pour moi ce sera une menthe à l'eau.

– Tu t'es acheté une nouvelle conduite alors, lui glissa fielleusement le sous-lieutenant.

– J'ai laissé la vieille dans le mur de Hiep Hoa, si c'est ça que tu veux dire.

Ebrard exprima son regret qu'il n'y eût pas de champagne pour célébrer dignement ces deuxièmes retrouvailles. Bertrand se souvint non sans un vague sentiment de gêne de l'atone bibine de Mme Thuong en se disant que si la chair de son ami avait été faible à Hiep Hoa, la sienne l'avait été aussi à Hanoï.

IX

Le Jour des morts que la tradition voulait de grisaille sur l'autre face du monde, il faisait à Langson un temps de fête pour les vivants. Ce fut donc en procession presque joyeuse que les délégués des unités de la garnison, son chef en tête, se rendirent à l'église pour l'office épiscopal. Au lieu du drap funéraire aux liserés d'argent, on avait recouvert le catafalque du drapeau français dont les trois couleurs chatoyaient à la lumière dorée que laissaient passer sans entraves les verrières blanches du chœur. Par le choix d'une décoration aux nuances partiales, Mgr Hallier avait osé marquer à la communauté chrétienne de son diocèse son attachement aux siens et, parmi eux, à ceux qui hier encore sur la route de Dong Dang avaient versé leur sang pour sa patrie.

Les *bo doï*, bien qu'il y eût parmi eux quelques catholiques hésitants, n'avaient pas exigé de participer à la cérémonie. Ils se tinrent dehors devant le portail grand ouvert, aux aguets et nerveux comme des policiers à la sortie d'un meeting contradictoire. Les cantiques funèbres entonnés avec entrain leur parurent des chants de triomphe et prirent à leurs oreilles les accents séditieux de la provocation.

Dans son homélie, l'évêque ne manqua pas, sans toutefois nommer personne, de vouer la trahison, le mensonge et la mauvaise foi aux châtiments de Dieu sous-entendant que la vengeance des hommes risquait fort de les précéder.

La délégation du peloton était composée des équipages

de *Sirocco* et de *Tramontane* où le petit Rigal avait laissé une place que le renfort attendu n'avait pas encore comblée. Ils pensèrent à lui, leur premier mort du Tonkin, oubliant déjà ceux dont ils avaient relevé les corps mutilés sur la piste des Plantations. Il n'y avait pourtant pas un an, mais ils étaient de l'âge où le temps se dévore si vite que l'on n'en garde pas pour se souvenir. Ils écoutèrent le sermon en silence et ils en approuvèrent les termes qui désignaient sans ambiguïté l'ennemi qu'ils grillaient de pourfendre.

Mais après un quart d'heure d'attention soutenue, ils commencèrent à s'agiter. Caron refila un coup de coude dans les côtes de son voisin.

– Il a causé pas mal, je trouve, chuchota-t-il.

– Il est pour nous, c'est sûr.

– Et pourquoi il serait contre ?

– Il est français, non !

– Tst, tst, fit le sous-lieutenant.

Ferlac suivait l'office sans ennui d'autant que Fabienne Récy y assistait aussi. En se tordant le cou, il pouvait apercevoir au premier rang sa nuque soyeuse sous un chignon haut relevé. Toute à sa dévotion, elle ne se retourna pas une fois quoiqu'elle le sût derrière elle. De même, quand elle rejoignit sa place après la communion, elle n'eut pas un regard pour lui. Il se dit qu'une piété aussi fervente excluait, pour le moment du moins, qu'elle transigeât avec la morale de sa religion. En un sens, c'était rassurant et il pensa que leur foi, que ne partageaient pas les deux autres, établissait entre eux un autre lien de complicité.

D'ailleurs, ils n'étaient pas là. Rouzic était libre penseur et le capitaine Ebrard agnostique avec, prétendait-il, une tendance au bouddhisme. C'était la raison pour laquelle il avait entraîné son adjoint au culte des ancêtres à la pagode de la gare, juste en face au bord du fleuve, de l'autre côté de la voie ferrée.

Le temple était comme tous ses pareils coiffé d'un toit cornu de tuiles vernies. Son entrée était encadrée de piliers trapus et rouges auxquels étaient fixés les panneaux votifs aux caractères dorés. Redoutant le vandalisme de la soldatesque dont il savait l'antipathie pour les effigies sacrées, le desservant avait prudemment remisé les génies de garde à l'intérieur où ils flanquaient, toujours grimaçant mais sans armes, un Bouddha de plâtre peint. La nef au plafond bas qu'aucune ouverture autre que la porte n'éclairait était une caverne d'ombre dont les lampes d'autel ne parvenaient pas à dissiper le mystère.

Le bonze, vêtu d'une toge prune introduisit ses visiteurs. Aussitôt, un ensemble de gongs et de tambourins les salua d'un tintamarre si discordant qu'on eût pu le prendre pour un charivari réprobateur s'il n'avait été qu'une fanfare de bienvenue. Pour célébrer les ancêtres disparus, l'officiant avait fait appel à d'autres, vivants ceux-là, mais hors d'âge, sur la poitrine desquels brillaient de reflets fugaces des médailles militaires et des croix de guerre 14-18. C'était là une attention délicate que le capitaine trouva de bon augure. Que le clergé local eût choisi comme acolytes des anciens combattants de l'Armée française montrait qu'il n'était pas opposé à son retour.

Quand ils se furent accoutumés à la pénombre, les deux officiers purent un peu mieux distinguer l'assistance. Dans un renfoncement entre deux colonnes, ils eurent le regard attiré par un groupe de jeunes femmes habillées de tuniques blanches, agenouillées, les yeux baissés et les mains jointes contre leurs poitrines. L'une d'elles, plus curieuse que les autres, leva le nez et son regard croisa alors celui de Rouzic. Il put constater que sa bouche malgré l'immobilité de ses traits avait naturellement les plis du sourire bouddhique.

– Ils nous ont amené les enfants de Marie, dit-il. Il y en a une qui est bien mignonne.

– Même chose les Vestales, répondit Philippe, condamnées à la virginité, les pauvrettes.

– Ça reste à voir.

Les bons vieillards abandonnèrent leurs instruments pour marmotter à toute vitesse leurs patenôtres. Ils ne s'interrompaient que pour se prosterner devant l'image du Protecteur et leurs médailles tintaient alors leur infime carillon. La vénusté de la jeunesse opposée à la sénilité dans la même vénération du passé avait quelque chose d'émouvant et de dérisoire aussi. Mais les deux Français se gardèrent d'en sourire. Le roulement orageux d'un tambour de bronze mit fin à la cérémonie. La petite dévote qu'avait remarquée le lieutenant Rouzic se leva et disparut derrière l'autel d'où elle rapporta un plateau chargé de rafraîchissements, du thé et des petites coupes pleines d'un liquide transparent sur lequel flottaient des pétales de fleurs.

– C'est du choum, dit Ebrard. Meurtrier!

Joseph Rouzic lui préféra le thé.

– Comment t'appelles-tu, demanda-t-il à la jeune fille alors qu'elle se penchait vers lui pour le servir.

– Mimi.

Sur le moment, il ne s'en étonna pas. Mais en revenant au Yamen, il se rendit compte de ce que ce prénom avait d'insolite.

– Mimi, Mimi, répéta-t-il pour lui-même.

– Qu'est-ce que vous grommelez?

– Elle s'appelle Mimi, la petite.

– Comment le savez-vous?

– Je le lui ai demandé.

– Si elle vous a compris, c'est qu'elle parle le français, mon vieux.

Au yeux de Rouzic, ce détail augmentait singulièrement sa séduction.

La messe finie, les personnalités militaires attendirent, rassemblées sur le parvis, Mgr Hallier qui avait manifesté le désir de les saluer. Le père Mangin en profita pour glisser à l'oreille de Ferlac une invitation à venir jouer au bridge le soir même, à la Mission, en compagnie de ses amis. Le sous-lieutenant chercha en vain de bonnes raisons pour se défiler malgré la promesse qu'il avait faite le jour de l'enterrement de Rigal.

– Vous croyez que le Jour des morts, mon père...

– Justement, nous en aurons un au bridge.

– Et je ne sais pas si le capitaine Ebrard...

– Moi, je sais qu'il est plus à l'aise devant une table de jeu que devant un autel... où j'ai noté qu'il n'était pas tout à l'heure.

– Mme Récy n'osera pas.

– Ça ne vous coûtera rien de le lui demander.

Comme il s'y attendait, elle refusa. Elle n'avait jamais vu un évêque depuis sa confirmation à part celui de

Quimper et elle était tout intimidée d'approcher de si près celui de Langson. En outre, elle imaginait mal qu'un prélat de ce rang pût se distraire aux futilités du monde, comme s'il eût dû consacrer ses loisirs à la lecture des pères de l'Église ou à l'exégèse des Saints Livres.

Joseph Rouzic trouva quant à lui un argument de plus à son anticléricalisme. Il affirma que le denier du culte auquel, d'ailleurs, il n'avait jamais souscrit, devait servir à autre chose qu'à être misé dans des jeux de hasard. Il avait besoin d'être seul pour mettre un peu d'ordre dans ses idées après sa brève rencontre avec la jeune Mimi.

Depuis qu'il avait retrouvé Fabienne à Langson, il pensait, bien qu'elle ne lui en eût donné aucune raison, qu'il avait peu de chances de la conquérir. Pourtant, il ne manquait pas d'avantages sur les deux autres. Il était breton comme elle, d'origine modeste. Il avait pour lui la force virile et son désir de l'exercer était assez puissant, sa faim d'amour assez visible pour que la jeune femme s'en émût.

Assis sous l'arbre de Lon Chen, il vit dans sa trouble rêvasserie se surimposer à la silhouette épanouie de la Française, floue d'abord, puis plus précise au point de l'effacer, celle, fluette de l'Annamite.

« Au moins, se dit-il, celle-là, ils ne me la disputeront pas. »

Le bridge à l'évêché s'étirait et les hésitations du jeune Ferlac n'étaient pas pour peu de chose dans sa lenteur. Saisi par les affres d'une défausse capitale, il se gratta machinalement la tête.

– Dites-moi, mon lieutenant, demanda le père Mangin, elle n'est pas encore finie votre pelade ?

– Si, tout à fait.

– Oui, expliqua le père à Ebrard, j'ai expédié ce jeune homme faire trempette dans la mare de Ky Lua et voilà le résultat.

– Une guérison miraculeuse. On viendra en pèlerinage.

– Ne vous moquez pas toujours. C'est agaçant. Pour ce qui est des miracles, vous avez été bien servi, non ?

– A propos de pèlerinage, je ne plaisantais pas du tout. Je pensais à celui que nous allons faire, vous et moi, à Ky Lua justement. La Commission des crimes de guerre nous arrive à la fin du mois pour ouvrir les charniers du 9 mars.

– Les Viets vous en empêcheront.
– Eh bien, on se battra pour déterrer des morts.
– Et en enterrer d'autres dans les deux camps.

Mgr Hallier n'avait encore rien dit. Il contemplait son jeu en lissant, pensif, sa barbe soyeuse.

– Dieu reconnaîtra les siens *, murmura-t-il.

Le père Mangin sursauta, interloqué.

– Quoi ? J'ai dit quelque chose qui vous choque, Mangin ? C'est un mot historique.

– C'est vrai, admit Philippe Ebrard, vous n'avez fait que citer un confrère après tout.

***

Le 4 novembre, la relève par un escadron du R.I.C.M. du capitaine Abakoumov donna lieu à des libations auxquelles Ferlac fut invité en voisin avec les amis qu'il lui appartiendrait de choisir. Mais on lui fit entendre clairement que serait spécialement bienvenue cette jeune femme que l'on avait vue quelquefois avec lui et dont la présence ne pouvait que décorer l'assemblée. Sachant le peu de goût d'Ebrard pour les réjouissances publiques, il ne lui transmit pas l'invitation. Il amena donc Fabienne et Rouzic à l'école de Ky Lua. Le lieutenant n'y était jamais venu. Bien que le crépi ocre et la véranda qui courait le long du bâtiment ne lui rappelassent en rien la bâtisse de schiste sombre de sa « communale » bretonne, il ne put se défendre d'un soupçon de nostalgie. Ses occupants n'étaient guère plus vieux que ses cancres redoublards. Un instant il contempla d'un regard attendri les chasseurs chahuter autour de leurs gros jouets de ferraille. A travers eux, il revit ses gosses en sarrau et galoches s'ébattre dans la turbulence de leurs récréations.

– Combien as-tu d'élèves dans ta classe, Bertrand ?
– Dix-neuf, sans les sous-officiers.
– Moi, j'avais trente moujingues dans la mienne.
– Tu ne nous avais jamais dit que tu étais instituteur ?

Joseph haussa les épaules.

* Arnaud Amaury, abbé de Cîteaux, légat du pape, en 1209 au siège de Béziers. Mais le mot s'est récemment révélé apocryphe.

– Eh bien, vous le savez maintenant.

A la popote des blindés coloniaux où le « thé » du capitaine Abakoumov commençait à faire son effet, ils furent accueillis au cri de « Les femmes avec nous ! » comme si dans leur ivresse, les officiers marsouins avait vu une Fabienne pour chacun. Elle but une louchée de punch sans sourciller, geste qui provoqua des acclamations délirantes, si délirantes que les convives, à l'imitation de leur chef, en jetèrent leurs verres par-dessus leurs épaules, à la russe, comme l'eussent fait des cosaques pour montrer le peu de cas qu'ils faisaient de la cristallerie des boyards.

Ce fut d'une voix éraillée ou pâteuse qu'ils entonnèrent un hymne spécifique de l'arme où il était question « d'obus pointus » et d' « un dernier voyage en Chine ». Ferlac, un peu éméché, s'indigna que l'on proférât de telles obscénités devant celle dont il se croyait chargé de protéger la pudeur. Il en rougit pour elle. Ses invitations à la décence furent étouffées par des huées sauvages.

Dans sa Jeep, alors qu'il raccompagnait chez eux Rouzic et Fabienne, il s'excusa auprès d'elle de l'inqualifiable grossièreté de ses camarades. Rouzic, qui pourtant n'avait bu que son habituelle menthe à l'eau, reprit alors à tue-tête le scandaleux couplet.

« Les obus de la Marine
Sont si pointus, sont si pointus
Qu'ils entreraient sans vaseline
Dans le trou... »

« Il le fait exprès pour m'emmerder », se dit Bertrand. Il beugla, furieux :

– Ta gueule, Rouzic !

A sa stupéfaction, Fabienne joignit sa voix au refrain en tapant sur ses genoux :

– « L'artillerie de Marine, voilà mes amours,
Et je l'aimerai, je l'aimerai sans cesse... »

Qu'elle proclamât ainsi sa préférence pour une autre arme que la Cavalerie était déjà une rude atteinte à son amour-propre, mais qu'elle se fît l'écho de sa vulgarité passait le supportable.

– Parce que, bien sûr, vous trouvez ça drôle, Fabienne ?

– Pourquoi « bien sûr » ? A l'hôpital de Saïgon, j'en ai entendu de bien pires.

« Le pauvre Bertrand » se mordit les lèvres en éprouvant le désagréable sentiment d'avoir été ridicule. Joseph Rouzic n'était pas loin de ressentir la même impression. C'était Fabienne qu'il avait voulu choquer, pour perdre de propos délibéré les chances qui lui restaient de la séduire, pour provoquer une rupture qui l'eût libéré de l'emprise qu'elle avait sur lui le rendant ainsi disponible pour une conquête plus facile, celle de Mimi. Mais en toute candeur, l'infirmière avait déjoué le stratagème en acceptant de s'en faire le jeu.

Le capitaine Ebrard les attendait pour dîner aux Maréchaux. Devant la mine déconfite des deux officiers, il prit un malin plaisir à leur en faire avouer la cause.

– Alors, ça s'est bien passé chez Abakoumov ?

Fabienne répondit pour eux.

– On a bu du punch. On a chanté... *la chanson des Artilleurs*, vous savez celle des obus de la Marine.

– Je sais. Elle est joliment rythmée. Il y en a pourtant de plus subtiles.

Ils n'eurent guère l'occasion de se rencontrer les quelques jours qui précédèrent l'arrivée de la Commission des crimes de guerre. Bien qu'il ne se produisît pas d'incidents notables entre les Viets et les Français, l'on sentait bien que la tension était proche de la rupture. Les *bo doï* avaient déserté les rues de la ville. De son côté, le colonel Dargence avait consigné ses troupes dans leurs cantonnements. Chacun dans son coin fourbissait ses armes, prêt à sauter sur le premier prétexte pour s'en servir.

Au peloton Ferlac, les automitrailleuses étaient parées, les pleins de munitions et d'essence faits. Chaque matin, on faisait tourner les moteurs et on essayait la radio, mais cela ne suffisait pas à combler les heures de l'attente. Les chasseurs étaient nerveux et supportaient mal leur inaction forcée. Les équipages s'enfermaient dans leurs boîtes et s'y livraient à des conciliabules sur le thème connu de « Qu'est-ce qu'on fout ? », « Faut que ça pète ou que ça dise pourquoi. »

– On n'est pas venu en Indo pour se les rouler, mon lieutenant, se plaignit Caron.

– Pendant ce temps-là, tu touches ta solde.

– C'est pas pour dix piastres par jour...

– Eh bien, pour ne rien foutre, c'est encore cher payé.

Le sous-lieutenant, tout aussi impatient que ses hommes, avait bien essayé de meubler le temps par des séances d'instruction tactique sur un des tableaux noirs de l'école, mais il n'avait recueilli de son auditoire qu'une morne attention. Il avait dû y renoncer. Des parties de volley et de football sur le stade pelé n'avaient pas obtenu plus de succès.

Alors il passait de longs moments sur la terrasse de la popote à scruter le paysage et à dessiner des croquis panoramiques, tartes à la crème de la topographie en campagne. Il rêvait d'animer ses décors par des hordes de Viets dévalant des montagnes comme, dans les westerns, les Indiens accourant à l'assaut des forts de rondins. Mais il n'apercevait au loin que des buffles paisibles et des *nha qué* bleus courbés sur leurs champs. Au lieu des cris de guerre, il n'entendait que le grincement des chariots, le beuglement des bêtes et à ses heures, le tintement fêlé de l'angélus au clocher de la Mission Saint-Michel.

Entre deux vacations avec Hanoï, Joseph Rouzic apprenait l'annamite avec le boy Long Chen qui le parlait aussi bien que sa propre langue.

– Mettez-vous donc au chinois, lui avait conseillé Philippe Ebrard. Dans vingt ans, on l'enseignera dans les maternelles.

– L'annamite est plus facile.

– Dites plutôt que c'est pour baratiner votre rosière.

Il n'avait pas revu Mimi depuis la cérémonie des ancêtres. Il n'était pas revenu à la pagode de la gare où son assiduité eût paru suspecte. Il ne l'avait pas aperçue au marché où il allait vadrouiller soi-disant pour flairer le vent. Elle devait se terrer dans sa cahute, chambrée par des parents qui, en écho de la propagande viet, devaient lui rabâcher que les militaires français étaient des barbares assoiffés de sang et de viols.

Ebrard recevait secrètement dans la maison du Yamen des délégués de la congrégation chinoise. Eux aussi redoutaient le pire le jour où les hostilités se déclencheraient vraiment. Ils n'étaient pas sûrs de l'issue du conflit et craignaient pour les otages du Fort Négrier où ils avaient presque tous un parent. Dans l'incertitude du lendemain, leurs clients se montraient peu enclins à leur demander crédit et, n'ayant pas un sou, n'achetaient plus rien. Le capitaine, persuadé de la victoire, les engageait à prendre parti et à se ranger sans atermoyer sous la protection de l'Armée française. Mais il ne pouvait plus jouer avec eux la farce de Saïgon et n'avait plus comme armes de persuasion que son optimisme et sa patience.

Une nuit il reçut la visite de Yang Tao. Le sorcier lui apprit que les *bo doï* étaient partout sur la frontière et que Ong Cop, le mandarin, s'étonnait que l'on n'eût pas encore déversé devant sa porte les brassées d'armes promises.

– Tu lui diras que les fusils ne se trimbalent pas comme des aiguilles à coudre et qu'en les attendant il fasse réparer sa piste pour que les camions puissent arriver jusqu'à lui.

A l'infirmerie-hôpital, Fabienne et les Carrières étaient assez occupés auprès des blessés des derniers engagements et de leur lot habituel d'éclopés pour ne pas être atteints comme le reste de la garnison par la fièvre de veillées d'armes. S'ils éprouvaient quelque appréhension dans la perspective de leur déchaînement, ce n'était pas d'être débordés par le surcroît de tâches qu'il allait immanquablement provoquer, mais que la pauvreté de leurs moyens ne leur permît pas de les assumer.

La jeune femme pensait aussi à ses trois amis et se demandait si le destin n'avait pas déjà désigné l'un d'eux aux souffrances, à la mort peut-être. Elle n'allait plus aux Maréchaux désertés au profit de popotes éparpillées dans les cantonnements. Le Service de Santé avait établi la sienne dans ses locaux où un *bep* nhung se contentait de réchauffer les boîtes de rations, de cuire le riz et de mijoter des soupes improbables.

Le médecin-commandant Brunier avait abandonné ses dysentériques, ses paludéens et ses boutonneux à ses infirmiers et restait confiné dans sa chambre dont il avait interdit la porte. Il n'en sortait que pour les repas qu'il présidait encore, atone, absent.

– Il n'y a pas de quoi rire, répétait-il avec son air sinistre de prophète de malheur.

C'était vrai, mais il n'y avait pas encore de quoi pleurer. Fabienne, que son comportement inquiétait, s'en était ouverte à Carrières.

– Il boit peut-être ?

– Non, mais c'est pire.

– Vous voulez dire qu'il est... fou ?

– Pas encore. Fous, nous le sommes tous un peu, sinon nous ne serions pas là. Mais on ne l'est vraiment que lorsque l'extravagance prend le pas sur l'originalité. Quand on commence à emmerder les autres, quoi !

Le 18 novembre, dans l'après-midi, la Commission des crimes de guerre conduite par un jeune médecin arriva d'Hanoï ignorant que son convoi allait être le dernier. Elle ne savait pas davantage que sa seule présence allait provoquer le dénouement de la crise.

Comme il restait quelques heures avant la nuit, le colonel Dargence décida que l'on commencerait tout de suite par la Mission Saint-Michel où, dans une mare que le soleil d'automne avait tarie, les Japonais avaient creusé leur premier charnier. Sous la protection de deux automitrailleuses et d'une section de marsouins, les hommes qui, pour cette sinistre corvée, avaient laissé leurs armes pour des pioches n'eurent pas de peine à découvrir la fosse. Devant le monceau de cadavres mêlés dans des poses grotesques et qu'habillaient encore des lambeaux d'uniformes, ils se mirent d'eux-mêmes au garde-à-vous, graves, la main droite crispée sur leurs outils de fossoyeur qu'ils ne pouvaient pas présenter comme ils l'eussent fait de leurs fusils.

Le père Mangin s'approcha tandis que sortant de son presbytère, l'étole au cou, le curé annamite de Saint-Michel venait à sa rencontre. Ils bénirent ensemble les morts anonymes, confondant dans la même prière les tirailleurs jaunes et les coloniaux français. Leurs hautes silhouettes noires découpées dans la lumière rougeoyante du jour déclinant s'ajoutaient à la solennité funèbre du tableau. Dans le silence recueilli, soudain, mue par un bedeau invisible, la cloche de la petite église égrena la note du glas.

Dans sa tourelle, Ferlac se signa et Caron, qui s'affirmait mécréant, l'imita furtivement.

– A quoi ça sert de les sortir de là, mon lieutenant ? Ils s'en foutent eux, maintenant.

– A montrer au monde que les Japs ont été des salauds.

– Les Japs, on ne les attrapera jamais. Et puis quoi, ils étaient bien tranquilles là, nos potes, près d'une église et tout...

Ferlac ne répondit pas. Mais comme le chasseur Caron, il pensait que les soldats devaient rester dans la terre qu'ils avaient enrichie de leur sacrifice. Il lui importait peu que, mort, on l'enterre là plutôt qu'ailleurs. Au reste, ce n'était pas son problème, puisque aussi bien, à vingt ans, il se sentait immortel. Les Viets ne s'étaient pas manifestés et, durant la nuit, ils n'osèrent s'approcher du charnier qu'ils savaient solidement gardé.

Le lendemain, la Commission se transporta en territoire français, cette fois, rue Gouttenègre, derrière l'ancienne boulangerie, où gisaient par centaines les victimes de la tuerie du Yamen. Henri Carrières, dont l'expert avait sollicité les conseils, en revint bouleversé par l'ampleur et la sauvagerie du massacre. Pourtant le spectacle des corps mutilés et déchiquetés lui était familier. Mais au moins, ceux qui les avaient habités étaient tombés en se battant, les armes à la main, avec des chances de survivre et non comme du bétail incapable de se défendre sous les merlins des équarisseurs.

Le 21, la Commission et son escorte se heurtèrent à un barrage, rue de Van Mien, près du cimetière où les *bo doï* avaient tenté de s'opposer à l'inhumation de Rigal. L'obstacle était défendu. Deux marsouins furent blessés. Bien qu'ils ne fussent que légèrement atteints, le colonel Dargence décida en représailles de s'emparer de deux points stratégiques, la poste et la gare où un train de ravitaillement était annoncé. Les employés, plus dévoués à leurs services qu'obéissant aux mots d'ordre de leurs compatriotes militaires, ne se firent pas prier pour rester derrière leurs guichets d'autant qu'il ne s'y présenta plus personne.

On pensait que ce coup de semonce suffirait pour faire réfléchir l'état-major viêt-minh. De fait, lorsque le jour suivant on se présenta devant les grottes de Ky Lua personne ne s'opposa à ce qu'elles fussent visitées. Le général Lemonnier et le résident Auphelle furent découverts, leurs têtes rangées à côté d'eux par quelque bourreau japonais soucieux de bon ordre, dans une anfractuosité de rocher qui leur avait servi de sépulcre. Le père Mangin et Ebrard les identifièrent sans peine. Le général était reconnaissable à sa petite taille et à la pelisse qu'il avait revêtue sous le crachin de mars pour se rendre à l'invitation de ses meurtriers. Le résident était très grand et portait son costume gris dont le sang avait bruni le col.

Au fond, on était un peu déçu qu'il ne se fût rien passé à Ky Lua et on commençait à penser que le Viêt-minh allait respecter une trêve acceptée sous la menace quand, au matin du 22 novembre, les patrouilles qui se rendaient aux charniers furent arrêtées partout par des barricades, rien toutefois qu'en quelques coups de haches et de scies les sapeurs n'aient pu venir à bout.

Dans l'après-midi, un message du capitaine Capelle rendit compte qu'un de ses half-tracks avait été pris à partie à quatre kilomètres de Dong Dang, à la halte de Pha Vong où le rail et la route se croisaient. Il demandait une ambulance. Celle-ci trouva les deux automitrailleuses de son escorte au carrefour du pont où, frémissantes sous les coups d'accélérateur impatients, elles semblaient piaffer dans l'attente de la charge.

Ferlac ne se soucia pas de savoir qui avait pris place dans le Dodge à croix rouge. Il démarra en tête sur les chapeaux de roues et traversa Ky Lua en trombe. Les rues étaient mortes, le marché vide et les habitants, entendant mugir les sirènes des blindés, s'étaient calfeutrés chez eux. Quand il arriva en vue de l'embuscade, le passage à niveau était fermé.

– Bouclez vos volets devant, cria-t-il dans l'interphone. Révoil, ne t'arrête pas! Fonce dedans!

Sous le mufle de *Sirocco*, la barrière se cassa comme une cigarette. Mais, venant de la maison de son garde, une rafale d'arme automatique fit gicler les cailloux devant eux. D'autres coups de feu partirent d'une colline escarpée qui, en face, surplombait la route. *Sirocco* stoppa net en se balançant mollement sur ses ressorts.

– *Simoun*, arrosez-moi le coteau poilu sur votre droite.

La voix du maréchal des logis Cousseau se fit entendre, tremblante d'excitation.

– Reçu, *Sirocco*, mais il ne bande pas assez mon canon.

– Branlez-le ! Caron, vu la fenêtre de la baraque ?

– Vu.

– Un explosif. Hausse de combat.

La culasse claqua sur la douille de l'obus.

– Feu !

Mais le projectile ne rencontrant pas assez de résistance pour amorcer sa fusée, traversa le contrevent fermé pour éclater à l'intérieur. Une demi-douzaine de *bo doï* sortirent par une porte ouvrant derrière sur un jardinet. Ils traînaient un blessé.

– Caron, tourelle à gauche ! Tu les vois ?

– Je leur mets un cannister * au cul ?

– Non. Trop tard maintenant.

Mais déjà la mitrailleuse du tireur hachait le champ de maïs où les Viets s'étaient engouffrés.

– A tous, halte au feu !

A le poursuivre, on eût risqué d'atteindre les marsouins du capitaine Capelle qui, venus à la rescousse, débarquaient plus loin de leurs G.M.C.

Un groupe escalada le flanc de la butte, tandis que l'autre, essaimé dans la nature, galopait au train des fuyards. Parvenus sur la hauteur, les fantassins s'arrêtèrent. Leur chef leva un bras en signe d'impuissance. Ferlac lui signifia de descendre. Il n'était que de regarder la carte pour savoir que le paysage chahuté et broussailleux pouvait être un piège dangereux pour une poignée de bonshommes sans guide et probablement sans boussole. L'autre sergent émergea bientôt des maïs, essoufflé et marri de revenir bredouille.

– Ils nous ont semés, les boucacs ! Qu'est-ce qu'on fait maintenant, mon lieutenant ?

– On fait gaffe. Mettez-vous en protection le long de la route. Ils sont foutus de revenir.

– Quand même, râla Caron depuis le fond de sa casserole, avec un cannister...

– Tu aurais refilé ta grenaille aux moineaux pour rien.

Il avait raison, le sous-lieutenant. Le cannister, efficace dans le combat rapproché, était une munition de dernière chance. Elle était rare et de plus, elle avait la réputation

* Obus chargé de grenaille.

de ronger les rayures des canons. Ferlac sauta à terre et courut vers le blindé d'où l'on sortait les blessés. L'ambulance qu'il avait oubliée le dépassa. Quand il la rejoignit, Fabienne Récy était agenouillée près d'un corps étendu par terre sur une toile de tente. Atteint à la poitrine, l'homme râlait.

– Mais qu'est-ce que vous faites ici, Fabienne ?

Elle se redressa tout en relevant une mèche qui barrait son front.

– Mon travail. Tenez, aidez-moi à mettre celui-ci sur le brancard.

En effet, ce n'était guère le moment de lui reprocher son escapade, mais il se promit de le faire plus tard. Un débouché de piste aidant, la petite colonne ne perdit pas de temps pour faire demi-tour.

– *Simoun*, on rentre en vitesse. Si on nous tire dessus, on riposte, mais sans s'arrêter.

Comme il était prévisible, les Viets les attendaient quelques kilomètres plus loin. Leur harcèlement fut timide et lointain. Pourtant, une balle perdue fit sonner la tourelle de *Sirocco*. Ferlac se retourna, inquiet pour l'ambulance qu'aucun blindage ne protégeait. Mais elle suivait toujours.

Au P.C. où il alla en Jeep rendre compte de sa mission, le colonel Dargence était absent. Il était parti, lui dit-on, négocier avec les Viets la remise en marche du train qu'ils avaient bloqué à dix kilomètres de Langson, à la station de Lang Noc. En revenant, il passa à l'infirmerie. Fabienne qui sortait de la salle d'opérations le reçut avec un éclatant sourire.

– Vous savez, Bertrand, ils s'en tireront. Je suis contente.

– Moi, pas. Et si vous aviez été touchée, vous aussi, dans votre boîte à biscuits ?

– Je ne l'ai pas été.

– Et vous n'avez pas eu peur ?

– Moins qu'à Brest sous les bombardements... mais j'ai eu peur pour vous.

Son indignation tomba tout aussitôt.

– Pour moi ? s'étonna-t-il.

– Pour vous et les autres.

Il se contenta de la réponse de Fabienne bien qu'il eût cru un instant avoir été le seul objet de son inquiétude.

Le Service historique était tout près. Rouzic, ses lunettes au bout du nez, pestait devant sa machine à chiffrer. Avec toutes ses molettes alignées dans son coffret, elle ressemblait à un boulier précieux et compliqué.

– Ça marche, Joseph ? Qu'est-ce que tu leur racontes à Hanoï ?

– Secret. Tu vois bien! Je code, mon vieux, je code.

– Le capitaine n'est pas là ?

– Il est chez les Viets avec le colonel.

– Pour le train. Je sais.

– Tu sais tout, toi. Pour le train, oui, et pour les Chinetoques qu'ils gardent au frais à Négrier ? Si on se cogne, et on se cognera, ils les passeront à la casserole. Mais ce n'est pas une raison pour continuer à tendre nos fesses aux espadrilles de leurs *bo doï*.

Le capitaine Ebrard n'était pas tout à fait de son avis. Quand il revint de la résidence, il n'était plus aussi désinvolte que d'habitude. Il était vraiment préoccupé par les otages qu'ils refusaient de rendre. Ils prétendaient, bien qu'ils les eussent enlevés avant l'arrivée des Français, que les Chinois s'étaient mis d'eux-mêmes sous leur protection et qu'en conséquence ils étaient seuls responsables de leur vie.

– Et qu'est-ce qu'il leur a dit, le colonel ?

– Qu'ils se foutaient du monde et qu'il en prenait note. Que voulez-vous répondre à une pareille mauvaise foi ?

Le 24 novembre, un commerçant fut découvert égorgé dans sa boutique dévastée. C'était un homme tranquille que rien ne désignait à la vengeance de qui que ce fût. Mais il avait sans doute eu le tort de vouloir « se protéger » lui-même, et surtout, il était un des émissaires dont Ebrard, quelques jours avant, avait écouté les doléances et les craintes.

Le crime était un avertissement. Bien qu'ils l'eussent signé, les assassins protestèrent de leur innocence. Ils le mirent sur le dos d'« un paysan pauvre victime de la rapacité d'un exploiteur capitaliste ». La congrégation, jusque-là frileuse, fit enfin savoir aux Français l'abandon de sa neutralité à leur profit. Et, de nouveau, les rues se couvrirent de barricades.

Le colonel Dargence avertit les Viets que si le lendemain, à dix heures, la restitution des otages n'était pas effective et si les voies d'accès aux charniers japonais n'étaient pas dégagées, il se verrait obligé de le faire lui-même. Dans l'après-midi, il réunit ses officiers pour un dernier briefing. Il rappela à chacun ses moyens et ses objectifs.

Le capitaine Capelle se montra satisfait que la libération de Dong Dang fût confiée à ses seules troupes, ce qui ne pouvait que renforcer l'indépendance de sa principauté. A Philippe Ebrard échut, comme il l'avait d'ailleurs demandé, la mission de récupérer vivants les otages du Fort Négrier. Il devait attendre toutefois que la citadelle fût prise. Le nettoyage de Ky Lua incomberait à la compagnie des blindés coloniaux soutenue par deux A.M. des chasseurs. Après une préparation d'artillerie par les obusiers du 21ᵉ R.I.C., une compagnie de marsouins appuyée par quatre chars M5 ferait l'assaut de la redoute viet tandis qu'une autre, après avoir « fait le ménage » de la ville indigène entre la citadelle et le Song Ky Cong, s'emparerait dans la foulée de la résidence, souricière où les *bo doï* ne se défendraient sans doute pas longtemps. Enfin, partant du pont, une section et deux automitrailleuses, balayant le quartier du fleuve, iraient prendre position sous le Fort Négrier où les rejoindrait l'élément placé sous les ordres du capitaine Ebrard.

Mais tout cela, chacun le savait déjà, et il y avait longtemps que les itinéraires avaient été repérés sous le couvert de touristiques baguenaudes. En vérité, cela n'avait guère trompé les *bo doï*.

– Silence radio et personne ne bouge avant onze heures.

– On prévient Hanoï ? demanda l'officier de transmissions.

– On rendra compte après. Ils seront trop contents que je leur offre Langson sur un plateau d'argent sans avoir eu à se poser de questions.

De retour à l'école, Ferlac convoqua à son tour son état-major. Le maréchal des logis Locatelli insista fermement pour que sa patrouille fût affectée au dégagement de Ky Lua.

– Vous y avez une veuve et des orphelins, Loca ?

– Tout le monde ne peut pas en avoir une à Langson, mon lieutenant.

La repartie frisait l'insolence, mais le maréchal des logis ne se trompait pas. Il ne déplaisait pas au sous-lieutenant de Ferlac d'apparaître à la dame de ses pensées en vainqueur paré de tous les attributs du héros et, le moment venu, de montrer au capitaine Ebrard qu'il n'était pas le branlotin qu'il semblait croire. Il trouva ses deux équipages nonchalamment adossés à leurs voitures comme des guerriers blasés et philosophes dans l'attente d'un assaut de routine.

– Alors, c'est demain qu'on se tue, paraît, mon lieutenant ? demanda Caron.

– Qu'en sais-tu ?

– Même les putes du B.M.C., elles le savent. Alors ? renchérit Lejeune, le radio de *Simoun*.

– C'est pas à un puceau qu'elles l'auraient dit en tout cas, dit le brigadier Révoil.

– Puceau ? Pas plus que toi ! C'est même la grande Hélène qui me l'a raconté.

– La grande Hélène, elle ne couche qu'avec les gradés.

Ti Sï, dite la grande Hélène, était un personnage quasi irréel qui promenait des airs de princesse lointaine et qui, consciente de sa distinction, n'accordait ses faveurs que moyennant des dessous de table exorbitants, en tous les cas très supérieurs au tarif imposé.

– Bordel ou pas, conclut le sous-lieutenant, allez donc me ranger celui de vos piaules au lieu de bavasser pour rien.

Ils rigolèrent. Bertrand les regarda partir en se disant que s'il n'avait pas été leur chef, il se fût volontiers mêlé à leurs chamailleries de gamins.

A dix heures, le 25 novembre, les Viets n'avaient pas dégagé leurs abattis et les otages n'avaient pas réapparu. A vrai dire, on eût été fort déconfit que l'ultimatum du colonel Dargence eût été accepté. Au peloton Ferlac, les chasseurs, ne sachant que faire en attendant l'heure H, s'étaient installés dans leurs voitures, à leurs postes de combat qu'ils n'avaient même pas abandonnés pour le casse-croûte. A onze heures, les radios de *Sirocco* et de *Tornade*, reliées au réseau de commandement, cessèrent de grésiller pour éructer : « A tous, en avant ! »

Sur le pont où le brigadier Révoil dut ralentir, Bertrand se retourna. A l'entrée de Ky Lua, il vit les marsouins jaillir en gerbes de leurs half-tracks tandis que claquaient les deux canons de Locatelli et que, sur un rythme essoufflé, les mitrailleuses de 50 débitaient leurs bandes. « C'est parti, se dit-il, à nous maintenant. »

Il emboucha l'avenue du Colonel-Martin où les coloniaux enfonçaient avec entrain les premières portes. Avant de s'y engouffrer, ils balançaient des grenades dont les explosions lui parvenaient étouffées par l'épaisseur des murs. Mais les maisons étaient vides, semblait-il, car aucune fusillade ne leur répondait. Derrière *Sirocco*, une demi-douzaine d'hommes progressaient avec précaution, épiant les toits par où les Viets pouvaient fuir. La première salve des obusiers passa très haut au-dessus d'eux avec un bruit de nippes déchirées. Instinctivement, ils baissèrent la tête. Mais ils la relevèrent aussitôt en entendant les déflagrations des arrivées sur la citadelle. Une rafale d'arme automatique venue du bout de la rue les fit disparaître dans les embrasures. Des balles sonnèrent sur le blindage incliné de la plage avant de la M8 et ricochèrent en piaulant. Révoil et Morin qui avaient laissé entrebâillées leurs trappes pour « mieux voir » les refermèrent précipitamment.

Le sous-lieutenant descendit de la sellette où il était resté debout comme pour un défilé. Les yeux au ras de sa casserole, il ajusta ses jumelles. Au bas d'une murette qui clôturait un jardin, dans le virage qui marquait la fin de la rue, quelques briques avaient été enlevées pour aménager une meurtrière. Caron l'avait repérée aussi. Sans en attendre l'ordre, en trois tours de manivelle, il surimposa l'objectif au croisillon de sa lunette.

– Je l'ai, mon lieutenant.

Bertrand engagea un perforant dans la culasse du 37 restée ouverte.

– Feu au-dessus du trou !

Un pan de briques s'effondra dans une grosse bouffée de poussière rouge.

– But, s'exclama Caron.

L'arme viet s'était tue. Ferlac remonta sur son siège. Dans les maisons, les *bo doï* s'accrochaient maintenant et leurs mousquetons ripostaient sèchement aux Thompson des Français dont l'avance s'était ralentie. *Sirocco* stoppa pour les attendre. Leur chef en profita pour se retourner. *Simoun* s'était arrêtée aussi. Le maréchal des logis Cousseau leva un bras, pouce en l'air, pour lui signaler que tout allait bien chez lui, message qu'il ne jugeait pas utile de confier à son radio. Ce fut alors qu'un tesson de tuile provenant du toit qui surplombait *Sirocco* tinta sur le compartiment du moteur. Ferlac leva les yeux. Sur le faîte, à six mètres de lui, apparut la tête d'un Viet, puis son buste.

– Celui-là, murmura-t-il, je me le fais.

Sans le quitter du regard, il agrippa sa carabine dans son dos, mais elle refusa de sortir des griffes entre lesquelles elle était maintenue. Malgré ses efforts redoublés par sa rage et son affolement, il ne parvint pas à l'arracher. Le Viet épaula posément son fusil. De si près, il ne pouvait rater son but. Le trou béant de la tourelle était comme le cercle d'une cible dont le béret de l'officier eût été la mouche. Fasciné, celui-ci regarda dardé sur lui le petit œil noir et cruel de la mort. Car il était certain qu'il allait mourir, que dans une fraction de seconde il ne serait plus qu'un tas inerte et sanglant au fond de l'automitrailleuse. Or, durant cet infime laps de temps qui le séparait du néant, il ne vit pas défiler son passé mais se projeter en quelques images fulgurantes un avenir qui ne lui appartenait plus... joie d'exister, rêves de gloire et d'amour... Fabienne. Le Viet prenait son temps comme s'il eût éprouvé un plaisir sadique à prolonger l'agonie de sa victime.

– Mais tire donc, gueula Ferlac.

Une détonation toute proche l'étourdit. Il s'étonna que son passage dans l'autre monde ne fût que cela. Il dévisagea une dernière fois celui qui venait de l'abattre. Mais l'homme, qui s'était levé, vacillait. Son fusil dévala la pente avec un bruit de vaisselle fracassée. Son casque vert boula derrière et, rebondissant comme un ballon, sauta dans la rue. Le Viet s'effondra alors et roula jusqu'à la gouttière où il resta bloqué, une main pendante dont l'index tendu semblait montrer la terre qui allait être à tout jamais son domaine.

– Le chapeau du *bo doï*, tu me le ramèneras en souvenir, Bertrand.

Croyant rêver encore, il aperçut de l'autre côté de la rue, encadré dans la fenêtre d'un grenier, comme une mère Michel hilare, la face grimaçante du lieutenant Rouzic.

– Je t'expliquerai tout à l'heure, cria-t-il.

Comme un automate, le sous-lieutenant de Ferlac descendit de sa voiture et ramassa le casque dont une balle avait éclaté l'étoile rouge. *Sirocco* où personne ne s'était rendu compte du drame reprit sa route flanquée par les marsouins et par Rouzic qui progressait parmi eux en voltigeur indépendant.

Ils allaient atteindre le coude de l'avenue quand Rouzic, qui, après son exploit avait ôté ses lunettes, tomba dans une fosse remplie de mortier frais que les maçons avaient dû abandonner le matin même. Empêtré jusqu'aux genoux dans la pâte gluante, il piétinait furieusement sans parvenir à s'en extraire.

– Mais quel con, brailla-t-il, quel con!

L'incident eût été comique, si un Viet, en arrière-garde sans doute, n'y avait assisté aussi. La grenade qu'il jeta roula jusqu'au bord du piège. Rouzic tenta un effort désespéré pour la relancer. Elle était trop loin de lui mais pas assez pour qu'il ne l'entendît fuser. Il restait deux secondes avant qu'elle n'explose, trois au plus. D'un bond, Ferlac sauta à terre et se rua sur l'engin. En un éclair, il pensa que ce que le premier *bo doï* avait manqué, le second allait le réussir. Mais au lieu d'éclater, la grenade se partagea en deux dans un pet dérisoire. Rouzic, les mollets gainés d'emplâtre, s'extirpa enfin de son trou.

– Mais quel con! répéta-t-il.

Caron émergeait de sa tourelle.

– Puisqu'on y est, mon lieutenant, on va au résultat?

Dans tout cela, Ferlac avait oublié son coup au but dans la meurtrière. Il pénétra dans le jardin par la brèche qu'il y avait ouverte. Joseph l'y suivit. Un corps était étendu dans l'herbe folle. Sa tête n'était plus qu'une bouillie sanglante. A côté de lui, un petit tas d'étuis était tout ce qui restait de son fusil mitrailleur, car l'arme avait disparu. Du bout du pied, Rouzic le retourna. Sa chemise était largement ouverte et sa poitrine dont les seins menus pointaient avec insolence était celle d'une très jeune fille.

– Je ne voulais pas ça, murmura Bertrand accablé.

– Tu ne pouvais pas le savoir. Après tout, elle t'aurait descendu aussi bien si elle l'avait pu.

– Quand même...

Révoil et Morin montrèrent leur nez à leurs trappes.

– Alors? demandèrent-ils tous les deux d'une même voix.

– Une femme. C'est une femme que nous avons décapitée, Caron.

– Elle était moche au moins?

– Sans tête, railla le brigadier Révoil, va-t'en savoir!

En une demi-heure, l'élément chargé du quartier de l'eau n'avait parcouru que quelques centaines de mètres depuis le pont. Le sous-lieutenant n'en revenait encore pas qu'en si peu de temps, sur une distance aussi courte, il lui fût arrivé tant de choses.

Les obusiers de Ky Lua s'étaient tus. C'était au cœur même de la citadelle que se déroulait maintenant la bataille. Les crépitements des armes automatiques, les explosions des grenades, le hululement des sirènes des chars en prouvaient l'âpreté, composant aux oreilles de ceux que la mission condamnait au silence de leurs armes une exaltante symphonie.

Ferlac frémissait d'impatience de se joindre au concert. Rouzic, lui, sa carabine coincée entre ses genoux, se roulait une cigarette.

– Je vais appuyer Ebrard au Fort Négrier. Tu viens, Joseph? Grimpe donc!

Rouzic lécha soigneusement le papier de son clope, en ébarba les bouts et l'alluma, clignant d'un œil, à la flamme trop haute de son briquet de cuivre.

– Non. Je rentre. Si Ebrard me trouve dehors, il va m'en faire une pendule. Ne lui dis pas que tu m'as vu, ni... le reste.

Sur le point de repartir, Ferlac regarda s'éloigner son ami dans l'avenue de nouveau calme et déserte, son arme à la main, son chapeau de brousse sur la nuque, à pas tranquilles, comme un chasseur rassasié d'émotions, rentre chez lui son carnier plein.

– Et merci pour tout à l'heure, Joseph.

Il haussa les épaules sans se retourner. Avant de quitter la maison du Yamen, le capitaine lui avait donné l'ordre de rester à son poste pour la vacation de la mi-journée où Hanoï passait chaque jour les bulletins d'information du Service.

– Je prends la Thompson. La carabine vous suffira au cas où un isolé viendrait se perdre jusqu'ici.

La carabine! Une pétoire de panoplie qui ne faisait pas trébucher un lièvre à cinquante mètres! Mais, une fois de plus, s'était réveillé en lui son goût du combat solitaire hérité du maquis. Il n'avait pas résisté au plaisir de faire à sa guise des cartons sur des cibles assez proches pour être faciles. Il y aurait ici ou là des corps à corps où la M1 serait encore efficace. C'était par hasard qu'il avait choisi pour sa vadrouille guerrière l'avenue du Colonel-Martin. C'était par hasard aussi qu'en entendant un bruit dans une maison vide, il en avait grimpé l'escalier. Hasard enfin, miraculeux celui-là, que le *bo doï* ait surgi du toit d'en face à l'instant même où il passait devant une fenêtre. Bertrand avait eu de la chance que le Viet se trouvât dans sa ligne de mire au moment précis où il appuyait sur sa détente, et lui en avait eu aussi que la grenade n'eût été qu'un pétard mouillé. La mort, pour cette fois, n'avait pas voulu d'eux. Il pensa alors que la petite bonne femme qu'il laissait derrière lui, à l'ombre des bananiers, aurait pu être Mimi. Il se dit que lorsque tout cela serait fini, il y aurait bien une cérémonie d'action de grâces à la pagode de la gare ou quelque chose comme ça, et qu'il l'y reverrait.

Avant d'entrer dans l'enceinte du Yamen, il constata que le drapeau tricolore flottait sur le toit de la résidence. Il était près de midi. Hanoï transmit ses messages qu'il déchiffra sur sa machine. Il répondit par un R.A.S. laconique qui n'avait pas besoin d'être codé. Dans sa cuisine, le boy Lon Chen tambouillait son rata, indifférent au vacarme des combats qui, de l'autre côté du boulevard Gallieni, faisaient rage derrière les murs de la citadelle.

Passé le dernier virage de l'avenue du Colonel-Martin, la patrouille de Ferlac et sa section de marsouins atteignirent la route coloniale n° 8 sans avoir aperçu l'ombre verte d'un *bo doï*. Après l'hôpital indigène où ils ne s'attardèrent pas, il ne leur restait plus à fouiller que quelques *ca nha* de maraîchers. Leurs occupants, encore tremblants de peur, affirmèrent dans un charabia volubile qu'ils avaient vu beaucoup de soldats viets s'enfuir vers l'est en emportant des blessés. « J'espère qu'ils ne nous disent pas ça pour nous faire plaisir », pensa Ferlac.

Mais ils avaient dit vrai. Les Français n'essuyèrent que quelques coups de feu en défilant sous le réduit que l'ennemi tenait encore. Rien qui ne valût un obus et, pour les coloniaux, la peine de se jeter dans un fossé. D'ailleurs, leur objectif retenait assez leur attention. Le donjon déchiqueté du Fort Négrier que surmontait encore le drapeau rouge étoilé se dressait devant eux. Au-delà d'un petit cimetière, le terrain montait en pente douce jusqu'à ses contreforts. C'était au pied de cette butte que Ferlac avait rendez-vous avec le capitaine Ebrard.

Vers le milieu de l'après-midi, le silence se fit dans la citadelle. L'œil à ses jumelles, le sous-lieutenant vit les ultimes défenseurs traverser en galopant la grande rizière de Phia Luong. Mais on eut à peine le temps de tirer quelques rafales avant de les voir disparaître derrière les îlots de rochers qui la parsemaient. Au-delà, c'était l'inextricable forêt de calcaires où les blindés ne pouvaient engager la poursuite.

A Langson, tout était fini, mais de l'autre côté de la rivière, la fusillade continuait, de plus en plus espacée, hoquets annonciateurs de l'agonie de Ky Lua. Morin se régla sur la fréquence de la patrouille de Locatelli et brancha le haut-parleur pour que, peinard, l'équipage de *Sirocco* pût écouter les derniers échos de la bataille. La voix chantante de Toulouse, le chef de voiture de *Mistral*, leur parvint « fort et clair ».

– Il y a du monde dans le bistrot de Kim Son!

– C'est bien sûr, *Mistral*?

– Euh... non, mais il y a sûrement à boire.

Le maréchal des logis Locatelli se donna quand même le temps de la réflexion. Il hésitait, bien qu'il ne fût pas ennemi d'un petit pillage de-ci de-là, à en donner l'ordre sans une autorisation qu'il ne pouvait décemment pas demander en usant de la procédure officielle. Ses hommes et lui mijotaient pourtant depuis des heures dans leur boîte surchauffée et autour de la tourelle ne pendaient plus que des bidons sonores.

– Ça va. Enfoncez la devanture et gardez-en pour nous!

On entendit aussitôt un tintamarre de vitres brisées et des exclamations enthousiastes.

– En avant pour la B.G.I. fraîche, râla Caron. On sèche, nous autres, mon lieutenant.

– Bois ton sang, Beaumanoir, murmura le sous-lieutenant.

Caron ne le comprit pas. De toute manière, il n'était pas homme à se désaltérer d'une référence médiévale.

Le capitaine et son monde arrivèrent enfin vers seize heures alors que chasseurs et marsouins commençaient à s'embêter ferme. Ferlac courut à leur rencontre.

– A vos ordres, mon capitaine. On y va?

– Pas encore. On attend les avions.

– Alors, ils savent à Hanoï?

– Oui, le colonel Dargence a fini par avouer son crime. Maintenant qu'ils l'ont absous, il peut leur demander la lune.

Deux avions ventrus comme des tonneaux firent plusieurs passages en straffant le sommet de la forteresse et repartirent comme ils étaient venus en battant des ailes en signe d'adieu.

Négrier où rien n'avait bougé semblait avoir été abandonné aussi. Philippe Ebrard ne s'y laissa pas prendre. Les Viets attendaient sans doute que leurs adversaires fussent à leur portée pour ouvrir le feu.

Le capitaine donna l'ordre à Ferlac et à sa section d'infanterie de rester sur place et de neutraliser tous les créneaux visibles pendant que, contournant le fort, il irait prendre position face à sa seule entrée. Les automitrailleuses le rejoindraient alors pour appuyer l'assaut.

Fixer, déborder, c'était une manœuvre d'école et, dans l'histoire des sièges, on n'avait pas trouvé de moyen plus rapide et plus simple pour s'emparer d'un château que d'y pénétrer par sa porte. Le procédé était si classique que les Viets n'auraient peut-être pas l'idée que l'on pût encore l'employer.

Pendant qu'Ebrard effectuait son mouvement tournant, les tireurs de *Sirocco* et de *Simoun*, dont les casiers à munitions étaient encore pleins, s'amusèrent comme à un stand de foire à fourrer des obus dans tous les trous de la muraille. Les coloniaux en firent autant des chargeurs de F.M. qui commençaient à leur scier les épaules. Mais la riposte des *bo doï* déçut les espérances. Les rares « tac-coo » de leurs mousquetons ne furent même pas perçus par leurs adversaires assourdis par leur propre chahut.

Philippe Ebrard s'arrêta pour attendre le sous-lieutenant. Au bout des lacets qui serpentaient au flanc du glacis de Négrier, il devina sous l'illusoire pont-levis la fosse à demi comblée par la tuerie du 9 mars. Il revécut en quelques secondes la nuit d'horreur à l'issue de laquelle si peu de ses compagnons avaient vu se lever l'aurore de leur salut. Il se revit émergeant, harassé, meurtri, sanglant du monceau de cadavres qui l'avait protégé des baïonnettes japonaises. Il parcourut par la pensée l'interminable chemin semé de pièges qui l'avait amené devant la porte de Yang Tao. L'arrivée des deux A.M. du peloton Ferlac interrompit ses souvenirs.

Agenouillé à couvert d'une diguette, il leur fit signe de venir se poster derrière lui. La fusillade soudaine et nourrie se déchaîna alors sur elle. C'était ce que Philippe espérait. Leurs équipages, dans leurs coquilles d'acier, ne risquaient pas grand-chose sauf à en sortir. Il n'apercevait au-dessus des tourelles que les bérets de leur chefs, mais il les savait attentifs au moindre de ses gestes. Se retournant vers le fort, il leva les yeux. Sur la plate-forme, un Viet invisible amenait précipitamment ses couleurs. Mais ce simulacre de reddition ne fit pas taire les canons et les mitrailleuses de Ferlac.

Debout, Ebrard leur désigna la porte. Il suffit de deux obus pour faire voler en esquilles les vantaux de bois vermoulu. Le capitaine s'élança entouré de ses marsouins vociférant, comme on leur avait dit pour ne pas écouter leur peur. Deux d'entre eux, touchés par les éclats des grenades que les *bo doï* balançaient à pleines caisses depuis les embrasures basses, s'effondrèrent près de lui. Leurs munitions épuisées, les défenseurs se turent, alors qu'Ebrard n'était plus qu'à quelques mètres du porche béant. Il s'y engagea et, sans se soucier d'y rencontrer quiconque, il dévala l'escalier qui menait aux prisons. Les Chinois, une quinzaine, étaient bien là, entassés dans une seule cellule, agrippés à sa grille qu'ils secouaient affolés d'angoisse, croyant que les pas qu'ils venaient d'entendre sonner sur les marches de fer étaient ceux de leurs bourreaux. Ils devaient être confinés là depuis plusieurs jours, car le fumet de leur geôle était proprement irrespirable.

Ebrard chercha la clef. Du doigt, ils lui montrèrent la niche obscure où les gardiens la suspendaient. Précédé par son libérateur, le troupeau misérable, haillonneux et puant remonta jusqu'à la cour intérieure déjà noyée d'ombre. Envahissant les casemates abandonnées, les assaillants s'interpellaient, furieux que les assiégés ne leur eussent laissé pour trophées que leurs étrons. Ils avaient dû filer par un passage souterrain inconnu d'Ebrard et qui débouchait sans doute quelque part dans le chaos des calcaires tout proches. Des traces de sang prouvaient quand même qu'ils n'en étaient pas tous sortis indemnes.

Philippe Ebrard ne reconnut pas Nhong Ho Tong. Ce fut lui qui, se détachant en chancelant du groupe, vint à sa rencontre. Il avait perdu toute la bonne graisse qui lui donnait l'air d'un poussah heureux. Ses joues étaient flasques et son regard, autrefois vif, était atone et vide. Sevré d'opium depuis des mois, tout son corps était agité de tremblements séniles. Mais « la face » le força à faire bonne mine devant le Français.

– Ma femme m'a fait savoir que vous étiez revenu, mon capitaine.

Et il ajouta en chinois, cette fois :

– Les nouvelles sont comme le vent. Il suffit d'un trou de serrure pour qu'elles passent.

Philippe lui prit le bras et l'entraîna sous la voûte illuminée d'espérance par les flamboyantes lueurs du couchant.

– Allez, monsieur Nhong Ho Tong, on vous attend rue des Bambous.

Il était dix-sept heures. Dans la citadelle, le clairon des vainqueurs sonna la soupe du soir.

X

Il faisait encore jour. Les derniers échos de la bataille s'éteignaient comme les roulements de plus en plus lointains et sourds de l'orage passé. Déjà les rumeurs de la vie revenue montaient des quartiers indigènes et, dans les trois pagodes, les gros tambours de fête annonçaient celles du lendemain. Dans les boulevards et les avenues, les avertisseurs des Jeeps mêlaient leur concert aux sirènes des blindés. Pour ne pas être en reste de bruit, la Mission faisait sonner ses cloches. Tout Langson célébrait dans l'allégresse ses premières heures de liberté.

Convoqués sans délai par le colonel Dargence, les officiers découvrirent la résidence où seuls les négociateurs avaient eu l'occasion de pénétrer. Les Viets l'avaient abandonnée sans chercher à la défendre dès qu'ils avaient entendu, au bout de Gallieni, grincer les chenilles des chars. Dans leur hâte, ils avaient laissé dans leurs bureaux délabrés des monceaux de paperasses poussiéreuses, des machines à écrire antiques, des téléphones de campagne et même des théières encore tièdes dans leurs capitons de paille. Mais, pas plus qu'au Fort Négrier, rien que l'on pût accrocher aux cimaises d'un musée de la Victoire. Le colonel n'avait pas besoin de dépouilles opimes pour être satisfait du bilan de la journée. Les pertes, trois tués et dix-sept blessés, étaient moins lourdes qu'il n'avait craint.

– D'abord à vous, Carrières. Comment vont vos bonshommes ?

– Aussi bien que possible, mon colonel. Mais il y en a

cinq ou six qu'il faudrait évacuer sur Hanoï sans trop attendre.

Dargence se tourna vers son officier du Génie.

– Le terrain est comment ?

– Suffisant pour un Morane, mais pour un Junkers, il faut allonger la piste.

– Mettez-moi vos sapeurs dessus et tous les coolies paniers que vous voudrez.

Il s'adressa de nouveau au chirurgien.

– Le commandant Brunier est trop occupé, je suppose, pour vous avoir accompagné ?

Mais il n'avait posé la question que pour s'entendre confirmer l'état mental du médecin-chef. Le hochement de tête de Carrières lui suffit.

– Bien, poursuivit le colonel, Langson est redevenue française et, par Viêt-minh interposé, nous avons pris notre revanche sur les Japonais. Les *bo doï* ont été refoulés dans la brousse. Ils n'étaient pas de force à nous résister longtemps, mais ils ne vont pas tarder à se manifester. Ils vont chercher à nous étouffer en redoublant harcèlements et sabotages sur nos axes. Je veux pourtant qu'avant Noël nous soyons à la mer. Au reste, nous n'avons pas d'autre choix. La route d'Hanoï était difficile ; elle est déjà sans doute impraticable. Les trains ne rouleront plus d'ici longtemps. Pour tenir la R.C. 4 de Dong Dang à Tien Yen, nous allons nous donner de l'air. Sitôt que possible, nous occuperons Loc Binh et Dinh Lap. Le long de la frontière, nous allons fourrer des partisans dans les anciens postes de la Garde indigène. Leurs accès seront rétablis, puis entretenus par la population dont il faudra d'abord conquérir la sympathie là, du moins, où elle ne nous est pas encore acquise. N'est-ce pas, Ebrard ?

– J'ai déjà pris contact avec le mandarin Vi Van dans sa tanière, mon colonel. Il attend nos fusils et mettons... des encouragements.

– Tiens donc, vous m'avez fait des cachotteries ?

– La nuit et le silence sont aux complots, mon colonel.

– Je veux aussi pouvoir aller à Dong Dang, de jour, sans escorte, visiter mon vassal. A propos, comment s'est passée la libération de la principauté, Capelle ?

– Glorieuse, mon colonel. Je compte que mon fief devienne le plus beau fleuron de votre couronne.

– Vous êtes en pointe dans le dispositif. C'est vous que les Viets vont asticoter le premier.

– Le guet est aux murailles et l'ost ne dort que d'un œil autour de ses feux.

Avant de revêtir l' « armure » des Troupes coloniales, le capitaine Capelle avait été professeur d'histoire et s'affirmait le soutien convaincu du régime féodal. Aussi se plaisait-il à imaginer un de ses marsouins, l'arc au poing arpentant le chemin de ronde de son château et, dans la basse-cour, ses camarades, la bourguignotte sur la nuque, déchiquetant à pleines mains des quartiers de venaison et lampant à pleins cruchons un Vinogel de l'Intendance tombé du ciel.

Une aussi belle journée ne pouvait se terminer que par un pot. Il était servi dans l'ancien salon du résident que l'on avait hâtivement meublé de tables pendant le briefing.

Fabienne était là, entourée par Joseph Rouzic et quelques-uns de ses camarades que leur service avait retenus. Elle se tenait devant la cheminée dont le feu constituait la seule décoration de la pièce. En y entrant, Ferlac la vit comme il l'avait parfois rêvée, les mains tendues à la chaleur d'une flambée de chêne, devant l'âtre de Cantegril. Elle courut à lui et lui planta sur les joues deux baisers sonores. Cramoisi, le sous-lieutenant jeta un regard furtif vers le colonel. Mais, grâce au ciel, il discutait avec son second et ne s'était aperçu de rien.

– Alors, Bertrand, votre guerre ? demanda-t-elle en lui serrant le bras.

– Bof... On s'est un peu secoués avec les Viets. Sans plus.

Il hésitait à citer le fait d'armes de Rouzic, moins pour garder son secret que par un assez vilain réflexe de jalousie. Il craignait, en effet, que le sauveteur parût aux yeux de la jeune femme plus digne d'intérêt que le rescapé. Mais il pensa aussi que c'était ingrat et injuste de taire qu'il devait la vie à son ami. Les yeux grands ouverts, les lèvres tremblantes d'émotion, Fabienne écouta la narration de l'exploit. Du coup, elle se jeta sur Joseph et l'embrassa avec fougue une seconde fois. Cette nouvelle effusion laissa un instant Ferlac perplexe. N'était-ce pas sa façon de le remercier de l'avoir conservé à elle, lui, Bertrand de Ferlac ? C'était l'hypothèse la plus favorable. Dans l'euphorie du moment, il l'adopta. Philippe Ebrard s'approcha de leur groupe.

– Bonsoir, Fabienne. Ces messieurs vous racontent leurs campagnes ?

– Redites-lui, vous, Bertrand, comment ce matin Joseph a descendu le Viet qui allait vous tuer !

Ferlac s'exécuta. Quand il eut terminé, le capitaine posa sur son adjoint un œil glacé.

– Ce matin ? Abandon de poste dans tous les sens du terme, si j'ai bien entendu, Rouzic. Au lieu d'écouter les informations, vous préférez créer l'événement vous-même. Bravo !

– Mais sans lui, Bertrand serait mort, Philippe !

– Si jeune, persifla-t-il, c'eût été dommage. Et il a encore quelques années devant lui avant de passer pour un jean-foutre *. Puisque vous aimez jouer les francs-tireurs, Rouzic, je vais vous envoyer pour une quinzaine de jours sur la frontière instruire un commando de partisans. Vous leur apprendrez à tirer puisque c'est la discipline dans laquelle vous semblez briller.

Mais loin d'être une sanction, c'était une preuve de confiance que lui donnait son capitaine et, dans l'âpre solitude de la montagne, le plus sûr moyen de se « retrouver différent ». N'était-ce pas ce qu'il avait souhaité dans la cour de la sucrerie, à Hiep Hoa ?

Quand Ferlac revint à Ky Lua, la nuit était tombée. Dans la citadelle que coiffait un halo de lueurs rougeâtres, les marsouins chantaient leur triomphe. Dans la ville indigène, des rais de lumière filtraient à travers les fentes des volets et des portes. De l'autre côté du Song Ky Cong, le bonze de la pagode du pont avait rallumé ses loupiotes devant sa rangée d'idoles. A l'école, le peloton festoyait aussi. Le sous-lieutenant le trouva rassemblé dans la salle de classe qui servait de réfectoire et de foyer. Le brigadier-chef Lanier, son tenancier, officiait derrière son bar de bambou tressé. Ferlac nota sur les étagères la pré-

* « Un hussard qui n'est pas mort à trente ans est un jeanfoutre. » Général Lasalle tué à Wagram... à trente-cinq ans.

sence de bouteilles qu'il n'avait jamais vues. A l'évidence, elles provenaient du sac du bistrot de Kim Son. Bien que ses principes s'opposassent à ce qu'il prît sa part d'un aussi contestable butin, il accepta de trinquer avec les sous-officiers. Locatelli, qui ne se sentait pas tout à fait à l'aise, en fut rasséréné.

– Je vois que ça ne s'est pas non plus trop mal passé pour vous, Loca ?

– Les Viets se sont accrochés dur autour du marché, mon lieutenant.

– Surtout dans les établissements publics, je suppose ?

– C'est ça, répondit le maréchal des logis Toulouse avec empressement.

– Et je pense, Toulouse, que vous ne verrez pas d'inconvénient à prendre avec votre équipage la garde jusqu'à demain.

– Les baisés le sont bien, murmura le chasseur Caron.

– Et il n'y aura pas de rappel, conclut le brigadier Révoil.

Avant de rejoindre son lit Picot, le sous-lieutenant alla flâner dans la cour de récréation. Les carapaces trapues des automitrailleuses luisaient faiblement sous la clarté d'une tranche de lune. Il posa sa main sur le blindage de *Sirocco* encore tiède, comme, à Cantegril, il lui arrivait d'aller tâter la batteuse aux soirs de dépiquage. Tout les lui rappelait, la machine assoupie, l'odeur d'huile et de paille, la pureté du ciel, et les appels et les rires de ses hommes ressemblaient à ceux des voisins qui rentraient chez eux, la fourche à l'épaule, titubant un peu de fatigue et de vin lourd.

Il était fatigué, lui aussi, et heureux de sa journée, la plus remplie qu'il eût jamais vécue et qui pourtant avait bien failli être la dernière. Il s'en remémora toutes les péripéties sans pouvoir chasser tout à fait, seule ombre à son bonheur, l'image de la petite *bo doï* que son obus avait privée à tout jamais de regards et de sourires et qui gisait peut-être encore dans l'herbe haute du jardin. Il s'était bien gardé de s'en vanter à Fabienne. Elle eût trouvé sans doute une excuse à sa victime et jugé que, si elle portait une arme, c'était parce que ses frères, abusant de sa candeur et de sa faiblesse, l'y avaient forcée. Il se promit qu'à l'avenir il ne ferait plus rien dont il eût à rougir devant elle, en actes et même en pensées. Et précisément la première qui lui vint à l'esprit après cette belle résolution fut celle d'une jeune femme brune très dévêtue, ouvrant ses beaux bras pleins et nus au héros invincible.

Rue des Bambous où Nhong Ho Tong se traîna, la porte des Cinq Dragons était entrebâillée. Il en fut contrarié, mais il se dit en traversant les ruines de son restaurant, que les Viets, serrure ou pas, l'eussent quand même forcée. Dans la cour, devant la cuisine où les braises rougeoyaient dans le fourneau de briques, sa femme, une lampe à pétrole à la main, l'attendait entourée de ses marmots. Respectueusement, elle s'inclina, sa main libre plaquée sur sa poitrine plate. Quand elle osa le regarder, elle vit combien il avait maigri et remarqua le tremblement contre lequel il essayait en vain de lutter.

– Ils vous ont donc fait mal, monsieur?

Nhong Ho Tong hocha la tête. Elle s'effaça pour le laisser passer. Il s'étendit sur le bat-flanc recouvert d'un mince matelas et reposa sa nuque sur un oreiller de porcelaine aux dessins bleus.

– J'ai cuit le riz, monsieur, j'ai aussi de la viande séchée que j'avais gardée pour votre retour.

Il ne répondit pas. Alors, elle alla chercher dans un placard un paquet enveloppé de papier gris et le lui tendit. Fébrile, le Chinois dépouilla de son emballage une petite boîte de métal doré. Un pauvre sourire éclaira sa face parcheminée.

– Qui l'a apportée?

– Un Nhung, de la part du capitaine.

– C'est bien. Je le remercierai.

Mme Nhong Ho Tong savait dès lors ce qu'elle avait à faire. Elle alluma la lampe sur le plateau du fumeur. Soufflant dans le tuyau de la pipe, elle s'assura qu'il n'était pas bouché. Puis, du bout de l'aiguille d'argent, elle préleva une goutte de la drogue couleur de miel. L'opium grésilla et se boursoufla comme une minuscule morille. Elle la roula sur le rebord de verre du lumignon et la planta dans le fourneau. Nhong Ho Tong se coucha sur le côté et saisit avidement la pipe qu'il pencha au-dessus de la flamme. Bien que le souffle lui manquât, il aspira tout son contenu d'une seule bouffée. Il se renversa sur sa couche pendant que sa femme, attentive et silencieuse, recommençait l'opération. Il fuma cinq fois. Quand il se releva, il était déjà un autre homme.

– Y ont-ils touché, femme ?

– Ils n'ont pas osé, monsieur.

Il se dirigea en chancelant vers le fond de la pièce où s'ouvrait une resserre obscure. Sa femme l'y suivit pour l'éclairer. Sur deux tréteaux était posé un fastueux cercueil laqué de rouge aux poignées dorées en forme de dragons. Il souleva le couvercle et fouilla sous le capiton de soie. Il en tira une épaisse enveloppe qu'il palpa les yeux fermés. La liasse de billets qu'elle contenait craqua sous ses doigts aveugles.

– C'est bien, répéta-t-il. Dans huit jours, je réouvrirai ma maison.

Après le bruit et l'agitation de l'après-midi, l'infirmerie était redevenue calme. Seul troublait son silence le ronronnement du groupe électrogène laissé en marche pour la nuit. Après une visite à ses blessés du jour, Fabienne regagna le réduit qui lui servait de chambre. Lasse, elle s'assit sur son lit et, à la lumière vacillante de l'ampoule nue pendue au plafond, elle contempla le portrait d'Alain dans le cadre de cuir qu'il lui avait donné. Il y avait un an presque jour pour jour que la mort l'avait frappé sur la berge boueuse de sa dernière escale. Déjà elle n'avait plus de souvenir de lui que celui de sa propre douleur. N'eût été cette photographie, gondolée par l'humidité, aux contrastes fondus dans la même grisaille, elle eût eu du mal à recomposer ses traits.

Elle s'en voulait parfois de cet oubli qui les rendait presque anonymes. Elle se disait pour s'excuser qu'au fond elle avait à peine connu son mari. Quelques semaines de fiançailles durant lesquelles ils n'avaient échangé que des regards, des mots balbutiés, des baisers hâtifs aux rares instants de leurs tête-à-tête. Deux jours seulement de mariage pour alerter sa chair dans sa gauche découverte du plaisir.

Elle reposa la photo où elle l'avait prise et se dévêtit. Il faisait froid. Elle s'astreignit quand même à une toilette minutieuse. L'eau de la jarre lui parut aussi glacée qu'en hiver celle du lavabo de sa chambre de jeune fille à Concarneau. Frissonnante, elle se blottit en chien de fusil sous ses draps rêches d'hôpital. Dans un geste instinctif, elle glissa ses mains jointes entre ses cuisses qu'elle serra très fort comme pour les garder prisonnières. Elle ressentit bientôt au partage du corps où palpite et sourd le désir une chaleur douce, et ce trouble qu'elle n'essaya pas de contraindre l'envahit tout entière. Pourtant elle eût préféré que ce fût un autre qu'elle qui lui prodiguât cette caresse, un autre sans nom, sans visage précis, mais dont les mains seules eussent été vivantes et vraies, celles racées de Philippe, impérieuses de Joseph ou timides de Bertrand, ces hommes dont elle exigeait, tout en refusant de l'admettre, un peu plus que de l'amitié. Il lui semblait que tous les trois s'éloignaient d'elle peu à peu.

Elle se demandait si, au bout de ce long chemin qui l'avait ramenée jusqu'à eux, ne l'attendait pas une nouvelle solitude, plus cruelle encore que celle de Saïgon sous un soleil sans ombres, devant les cercueils verts stérés comme des bûches.

Depuis la salle voisine, une plainte lui parvint à travers la cloison de briques. Elle se leva d'un bond et enfila sa blouse sans prendre le temps de la boutonner. Sur le pas de la porte dans la pénombre que trouait une veilleuse, elle chercha celui qui l'avait appelée. Il leva le bras pour se faire reconnaître. Elle s'approcha et se pencha sur lui.

– J'ai soif, dit-il dans un souffle.

Elle le souleva par les épaules pour l'aider à boire. Comme elle avait les deux mains prises, son vêtement qu'elles retenaient fermé s'entrouvrit et sa poitrine dénudée frôla le front trempé de sueur du blessé. A ce contact inattendu, elle sursauta répandant sur le drap le fond du verre.

– Pardon. Je suis maladroite.

– Ça ne fait rien. Merci, madame.

Il se renversa sur son polochon, les yeux clos, sans s'être rendu compte qu'il avait eu à la portée de ses lèvres un sein de femme. Fabienne le regarda un instant s'endormir et passa ses doigts dans sa tignasse ébouriffée. « Il dépend de moi, pensa-t-elle un peu amère. Mais de lui, que puis-je attendre ? L'oubli quand il sera guéri ? » Et elle en fut presque à regretter que son blessé n'eût pas été Bertrand, ou Joseph, ou Philippe.

***

Rien ne pouvait sourire davantage au lieutenant Rouzic que d'aller respirer dans les montagnes Nhung l'air vif de l'indépendance. Une ombre pourtant ternissait son enthousiasme. Avant de partir, il aurait aimé revoir Mimi et s'assurer que sa vertu n'était pas aussi inexpugnable que l'avait prédit le capitaine. Après avoir revu Fabienne à la résidence, il s'était définitivement convaincu qu'à lui comme aux autres elle n'accorderait rien de plus qu'une affectueuse attention. Avec son entêtement de Bretonne, elle mettrait la même obstination à rester chaste que les veuves de marin qui, contre toute évidence, espèrent toute leur vie le retour du disparu.

Après des mois d'abstinence, il ne pouvait plus se contenter d'incertitudes. Il ressentait comme une faim douloureuse son désir de plier un corps de femme aux exigences de plus en plus pressantes de sa virilité. Les Annamites passaient pour être dociles dans un lit et il ne doutait pas de son habileté pour faire accepter à Mimi les gestes et les postures de l'amour qui hantaient ses rêves comme ses insomnies.

– Je vais faire un tour à la gare, annonça-t-il à Philippe Ebrard, voir comment sont installés les blindés coloniaux.

– Allez, Rouzic, allez! Tant que vous y serez, faites donc un tour à la pagode et assurez-vous que les ancêtres sont toujours dans leurs bonnes dispositions. L'office est à dix heures.

– Puisque vous m'en donnez l'idée...

– Ne me dites pas que vous ne l'avez pas eue. Saluez bien de ma part la petite de la chorale. Comment s'appelle-t-elle déjà ?

– Mimi, mon capitaine. Un nom facile à retenir pourtant.

– C'est que je ne lui porte pas le même intérêt que vous, mon bon.

La vie sentimentale du capitaine Ebrard restait pour son adjoint un mystère. En matière de sexe, il devait avoir les mêmes besoins que tout le monde. Joseph Rouzic se demandait si de temps en temps, parmi les ténébreux visiteurs de la maison du Yamen, ne se dissimulaient pas sous les manteaux couleur de muraille les *cai quan* de soie d'une belle.

La cérémonie battait son plein sous le plafond du temple embrumé par les fumées d'encens. A son entrée, les pieux vieillards cessèrent de taper comme des sourds sur leurs gongs pour changer d'instruments, des violons et des luths bricolés dans des touques et des sortes de bombardes de bois. Ils attaquèrent avec entrain un morceau criard aux sonorités vaguement européennes. Le bonze, la mine réjouie, lui serra la main avec effusion.

– C'est content musique française ? hurla-t-il pour se faire entendre.

– Ravi, pépère. Qu'est-ce que c'est ?

– *Madelon* !

De fait, en y prêtant attention, l'air, quoique sévèrement estropié, était reconnaissable à ses cadences martiales.

« Je vais leur chiffrer ça, se dit Rouzic en étouffant son rire. Renseignement de première bourre : ralliement inconditionnel du clergé, adoption du français dans la liturgie bouddhique. »

Comme la première fois Mimi servit des remontants aux musiciens. Se souvenant de ce que le lieutenant avait pris, elle lui versa d'office une tasse de thé.

– Je veux te parler, Mimi.

– Pas moyen maintenant.

– Je t'attendrai derrière la pagode, au bord de la rivière.

Elle battit des paupières pour lui signifier son assentiment. La cérémonie n'était donc pas terminée. La jeune fille s'agenouilla sur ses talons aux pieds du Bouddha doré, devant une glace entourée d'une guirlande de fleurs en papier. Les petits vieux s'accroupirent autour d'elle en caquetant. Rouzic s'approcha aussi, mais resta debout. Mimi lui tournait le dos, mais il pouvait observer le reflet de son visage. Elle était devenue grave tout à coup. Ses yeux écarquillés ne cillaient plus comme si elle avait passionnément cherché dans les prunelles dilatées que lui renvoyait le miroir à scruter quelque secret de son âme. Elle se mit à dodeliner et à se balancer d'avant en arrière et de plus en plus vite. Saoule de vertige, elle chancela et elle serait tombée si deux de ses compagnes ne s'étaient pas précipitées pour la soutenir. Le bonze se pencha par-dessus son épaule et lui marmonna à l'oreille le message qu'un des assistants venait de lui confier. Sans interrompre son étrange exercice, elle chantonna une réponse dans un langage mystérieux que seul semblait comprendre le maître. Usant de son intermédiaire, d'autres lui posèrent à leur tour leurs questions.

Joseph Rouzic ne put s'empêcher de rapprocher ce spectacle de celui qu'avait offert le sorcier Yang Tao avec son escalier pour esprits baladeurs et sa voix d'outre-tombe. Impatient de sortir, il se dit que dans ce pays, les ancêtres étaient décidément bien bavards.

Mimi vint le rejoindre au bord du Song Ky Cong dans une allée de flamboyants. Elle n'avait plus son regard d'illuminée. Elle s'était recoiffée et elle avait même pris le soin de farder de rouge ses pommettes et ses lèvres. Il la prit par la main et l'entraîna sur la promenade.

– Qu'est-ce que c'était, ce cinéma ?

En fait de cinéma, Mimi ne connaissait que la salle paroissiale de la Mission où, même si l'on n'était pas catholique, on pouvait voir des Charlot et les Laurel et Hardy, drôles à tomber de son banc.

– Pas cinéma. Les vieux toujours contents savoir quand mourir.

– Et tu le sais comment, toi ?

– Bouddha, lui, dire.

C'était donc cela; Mimi était en quelque sorte la voyante attachée à l'établissement. Mais Joseph Rouzic ne s'intéressait pas vraiment à la date de sa mort. Ses lendemains, c'était elle, son minois de chat et son corps gracieux autour duquel la brise du fleuve faisait voltiger les pans de sa tunique. Elle laissa sa menotte enfermée dans sa poigne. C'était un encouragement à ce qu'il poursuivît sa cour. Il lui fixa rendez-vous au même endroit, le soir même. Elle se montra réticente et finit par avouer qu'elle préférait le recevoir dans sa maison, rue des Japonaises.

– Mais ton père et ta mère... ?
– Papa, maman, *Lam Thiet* * !
– C'est bien triste.
Il n'en pensait pas un mot. Se souvenant de sa piteuse demande en mariage chez les parents de Pierrette, il se souciait peu d'affronter la mine compassée et peut-être réprobatrice de ceux de Mimi. Il était près de midi, l'heure de la vacation avec Hanoï. Au moment de se séparer, il l'attira contre lui et essaya de l'embrasser, mais elle se déroba et appuya son front contre sa poitrine sans oser lever les yeux.
– Beaucoup honte, soupira-t-elle.
Bien sûr, ce n'était pas vrai.

– Alors, demanda le capitaine, tout s'est passé comme vous vouliez à la pagode de la gare ?
– Oui. La gamine est devineresse, figurez-vous.
– C'est Delphes ! La pythie ! Et il lui est sorti de la fumée entre les jambes ?
Rouzic s'étonna. Philippe n'était pourtant pas coutumier de ce genre de plaisanterie.
– Entre les jambes ? Je n'ai rien remarqué. Elle a dit l'avenir aux anciens combattants.
– L'avenir n'est pas difficile à dire à ceux qui n'en ont plus. Voyez-vous, Rouzic, je ne crois pas à toutes ces billevesées. Quand même, méfiez-vous !
Joseph désigna du menton la machine à chiffrer et le coffre.
– Vous pensez à... ça ?
– Non. A tout autre chose.

Ce que Mimi appelait fièrement sa maison n'était qu'une soupente au-dessus de la remise d'un commerçant chinois. L'on y accédait par un escalier sans rampe, aux marches raides qui, pour peu qu'on évaluât mal leur hauteur, était un véritable casse-gueule. La jeune femme, leste comme un chevreau, l'escaladait et le dévalait dix fois par jour.
Dans l'obscurité où ses lunettes ne lui servaient à rien, Joseph Rouzic dut se laisser prendre par la main avec une

* Faire morts.

confiance d'aveugle. Un instant, il se demanda quand même si l'invitation empressée de Mimi ne dissimulait pas quelque traquenard et si, comme le général Lemonnier, il n'allait pas se retrouver au dessert avec sa tête sous son bras. La trappe se referma derrière lui avec un claquement sinistre. Il resta debout, interdit, essayant de percer les ténèbres menaçantes qui l'entouraient. Il entendit Mimi fourrager dans les ustensiles sonores de sa cuisine.

– La lumière, lui venir, annonça-t-elle encourageante.

Mais elle dut craquer plusieurs allumettes avant de pouvoir enflammer la mèche de sa lampe à pétrole. La pièce que découvrit alors son visiteur était assez grande. N'eût été la machine à coudre qui pliait son genou noir à filets dorés au-dessus de sa mécanique à pédale, ses aménagements étaient en tous points comparables à ceux d'une *ca nha* de paysan. Même fourbi de paniers et d'objets indéfinissables suspendus aux poutres de la charpente, mêmes tabourets de poupée autour d'une table basse et même lit de sangles et de nattes sous le baldaquin de guingois de la moustiquaire.

Rouzic s'y assit tandis que Mimi s'affairait à son fourneau de terre cuite. A croupetons, elle attisait, à coups d'éventail, un feu rétif de charbon de bois. Dans cette posture, ses fesses tendaient le mince tissu de son *cai quan* et en révélaient le sillon. Joseph eut la tentation d'aller flatter les rondeurs qu'elle lui offrait ainsi en toute innocence. Mais il y résista se disant que des privautés aussi inattendues que précipitées pouvaient compromettre des relations encore incertaines et, en tous les cas, perturber la préparation de la dînette. Les braises rougeoyèrent enfin sous la marmite. Elle se retourna vers lui, triomphante. A la chaleur du foyer, son visage avait pris une couleur d'abricot mûr et luisait d'un léger vernis de sueur.

– Beaucoup chaud, expliqua-t-elle.

Elle alla chercher dans une cantine cabossée une bouteille encore cachetée dont l'étiquette imitait naïvement celle d'une célèbre marque d'anis.

– J'ai acheté « patit' * » pour toi.

– Merci, je préfère le thé.

Elle prit un air désappointé mais, au fond, elle se féli-

* Pastis.

cita que l'homme dont elle espérait devenir la *co* possédât, quoique militaire, une vertu aussi rare que la sobriété. Elle vint s'asseoir près de lui et nicha sa tête contre son épaule.

– Et moi, je ne sais pas ton nom, soupira-t-elle.

– Joseph.

Le mot était pour elle difficile à prononcer. Elle l'estropia aussitôt.

– Ho Sep... Ho Sep.

– Si tu veux.

Elle voulait bien. Elle voulut aussi qu'il l'embrassât. Ce qu'il fit, surpris de l'agilité de sa petite langue dans sa bouche.

– Le baiser, même chose français.

– Tu en as déjà eu un dans ton lit, Mimi ?

Elle répondit par une moue négligente comme si la chose n'avait eu vraiment aucune importance. Son silence était un aveu. Ainsi qu'il avait été rassuré qu'elle fût orpheline, il fut soulagé qu'un autre l'eût prise avant lui. Sa médiocre conquête de la virginité de Pierrette dans le foin d'une meule, un soir de frairie, ne lui avait pas laissé un glorieux souvenir. Toutefois, l'abandon spontané de Mimi lui semblait encore suspect et il se demandait ce qu'Ebrard avait bien voulu dire en lui recommandant la prudence.

Le repas était frugal, une soupe aux nouilles transparentes sur laquelle flottaient des herbes et des champignons noirs, du riz mêlé à des bribes de poisson. Joseph Rouzic, accroupi sur son petit banc dans une position inconfortable, avait hâte qu'il fût terminé. Et puis, il avait faim de bien autre chose.

– Quoi faire maintenant ? demanda Mimi, le nez en l'air.

– Viens sur le lit ! Tu vas bien voir !

Elle ne vit rien car elle s'empressa d'éteindre la lampe. Le grenier ne fut plus éclairé que par les braises du fourneau et par le pan de ciel qui apparaissait au-dessus du toit d'en face par la fenêtre ouverte. Il entendit le froissement des vêtements qu'elle ôtait, un bruit d'eau, un trottinement de souris... Elle se blottit contre lui. Il sentit contre son oreille son souffle oppressé. Doucement, malgré son impatience il caressa ses seins menus jusqu'à ce que s'érigent leurs pointes entre ses doigts. Elle prit sa main qu'elle posa au bas de son ventre où s'entrouvraient les deux coquilles imberbes et moites de son sexe.

– Faire l'amour maintenant, Ho Sep, soupira-t-elle.

Mais ce fut elle qui le chevauchant, le guida, vaillant cavalier que sa galopade faisait haleter et gémir. Joseph avait trop attendu son plaisir pour qu'il fût complet. Il la reprit, sur elle cette fois, et, un peu plus tard dans la nuit, autrement, comme il se l'était promis, mordant son cou tandis que sa croupe collée à son ventre, elle ruait sous lui à le renverser.

Il la quitta alors que l'aube emplissait la soupente de grisaille. En se rhabillant, il la contempla, recroquevillée, ses cheveux noirs répandus en corolle sur son oreiller de cretonne. Sans ouvrir les yeux, elle bullota comme un môme dans un rêve.

– Déjà tu pars, Ho Sep ?

Il se pencha sur elle et embrassa sa tempe.

– Je reviendrai... ce soir.

Mais harassée d'amour, elle s'était déjà rendormie et ne l'écoutait plus.

Le jour était levé quand le lieutenant Rouzic arriva au Yamen. Contrairement à ce qu'il avait espéré, Ebrard était déjà en tenue de combat et sirotait debout, dans la pièce de la radio, l'affreux café-chaussette de Lon Chen.

– Vous en voulez, Rouzic ? Il est infect, mais si j'en juge par votre mine vous avez besoin d'être réveillé.

Joseph ne releva pas cette allusion à ses performances de la nuit.

– Vous partez, mon capitaine ?

– Non, ce matin, c'est vous. Vous avez juste le temps de boucler votre cantine. La Jeep de Ferlac viendra vous prendre dans une demi-heure.

Le poste de Ban Xam n'attend plus que son maître.

– Déjà, murmura-t-il, dépité. Pour combien de temps ?

– Celui qu'il faudra pour apprendre à vos guerriers à ne pas s'entre-tuer en nettoyant leurs armes.

En deux mots, il expliqua à son adjoint les raisons d'un départ aussi précipité. Quoique dispersés, les *bo doï* n'avaient pas désarmé. Ils grenouillaient entre la R.C. 4 et la frontière de Chine à l'affût d'une victoire facile qui leur eût rendu auprès des montagnards la face qu'ils avaient perdue par leur défaite de Langson.

Ban Xam, village de Man, minorité fragile et jusque-là pacifique, pouvait être leur premier objectif. C'était donc lui qu'il fallait protéger avant ceux des Nhung et des Tho dont le ralliement était acquis et qui étaient fort capables de se défendre tout seuls pour peu qu'on leur en donnât les moyens.

– Vous devriez être content, Rouzic.

– Euh... pas trop.

– Je vois, la petite sorcière vous a refilé un philtre au petit déjeuner.

– Je ne crois pas, mais j'aurais voulu la prévenir quand même.

– Écrivez-lui !

– Je ne suis pas sûr qu'elle sache lire.

– Alors je lui ferai la commission.

– Merci, mon capitaine. Dites-lui seulement...

– Je le lui dirai. Allez, maintenant. Le jeune Ferlac doit trépigner dans sa tourelle.

Au-delà du fortin qui en gardait l'entée, la route de Ban Xam disparaissait dans l'ombre d'une gorge. Le chef de poste, arrivé la veille, n'avait pas eu le temps de la reconnaître mais des porteurs de bois qui se rendaient au marché de Ky Lua avaient affirmé qu'elle était praticable. Cela ne voulait rien dire. A pied, même avec un stère de bûches sur le dos, ils passaient n'importe où. Au moment où *Sirocco* démarrait, Joseph Rouzic se hissa sur la plage arrière.

– On va traîner. Je vais m'embêter tout seul dans ma Jeep. C'est plus amusant de faire le voyage ensemble, non ?

Ferlac se retourna. Assis sur la roue de secours, les jambes écartées, un mégot éteint au coin de la bouche et son chapeau de brousse rabattu sur les yeux, il avait l'air d'un paysan bonasse juché sur sa charrette au retour d'une foire. Le convoi avançait au pas pour ne pas distancer les fantassins qui, sur les crêtes, se silhouettaient dans le soleil. Les automitrailleuses, même en première, restaient silencieuses, mais les camions, derrière, ronflant à plein régime, faisaient un bruit d'enfer entre les parois de rocher du défilé.

– Pas discret comme approche, railla le lieutenant.

– De toute façon, ils nous voient venir.

Ferlac débloqua l'affût d'une mitrailleuse supplémentaire bricolé en hâte par un forgeron chinois sur le demi-toit de la tourelle. Il engagea la bande.

– Avec ça, un Viet ne me refera pas le coup de l'avenue du Colonel-Martin.

– Et moi je ne referai pas mon carton. Tu me la prêteras quand même, ta moulinette ?

En tête, *Simoun* cahotait dans les fondrières en roulant ses grosses hanches de ferraille. Le maréchal des logis Cousseau jetait de temps en temps un regard derrière lui pour s'assurer qu'il ne semait pas sa conserve. Il épiait aussi le paysage nouveau que chaque virage lui révélait tout en observant la progression difficile des marsouins sur leurs pitons. Bref, il n'avait pas assez d'yeux pour tout voir et se sentait menacé par le torticolis. Son pilote stoppa net alors que justement il avait le dos tourné. Il gueula dans l'interphone :

– Qu'est-ce que tu fous, Lefort ? Avance !

– Le pont, maréchal des logis.

A vingt mètres devant eux, il y avait un pont, en effet, jeté sur une ravine profonde aux flancs escarpés. Le tablier de planches avait été incendié. Il n'en restait que les deux travées de bois qui l'avaient soutenu. Cousseau sauta à terre et alla les tâter. Elles étaient encore chaudes, mais n'avaient brûlé qu'en surface. Les Viets n'étaient donc pas loin et ils devaient être en train de le regarder quelque part dans des trous de rocailles embroussaillées. Méfiant, il se dit que sa place était à ses armes. Il revint à sa voiture que *Sirocco* avait rejointe.

– Ça passe ? demanda Ferlac.

– Tout juste. Lejeune, tu descends !

Le radio empoigna sa Thompson, « des fois que... », et s'engagea sur une des poutres plus large quand même que celle du parcours du combattant. Il la franchit au galop, les bras en balancier de funambule. Au-delà de la passerelle, il se retourna pour guider l'automitrailleuse, à reculons, sans regarder où il mettait les pieds. *Simoun* était presque passée quand, butant dans un trou, il s'effondra brutalement sur le cul.

– T'as encore tes dents ? hurla Lefort.

On rigola. Mais Lejeune, au lieu de se relever, resta assis, les yeux écarquillés de stupeur comme s'il avait découvert, rampant sur la route, quelque insecte monstrueux et inconnu. Puis, lentement, il posa son P.M. à côté de lui, se coucha sur le ventre et se mit à farfouiller dans le nid-de-poule qui l'avait fait tomber.

– Tu as trouvé des truffes ? dit Cousseau.

– Une mine, maréchal des logis.

– N'y touche pas surtout ! cria le sous-lieutenant du haut de sa tourelle. J'arrive !

Il était trop tard. Lejeune repassa le pont serrant dans ses bras comme un nourrisson un obus de 155.

– Mais pose ça, idiot !

– C'est rien qu'un pélot mort, mon lieutenant.

– Tu n'en sais rien. Pose ça, je te dis !

– Laisse-moi faire, Bertrand. Les « pines et mièges * », je connais.

Rouzic prit le bébé des mains du chasseur. La goupille qui neutralisait la fusée était cisaillée et n'aurait pas résisté à la pression d'une roue.

– Jette moi une grenade ! Une of., ça suffira pour faire péter le reste.

Il l'attrapa au vol de sa main libre comme si elle n'avait été qu'une balle de tennis et disparut dans le ravin. Il avait cinq secondes pour se mettre à l'abri. « Plus qu'il m'en restait, pensa-t-il, dans mon merdier de l'avenue du Colonel-Duschnock. »

On le vit sortir comme un ressort d'une attrape et s'aplatir au sol. Aussitôt l'obus amorcé par la grenade explosa, projetant en l'air une gerbe de terre et de cailloux. L'écho roula interminablement dans la montagne. Les équipages ne riaient plus. Ils se disaient que s'il y avait eu une mine là, il y en aurait d'autres ailleurs et que le mince plancher de tôle des voitures ne les protégerait pas de leurs éclats. Derrière la patrouille, les G.M.C. s'étaient serrés peureusement tête à cul et leurs passagers, curieux, étaient descendus. Ferlac les invita vivement à

* Mines et pièges, évidemment.

reprendre leurs places. Sur les crêtes, les fantassins s'étaient arrêtés aussi, le regard braqué sur le fond de la vallée, cherchant à deviner de quel drame elle avait été le décor.

On repartit. Le pont suivant avait brûlé aussi mais, cette fois, le sous-lieutenant tint lui-même à en reconnaître les abords, suivi des deux radios aides-pilotes « qui ne voulaient pas rater ça ». Mais au fond des nids-de-poule et des ornières, ils ne trouvèrent rien. Au moment où ils repassaient sur les poutres, une fusillade de mousquetons claqua rageusement, arrachant sous leurs pieds des éclats de bois à demi calcinés. Le ravin n'était pas profond. Ils sautèrent dans l'eau boueuse d'un maigre torrent. A bord de *Sirocco* privée de son chef, Rouzic prit sa place à la mitrailleuse et arrosa les flancs d'un piton où il avait aperçu, cavalant comme des cafards dérangés, une demi-douzaine de *bo doï.*

– Tu les as au canon, le tireur? Qu'est-ce que tu attends?

L'œil collé à sa lunette, Caron ronchonna.

– C'est pas un biffin qui va nous commander, non?

– Qu'est-ce que tu dis? cria le lieutenant entre deux rafales.

– Rien!

– Bon... j'avais cru.

Cousseau repéra son but sur les traceuses de *Sirocco* et fit aboyer son 37. Le feu cessa. Bertrand et ses deux chasseurs émergèrent de leur tranchée, les jambes gainées de boue, mais ils s'époussetèrent pour se donner une contenance.

– Alors, Joseph, tu as fait joujou avec ma miteuse? Tu es content?

– Toi, tu as bien joué au petit soldat... pour ne pas dire autre chose.

– Il pouvait y avoir un autre obus.

– Ils n'en trimbalent pas tout un dépôt. Et le peu qu'ils ont, ils le gardent pour la bonne bouche... ailleurs, sur d'autres routes.

Rouzic avait raison. Les Viets, en se repliant, n'avaient pas eu le temps de détruire et de miner les autres ponts. Il n'empêche qu'à son allure de chenille, le convoi arriva à Ban Xam alors que le jour tombait.

Il y avait des heures que les Man entendaient ronfler les moteurs au fond de la vallée et ils se demandaient non sans inquiétude si les Français, pour qui ils s'étaient mis en habits de fête et avaient préparé le choum de bienvenue, arriveraient jamais. S'ils n'étaient pas là avant la nuit, ils risquaient fort de trouver le nid qu'ils convoitaient de prendre bourdonnant de *bo doï* furieux. Les villageois n'osaient imaginer les représailles dont ils seraient alors les victimes pour avoir manifesté avec tant de précipitation leur attachement aux anciens occupants. Ils furent donc très soulagés de voir enfin les deux monstres verts hérissés d'antennes et de canons attaquer les lacets qui paraphaient la butte pelée du poste.

Contrastant avec les cahutes terreuses construites à ses pieds, il s'érigeait fièrement comme un donjon romantique de cinéma. Dans le mur d'enceinte au crépi blanc, s'ouvrait un portail charretier chapeauté d'un toit de pagode circonflexe et cornu. Les vantaux largement entrebaîllés laissaient apercevoir une cour intérieure envahie d'herbes folles entourée de bâtiments délabrés par des mois d'abandon. La population de Ban Xam s'y était rassemblée tout entière et, bien que l'on y vît encore, brandissait des torches de résine enflammées.

A l'apparition de Rouzic et de Ferlac sous le porche, elle entonna un hymne discordant rythmé par les tambourins à sonnailles d'un ensemble exclusivement féminin. Ces dames, courtaudes, aux joues charbonneuses et rebondies, toutes de bleu vêtues, étaient coiffées de gapettes aux visières brodées de rouge comme les revers de leurs espèces de pardessus croisés et ajustés à la taille par des écharpes de coton blanc. Leurs mollets de grimpeuses étaient moulés du genou aux chevilles par des jambières tricotées laissant nus leurs pieds larges comme des raquettes. Elles arboraient toutes une riche quincaillerie de pectoraux à pampilles, de colliers de chien et de bracelets d'argent brut. Les costumes des hommes, de même teinte, ne se distinguaient de ceux des femmes que par la sobriété de leurs accessoires et par le vaste béret qui, avec leurs bandes molletières les faisaient ressembler à des chasseurs alpins trapus et rondouillards.

– Pas terribles, les princesses, souffla Bertrand du coin de la bouche.

– Les bonshommes non plus, mais faudra faire avec.

L'hymne se termina par un point d'orgue joliment filé et un vif grelottement de sequins. Un petit cochon noir, remplaçant le chien de service des prises d'armes métropolitaines, défila en grognant sous le nez des deux officiers. Quand la vague d'hilarité se fut apaisée, Bui Chu, le chef de village, un vieux de type mongol, se détacha de la foule. Il chaussa des lorgnons de fer, tira un papier de sa poche et lut en français une allocution fleurie où il exprima au nom de son peuple sa satisfaction de pouvoir « se blottir de nouveau dans le sein généreux de la France ».

– Et voilà! dit le lieutenant Rouzic. Je le nomme sergent aussi sec.

Puis il répondit au maire que l'Armée française acceptait avec joie le ralliement de la ville de Ban Xam et que cette générosité à laquelle il venait de faire allusion irait jusqu'à entretenir dans le poste même dûment remis en état une garnison de partisans dont il se trouvait le chef tout désigné. Bui Chu pensa alors qu'il avait été bien inspiré en empêchant ses administrés de prélever à des fins personnelles les portes et les fenêtres de ce qui allait être son domaine.

Les torches consumées et le choum d'honneur bu, les Man regagnèrent leur village, laissant les militaires à leur bivouac. Seul, le groupe de marsouins destiné à la garde du poste tant que les partisans ne seraient pas capables de le défendre s'y installa. Rouzic, Ferlac et le lieutenant du 21e R.I.C. que la salubrité des lieux n'avait pas enthousiasmés décidèrent de passer la nuit dehors, en compagnie de l'escorte et de ses véhicules. Il faisait froid, oui, froid, sous un ciel impavide superbement clouté. Des coups de brise d'est avivaient parfois les foyers allumés un peu partout sur l'esplanade. A la lueur mouvante des flammes, les G.M.C. bâchés prenaient des airs de chariots de pionniers et les pans de mur blancs du fortin semblaient être les ruines de quelque *pueblo* espagnol saccagé par les Indiens. Du côté de *Sirocco* et de *Simoun*, où les équipages s'étaient fait un lit de leur bâche de bord, un air d'harmonica se faisait entendre, haché par le vent. La musique se tut et Ferlac reconnut la voix gouailleuse du chasseur

Caron. Curieux, il s'approcha pour écouter l'orateur. Le ton était épique ; le texte l'était moins. Il déclamait pour la centième fois, son morceau de bravoure : « Après la torchée *. » Le dernier alexandrin, « Laves-y tout d'même son plomb, débloqua mon pater », déclencha, comme à l'habitude, un torrent de rires.

– Tu me le copieras, Caron.

– Combien de fois, mon lieutenant ? demanda-t-il surpris d'une punition aussi insolite qu'imméritée.

– Une seule, idiot... pour mes archives.

Lorsque Ferlac revint à son feu, l'officier des coloniaux était parti faire le tour de ses sentinelles. Rouzic, pensif, trifouillait dans les braises avec un tison comme s'il avait espéré découvrir dans les nuances de leur rougeoiement quelque réponse à ses soucis. Il ralluma sa cigarette avec le brandon et aspira une longue bouffée qui le fit tousser.

– Ça va, Joseph ?

– Ça va... Bon, autant que je te le dise tout de suite plutôt que tu ne l'apprennes par Ebrard. J'ai une fille à Langson.

– Depuis longtemps ?

– Depuis hier. Tu ne l'as jamais vue. Je l'ai rencontrée à la pagode de la gare où elle disait l'avenir à un tas de vieux guignols. Elle m'a invité chez elle.

– Et c'était bon ?

– Quoi ? La soupe ?

– Non.

– Tu veux savoir si elle baise bien ? Je n'en sais rien moi-même encore. En tout cas, elle le fait volontiers.

– Avec la chemise propre, repassée impec, le rata tous les soirs et un lapin sous la moustiquaire, tu vas t'embourgeoiser. On ne te verra plus.

– Mais si, je vous inviterai.

– Fabienne aussi ? Elle sera peut-être jalouse.

– Ne dis pas de conneries. Tu vois, Bertrand, de Fabienne, je voulais tout. J'aurais trop peu... moins que toi, moins qu'Ebrard, en admettant qu'elle vous donne un jour quelque chose. Je ne veux pas crever de soif auprès de sa fontaine. Alors j'en ai trouvé une autre, moins

* *Après la bataille,* Victor Hugo.

fraîche peut-être mais qui ne me plaindra pas son eau. Tu comprends ?

– Je crois. Allez, on dort.

Ferlac s'enfonça dans son sac de couchage. L'aveu que venait de lui faire son ami lui inspirait des sentiments contradictoires. Qu'il se retirât de la compétition dans la conquête du cœur de Fabienne n'était pas pour lui déplaire. Il ne restait plus qu'un concurrent en lice, de taille il est vrai. Il ne doutait pas en effet que le capitaine Ebrard, avec ses airs de se foutre de tout, s'intéressât lui aussi à la jeune femme. En revanche, leur groupe à la cohésion duquel ils tenaient, eux, les hommes presque autant qu'à elle, allait se dissocier. Leur amitié sans l'un d'eux allait être infirme. Rien ne serait plus jamais comme avant. Il se dit que dès son retour à Langson il irait entretenir Fabienne de ce problème aussi cornélien qu'éternel.

Il s'endormit quand une détonation roula, lointaine. Dès que ses échos se furent apaisés, une autre lui répondit, puis une autre encore.

– Tu entends, Joseph ?

– Les chiens crient leur trouille à la lune. Ils se fatigueront de s'égosiller pour rien.

– Ils sont quand même là tout autour et veulent le faire savoir à toute la montagne.

– Nous aboierons plus fort.

Le lendemain matin, quand le bruit du convoi ne fut plus qu'un murmure, le lieutenant monta sur la tour où flottait déjà le drapeau tricolore. Partout, aussi loin qu'il pût voir, moutonnaient à l'infini des croupes herbues et, vers la Chine, rien ne laissait deviner qu'il y eût là une frontière. Au sud, dominant tout le relief, le Mau Son élevait son fastueux nichon au sommet duquel pointait comme son mamelon une touffe d'arbres sombres. Il se promit d'y grimper un jour au moins pour vérifier si les hortensias bleus que l'on disait y pousser étaient aussi beaux que ceux de sa Bretagne.

La chambre de Fabienne au nouvel hôpital donnait au cœur de la citadelle sur une cour plantée d'arbres. Sous leurs ombrages déchiquetés par le dernier combat, les estropiés convalescents béquillaient avec persévérance pour se faire des jambes neuves. L'infirmière s'était confectionné des voilages avec de larges bandes de gaze et elle avait bordé les nattes du sol de galon rouge. Les murs chaulés de frais étaient nus. Hors le lit de fer peint, la pièce n'était meublée que de cantines et de caisses mais, malgré son dénuement, elle avait su lui donner, avec le génie qu'ont les femmes de faire tout avec rien, une note d'élégance.

– C'est gentil de venir me voir, Bertrand. Vous voyez, ce n'est pas un palace ici, mais mes amis Carrières ne sont pas mieux lotis que moi. Asseyez-vous!

A la recherche d'un siège, Ferlac promena autour de lui des yeux égarés.

– Sur le lit. Et dites-moi ce que vous avez fait de Joseph.

Il raconta l'expédition de Ban Xam et la réception cocasse de ses habitants. Il décrivit les petites bonnes femmes Man avec leurs casquettes plantées sur leurs billes crasseuses, leurs guêtres de tricot tendues à craquer sur leurs mollets de montagnardes et leurs carillons de joaillerie.

– Joseph ne risque pas d'être séduit, si je comprends bien.

Puisqu'il était venu pour le faire, tant valait lui annoncer la nouvelle tout de suite.

– Il a quelqu'un déjà ici.

– Une indigène? demanda-t-elle avec une nuance de mépris.

– Que voulez-vous qu'elle soit? Elle est prêtresse ou quelque chose comme ça, dans une pagode.

– Qu'elle soit donc ce qu'elle veut, poursuivit Fabienne avec humeur. Mais lui, avec nous, ne sera plus jamais le même.

– Ça vous fait de la peine?

– On n'est jamais heureux de se séparer de ceux que l'on aime.

– Mais vous n'aimiez pas Joseph?

Elle ne répondit pas. Il s'approcha d'elle et d'un bras consolateur, il entoura ses épaules pour l'attirer vers lui. Comme elle ne réagissait pas, il cala sa tête au creux de son cou. Il s'enhardit même à poser sa main sur son genou que la jupe courte dénudait, mais elle la prit et la garda prisonnière dans la sienne. En se contorsionnant, il essaya de l'embrasser là où, sous son chignon relevé, sa nuque offrait à sa bouche une plage de duvets soyeux. Elle se déroba, mais sans brusquerie, et alla s'accouder à sa fenêtre. Il la suivit, un peu inquiet de son audace.

– Vous êtes fâchée, Fabienne ?

– Mais non !

Elle lui prit le menton et lui picora sur les lèvres deux petits bécots secs et sonores.

– Vous voyez bien !

Ainsi, le fou avait abandonné sa reine. Fabienne n'était pas loin de considérer le choix de Joseph comme une trahison. Refusant d'admettre l'injustice de ses exigences, elle en éprouvait une réelle amertume et elle était bien décidée à la lui montrer dès que l'occasion s'en présenterait. Au moins était-elle sûre de la fidélité de son écuyer et le petit accès de tendresse qu'il venait de lui montrer tempérait un peu sa contrariété.

Il en était tout autrement de Philippe Ebrard. Au fond, elle ne connaissait pas bien son conseiller. C'était précisément le mystère dont il se cuirassait qui, plus que ses manières de grand seigneur et son ironie distante, constituait l'atout de sa séduction. Son indifférence dont elle pensait qu'elle n'était qu'apparente l'agaçait. Mais il eût sans doute mal jugé qu'elle se comportât à son égard en allumeuse. Le seul artifice qui lui restait pour le faire sortir de sa réserve était – elle y avait déjà réfléchi – de donner à Bertrand, devant lui, les marques de sa préférence. Au reste, cela ne lui était pas du tout désagréable.

Avant de se rendre à Ky Lua, Ferlac passa au Yamen. Lon Chen lui apprit que le capitaine était absent depuis la veille.

– Parti longtemps ?

– Pas savoir.

– Où partir ?

– Pas connaître.

– Et la radio ?

– Lui parler, pas parler, même chose.

Visiblement, le boy Lon Chen n'avait pas sur l'utilité des transmissions les idées de tout le monde.

Au foyer du peloton régnait une vive effervescence. Locatelli venait d'être accroché dans les collines, au nord de la Mission Saint-Michel et le problème était de savoir laquelle des deux patrouilles, celle du chef ou celle de l'adjoint, avait mené le plus âpre combat. Comme toujours en pareil cas, la dispute donnait lieu à des surenchères extravagantes où il n'était question que de pluies de mitraille, de déluge de fer et de feu, d'avalanches de projectiles, de corps à corps furieux, le tout inspiré directement de la littérature héroïque. A l'arrivée du sous-lieutenant, les clameurs se firent soudain chuchotements. Il avait l'air absent et un sourire vaporeux voltigeait autour du tuyau de sa pipe.

– Qu'est-ce qu'il a ? souffla Caron.

– L'amour, répondit Révoil.

– Ça donne l'air con.

En attendant le « perroquet » que le brigadier-chef Lanier lui servit d'office, Ferlac tapota distraitement le fourneau vide sur un cendrier réclame ébréché. Sous les chocs répétés, l'objet se cassa net. L'accident pouvait être un présage, mauvais évidemment. Locatelli le conjura aussitôt.

– A propos, mon lieutenant, je vous ai rapporté du tabac. C'est le curé annamite qui le fabrique en douce. Il me l'a donné pour vous.

– Merci. J'irai le voir.

Ferlac bourra sa pipe sans penser un instant que, client d'une manufacture clandestine, il se faisait complice d'un répréhensible trafic. Le tabac était bon. Il lui trouva les vertus roboratives et encourageantes vantées par le général de Braque aux chasseurs bouffardiers de ses « Avant-postes de Cavalerie légère * ».

Laissant la route coloniale à Loc Binh qu'une compagnie du 21e occupait depuis deux jours, le capitaine Ebrard reprit la piste qu'il avait parcourue à pied, de nuit, en compagnie de Rouzic. Cette fois, il voyageait en Jeep et au grand jour, escorté par des half-tracks coloniaux bourrés de mousquetons, de caisses de cartouches et de grenades destinés aux miliciens du mandarin Vi Van. A

* Sorte de bible vivement recommandée par l'École de Cavalerie.

Aï Diem, il laissa son convoi aligné dans l'unique rue et grimpa chez le sorcier.

– Ah! vous voilà enfin, mon capitaine! Depuis le temps, Ong Cop n'y croyait plus.

– Il a rafistolé son chemin?

– Ça tiendra jusqu'aux pluies.

– Et les Viets?

– Ils sont descendus vers le sud. Du coup, les chefs de village – quarante, peut-être plus – attendent les armes pour se rallier. Quand repartez-vous?

– Tout de suite.

– Alors vous les verrez ce soir au « château ».

Yang Tao et l'officier descendirent jusqu'au poste frontière. Du côté Tonkin, la cahute des douaniers était vide, mais de l'autre, deux soldats chinois débraillés montaient une garde somnolente devant leur porte. Ils se levèrent quand même à la vue du Français. Celui-ci leur demanda dans leur idiome cantonais ce qu'ils faisaient là. Ils répondirent, maussades, que leur mission était de s'opposer à toute intrusion étrangère sur le territoire du Kouang-si.

– A celle des communistes aussi?

Ils plissèrent leurs yeux et leur visage se recouvrit d'un masque impénétrable. Leur attitude était pour Philippe une réponse propre à lever les doutes et les illusions d'Hanoï sur la volonté des divisions de Tchang Kaï-chek de résister longtemps à la poussée de l'Armée populaire. Il ne poursuivit pas plus avant son enquête.

Chez Vi Van, le banquet servi à la chinoise n'en finissait plus et plusieurs notables parmi les convives, alourdis par les toasts sucrailleux du *mai koué lo* *, vacillaient sur leurs tabourets. Le maître de maison rota avec affectation pour mettre fin à une conversation devenue languissante. Philippe Ebrard éprouva le besoin de prendre l'air. Dans les half-tracks vidés de leur cargaison, les coloniaux dormaient sous la garde de l'un des leurs.

– Tu es tout seul? s'étonna le capitaine.

– Non, ils sont là, eux aussi.

Philippe vit en effet bouger une ombre sous un arbre et luire le reflet d'une culasse polie. C'était bien. Ong Cop n'avait pas attendu longtemps pour exécuter son contrat.

* Alcool parfumé.

Il n'avait pas attendu davantage pour manifester sa reconnaissance à celui qui en avait été l'artisan. Dans sa chambre, à l'étage, le capitaine trouva sur une table au chevet de son lit le plateau à opium et, émergeant d'un drap, le visage casqué de laque noire d'une jeune femme endormie. Il leva au-dessus d'elle la lampe de verre qu'elle avait laissée allumée. Elle battit des paupières comme si la lumière l'aveuglait et se dressa brusquement en serrant sur sa poitrine nue l'étoffe de dentelle grossière.

– Désirez-vous fumer, monsieur, ou... moi ?

– Vous.

En d'autres circonstances, il eût refusé un tel cadeau, mais celui qui le lui offrait restait son débiteur et il ne se compromettait pas en l'acceptant. Et puis, cette aventure inattendue dans le cadre baroque de la demeure du mandarin l'amusait. La métisse chinoise était belle. Elle avait un corps souple et agile et mit assez de maladresse à s'en servir pour laisser penser qu'elle n'était pas tout à fait une professionnelle. Mannequin d'ivoire et de soie, elle s'écartela sous lui, muette et passive, soucieuse de son seul plaisir. Quand il l'eut pris, elle lui demanda s'il voulait qu'elle dorme près de lui. Mais au risque de l'offenser, il la renvoya comme il avait fait pour toutes les autres avant elle, parce qu'il trouvait inutile de prolonger une rencontre au-delà du geste qui en avait été l'aboutissement. Pourtant, pensant à Fabienne, il se dit pour la première fois qu'il faudrait bien qu'un jour, lui aussi, s'abandonnât au délicieux inconfort d'aimer.

XI

Durant l'absence de son homme, Mimi n'avait jamais douté qu'il lui revînt. Aussi, pour l'accueillir, avait-elle mis de l'ordre dans son galetas, caché le lit et la cuisine derrière des rideaux fleuris et recouvert le plancher raboteux de nattes fines. Elle s'était même attelée à sa Singer pour se confectionner avec ce qui restait d'étoffe une robe européenne dont elle espérait faire la surprise à Ho Sep. Elle fut un peu déçue que, sitôt arrivé, il la lui fît enlever sans lui en avoir fait le moindre compliment. A peine avait-il retrouvé le goût de l'amour qu'il avait dû rester sur sa fringale et ses deux semaines de disette lui avaient paru interminables. A son départ de Ban Xam, le vieux Bui Chu dont la lubricité émoussée par les ans n'avait plus besoin de stimulant lui avait fait cadeau d'un bol de porcelaine d'apparence anodine mais dont l'intérieur révélait à mesure qu'on le vidait des miniatures représentant avec une naïve obscénité les postures les plus connues. Il ne prit pas le temps de faire choisir à sa compagne celle dont il entendait l'honorer pour célébrer leurs retrouvailles. Quand il les lui montra, elle prit un air offusqué et détourna pudiquement les yeux.

– Beaucoup cousson *, Ho Sep!

Mais elle ne protesta pas quand, après le dîner, il exécuta, avec moins d'impétuosité mais plus de délicatesse, un de ces schémas qui l'avaient fait rougir.

Au Yamen, il rendit compte au capitaine de sa mission à Ban Xam. Les Man, chasseurs dans l'âme comme tous

* Cochon.

les montagnards, avaient vite pris le goût des armes. Sans être devenus des tireurs d'élite, ils atteignaient des poteries hors d'usage à vingt mètres et lançaient la grenade, le bras cassé, comme un caillou, à des distances très convenables.

Il s'était passé beaucoup de choses en quinze jours dans le secteur de Langson. La situation que Philippe Ebrard exposa à son adjoint était bonne. Malgré la hargne des Viets, beaucoup de postes avaient été réoccupés dans la montagne à l'est du Song Ky Cong, Na Tu, Na Dang, Thong Trieu, Na Phan, où les chefs de village nhung et tho se faisaient fort de lever deux mille partisans. Depuis Loc Binh, sur la R.C.4, on progressait vers Dinh Lap, mais lentement car les corvées qui réparaient la route durant le jour étaient les mêmes qui, sous la menace des *bo doï*, la coupaient pendant la nuit. Pourtant le colonel Dargence ne désespérait pas d'être à la mer avant Noël.

– Quoi encore ? réfléchit Philippe. Si. Quelque part, en Chine, pas loin, des Américains – vous les entendrez sans doute – utilisent nos fréquences radio pour encourager les Viets à la résistance.

– De quoi je me mêle ? Les communistes les foutront dehors.

– Ils ne sont pas encore là. En attendant, ils nous emmerdent, ces bavards.

– On ne peut rien ?

– Si. Y aller voir. Ce que je vais faire un de ces jours avec mon copain Nhong Ho Tong. Il a des cousins partout là-bas et j'ai encore de quoi leur délier la langue.

– Vous m'emmènerez ?

– Et Mimi ? A propos, j'ai appris qu'elle était de Saïgon et qu'elle était arrivée ici dans nos bagages.

– Et alors ?

– Rien de plus, Rouzic. Rien de plus. Nous inaugurons la gargote de mon Chinois ce soir. Fabienne et Ferlac y seront.

– Je viendrai.

Fuir cette confrontation eût été une lâcheté que son amour-propre lui interdisait. Préjugeant de l'attitude de Fabienne, il fourbissait déjà des réponses cinglantes à ses reproches et, pour les prévenir, il envisageait de prendre lui-même l'initiative de la provocation. Ce que Ferlac l'avait empêché de faire en balançant par le hublot de leur cabine les photos pornographiques de Port-Saïd, il le ferait avec la tasse surprise de Bui Chu et personne, cette fois, ne pourrait le lui interdire.

Au-dessus de la porte de Nhong Ho Tong, les cinq dragons de l'enseigne fraîchement repeinte se tortillaient et s'entrelaçaient comme les chiffres d'un monogramme et, par toutes leurs gueules, crachaient des flammes d'un rouge ardent. Le Chinois avait tant bien que mal rafistolé son mobilier délabré par trois invasions de vandales et s'était construit en forme de chaire d'église un bar de *caï phen* d'où il dominait avec un sourire lunaire et satisfait la salle déserte de son restaurant. Le torchon à l'épaule dans la meilleure tradition des patrons de bistrot, il s'empressa pour accueillir Ebrard et Rouzic, ses premiers clients.

Fabienne que Ferlac était allé chercher à l'hôpital arriva sur leurs talons. Nhong Ho Tong se répandit en compliments et exprima sa fierté qu'une Française eût bien voulu franchir le seuil de son humble établissement le jour de sa réouverture. Il s'excusa de ne pouvoir lui offrir de ces vins liquoreux si appréciés des dames et proposa du pastis local à tout le monde puisque aussi bien il n'avait pas autre chose. Joseph prit un air rogue pour refuser et se versa lui-même un verre de thé tiédasse et pâlichon.

– Vous avez fait vœu d'abstinence, Joseph ? Je vous admire de le respecter.

– Mais pas de continence, si c'est cela que vous voulez dire ?

Dans un geste d'apaisement, elle posa sa main sur son poignet.

– Mais je ne veux rien dire du tout. Ne soyez pas si ombrageux. Que vous ai-je fait pour que vous vous montriez aussi désagréable ?

– Rien. Vous ne m'avez rien fait. Justement !

Cet échange n'était pas fait pour détendre l'atmosphère. Un parent du Chinois, recruté comme extra, fit diversion en apportant le *fa* * au poulet et au

* Soupe.

crabe de rizière que Rouzic reconnut, à part lui, quand même plus riche que celui de Mimi. L'on servit ensuite un poisson ventru à qui Fabienne trouva l'œil un peu terne. Quant à Ferlac, la carpe lui rappela fâcheusement celles que son père rapportait de ses pêches du dimanche dans les mares de Cantegril et dont il était bien le seul à se pourlécher. Il se dit qu'avec ses baguettes il allait faire un horrible gâchis en essayant d'en extraire les arêtes. Mais le poisson était désossé et remis dans sa peau avec des minuties de naturaliste. Le canard laqué suivit tout aussi débarrassé de ses os et découpé pour la commodité de sa dégustation en morceaux de la taille d'un gros caramel.

Au dessert, Nhong Ho Tong, qui s'était contenté jusque-là de surveiller les évolutions de son commis, sortit de sous son bar une bouteille poussiéreuse et la déposa sur la table avec une onction de sommelier. Ce n'était qu'un vin épais et râpeux des plus ordinaires.

– Un cru de clochard, apprécia Philippe, la mine gourmande. Goûtez-y donc, Rouzic! Il ne vous donnera pas des vapeurs.

Joseph vida sur le plancher ce qui restait de thé dans son verre et en accepta deux doigts.

– Je n'en ai pas bu de pire, dit-il toujours amène.

– Exquis, Nhong Ho Tong. C'était un festin, vraiment. Nous devrions faire popote chez vous. N'est-ce pas?

Mais Fabienne se récusa alléguant la nécessité de sa présence à l'hôpital aux heures des repas.

– Je viendrai de temps en temps quand même. Si on m'invite, ajouta-t-elle avec coquetterie.

Joseph Rouzic ne donna pas les raisons de son refus. Chacun comprit toutefois qu'il avait désormais son couvert servi ailleurs.

– A deux, nous ne serons pas beaucoup, nota Ferlac.

– Deux est déjà le commencement de la foule, mon bon ami.

Le garçon apporta le café. Rouzic en profita pour montrer sa tasse à Ferlac son voisin.

– Désopilant!

Il la passa à Ebrard qui se contenta de sourire en lissant sa moustache.

– Et d'une délicatesse!

– Mais qu'est-ce que c'est ? demanda Fabienne en tendant le cou.

Joseph reprit son bien et le lui tendit. Elle eut un haut-le-corps en découvrant le sujet de sa décoration et fronça les sourcils sans manifester autrement sa surprise.

– C'est ce que vous apprenez à votre petite pute, Joseph ?

– Pute, je ne sais pas. Au moins elle baise, elle!

La jeune femme se leva brusquement, le gifla à toute volée et se rassit tremblante, ses yeux noirs chargés d'orages. Il ne s'attendait pas à une réaction aussi vive et resta un instant interdit, frottant sa joue égratignée par l'alliance.

– Vous êtes aussi susceptible que moi, Fabienne. Je crois qu'il vaut mieux que je vous laisse avec vos amis.

– Je le crois aussi, répondit Ebrard sèchement. Aucun de nous n'avait besoin de ce genre de leçon.

Du haut de sa chaire, impassible, Nhong Ho Tong avait observé la scène. Il était simplement ennuyé que son restaurant où il espérait que régnât à jamais la concorde et l'harmonie en eût été le décor. La femme française et les deux officiers, silencieux, remuaient leurs cuillères dans leurs tasses vides sans oser se regarder. Il pensa que son devoir d'hôte était de les distraire de leurs tristes réflexions. Il apostropha le capitaine dans son chinois guttural et sonore. Ebrard lui répondit du même ton.

– Que dit-il ? demanda Fabienne.

– Il nous prie de passer au salon, en quelque sorte. Et j'ai dit oui.

Le salon était en réalité la salle commune où vivait la famille Nhong au fond de la cour de l'auberge. Le Chinois y transporta la lampe à pression non sans lui avoir redonné vigueur de quelques coups de pompe. Outre le bat-flanc où il fit prendre place à ses invités, il y avait un grand lit de style campagnard couvert d'une couette rouge d'où émergeaient comme d'un nid de hérissons quatre têtes ébouriffées de marmots.

– Tous des garçons, précisa-t-il avec fierté. Et elle, c'est ma femme.

Mme Nhong Ho Tong s'avança dans la lumière, s'inclina et disparut dans un coin obscur pour en rapporter l'inévitable nécessaire à opium. Elle le déposa devant son mari. Lui laissant le soin de préparer les pipes, elle alla s'installer au milieu de ses enfants, indifférente à la présence des étrangers.

– C'est encore le vôtre, mon capitaine, dit le Chinois en ouvrant la boîte dorée. Il n'en reste pas beaucoup.

– Vous en crèverez, monsieur Nhong Ho Tong. Je vous en enverrai une autre demain, bien que je ne pense pas que mes amis fument beaucoup ce soir. En voudrez-vous, Fabienne ?

Elle ne savait de l'opium que ce qu'elle en avait lu dans les livres de Pierre Loti et dans les manuels de pharmacopée à l'usage des écoles d'infirmières. Elle en avait appris les dangers, mais à présent qu'elle assistait aux mystérieuses manipulations du Chinois son goût du romanesque et sa curiosité l'emportaient sur la prudence. Et puis, mais ce n'était là qu'une excuse, elle estimait utile de vérifier si les effets que les uns prétendaient pernicieux n'étaient pas les ineffables voluptés qu'affirmaient les autres.

– Je veux bien, Philippe. Mais une seule fois... pour voir.

– Et vous, Ferlac ?

– Naturellement.

Comme si, pour le sous-lieutenant la chose allait d'elle-même ; comme si tirer sur le bambou était une épreuve initiatique indispensable pour pénétrer les arcanes de l'Asie.

Tandis que Nhong Ho Tong et le capitaine entamaient en fumant à leur tour un discret conciliabule, Ferlac et Fabienne, étendus côte à côte sur le bat-flanc, les yeux au plafond, immobiles comme des gisants, attendaient que s'ouvrissent devant eux les portes du paradis promis. Comme elles restaient obstinément fermées, Fabienne s'inquiéta. Elle se dressa sur un coude pour contempler son voisin. Aucun délicieux vertige ne semblait le transporter non plus.

– Ça vous fait quelque chose, à vous, Bertrand ? chuchota-t-elle.

– Rien. J'ai un peu mal au cœur. C'est tout.

– Moi aussi, mais ce doit être le poisson. Je lui ai trouvé le regard glauque. Pas vous ?

L'accusation était facile et ils savaient bien tous les deux qu'elle était sans fondement. L'opium ne leur réussissait pas et ils pensaient sans se l'avouer que c'était finalement une bonne chose que leur estomac le refusât.

– Je regrette ce qui s'est passé tout à l'heure, vous savez, Bertrand. Joseph ne me le pardonnera jamais.

– Il l'a bien cherché. Il voulait tout casser. Il a réussi.

– Parce qu'il était malheureux.

– Et moi, je suis heureux ? Moi aussi j'ai soif auprès de la fontaine.

L'expression qu'il devait à Rouzic lui plaisait. Elle avait un genre « cour d'amour » tout à fait médiéval.

– Chut !

Pour le faire taire, elle prit sa main et entrecroisa ses doigts dans les siens. N'eût été ce soupçon de nausée, ils se fussent trouvés parfaitement bien. Ils étaient si près l'un de l'autre qu'ils entendaient battre leurs cœurs. Leurs épaules se touchaient presque et il eût suffi que l'un d'eux tournât la tête pour que leurs bouches fussent à portée de baisers. Dans son lit de mère-grand, Mme Nhong Ho Tong racontait des histoires à sa marmaille pour l'endormir et son murmure se confondait avec celui du capitaine et de son mari.

– Qu'est-ce qu'elle peut bien leur dire ?

– On lui demandera tout à l'heure.

Ils fermèrent les yeux tout à leur plaisir de vivre ensemble un événement rare et exclusif. La voix railleuse de Philippe Ebrard les arracha à la somnolence qui, doucement, s'était emparée d'eux. Il prit pour les regarder un air faussement attendri.

– Tristan et Iseut sous le rosier fleuri. Tout à fait. Allez, mes petits, on rentre à la maison !

En remerciant leur hôte de son accueil, Fabienne ne put résister à son envie de savoir ce que racontait sa femme à ses enfants.

– Ha, ha, ha ! s'esclaffa le Chinois. Ici, c'est un pays de Jaunes et de tigres. Tout le monde connaît. Alors, elle leur parle de nègres et de lions et ils sont contents.

Bien qu'elle eût conscience de l'ambiguïté de ses sentiments à l'égard de ses trois amis, Fabienne refusait de prendre dans le naufrage de Joseph la moindre responsabilité. Elle comprenait qu'il eût envie d'elle et en était flattée, mais eût-elle cédé, en admettant qu'elle en eût éprouvé le désir, elle eût rendu malheureux les deux autres. Enfin, au moins Bertrand. D'ailleurs, malheureux, Joseph l'était-il vraiment ? N'avait-il provoqué ce drame que pour se couper d'une société où il ne trouvait pas sa place ?

Ferlac pensait que Rouzic s'était comporté comme un parfait crétin. Fabienne Récy n'était pas de ces oies blanches qui se laissent attirer par une collection d'estampes japonaises. Lui reprocher de n'être pas une Marie-couche-toi-là était une injure impardonnable. Il restait toutefois son ami et, à tout prendre, il eût préféré qu'il restât son rival.

Ebrard jugeait, lui, que le comportement de son adjoint avait été celui d'un mufle, mais que Fabienne avait eu tort de lui jeter Mimi à la tête. Que par dépit amoureux ou pour toute autre raison Rouzic eût choisi de vivre en marginal avec une Annamite ne regardait que lui. Que lui, Ebrard, approuvât ou non sa conduite était une autre affaire. Quant à Rouzic, de retour rue des Japonaises, il fit passer son exécrable humeur sur l'innocente Mimi et ne fut calmé que lorsqu'il eut réussi à lui arracher des torrents de larmes.

Fort opportunément, diverses péripéties firent oublier leur malaise et leurs griefs à ceux qui avaient été acteurs ou témoins du scandale des Cinq Dragons. L'état mental du médecin-commandant Brunier s'était aggravé au point de devenir inquiétant. Non qu'il se montrât agressif, mais il eût mieux valu qu'il le fût au lieu de se prostrer dans sa solitude et son abandon. Il ne sortait pratiquement plus de chez lui, même pour les repas qu'un P.I.M. * affecté à son service déposait devant sa porte comme au guichet d'une cellule. Ses rares apparitions depuis l'installation de l'hôpital à la citadelle l'avaient montré hâve, hagard, puant la sueur, la crasse, l'urine. Le colonel Dargence avait donc décidé de l'évacuer à la première occasion.

Celle-ci lui fut offerte par la première escale d'un Jun-

* Prisonnier interné militaire.

kers 52 sur la nouvelle piste de Langson. Le matin de son départ, Henri Carrières lui rendit visite pour le convaincre de se raser, de se laver et, au moins, de se changer. Mais sur le seuil de sa tanière, il recula suffoqué par l'odeur infecte qui l'emplissait. Le désordre était indescriptible. L'on ne pouvait guère s'attendre à ce qu'il en fût autrement. Chose plus grave, le médecin-chef avait jalonné le tour de sa chambre par ses propres excréments comme un animal marque son territoire de ses fientes. Carrières fut atterré. Le retour de Brunier au stade scatologique de la petite enfance était la preuve d'un mal qu'il n'était ni dans son pouvoir ni dans son savoir de soigner. S'il était capable, en effet, de réduire les fractures du corps il était impuissant devant celles de l'âme.

Prétextant la désinfection de la pièce, il parvint quand même à en faire sortir son occupant, à l'entraîner sous la douche et, avec l'aide d'Hélène et de Fabienne, à lui faire revêtir son uniforme. Brunier rechigna quelque peu à grimper dans l'ambulance, mais on lui fit comprendre que le premier atterrissage du Junkers était un événement capital auquel son rang dans la garnison lui imposait d'assister.

L'avion se posa sans encombre au grand soulagement des spectateurs. Il en sortit une vingtaine de passagers, des sacs de courrier, quelques caisses d'urgence et le chef de bord, un adjudant jovial et décidé. Pendant que l'on procédait aux pleins de l'appareil, il s'approcha du groupe qui entourait les ambulances. Le médecin-commandant était reconnaissable au velours de son képi. L'aviateur le salua d'un index désinvolte à son calot et jeta un regard sur le connaissement de sa cargaison de retour.

– Paraît qu'en plus des blessés, on a un dingue à embarquer, mon commandant.

– Il n'y a pas de quoi rire, grommela Brunier.

– Je ne me marre pas non plus. Où il est, votre saccard ?

D'un coup de menton, Carrières, qui se trouvait derrière son supérieur, le désigna. L'adjudant refusa tout d'abord de croire que le médecin pût être précisément le fou qu'on lui confiait. Il regarda autour de lui, mais personne dans l'assistance ne présentait de symptômes qui l'eussent désigné. Il avisa quand même un petit militaire qui était resté seul au milieu de la piste auprès de son sac et qui semblait perdu.

– C'est lui ?

– Mais non, je l'ai vu descendre de l'avion. C'est bien ce commandant, chuchota Carrières.

– Ça alors! Enfin.

Il posa une main familière sur l'épaule de son futur passager.

– Allez, docteur! On y va!

Brunier s'agrippa de toutes ses forces à la portière de l'ambulance qui l'avait amené.

– Je ne veux pas partir. Je ne suis pas fou, moi.

– On dit ça. On dit ça et on se colle un entonnoir sur la tête. Allez, hop!

– Je ne veux pas partir. C'est un rapt!

– Mais non, intervint le chirurgien. C'est votre devoir de vérifier l'installation de vos blessés à l'intérieur de l'appareil.

– Je ne veux pas, répéta-t-il, obstiné.

– Bon, s'énerva l'aviateur. On ne va pas rester ici jusqu'à demain. C'est lui ou ce n'est pas lui ? C'est lui ? Y avait qu'à le dire plus tôt.

Il fit signe à deux costauds qui coltinaient des caisses comme des paquets de biscuits.

– Allez, les mecs, on l'emballe.

– Mais c'est le docteur! mon adjudant.

Le sous-officier porta sa main à son front comme s'il était frappé soudain d'une terrible migraine.

– Faites ce que je vous dis, nom de Dieu!

Brunier, gigotant comme un beau diable, fut porté jusqu'à la cabine. Carrières l'y suivit et lui administra à travers l'étoffe de sa chemise une piqûre sédative à assommer un éléphant.

– Il va rester tranquille jusqu'à Gia Lam. Il sera attendu. Ayez bien soin de lui. Ce n'est plus qu'un enfant, vous savez.

Sitôt les blessés embarqués, le Junkers arraché par ses trois moteurs décolla, frôlant de ses roues la berge du Song Ky Cong. D'une large spirale, il prit de l'altitude et, bientôt, ne fut plus qu'un point d'argent dans le ciel sans nuages. Les Carrières et Fabienne revinrent à la citadelle, attristés que le départ de leur chef eût donné lieu à une scène rocambolesque où la cruauté l'avait disputé au dérisoire. Vraiment, « il n'y avait pas de quoi rire » comme eût dit Brunier en roulant ses yeux globuleux. Et pourtant! On en rigola longtemps à la popote des Maréchaux.

Après avoir erré pendant une heure dans les rues de la ville, le chasseur de deuxième classe Pardiès finit par échouer devant l'entrée du peloton Ferlac. Il jeta par terre son sac marin aussi haut que lui, s'épongea le front d'un revers de manche, sortit une enveloppe de sa poche et la tendit sans un mot à la sentinelle. C'était Caron.

– Qu'est-ce que tu veux ?

– Je suis le rrrenforrrt, dit-il avec un accent caillouteux.

– D'où sors-tu ?

– Eh bé... de l'avion. A l'escadron, le capitaine m'a dit : « Là-bas, tu demanderas l'école et tu donneras ça à ton lieutenant. »

– Hé, les gars, cria Caron, les mains en porte-voix. Voilà un bleu!

Le peloton au complet se rassembla comme un seul homme autour du nouvel arrivant. Ferlac décacheta la lettre. Elle contenait un mot personnel du capitaine Berger, une feuille de route et un bref état signalétique et des services. « Pardiès, Ramon. Engagé volontaire. Né le... (manquaient la date et le mois) 1927, de père et de mère inconnus, à Ainhoa, département des Basses-Pyrénées. Niveau scolaire : néant. Profession : berger. Spécialité : chauffeur V.L.

Le sous-lieutenant dévisagea le chasseur Pardiès d'un œil soupçonneux comme s'il avait flairé quelque imposture. Sous son béret de toile pincé et rabattu sur son front obstiné, ses petits yeux noirs et vifs animaient une figure de marionnette de Guignol.

– Alors, tu sais conduire ?

– Non!

– Pourtant c'est écrit dans tes papiers.

– Je ne sais pas lire, moi, mon lieutenant, avoua-t-il en baissant le nez.

– Alors qu'est-ce que tu sais faire ?
– Rrrrien !
– Pourquoi t'es-tu engagé ?
– Pas la peine de demander, mon lieutenant, intervint le brigadier Révoil. Un Basque, c'est rien que pour le béret qu'il en a pris pour trois ans.

Pardiès haussa les épaules. Ils n'avaient pas besoin de savoir qu'un beau jour il en avait eu assez de galoper au cul des moutons et de se faire botter le sien à coups de sabot par des patrons qui le traitaient plus mal que leur bon à rien de chien. Alors il avait planté son troupeau d'imbéciles à lécher les cailloux de leur pâturage et était descendu s'engager à la gendarmerie de son patelin.

Comme il ne pouvait même pas lire l'heure à la grosse horloge de la gare, c'était deux gendarmes qui l'avaient fourré dans le train avec une paire de croquenots usagés, un fort casse-croûte et vingt francs pour ne pas crever de soif jusqu'à Marseille.

Au foyer où lui fut offert le pastis de bienvenue, les forts en gueule lui firent un tableau très exagéré des périls quotidiens qu'il allait affronter. Mais la guerre, il s'en foutait, Pardiès Ramon ; jamais il n'en baverait en Indochine autant que dans son coin de Pyrénées pourri. Son rêve à lui, c'était de conduire une auto et des autos, il en avait vu tout un tas dans la cour de l'école. Il le dit sans honte.
– T'en fais pas, je t'apprendrai, lui dit Héberlé.
– Avec quoi, s'il te plaît ?
– Avec *ma* Jeep, mon lieutenant.

Mais il se souvint avoir entendu le maréchal des logis Locatelli émettre un avis restrictif au sujet des biens personnels des chasseurs du rang.
– Avec votre Jeep, rectifia-t-il.

Le soir même, quand le sous-lieutenant de Ferlac réclama son véhicule pour aller dîner à la popote des blindés coloniaux, il constata non sans un mouvement d'humeur que le pare-chocs avant était tordu et que la poignée du frein à main avait disparu du tableau de bord.
– Quelqu'un a dû tirer trop fort dessus, mon lieutenant, suggéra Héberlé.
– Tu demanderas de ma part au maréchal des logis Locatelli qu'il vous colle de garde double cette nuit, toi et

ton élève. Comme ça, tu auras le temps de lui apprendre le code.

Dans le volumineux courrier du service, le capitaine trouva une lettre portant le cachet de l'antenne de Saïgon. Elle lui était nommément adressée. A mots couverts, le colonel Bauer rappelait à son ancien subordonné la part qu'il avait prise dans le ralliement des caodaïstes et faisait allusion à la sombre affaire de l'hôtel chinois dont il avait été l'instigateur.

« Vous serez sans doute heureux d'apprendre, mon cher Ebrard, que le Vatican continue à nous apporter son aide dans notre œuvre d'évangélisation en Cochinchine, bien que l'hérésie n'en ait pas été totalement extirpée et que les sectateurs du vice soient toujours actifs. Votre séjour parmi nous est encore dans toutes les mémoires. Vous ne vous étonnerez donc pas que nous nous fassions quelque souci au sujet de votre santé. Le climat du Tonkin n'est peut-être pas aussi sain que vous le pensez. La distance qui nous sépare n'est pas un obstacle aux miasmes délétères que sécrète la boue de notre Delta. Ménagez-vous donc, mon cher ami, et croyez en notre vigilante sympathie. »

Le message lu, Ebrard s'empressa d'y mettre le feu. Personne, même son adjoint n'avait à en connaître. Cette histoire appartenait aux vieilles lunes et la mise en garde de Bauer datait depuis trop longtemps pour être prise au sérieux. Rouzic survint alors que les cendres voltigeaient encore autour de son chef.

– On brûle ses lettres d'amour, mon capitaine ?

– Ne parlez donc pas de corde dans la maison d'un pendu, mon vieux.

Rouzic se le tint pour dit et, pour changer de conversation, s'enquit du contenu de la paperasse accumulée sur la table du chiffre. Les renseignements qu'elle contenait étaient pour la plupart périmés et les notes de service contradictoires l'étaient tout autant.

– Vous classerez tout ça plus tard, à votre convenance. Nous avons mieux à faire dans l'immédiat.

Il rappela alors l'essentiel de la conversation qu'il avait eue avec Nhong Ho Tong dans l'intimité de l'arrière-salle de son bistrot. Le Chinois était prêt à faire une tournée de famille de l'autre côté de la frontière et ne doutait pas que son cousinage se montrât coopératif surtout s'il était muni de cadeaux... consumables. Il lui fit part de sa décision de se rendre dès le lendemain à Dong Dang dont le seigneur, qui avait tendance à garder ses tuyaux pour lui, en saurait peut-être davantage sur les venimeux prosélytes de la Doctrine de Monroe.

– Et c'est justement la fête nationale de la principauté. Vous venez ? Ferlac nous escortera.

– Au poil, mon capitaine.

Cette invitation était un retour en grâce. Ainsi Ebrard ne lui gardait pas rigueur de son algarade aux Cinq Dragons et Ferlac n'avait pas de raisons de lui en garder rancune plus longtemps. Le soir, rue des Japonaises, Mimi fit l'objet d'attentions plus tendres que d'habitude, ce qui lui fit envisager l'avenir de son ménage sous un jour des plus lumineux.

***

Prévenu par radio, le capitaine Capelle, entouré de son état-major et d'une poignée de notables en tunique et calotte mandarinales, attendait ses invités à l'entrée de la ville pour inaugurer son monument à la gloire des Troupes de Marine.

– Le colonel Dargence m'a fait savoir qu'il ne pourrait assister à la cérémonie, mais que vous le représenteriez avec avantage, annonça-t-il pompeusement. Tirez donc sur cette ficelle, mon cher camarade !

Le rideau, une bâche de camion, dévoila une surprenante statue de ciment. Elle figurait un colosse barbu et musculeux, armé d'une massue et vêtu d'un short rapiécé à gros points sur les fesses. Sur le socle étaient gravées les distances séparant la principauté des hauts lieux de ce monde : Pékin-2 553 km, Paris-12 732, Langson-10.

– Un chef-d'œuvre, certes. Mais je ne vois pas bien le rapport avec l'Armée coloniale, remarqua Ebrard.

– C'est une allégorie. Malgré son dénuement, l'Armée française reste forte, éternelle, ubiquiste et menaçante.

Précédé d'une clique de tambourins et d'aigres clarinettes, le cortège formé des autorités civiles et militaires et d'une ribambelle de moutards agitant des drapeaux prit la direction du palais où étaient servis des rafraîchissements.

Pour la circonstance, les rues, briquées comme des couloirs de clinique, avaient été repeintes aux couleurs de la France. Les toits de tuiles rouges et les murs déjà chaulés n'avaient pas posé de problèmes. Il n'en avait pas été de même des trottoirs que l'on avait interdits à la circulation pour garder fraîche leur teinte bleue.

Sirocco, Simoun et la Jeep suivirent le défilé au pas jusqu'au quartier des marsouins où les chasseurs furent immédiatement pris en main. Le sous-lieutenant de Ferlac rejoignit ses amis chez Capelle.

Le palais du prince était un pavillon de briques, tricolore lui aussi, mais dont le seuil s'ornait d'un écu chargé de l'effigie réduite du gros gaillard en culottes courtes. L'on y servit avec abondance des boissons gazeuses d'importation à la saveur incertaine.

Ce vin d'honneur expédié, Ferlac demanda l'autorisation de pousser une reconnaissance jusqu'à Nam Quan où s'ouvrait sur l'Empire Céleste, la fameuse porte. Il grillait d'y mettre un pied, ne fût-ce que pour pouvoir prétendre sans mentir tout à fait qu'il était allé en Chine. Ses hommes n'étaient pas loin de partager le même sentiment. Mais ils imaginaient au-delà des murailles, au reste embryonnaires, un monde mystérieux peuplé de zigs à nattes et moustaches tartares, de mandarins ventrus, de féroces coupeurs de têtes, et de créatures vénéneuses alanguies sur des coussins brodés dans la fraîcheur des gynécées. Ils furent déçus de constater que, de l'autre côté du portail béant, le paysage et les hommes ressemblaient à les confondre à ceux qu'ils venaient de quitter. Tout le monde était habillé du même bleu, jacassait le même charabia, et les quelques étals du marché en plein air offraient la même camelote que l'on pouvait se procurer à Ky Lua, au même prix, chez les mêmes Chinois.

Sans se concerter, ils s'alignèrent contre le mur de pierres sombres que leurs anciens avaient maculé de leurs graffiti et se dirent pour se consoler de leur déconvenue qu'ils seraient bien peu dans tout le Corps expéditionnaire à avoir eu le privilège d'aller pisser en Chine. Leur chef ne pouvait moins faire que de les imiter d'autant qu'il en avait envie.

« Quand même, se dit-il pris d'un scrupule tardif, je me demande la tête que ferait mon père si des promeneurs du dimanche venaient prendre la cour de Cantegril pour un urinoir public. »

A leur retour, la fête battait son plein à Dong Dang. La foule s'était amassée aux pieds de la statue autour de laquelle devait virer, comme des quadriges romains autour de leurs bornes, une course de *tap tap* *. Les paris s'engageaient. Un infirmier, brassard au bras, assis sur sa boîte à croix rouge, se tenait prêt à toute éventualité.

– Oui, expliqua le capitaine Capelle, hier, aux essais, deux carrioles se sont accrochées et les auriges s'en sont sortis fortement contus. Le virage est meurtrier, je vous le concède, mais où serait le plaisir de jouer s'il n'y avait quelques risques ?

– Et je suppose que les coureurs sont volontaires ? demanda Ferlac.

– Tout à fait. Ils vont se recasser la gueule au même endroit. Les spectateurs n'attendent que cela.

La prédiction du capitaine Capelle s'avéra. Les télescopages prévus déchaînèrent des hurlements de joie. Les concurrents malheureux reçurent un prix de consolation de vingt piastres, somme bien loin de couvrir les frais de réparation de leurs véhicules mais qu'ils s'empressèrent de jouer à la compétition suivante.

Le soir approchait. Le capitaine Ebrard que la liesse publique ennuyait considéra que le moment était venu d'avoir avec son farfelu de confrère un entretien enfin sérieux. Il s'enferma avec lui dans son bureau. Il y apprit que les pirates des ondes n'étaient pas des Américains, mais une seule Américaine, une certaine Gwendoline, qui, sous la couverture de l'U.N.R.A. **, vadrouillait avec une camionnette radio entre Nan-ning et Long Tchéou pour diffuser impunément sa pestilentielle propagande.

* Toutes petites charrettes traînées par de tout petits chevaux.
** Organisme d'aide humanitaire.

– Une anguleuse virago du genre missionnaire quaker qui considère la Bible comme un livre de recettes subversives.

– Vous en êtes sûr ?

– Certain. Je tiens le renseignement de Timothée, un métis franco-chinois, l'homme à tout faire de notre consul à Long Tchéou. Il vient ici de temps en temps s'approvisionner en bibine et en tabac de troupe. Allez le voir. Il vous le confirmera.

– C'était dans mes intentions.

– A propos de rhum, c'est l'heure divine, mon cher camarade. Et vous restez dîner avec votre adjoint, bien entendu. Renvoyez donc vos automitrailleuses. Je vous ferai raccompagner par ma garde.

Ebrard accepta bien que le colonel Dargence eût interdit, sauf cas d'urgence ou de nécessité absolue, toute circulation entre la garnison et ses postes après la tombée du jour. Ferlac revint donc seul avec mission d'informer le P.C. du retard probable des deux officiers. Le colonel leur fit parvenir par radio l'ordre comminatoire de rentrer sur-le-champ. Il n'était que dix heures. La réception de Capelle avait été plus que chaleureuse et Ebrard, subissant malgré lui l'atmosphère facétieuse de la principauté, répondit par un message aussi insolent que laconique : « Sommes bien – Préparez musique. » Aussi, vers minuit, furent-ils accueillis au poste de police du pont par un clairon en tenue de parade dont la sonnerie déchira la paix de la nuit.

– Qu'est-ce que c'est ? demanda Rouzic.

– L'appel des consignés, mon vieux. Il fallait s'y attendre.

Le colonel Dargence savait allier l'humour à la fermeté. Le lieutenant Rouzic fut invité à prendre les arrêts simples dans sa chambre, mais comme elle était aussi celle de Mimi il trouva la punition supportable. Le capitaine dut purger la sienne entre le Yamen et le mess des Maréchaux où les nombreux pots qu'il dut offrir le conduisirent près de la ruine. Ferlac ne manqua pas de courir à l'hôpital conter à Fabienne l'extravagante réception du prince de Dong Dang. Toutefois, il tut son escapade à la porte de Chine où son enfantillage n'était pas sans rappeler les débordements du pauvre commandant Brunier. Bien que la chose fût secrète, il ne put s'empêcher de lui annoncer son départ pour le Sud, le lendemain, à la rencontre des Troupes côtières de Tien Yen.

– On va voir la mer. Je vous rapporterai des coquillages.

– Promettez-moi que vous serez prudent, Bertrand.

– Ce sera une promenade, se rengorgea-t-il. Nous serons là pour la messe de minuit. C'est Noël dans quatre jours, vous savez.

Le regard de Fabienne se perdit dans le vague un instant et s'embua un peu au souvenir de celui qu'elle avait passé avec eux à bord du *Jehan de Witt*, toute à sa joie de retrouver Alain. Elle posa une main légère sur l'épaule de son visiteur.

– Je ne sais pas ce que je deviendrais s'il vous arrivait quelque chose.

– Vous auriez Philippe.

– C'est vrai, admit-elle.

Mais ce n'était pas la réponse qu'il souhaitait entendre. Son sourire s'effaça. Elle le lui rendit en l'embrassant très vite du bout des lèvres sur la bouche comme elle avait fait la dernière fois qu'il était venu la voir.

– Vous êtes un sot, Bertrand.

Il la quitta rasséréné. Dans la cour, il se retourna. Elle était à sa fenêtre et lui envoya de trois doigts un autre baiser. Elle n'avait pas osé lui demander des nouvelles de Joseph. Elle regrettait pourtant la scène idiote qui les avait opposés chez Nhong Ho Tong. Pour se réconcilier avec lui, elle était prête à rencontrer Mimi. Au fond, elle n'était pas une rivale. Joseph ne lui portait probablement pas plus d'amour qu'elle n'en éprouvait pour lui. Leur liaison n'était qu'une passade. Avec son entêtement de Bretonne, elle se répéta que Joseph, Bertrand et Philippe n'étaient que des amis tout en sachant très bien que pour deux d'entre eux au moins, ce n'était plus vrai.

Le jour se leva, maussade, sur la colonne regroupée entre le pont et le croisement de la Mission Saint-Michel. Le ciel, qui était resté limpide tout le mois de décembre, était voilé d'une taie poussiéreuse. Les hommes assis sur les banquettes des camions débâchés étaient transis de froid sous leur mince treillis de combat. Ils maugréaient une fois de plus qu'on les eût arrachés du lit, si tôt, pour rien. Pourtant il fallait attendre que la route fût libre jusqu'à Loc Bình pour démarrer.

La patrouille d'ouverture, renforcée d'une section de sapeurs, était partie bien avant l'aube, tous feux éteints, moteurs au ralenti. Ces précautions ne pouvaient tromper les Viets. Ils ne pouvaient ignorer, en effet, qu'un convoi important se préparait à la suivre.

Depuis la reconquête de Langson, le rétablissement de la R.C. 4 était le seul objectif justiciable d'un tel déploiement de forces et l'on pouvait craindre qu'ils eussent semé sur son itinéraire le plus d'obstacles possible. Mais les A.M. de Locatelli firent leur jonction avec les coloniaux de Loc Binh sans avoir trouvé devant leurs roues le moindre abattis. Il en fut de même jusqu'à Dinh Lap occupé sans combat depuis la veille par une compagnie de la Garde indigène.

Le poste, construit à flanc de montagne sur une plateforme rocheuse dominait un carrefour où, à l'est se faufilait entre des collines d'herbe une route vers Hanoï. Bertrand de Ferlac, féru de voyages himalayens, se plut à lui trouver, avec sa façade blanche et ses drapeaux flottant sur la terrasse de son toit, une ressemblance avec une lamaserie tibétaine. La comparaison s'arrêtait là. Aucun mugissement de trompe ne réveilla les échos de la vallée; aucune théorie de moines ne dévala les lacets du chemin. En revanche, un clairon quinteux salua la brève inspection du colonel Dargence, pendant que la population mâle requise se coltinait les sacs de riz et les caisses destinés au ravitaillement de la jeune garnison.

Jusqu'à Dinh Lap, la route était relativement dégagée et ses abords ne se prêtaient guère aux embuscades rapprochées. Au-delà, elle s'engouffrait dans un défilé sinueux sans que l'on sût bien si elle existait encore. Dans l'incertitude, il fallut pitonner et le convoi étira avec une lenteur majestueuse la chenille de ses cinquante bahuts. Le crachin que la grisaille du ciel avait annoncé dès le matin commença à tomber, poudre d'eau impalpable et glacée, couvrant la chaussée terreuse d'un vernis de boue.

A peine leurs distances prises, les automitrailleuses de l'avant-garde butèrent sur la première coupure. A l'aplomb d'une falaise, profonde de la hauteur d'un homme, elle était incontournable. Les matériaux provenant de sa fouille avaient été déversés dans le ravin où ils achevaient de se déliter dans l'eau vive d'un ruisseau. Les sapeurs n'eurent d'autre ressource que d'abattre au marteau piqueur un grand pan de rocailles. Plus loin ce furent des arbres enchevêtrés qu'il fallut débiter à la tronçonneuse et dégager au treuil. Puis ce fut un ponceau effondré au fond d'un torrent dont on dut aménager les berges aux outils de bord. Malgré les dessins de leurs pneus, les M8 patinèrent en rugissant avant de parvenir à se hisser sur la pente trop raide de la remontée.

Chaque arrêt voyait surgir le colonel, canne en main, chèche au cou, le calot incliné sur sa mèche blanche. Malgré son calme apparent, on devinait à son sourire crispé qu'il s'impatientait. En une heure, le convoi n'avait pas parcouru deux kilomètres et il en restait plus de cinquante.

– A ce rythme de processionnaires, dit-il, nous fêterons le nouvel an à Tien Yen.

A la bruine, insidieuse pluie sans gouttes, aux trahisons de la route, il ne pouvait opposer que la patience et la peine des hommes. Comme lui, tous eussent préféré à ces ennemis sans visage l'affrontement des armes, fût-il sanglant, pour galoper enfin à une allure de conquête plutôt que de piétiner dans ce couloir de rocs et de brousse que l'approche du soir noyait déjà d'ombres inquiétantes.

A la nuit, le colonel se résigna à faire bivouaquer son monde. Les deux compagnies qui avaient cavalé tout l'après-midi sur les crêtes, de croupe en croupe, de piton en piton, redescendirent, n'en pouvant plus. Elles s'installèrent en hérisson autour du convoi serré sur deux kilomètres de route retapée. Sans feux, qui eussent constitué même pour des tireurs lointains des cibles faciles, grelottant dans leurs ponchos qui leur dégoulinaient sur les mollets, les hommes durent souper de rations froides sans autre remontant que l'eau de leurs bidons. D'aucuns, découragés, se disaient que cette guerre était vraiment trop fraîche pour être joyeuse.

Resté loin derrière pour protéger un dépannage, le sous-lieutenant de Ferlac, en dépit de son optimisme naturel, commençait à éprouver un sentiment semblable. Sa patrouille repartait quand *Simoun*, au sortir d'un radier, dérapa et se mit en travers du raidillon que le passage de la colonne avait rendu plus glissant que du verglas. *Sirocco* parvint en la tirant au câble à la remettre dans l'axe du chemin, mais ni l'une ni l'autre ne purent alors remonter. Locatelli, prévenu par radio, rendit compte de l'incident au P.C. de l'opération, une baraque des Travaux publics à demi en ruine.

– Dites à votre chef de peloton qu'on ira les tirer de là dès le jour. Il est assez grand pour se garder tout seul jusque-là.

Or Ferlac ne se sentait pas grand du tout avec ses malheureux sept bonshommes et leurs voitures paralysées, vautrées comme des buffles dans le ruisseau qui glougloutait autour de leurs roues.

– Et c'est pas amphibie, les M8, chuchota Caron.

– Ce n'est pas avec ce qui tombe que tu vas te noyer, répondit le brigadier.

– Il en tombe toujours assez pour nous emmerder.

Le crachin obstiné rendait, en effet, la nuit plus épaisse, plus froide. Hors le friselis de l'eau courante, le silence était total. Debout dans les tourelles, aux mitrailleuses de capot, les deux veilleurs écarquillaient les yeux sur des ombres imaginaires et croyaient entendre des pas clapoter sur les bas-côtés de la route.

– Je donne un coup de phare, mon lieutenant, souffla Caron.

– Non. Il n'y a personne et si jamais il y a quelqu'un, tu nous feras repérer.

Dans *Simoun*, Chalant, tenaillé par le même désir de sortir ne fût-ce qu'une seconde de cette poisse obscure, alluma le sien.

– Mais quel imbécile! cria Bertrand. Eteins-moi ça!

Il était trop tard. Une rafale de P.M. crépita si près que l'officier crut d'abord qu'un des deux hommes du poste avant l'avait tirée par sa trappe entrouverte. Il allongea un coup de pied dans le dos de Révoil immédiatement soupçonné. La déflagration d'une grenade couvrit la protestation du brigadier. Une giclée de cailloux sonna sur les blindages.

« Allez, pensa Ferlac, on fait la boule de feu. »

Il attrapa son micro pendu à un crochet à côté de lui.

– Cousseau, feu à volonté sur votre droite! Caron, même chose, tourelle à gauche!

Ils arrosèrent en aveugles d'une bande dévidée d'un coup. Tout se tut de nouveau, mais ce silence, après le bref chahut des armes déchaînées, n'en fut que plus angoissant. Les Viets devaient être encore là, tapis dans la broussaille en train de concocter une nouvelle manœuvre.

– On va se faire couper la gargoulette, murmura le pilote de *Sirocco.*

– Faudrait d'abord qu'ils aient l'ouvre-boîte, répondit Révoil.

Son mot n'obtint qu'un écho lugubre. Personne n'avait envie de rire dans l'oppressante incertitude du moment à venir. Au bout de cinq minutes, Ferlac n'y tint plus.

– Tant pis, Caron, allume! Maintenant, ils savent où nous sommes.

Le coup de balai des deux projecteurs ne révéla rien dans les fourrés aux feuilles immobiles, luisantes d'humidité. Le ruisseau, en aval et en amont du gué, par où les Viets avaient dû s'approcher, scintillait en cascadant sur ses galets. Sur la route, venant du convoi, des cliquetis d'armes et des bruits de galopade annonçaient le renfort. A bord des A.M., les équipages respirèrent. Le sous-lieutenant de Ferlac, quant à lui, ruminait déjà à l'intention de l'état-major des mots définitifs sur le devoir de l'infanterie de garder ses cavaliers en mauvaise posture. « A Azincourt, pensa-t-il... »

– Rien de cassé, s'enquit l'officier des Marsouins avec une joyeuse sollicitude.

– Si, nos couilles, ronchonna Révoil toujours aimable.

Vers le milieu de la nuit, le crachin cessa de tomber. Dans les trouées de feuillage, quelques étoiles apparurent tremblotantes commes les bougies d'un sapin de Noël. L'obscurité se dissipa assez pour permettre aux Chasseurs et aux coloniaux de racler à coups de pelle la couche de boue du radier et de joncher la rampe de branchages. Les automitrailleuses finirent par s'arracher à leurs bauges.

L'exploit fut salué par les acclamations de leurs acteurs à qui le retour du beau temps avait rendu leur bonne humeur.

Au fond de la vallée où stagnaient encore des regrets de brume, le convoi repartit. Les coupures se firent plus rares et moins importantes à mesure que l'on s'approcha du but. Il restait quatre heures de jour quand le maréchal des logis Locatelli aperçut, brandissant leurs chapeaux de brousse en signe de bienvenue, les éclaireurs de tête de l'unité côtière. L'opération était réussie; les perceurs de montagne s'étaient rejoints au milieu du tunnel.

Il ne fallut pas une heure à la colonne Dargence pour être à Tien Yen. A la vue de la mer vers laquelle on se précipita, les soldats du 21ᵉ n'étant pas les hoplites du général Xénophon, il ne se proféra pas de mots historiques *.

Le surlendemain, le convoi repartit pour Langson, ses camions chargés à rebiquer leurs ressorts, de charbon pour l'usine électrique endormie, d'essence qu'il avait fallu rationner et des carburants des soldats, le pain, le vin dont ils avaient oublié le goût depuis un mois.

Dans un G.M.C., couvées comme un sérail au milieu d'une caravane, avaient pris place juchées sur leur monceau de bagages un lot pépiant de dames accourues à l'aide de celles qui, la paix revenue, étaient dépassées par leur tâche. Il y avait aussi un renfort, une centaine d'hommes de tous rangs et de toutes armes, à peine suffisant pour combler les vides creusés par la maladie et la guerre.

Car la guerre, de peur qu'on ne l'oubliât, manifestait presque tous les jours ses exigences. Depuis le retour de l'Armée française en zone frontière il ne s'était pas déroulé de ces grandes batailles que l'on inscrit en lettres d'or sur les drapeaux et sur les étendards. Dans les menus combats, les escarmouches, les estocades du coin du bois, l'héroïsme était resté discret, les faits d'armes obscurs. Pourtant, autour de la tombe du chasseur Rigal, des croix blanches toutes neuves avaient poussé dans le cimetière de la Mission et ceux dont elles portaient le nom méritaient tous leurs miettes de gloire.

* Thalassa! Thalassa! bien sûr.

Le peloton Ferlac hérita d'un mécanicien, un certain Orlof, personnage de toutes mains, qui avait les yeux d'un gris si pâle qu'il avait l'air aveugle. Il était né à Paris, rue de la Huchette, tout près de l'église orthodoxe de Saint-Julien-le-Pauvre. Mais son goût des boissons toxiques était en réalité tout ce qui lui restait de ses origines slaves. Il débarqua, titubant, moins sous le poids de sa boîte à outils que sous l'effet d'un litre de Vinogel prélevé dans une caisse préalablement éventrée à coups de tournevis.

L'apparition du crachin dans le ciel de décembre n'avait été qu'un égarement du temps. La veille de Noël Bertrand, pris d'une envie de campagne, décida, puisque rien ne le retenait à Ky Lua, de faire un tour à la Mission Saint-Michel. Il n'était jamais entré dans l'église devant laquelle il était pourtant passé souvent. Parfois, le dimanche matin alors qu'il prenait le chaud sur sa terrasse, il s'était amusé à observer à la jumelle la sortie de la messe. Les taches de couleur s'y mêlaient comme dans un kaléidoscope, le bleu des paroissiens, le blanc et le rouge des enfants de chœur, le noir et le blanc de leur curé. Il était curieux de savoir si le Noël qui s'y préparait ressemblait à ceux de son enfance. A Cantegril, le gel avait pris les abreuvoirs et le givre enguirlandait les ronciers en bordure des chemins, tandis qu'à Langson, le soleil caressait la rizière sèche d'une lumière d'automne et qu'il faisait doux comme un jour de vendanges. Il emmena Héberlé et Pardiès à qui, par exceptionnelle faveur, il abandonna le volant. Le trajet était court mais suffisant pour apprécier les progrès de son futur chauffeur.

– Ce n'est pas trop mal, Pardiès. Et tu sais lire le tableau de bord maintenant ?

– Les chiffrrres, ça va, mon lieutenant. Mais les lettrrres, j'ai du mal.

– Et c'est encore du pot qu'on soit dans une école, ajouta Héberlé. Ça aide.

Hors sa plantation de tabac, le domaine de l'Église était une jungle désordonnée où poussaient en vrac des cannes à sucre, des plants de maïs, des bouquets de cannas et des légumes sans nom qui ne ressemblaient à rien de connu. Une vraie vigne, mais sans raisin, courait sur la façade de la maison.

La porte était ouverte et, quelque part à l'intérieur, des voix résonnaient comme celles que l'on entend en passant dans les rues du Midi aux heures caniculaires. Ils entrèrent. Dans le couloir, il traînait une odeur de vieille pipe, de cire, de papier, de fleurs fanées, propre à tous les presbytères du monde.

Alerté par le bruit de pas, le père Dinh surgit, monumental, dans l'embrasure d'une porte. Les manches de sa soutane étaient relevées au-dessus du coude et il tenait à la main un couteau de cuisine grand comme un coupe-coupe. Bertrand ne put se défendre d'un mouvement de recul, mais l'accueil pompeux et fleuri du prêtre le rassura.

– L'honneur est grand pour un humble serviteur de Dieu de recevoir dans sa demeure les fils glorieux de notre sœur la France...

Et pour expliquer la présence du tranche-lard dans sa poigne, il ajouta :

– J'étais en train de me couper un peu de tabac, voyez-vous.

– Ça tombe bien, mon père. J'allais justement vous demander de m'en céder.

Le père Dinh arracha une feuille à un vieux journal, la tortilla en cornet, alla dans la pièce voisine le remplir de sa toute fraîche production.

– Dix « biat » pour les « eubres » de la Mission!

Bertrand lui en donna quinze qu'il accepta en se confondant en remerciements alambiqués. Le thé rituel avalé, il entraîna ses hôtes dans son église. Une petite bonne sœur annamite se démenait devant un harmonium asthmatique tandis qu'une chorale de gamines braillait à tue-tête un cantique.

– Monseigneur vient demain à notre grand-messe, corna-t-il dans l'oreille de l'officier pour s'en faire entendre. C'est la répétition. Elles chantent *Iléné.*

– Qu'est-ce que ça veut dire en annamite?

– Mais c'est du français! *Il est né le Divin Enfant.*

Sous la chaire, il y avait une crèche dans une grotte de papier d'emballage enneigée de houppes de coton.

– Il y a même des moutons, fit remarquer le père Dinh. Nous n'en avons pas dans notre pays.

« Il ne manquerait plus que ça qu'ils en aient de ces saloperies », pensa le berger Pardiès.

À Langson la messe de minuit fut célébrée avec plus de faste qu'à la Mission Saint-Michel. L'église était pleine de monde, fidèles et mécréants confondus, et les retardataires furent obligés de rester sur le parvis. Que l'on crût ou non à la naissance de l'Enfant Dieu, l'office avec ses chants et ses lumières constituait une distraction à ne pas manquer.

Parmi les personnalités du premier rang, Bertrand de Ferlac ne vit pas Fabienne. Il se dit qu'elle devait être de garde à l'hôpital où ses blessés avaient droit, eux aussi, aux douceurs de la fête. En revanche, il repéra, occupant toute une travée de l'allée centrale, quelques-uns de ses chasseurs qui ne s'étaient jamais fait remarquer par leur dévotion. Il se demanda quelle crise mystique les avait soudain piqués. Sous son regard, ils prirent un air recueilli qu'il trouva suspect. Il se promit donc d'éclaircir au plus vite le mystère de ces conversions.

La gare, où les officiers de la compagnie de half-tracks avaient invité leur confrère cavalier à réveillonner, était illuminée de toute sa lampisterie. La voie qu'il dut traverser étincelait de reflets, comme si les rails avaient été spécialement polis pour la circonstance. Sur le quai, des farceurs balancaient des lanternes, sifflaient dans leurs doigts, et annonçaient à tue-tête l'arrivée de trains imaginaires. Pour un peu, en y mettant de la bonne volonté, on eût entendu au loin le mugissement de quelque rapide de nuit.

Dans la salle des guichets où étaient installés le bureau du capitaine et celui de son chef comptable, un vrai sapin était habillé de girandoles de couleur et un buffet était servi dont la munificence ne devait rien à la Compagnie des Chemins de fer du Yun-nan.

Le vin cacheté rapporté de Tien Yen n'était pas le concentré abominable de l'Intendance et les sandwichs n'avaient ni la fadeur distinguée ni l'élégante parcimonie des amuse-gueule de cocktails. Ferlac retrouva le capitaine Ebrard et Rouzic, graciés le matin même de leurs arrêts par le colonel Dargence. Le père Mangin les rejoignit tandis que son évêque était l'hôte du mess des Maréchaux.

Le sous-lieutenant attaqua son enquête tambour battant.

– Je suppose que vous avez remarqué la forte participation de mon peloton à votre office, mon père.

– Certainement, et je m'en suis réjoui.

– C'est le sabre de cavalerie qui s'accommode le mieux du goupillon, c'est connu.

– Je me fous complètement des origines militaires de mes catéchumènes, Ebrard.

– Alors, à quand le baptême collectif dans les eaux du Song Ky Cong ?

– Et il va vous valoir une citation à l'ordre de l'évêché, insinua Rouzic.

– Est-ce que je vous demande celle que vous allez gagner à la pagode de la gare, mon lieutenant ?

– Bon. Tout ça ne m'explique pas ce que mijotent mes zèbres autour de votre bénitier.

– C'est simple, monsieur de Ferlac. Ces jeunes gens ont laissé une fiancée en France...

– Ha, ha, ha !

Joseph Rouzic chantonna quelques mesures de *La Paimpolaise* que Philippe accompagna en mimant un violoneux.

– Ne riez pas bêtement tous tant que vous êtes ! Sans les sacrements ad hoc, ils se feraient sucrer la cérémonie religieuse par leur curé local. En plus, ça leur fera une perm' signée pour le Ciel... si ça se trouve. Et maintenant, ne m'emmerdez plus avec cette histoire !

Le père Mangin, chargé depuis peu de l'apostolat militaire, avait sans peine adopté le langage de la troupe.

XII

Malgré l'heureux épilogue de son banquet inaugural, Nhong Ho Tong avait gardé l'impression qu'auprès de ses hôtes sa face était restée quelque peu voilée par l'incident qu'il avait été impuissant à éviter. Sans lui donner les véritables raisons de sa démarche, il avait suggéré au capitaine de revenir chez lui le jour de Noël avec ses trois amis. Il espérait bien qu'en cette fête de la fraternité chrétienne, son restaurant serait le théâtre de leur réconciliation. C'était en outre une manière d'attirer aux Cinq Dragons une clientèle qui, jusque-là, ne s'y était guère pressée. Fabienne Récy ne se fit pas prier. Elle était heureuse de dissiper les nuages qui avaient assombri ses relations avec Joseph. Si celles-ci ne pouvaient plus être aussi chaleureuses que par le passé, au moins pouvaient-elles demeurer de bonne compagnie. Rouzic, qui, contre toute raison, se sentait l'offensé, fut plus réticent, mais il se rendit finalement aux arguments de Philippe Ebrard.

– Le Langson des Français n'est qu'un village, lui avait-il dit. Vous êtes appelé à rencontrer Fabienne ici ou là. Vous n'allez pas continuer à vous regarder en chiens de faïence ou à filer comme des rats chaque fois que se croiseront vos chemins. L'opinion va s'en étonner.

– Je me fous de l'opinion, mon capitaine.

– Tout le monde va clabauder que vous vous êtes mal conduit avec elle...

– C'est elle qui est venue me chercher.

– ... que vous avez essayé de la violer ou Dieu sait quoi.

– On croira ce qu'on voudra.

– Ne serait-ce alors que pour Ferlac et moi. Nous sommes toujours vos amis, que je sache.

– Bon, ronchonna Rouzic, je viendrai.

– Sans l'objet du délit, évidemment.

Le lieutenant haussa les épaules. La tasse fatale avait d'ailleurs disparu. Il soupçonnait Mimi de l'avoir fourguée pour jouer au *ba quan* où elle n'avait que trop tendance à perdre ses piastres et son temps.

Le déjeuner de Nhong Ho Tong fut meilleur que son dîner. Le vin qu'il servit lui-même en faisant le tour de la table arrivait de France via Tien Yen, mais son périple compliqué n'en avait en rien altéré la saveur. Rouzic, qui n'avait pratiquement pas bu d'alcool depuis son arrivée au Tonkin, retrouva une humeur souriante.

Après le café, le Chinois, d'un geste éloquent, proposa à ses invités les fumées apaisantes et digestives de la « Toufflane ». Fabienne et Ferlac, à qui leur première pipe avait produit l'effet contraire, refusèrent.

– Merci, monsieur Nhong Ho Tong. Il était exquis, votre repas.

– Et l'opium nous en ferait oublier le goût, ajouta Ferlac avec tact.

Rouzic s'agita sur sa chaise.

– A la pagode de la gare, il y aura peut-être un petit coup d'oracle.

– C'est à cela que vous pensez, Rouzic ?

– Oui, mon capitaine.

– Mimi y sera ? s'inquiéta Fabienne.

– Sans doute.

– Je serai sincèrement contente de la connaître, Joseph.

Dès qu'il vit la Jeep s'arrêter devant le péristyle de son temple, l'officiant fit entamer sa *Madelon* de bienvenue que ses visiteurs écoutèrent debout comme s'il s'était agi d'un hymne national. Dès qu'ils se furent assis, Fabienne pinça la manche de Philippe et d'un mouvement du menton désigna le groupe de jeunes femmes.

– Qui est-ce, Mimi ?

– La plus jolie, chuchota-t-il. Évidemment !

Elle fut un instant vexée mais dut reconnaître que l'Annamite méritait qu'on la regardât. Mimi leva le nez et, à travers la grille de ses cils, contempla à son tour la Française. Elle la trouva belle, plus belle même que les dames aux joues roses des réclames pour les savons chinois. Ho Sep lui avait avoué qu'elle n'avait été qu'une amie et Mimi n'avait pas imaginé qu'elle ait pu être autre chose. Mais à présent qu'elle les voyait assis tous les deux, l'un près de l'autre, épaule contre épaule, hanche contre hanche, elle se disait que la femme blanche était peut-être en train de prendre son homme et elle était déchirée de jalousie.

Elle fit pourtant bonne figure et s'inclina très bas devant elle en lui présentant le plateau des boissons. Quand Joseph accepta lui aussi sa coupe de choum au miel, elle haussa les sourcils, surprise et un peu inquiète. « En plus, se dit-elle, il se met à boire! » Mais elle n'abdiqua rien de sa dignité quand elle alla s'agenouiller devant son miroir pour se saouler d'images dans le reflet de ses yeux. Les barbichus, satisfaits de leur avenir, s'acquittèrent de leur écot et s'en allèrent en trémulante procession.

– C'est tout, s'étonna Fabienne. On s'en va déjà?

– Non, dit Ebrard. C'est à nous maintenant.

– Mais je ne veux pas savoir, moi!

– Nous ne lui demanderons que le passé, le vôtre, le mien, celui de Bertrand.

– Elle le sait déjà. Joseph a dû le lui dire.

– Il lui a peut-être caché le sien.

Ebrard chuchota quelque chose à l'oreille du bonze. Celui-ci hocha la tête gravement et s'en fut transmettre le message à la voyante. Elle recommença alors à dodeliner, mais si vite que son chignon se défit et que ses cheveux se déroulèrent en vagues noires sur son dos. D'une voix rauque, hallucinée, elle chantonna la réponse que lui dictait la muette statue.

– Alors, dit Philippe.

Le prêtre bredouilla sa traduction : ... une saison des pluies, un village noir, une femme *phap* * aux cheveux pâles, un petit *nho* dans une boutique même chose chinois...

– Tu te fous de moi?

* Française.

– Elle parler comme ça, monsieur.

– Elle parler des conneries.

Ebrard lui donna quand même dix piastres. Alors que sur le seuil de la pagode, ils allaient se séparer, Fabienne toujours torturée par le démon de la curiosité, insista pour savoir le contenu de l'étrange mélopée de Mimi.

– Rien! Un charabia sibyllin. Elle n'a rien dû y comprendre elle-même.

Mais au Yamen, seul avec son adjoint, le capitaine se montra plus loquace.

– Vous ne m'avez pas demandé la conclusion de l'oracle, Rouzic. C'était pourtant vous qu'il concernait.

– Ce que vous en avez dit à Fabienne me suffit.

– Comment votre Mimi a-t-elle pu savoir que vous avez laissé en Bretagne une femme et un enfant?

Joseph tressaillit.

– Vous m'avez affirmé ici même que vous ne croyez pas un mot de ces... billevesées.

– Et vous, vous y croyez?

– Je crois que le bonze lui fait dire n'importe quoi.

– Mais quand cela serait vrai, quelle importance? Qu'est-ce que cela peut me faire à moi que vous ayez engrossé une fille un soir de fête?

– Alors, qu'aviez-vous besoin de le savoir?

– Je voulais dénoncer une supercherie.

– Pour nuire à Mimi? Allez, dites-le que vous ne pouvez pas la sentir!

– Je suis méfiant. C'est mon métier de l'être et je le suis aussi... pour vous.

Rouzic le quitta furieux, non que son secret eût été dévoilé – il eût bien fallu qu'un jour où l'autre il l'avouât – mais que ce fût Mimi qui l'eût trahi et qu'elle eût appris sans qu'il ne lui en ait rien confié ce qu'il s'était si longtemps efforcé de taire et d'oublier.

Mimi venait de rentrer et s'apprêtait à se changer quand il fit irruption dans le grenier. En le voyant surgir en haut de l'échelle, la mâchoire serrée, les mains tremblantes, elle crut qu'il était ivre du choum de la pagode. Pourtant, ce fut sans tituber qu'il avança vers elle, menaçant. Elle recula pas à pas, mais le bord du lit l'empêcha de poursuivre sa retraite.

– Toi faire malade, murmura-t-elle d'une voix de petite fille.

Il dégrafa son ceinturon et le saisit par la boucle.

– Non, cria-t-elle en se couvrant le visage de son bras. Pourquoi taper?

– Qu'as-tu été dire au capitaine que j'étais marié en France?

– Pas connaisse!

– Pas connaisse! Tout le monde va le savoir maintenant.

– Bouddha, lui, parler. Pas moi!

– Eh bien, je vais te dégoûter de l'écouter!

Il fit claquer la lanière de cuir comme un fouet.

– Toi, faire fou la tête, Ho Sep. Non!

– Tourne-toi!

Elle obéit lentement. Il vint tout contre elle et, d'un coup sec, il arracha les boutons qui retenaient autour de son cou et sur son épaule sa tunique de fête et la dénuda jusqu'à la ceinture. Il frappa deux fois, assez fort pour que ses coups imprimassent sur la peau dorée de l'Annamite deux traces pourpres. Elle s'abattit sur le lit où elle resta à plat ventre, secouée de sanglots, la tête enfouie dans son oreiller.

– Pourquoi, répéta-t-elle dans ses larmes. Pourquoi?

Elle sentit le regard de Rouzic fixé sur ses reins et crut qu'il allait la prendre là, tout de suite de la façon la plus humiliante, comme un mâle prend la femelle qu'il a soumise à coups de dents.

– Non, hoqueta-t-elle. Non, Ho Sep!

Elle se trompait, Joseph la laissa à son chagrin pour aller cuver le long du fleuve sa colère et sa honte. Le spectacle de l'eau jaune du Song Ky Cong somnolant entre ses bancs de sable l'apaisa sans lui faire oublier toutefois l'injustice qu'il venait de commettre à l'égard de l'innocente Mimi. Il se refusait cependant à admettre que ses révélations fussent dues à autre chose qu'au hasard. Elle avait dit ce qui lui était passé par la tête et il s'était seulement trouvé que cela correspondait à la réalité. Quoi qu'il en fût, le mal était fait, mais il savait Ebrard assez discret pour ne pas étaler sur la place publique un passé dont il n'avait pas lieu d'être fier.

En pensant au bistrot de Nhong Ho Tong où toute cette histoire avait commencé, il revit la crasseuse épicerie - débit des parents de Pierrette, remplie de relents de cidre et de vieilles pipes où sur la toile cirée écaillée d'une table il corrigeait les trente cahiers de ses écoliers, maculés d'encre violette. Mais ces fumets violents et âcres, il les préférait cent fois à la douceâtre odeur de lait de la chambre de sa femme et de son chiard.

Le jour était déjà très avancé quand le lieutenant Rouzic revint au Yamen. Le capitaine devait se demander pourquoi il n'avait pas paru au bureau de tout l'après-midi. Il pensa qu'au lieu d'aller passer la nuit rue des Japonaises, il ferait peut-être aussi bien de rester coucher dans son ancienne chambre où il avait encore son lit Picot. Mais, dans ce cas, il devrait affronter les sarcasmes de son chef où, pire, un silence lourd de sous-entendus. A tout prendre, il préféra rentrer chez Mimi bien qu'il s'attendît à la trouver les yeux rougis, reniflante, la mine boudeuse et de la rancune jusqu'au bord des lèvres.

Accroupie devant son fourneau, toute à sa tambouille, elle ne se retourna pas. Elle ne s'était pas rhabillée et sur son dos nu les marques du ceinturon bleuissaient. Il se dit qu'elle l'avait fait exprès pour lui rappeler sa cruauté et qu'au fond c'était de bonne guerre. Il s'approcha d'elle et d'un doigt lui caressa la nuque sous son chignon mal retapé.

– Tu vas avoir froid, Mimi ?

Elle se tordit le cou et leva vers lui un museau crispé.

– La cuisine faire beaucoup chaud, Ho Sep.

Elle sauta sur ses pieds et nicha son front dans l'échancrure de sa chemise et il sentit rouler sur sa peau les quelques petites larmes qui lui restaient encore. Elle le prit par la main et l'entraîna vers le lit où elle se jeta sur le ventre comme il l'avait laissée. Mais ce n'était pas dans cette posture qu'il avait envie de la prendre.

– Retourne-toi, Mimi !

Elle étouffa son rire dans son oreiller.

– Pas moyen. Le dos faire beaucoup mal, Ho Sep.

Il lui fit donc l'amour comme elle le suggérait et ils en eurent tous les deux du plaisir.

Avant de s'endormir tout d'un coup, ce qu'elle faisait

toujours comme un enfant épuisé de ses jeux, elle rêvassa. Elle n'en voulait pas à Ho Sep de son arbitraire correction mais aux autres sans la présence de qui, à la pagode, rien ne serait arrivé; à la Française qu'elle soupçonnait de n'être venue assister à la cérémonie que pour la narguer et se moquer d'elle; au capitaine surtout. Elle le détestait depuis qu'il lui avait annoncé lui-même le départ de Joseph pour Ban Xam et elle l'accusait de l'avoir éloigné d'elle pour que, très loin, dans les montagnes, il l'oubliât. Mais elle le haïssait plus encore de l'avoir poussée à révéler malgré elle ce qui avait provoqué la colère de son homme sans qu'elle sût encore le contenu de ce secret.

Chassés d'Hanoï peu avant Noël et de toutes les places que le statu quo avait rouvertes à la présence française, les Viets, empruntant le couloir du fleuve Rouge, s'étaient réfugiés dans la Haute Région à l'abri de sa muraille de calcaires où les pitons étaient autant de tours, les cols autant de poternes et les ravins autant d'infranchissables fossés. Autour d'Hô Chi Minh que l'on situait quelque part entre Tuyen Quang et Cao Bang, ils reprenaient leurs forces en attendant pour regagner le terrain perdu que les Armées populaires chinoises leur tendissent la main. Comme la marée contourne les rochers d'une grève avant de les immerger, elles déferlaient inexorables en dépit des obstacles que leur opposaient sans conviction les divisions de pirates du général Tchang Kaï-chek.

Cependant dans la Moyenne Région où le relief moins tourmenté facilitait malgré tout la surprise et l'esquive, Giap avait gardé assez de monde pour encadrer ses milices *du kich* et maintenir les Français en haleine. La R.C. 4 était constamment sabotée. Il n'y avait de convois ou de patrouilles qui ne fussent accrochés. Il n'était, de nuit, de petits postes qui ne fussent harcelés. Pas plus qu'ils n'espéraient couper le seul axe de ravitaillement de Langson, les Viets ne cherchaient à s'emparer de ses bastions. Mais en maintenant partout l'insécurité, ils prétendaient prouver aux populations ralliées que leurs protecteurs ne seraient jamais assez forts ni assez nombreux pour être sans cesse et partout à leurs côtés.

Les pluies n'allaient plus tarder. La plupart des pistes

seraient bientôt impraticables. La perspective d'être livrés à eux-mêmes rendait les partisans plus réticents à s'engager vraiment dans la lutte. Leur bel enthousiasme des premiers jours avait besoin d'être entretenu pour ne pas s'éteindre dans la routine.

Pour conserver leur confiance et stimuler leurs ardeurs combatives, le colonel Dargence multipliait les liaisons et les contacts. A ce rythme, les matériels déjà usés par une campagne rendaient l'âme. Si l'on avait assez d'essence, assez de munitions, on manquait de pneus pour les camions, de chenilles pour les half-tracks et, à Ky Lua, le chasseur Orlof lorgnait d'un œil glauque mais cannibale l'A.M. *Mistral* qui, sur cales, offrait un alléchant lot de pièces de rechange pour ses quatre sœurs.

Rouzic dut repartir pour Ban Xam où les guerriers Man du sergent Bui Chu, contemplant leurs champs en jachère, se demandaient si en troquant la charrue pour le mousqueton, ils n'avaient pas lâché la proie pour l'ombre. Mimi pleurnicha.

– Où partir encore, Ho Sep ?

– Faire soldat, répondit-il évasif. Je reviendrai vite.

– Les soldats parler toujours comme ça et revenir jamais.

– Les soldats obéissent, Mimi.

Soupçonnant encore quelque machination du capitaine, elle abandonna le ton dolent de l'épouse délaissée pour une voix aigre de mégère.

– Ton capitaine, beaucoup salaud !

– Pourquoi dis-tu ça ? C'est mon chef et, je crois, mon ami. Allez, va ! Je te rapporterai un bracelet d'argent si lourd que tu ne pourras plus lever le bras.

– Le bracelet, moi t'en fous, cria-t-elle.

Pour éviter une nouvelle scène, Joseph la laissa à sa fureur, les yeux pleins d'éclairs, la bouche pincée sur les plus terribles malédictions.

Alerté par un grondement de moteur dans sa vallée, Bui Chu rassembla en toute hâte un piquet d'honneur et l'aligna devant le portail du poste. Un petit clairon joufflu sous sa tarte de toile tira d'une sorte de cornet espagnol un couac déchirant. Une demi-douzaine de mains claquèrent en trois temps sur les fûts des mousquetons. Bien qu'il eût de la peine à retenir son rire, Rouzic resta imperturbable en passant la revue de sa troupe.

– Où sont les autres ? s'informa-t-il.

– Partis patrouille.

– Alors je ne paierai la solde et ne distribuerai le riz qu'à leur retour.

Une ombre de désappointement voila la face de lune fripée du chef de village.

– En attendant, fais-moi visiter ton cantonnement.

A leurs portes ouvertes, les épouses des partisans se montrèrent, un sourire avenant sur leurs lèvres ensanglantées de bétel, et leur marmaille rassurée s'égailla dans la cour où, déjà, des cochons noirs et des poules se disputaient des fonds de marmites. Rouzic, se doutant bien que leurs *ca nha* n'étaient pas des modèles d'ordre et de propreté, n'osa pas y entrer. Il s'arrêta devant la tour de guet dont le rez-de-chaussée abritait les magasins d'armes et de munitions.

– La clef, Bui Chu !

Le sergent fourragea dans toutes ses poches avant de la tendre d'une main hésitante au lieutenant. Celui-ci s'assura d'un coup d'œil que tous les fusils, hors ceux de la garde, étaient aux râteliers.

– Ils sont partis en patrouille avec quoi, tes hommes, Bui Chu ?

Comme il s'y attendait, ils réapparurent, un par un, la bêche à l'épaule, gamins penauds pris en flagrant délit de vadrouille buissonnière.

– Bon. Dis-leur que les piastres et le riz, ce sera pour demain. Dans une heure, inspection des armes démontées, dégraissées et, cette nuit, embuscade pour tout le monde.

Bui Chu pensa se redonner un peu d'autorité et de face en bramant les ordres à tue-tête.

– Tu n'as pas besoin de gueuler si fort. Tout le pays le sait maintenant.

– Les Viêt-minh très loin. Pas entendre, mon lieutenant.

– Ça veut dire quoi, très loin. Tu me l'expliqueras tout à l'heure quand vous aurez déchargé les camions.

Les G.M.C. et leur escorte renvoyés, Joseph Rouzic se retrouva seul avec ses Man. C'était ce qu'il voulait. Pour mener « sa guerre », il ne tenait pas à s'encombrer de témoins. A l'extrême, s'il avait connu le chemin, il se serait bien passé des rabatteurs de Bui Chu pour traquer son gibier.

Dans la cour, entouré par tous les mâles de la garnison, il s'accroupit devant sa carte étalée sur l'herbe, mais le sergent ne daigna pas y jeter un regard. Sa montagne, il l'avait déjà dans la tête tout imprimée et en couleurs à force de trotter, la hotte sur le dos, pour relever ses pièges et cueillir des légumes sauvages.

– Alors, où sont-ils tes Viets?

– Ban Lé, peut-être.

– Comment le sais-tu?

– Un type Ban Son, lui parler comme ça.

Ban Son, c'était le fief du mandarin Vi Van. Il devait en savoir plus qu'il n'en disait, la vieille canaille!

– C'est bon. On ira. Mais si tu m'as raconté des histoires, je te fais sauter ta prime.

Ban Lé n'était qu'un lieu-dit, une croisée de sentiers de chèvres au nord du Mau Son. Les lunettes sur le nez et le nez collé sur son papier, Rouzic le repéra, non sans peine, dans un fouillis de courbes de niveau et de taches de forêt. L'objectif n'était qu'à six kilomètres du poste à vol d'oiseau, mais ils en valaient douze par nuit noire, dans un terrain haché de failles et de falaises, en admettant que le guide ne se perdît pas. On ne disposait que de quatre heures entre la tombée du jour et le lever de la lune pour se mettre en place.

Rouzic eût préféré avoir reconnu l'endroit, mais s'y montrer de jour eût révélé ses intentions d'y revenir la nuit et, à différer l'opération, ne fût-ce que d'une journée, il eût risqué de voir se dégonfler le bel entrain que la perspective d'un butin avait pour un temps provoqué.

Une piste venant de Chine traversait un ruisseau et coupait la transversale qui le bordait. Le lieutenant disposa son embuscade face au débouché de la première, le long de la seconde. Ainsi, d'où que vinssent les Viets, il ne pouvait pas les rater... à moins, bien sûr, qu'ils ne fussent tout un bataillon ou que, plus simplement, ils ne se présentassent pas au rendez-vous.

Mais ils vinrent alors que le petit jour frangeait de gris le contour des hauteurs autour du carrefour. Au clapotis de leurs sandales dans l'eau, il évalua leur nombre à une demi-douzaine, La rafale de sa Thompson déclencha la fusillade alors que le dernier des Viets trébuchait encore sur les galets du gué. Empêtrés par leurs charges, ils n'eurent ni le temps de riposter ni celui de se mettre à couvert. Les Man se ruèrent sur ce qu'ils croyaient n'être plus que des cadavres à dépouiller. Deux d'entre eux pourtant se relevèrent, ensanglantés et chancelants. Des lames de coupe-coupe étincelèrent aux lueurs rosées de l'aurore.

– Non, hurla Rouzic, sachant trop bien ce qu'on allait en faire. Bui Chu, personne n'y touche sans mon ordre!

A regret les partisans rengainèrent leurs sabres et se contentèrent de fouiller les morts, des *du kich* en civil, ou, peut-être, des porteurs requis pour les besoins d'une logistique occasionnelle. Ils n'avaient sur eux que leur salaire, quelques billets tout neufs à l'effigie de l'oncle Hô, de la monnaie de singe tout juste bonne à allumer les pipes de bronze.

Les deux survivants étaient des Tonkinois, de vrais *bo doï* casqués et nippés de vert. Ils n'étaient pas si grièvement atteints qu'ils ne pussent marcher. On les poussa vers Ban Xam, les coudes liés dans le dos, les pieds entravés comme bétail en foire.

En vue d'un partage équitable, le lieutenant fit rassembler dans la cour du poste ce que les partisans avaient pris à leurs adversaires : trois charges de riz, un ballot de frusques militaires, une musette obèse de paperasses et les deux fusils des réguliers, des MAS 36 tout neufs, comme ceux que le capitaine Ebrard avait livrés à Vi Van pour armer sa milice.

« Si ça se trouve, pensa Rouzic, c'est cette vieille ordure qui les leur a revendus. Il va être content, Ebrard! »

Il laissa les deux Viets mitonner dans une étable à cochons, se réservant de les cuisiner dans la soirée après l'inventaire de leur sac à papiers. Outre les documents habituels, bordereaux, états et autres notes de service, il contenait une liasse de vraies piastres et un lot de tracts naïvement illustrés, rédigés en chinois, en annamite et, en français. Ces derniers exhortaient leurs destinataires à combattre « le colonialisme assassin » pour que s'élève au-dessus du Viêt-nam libre et unifié, l'« éclatant soleil de la Démocratie » à l'instar des grands peuples américain et soviétique.

« Encore un coup de Gwendoline, se dit Rouzic. Ebrard va bouffer son chapeau de brousse si je ne lui rapporte pas son adresse. »

Il décida, sans plus attendre, de la demander aux deux *bo doï*.

– Bui Chu, va me chercher les tôlards... au trot!

Le chef de village resta immobile, les yeux baissés sur ses larges pieds squameux.

– Qu'est-ce qu'il y a ? Vous les avez laissés filer, hein?

– Non, mon lieutenant. Eux pas partis.

En quelques enjambées rageuses, le lieutenant fut devant l'étable. La porte était ouverte. Les prisonniers gisaient, le cou tranché net mais sans leurs têtes, dans une mare de sang que le fumier desséché absorbait peu à peu.

– Pas partis, répéta Bui Chu, accablé.

– Je ne vois pas comment ils auraient pu faire, imbécile! Qui a fait ça?

– Pas savoir. Les Man contents couper les têtes des Viêt-minh. Sans tête pas moyen entrer le ciel du Bouddha.

– Et c'est en enfer que vous croyez les avoir expédiés. On n'est pas plus con!

Chercher le coupable et le punir n'eût servi à rien. Les montagnards avaient sacrifié à un usage guerrier venu du fond des âges. Le renseignement frais, les aigreurs de Gwendoline et les tripatouillages de Vi Van ils s'en fichaient pas mal. Ce qui les intéressait, eux, chasseurs, c'étaient les deux massacrés qu'ils allaient laisser pourrir au bout d'un piquet à l'entrée de leur village et que les femmes et les enfants viendraient admirer comme des trophées héroïques. Les fusils 36 restaient la seule preuve de la duplicité du mandarin et les tracts, celle de la malveillante collusion de l'oncle Hô et de l'oncle Sam.

Avant de reprendre la route, Joseph négocia avec la femme de Bui Chu qui faisait à Ban Xam profession de prêteuse, le bracelet de Mimi, un anneau d'argent grossièrement gravé, lourd et massif comme un fer de galérien.

Mimi fut contente bien qu'elle le trouvât sans élégance et trop large pour son frêle poignet. Elle se dit que dans quelques jours, quand Ho Sep aurait oublié qu'il le lui avait donné, elle irait le jouer au *ba quan* et qu'avec un peu de chance elle en décuplerait la valeur.

Ebrard se montra médiocrement satisfait du bilan de son adjoint et émit quelques réserves sur la fiabilité de ses informations.

– Dommage quand même que vous n'ayez pas pu interroger vos deux *bo doï.*

– Morts, ils ne pouvaient plus rien m'apprendre, mon capitaine.

– Êtes-vous si sûr qu'ils l'étaient tout à fait quand vous les avez abandonnés sur le terrain ?

Décidément, la sagacité du capitaine ne pouvait être mise en défaut. Quoiqu'il lui en coûtat, Joseph dut avouer ce qui s'était passé à son insu dans la soue du poste de Ban Xam.

– Vous auriez dû me garder un de vos deux artistes entier ou, au moins, me rapporter les têtes.

– Elles n'auraient pas été plus bavardes.

– Non, je me serais contenté de les fourrer sous le nez de Vi Van.

En réalité, il ne l'aurait pas fait bien qu'il sût les Asiatiques sensibles aux mises en scène dramatiques. Il ne s'imaginait pas, en effet, jetant aux pieds du mandarin les crânes à demi putréfiés des deux Viets dans un geste pompeux de justicier romain. Mais à laisser faire Vi Van dont la cupidité n'avait pas de limites, tout l'arsenal qu'il lui avait confié risquait d'être revendu au plus offrant, qu'il fût patriote annamite ou pirate chinois.

– Je pars pour Ban Son, demain. Vous prendrez la permanence jusqu'à mon retour.

– Consigné ?

– Appelez ça comme vous voulez, mon vieux.

Au fond, il ne déplaisait pas trop au lieutenant Rouzic de quitter un peu l'atmosphère confinée du grenier où, comme l'avait prévu Ferlac, un confortable enlisement le menaçait. Il avait suffi de ses quelques jours d'arrêts dans l'exclusive société de Mimi pour qu'il se lassât de son bavardage et de son agitation. Pendant l'absence d'Ebrard, il lui consacrerait une ou deux heures de l'après-midi. Après tout, la pénombre des siestes était aussi propice à l'amour que l'obscurité des nuits. Passer celles-ci sur un lit pliant dans le silence feutré du Yamen ne constituait pas une épreuve si cruelle. Mimi, prudente, accepta cette nouvelle séparation sans ameuter la rue des Japonaises.

A Ky Lua d'où l'on n'était guère sorti depuis le nouvel an, le peloton Ferlac s'ennuyait aussi. Les automitrailleuses, assoupies dans la cour, semblaient se tasser sur leurs caisses comme des poules dans leurs nids de poussière. Deux d'entre elles étaient d'ailleurs immobilisées faute de freins et l'eau savonneuse dont le chasseur Orlof avait savamment dosé l'émulsion, n'avait pas pu remplacer l'introuvable huile Lockheed. Pour se racheter de son échec, le dépanneur qu'aucune audace n'effrayait en matière de mécanique avait entrepris de roder les soupapes. Les moteurs à qui l'opération avait donné une seconde jeunesse tournaient en pure perte pour le seul plaisir de ronronner.

Les hommes que n'occupaient pas la garde, les corvées, l'entretien de routine, tapaient dans des ballons sur le stade, barbotaient dans la mare des grottes une ligne à la main ou relisaient des revues dépenaillées assis sur les marches des classes.

– C'est tous les jours dimanche, grognaient les équipages, et le dimanche, on s'emmerde !

Seul le chasseur Pardiès Ramon était d'un avis contraire. Dans ses montagnes perdues, son troupeau ignorait le repos hebdomadaire et le dimanche ressemblait tristement à tous les autres jours. Au peloton, il n'avait pas assez de temps pour briquer sa Jeep à en arracher ce qui restait de peinture, à ânonner son alphabet et à tirer la langue sur son ardoise d'écolier.

– Alors, ça marche l'écriture, Pardiès ?

– Ça marrrche, mais faudrait que j'aie quelqu'un « à écrirrre ».

– T'aurais pas laissé une marraine, des fois, chez tes brebis ?

Le brigadier Révoil eut beau expliquer son coquard par

la rencontre fortuite de son front et d'une arête de blindage, il ne fut pas cru une seconde.

⁂

Un dimanche de janvier, à la sortie de la messe, Ferlac emmena Fabienne à la popote de la gare prendre un verre. Comme elle n'était pas de service, elle accepta de rester déjeuner, mais lorsqu'il fut question de bridge, elle prétexta des rangements, des lettres à écrire, le thé chez les Carrières, pour rentrer à l'hôpital. Ferlac, qui redoutait les anathèmes du père Mangin et la compassion amusée des autres partenaires, trouva dans la retraite de l'infirmière une bonne occasion d'opérer la sienne.

– Je vous raccompagne, Fabienne ?

– Je sais le plaisir dont je vous prive en acceptant, répondit-elle avec une feinte confusion.

Au lieu de se diriger vers la citadelle, ils partirent à pied dans le sens contraire sous la voûte rouge des flamboyants. C'était peut-être les derniers beaux jours avant le crachin. Le ciel était nébuleux mais le soleil parvenait encore à percer ce filtre de vapeurs et faisait scintiller des risées sur le Song Ky Cong. Il faisait presque chaud. A la briqueterie ils descendirent jusqu'à la rive où, pour prélever l'argile, les terrassiers avaient creusé une sorte de crique. L'eau était claire et profonde.

– On se baigne ? proposa Fabienne.

– Sans maillots de bain ?

– Qu'est-ce que ça peut faire. Vous n'avez pas besoin de me regarder. Et j'ai quand même quelque chose sous ma robe.

Elle l'ôta prestement. Il eut à peine le temps d'entrevoir, avant qu'elle ne plonge, que ce quelque chose était blanc. Pour ne pas lui offrir plus longtemps le spectacle ridicule de son slip kaki du paquetage, il se jeta à l'eau lui aussi. Elle lui parut glaciale. Il suffoqua.

– Elle est bonne, n'est-ce pas ? souffla Fabienne dans son dos.

Il se demanda si elle ne se moquait pas de lui. Bien sûr, elle qui se baignait à Concarneau presque toute l'année dans une mer quasi arctique ne pouvait que la trouver délicieuse. Il sortit le premier, transi, claquant des dents, attentif pourtant quand elle émergea de l'onde comme une nymphe des sources, impudique et candide. Les pointes de ses seins durcies par la fraîcheur de l'eau tendaient l'étoffe mince et presque transparente de son soutien-gorge et son slip laissait plus que deviner le triangle sombre de sa toison. Il détourna la tête. En se rendant compte de son trouble Fabienne regretta alors de l'avoir provoqué.

– Ne me dites pas que c'est la première fois que vous voyez une dame dans cette tenue, Bertrand.

– Euh... non, bredouilla-t-il.

Tout rougissant, il pensa à Lucy dont le premier geste en entrant dans sa chambre était de jeter sa petite culotte par-dessus son épaule avant de se renverser sur son lit, les cuisses ouvertes. Il est vrai qu'elle compensait son mépris des raffinements préliminaires par une ingénieuse obscénité dans l'action. Le comportement de Fabienne laissa Ferlac perplexe. Avait-elle voulu éprouver, en le tentant, la pureté de ses sentiments ou, en s'exhibant à lui presque nue, lui montrer le prix qu'elle attachait à leur intimité ? Comme toujours, le sous-lieutenant de Ferlac choisit l'hypothèse qui correspondait le mieux à ses espoirs. Jusqu'à présent, il était le seul à qui elle eût dévoilé autant de son corps, le seul aussi à qui elle eût donné de vraies marques de tendresse. Il en ressentit sur-le-champ une revigorante bouffée de fierté. Ils se rhabillèrent néanmoins en se tournant le dos.

Jusqu'à la cour de l'hôpital, ils restèrent silencieux. A l'instant de se quitter, elle lui souleva le menton du bout de l'index et le dévisagea avec un sourire pétillant au fond de ses yeux de nuit.

– Vous savez, Bertrand ?

– Dites !

– Je vous aime... bien !

Il attendit qu'elle fût entrée chez elle pour redémarrer. Sur le siège de toile de la Jeep à côté de lui le cercle humide qu'elle avait laissé s'évaporait, souvenir fugace de ce qui avait été, somme toute, un bien agréable après-midi.

A son retour de Ban Son, le capitaine parut plus énigmatique, plus désinvolte que jamais, mais Rouzic ne se doutait pas que sous ce masque il cachait son inquiétude et sa déconvenue. Ce fut sur le ton le plus habituel qu'il raconta à son adjoint sa visite à Vi Van. Certes, le mandarin l'avait bien reçu et sa bande de pirates s'était présentée comme une unité cohérente et apte au combat. L'armement était bien entretenu et complet, sauf deux MAS 36. Les vagues explications qu'il lui avait fournies n'avaient pas convaincu Ebrard.

– Ces armes ont disparu, monsieur. C'est tout ce que je vois et une arme ça ne s'oublie pas comme un parapluie derrière la porte d'une boutique. Dites-moi plutôt que deux de vos hommes ont déserté en les emportant.

– Chez moi, on ne déserte pas, mon capitaine.

– Alors elles ont été volées. Dans les deux cas, vous avez manqué de vigilance. L'Armée française ne vous a pas confié des fusils pour les retrouver dans les mains du Viêt-minh. Mais, sachant votre fidélité, je ne peux pas penser que votre négligence ait été... volontaire.

Le mandarin avait senti sa face dangereusement menacée. Avec un bel aplomb, il s'était fait fort de retrouver les voleurs avant la chute du jour, alors qu'à l'évidence il n'avait fait jusque-là aucun effort pour les chercher.

Vers le milieu de l'après-midi, Ong Cop triomphant, bardé comme un samouraï d'estampe, avait annoncé au capitaine que les deux criminels avaient été surpris dans une grotte, qu'ils avaient spontanément (? ?) avoué leurs larcins et leur trahison et qu'ils avaient été exécutés aussitôt. En effet, deux cadavres décapités fraîchement flanquaient l'entrée de la villa. Une arrestation aussi rondement menée, une justice aussi expéditive avaient paru des plus suspectes à Ebrard.

– J'aurais quand même aimé les interroger moi-même, monsieur.

– Différer leur exécution eût été tenter ma mansuétude, mon capitaine.

Il était plus que probable que les suppliciés n'étaient pour rien dans l'affaire. Le mandarin devait avoir quelques prisonniers en réserve dans sa geôle et en avait froidement sacrifié deux pour sauver sa face et apaiser les inquiétudes du Français. Morts, les suspects ne pouvaient plus protester de leur innoncence, mais rien ne prouvait non plus qu'ils n'étaient pas les coupables. Devant un tel cynisme, Philippe s'était demandé s'il n'allait pas remballer son arsenal et le ramener à Langson. Mais il eût à son tour perdu la face pour s'être fait rouler par une canaille avérée. Et puis, en abandonnant Vi Van, il courait le risque de le faire basculer dans le camp des Viêt-minh.

– Et vous croyez vraiment qu'il a vendu les fusils, mon capitaine ?

– Je l'ai cru. Mais j'ai réfléchi qu'avec les dîmes, les impôts, les amendes qu'il prélève sur tous et sur tout dans son fief, il n'a pas besoin de fourguer deux pétoires.

– Alors ?

– Je ne sais pas. Je lui ai fait promettre – mais que vaut la parole d'un petit « seigneur de la guerre » ? – de me ramener ici, sous huitaine, deux réguliers, intacts et vivants, avec leurs armes en échange de celles qu'il a laissé filer. On verra bien.

– Et l'opium ?

– Je lui ai dit que je n'en avais plus, que justement, on m'avait volé celui que je lui destinais, mais que moi, je faisais tout pour retrouver les coupables. « Les vrais, monsieur », ai-je ajouté.

Le lieutenant Rouzic ne put s'empêcher de relever l'étrange similitude de leurs déboires avec leurs prisonniers.

– Vi Van et Bui Chu se sont payé nos têtes, mon capitaine... si j'ose dire.

– Jeu de mots détestable, Rouzic.

Depuis la mi-janvier, le crachin tombait chaque jour, bruine bretonne obstinée qui noyait le paysage de grisaille et que, parfois, un coup de vent chassait pour laisser apparaître dans un rayon de soleil livide l'arête d'un calcaire, la croupe d'une colline, la grosse meule d'herbes du Mau-Son. Sur la R.C. 4, les coupures, même comblées, étaient autant de fondrières glacées de boue. Les convois se traînaient et les Viets, profitant de leur lenteur, les harcelaient comme des taons un animal blessé. Mais les postes tenaient.

Les Vi Van et les Bui Chu de la montagne apportaient de temps en temps au marché de Langson des *du kich*, des Chinois déserteurs et même des *bo doï* ligotés dans des cages de bambou. Ce que les spécialistes du 2e Bureau parvenaient à leur arracher ne faisait guère que confirmer les renseignements que l'on avait déjà. On apprit toutefois que Gwendoline était signalée à Long Tchéou où elle avait trouvé asile chez son compatriote, le pasteur protestant.

Au mess des Maréchaux où il rencontrait Fabienne presque chaque jour, Ebrard lui annonça qu'il allait en Chine à la fin de la semaine.

– Je vous emmène ?

– Pourquoi pas ?

Il avait proposé cela pour plaisanter et n'espérait pas une seconde qu'elle accepterait de le suivre dans cette aventure. Pour elle, comme pour Ferlac et tant d'autres, la Chine était un rêve d'enfant nourri de lectures édifiantes, de pacotilles de kermesse, de conférences missionnaires. Et surtout, elle était flattée qu'Ebrard, après l'avoir traitée avec une affectueuse condescendance, la jugeât enfin digne de partager un épisode de sa vie mystérieuse.

Comme un galant demandant à un père la permission d'emmener sa fille au bal, il alla prier le commandant Carrières de lui confier son infirmière pour deux jours. Le chirurgien ne fut pas difficile à persuader. Hélène et lui trouvèrent que l'occasion était bonne de faire sortir le bel oiseau de sa cage et de lui faire découvrir un autre horizon que les murs de la citadelle et les rives embrumées du Song Ky Cong.

Ferlac trouva le moyen d'être jaloux des deux, du capitaine parce qu'il enlevait une Fabienne consentante, de Fabienne parce qu'il aurait bien aimé être à sa place. Il affecta une mine sombre et préoccupée dont la jeune femme le taquina.

– C'est pour vos automitrailleuses que vous vous faites du souci, Bertrand ?

– Oui... Non... Mais puisque vous allez en Chine, vous, répondit-il avec humeur, rapportez-moi donc de l'huile Lockheed !

– Non, Fabienne, intervint Ebrard, ce n'est pas une

lotion capillaire. Nous chargerons Nhong Ho Tong de nous dégoter ça.

A Dong Dang, le capitaine Capelle les reçut à déjeuner avec les fastes d'un rajah, comme s'ils avaient été un couple princier en voyage de noces dans une colonie de la Couronne. Il leur remit leurs passeports que lui avait transmis le consul de Long Tchéou. C'était une longue feuille de papier de riz dont la calligraphie eût été une œuvre d'art si elle n'avait pas été cochonnée par la bave rouge d'un énorme tampon.

A Nam Quan, Fabienne s'étonna que la frontière ne fût qu'une porte sans vantaux.

– C'est pour assurer la libre circulation des ancêtres. Ils ont de la famille de chaque côté, expliqua Ebrard.

A la douane, ils embarquèrent dans leur Jeep, pour leur servir d'escorte, un couple de soldats chinois somnolents. Ils étaient coiffés d'une casquette réclame de coureur cycliste et portaient des uniformes délavés où quelques taches verdâtres rappelaient qu'ils avaient été kaki. Ils étaient équipés d'espingoles surannées mais leur arme la plus dangereuse était le long tournevis destiné au démontage de la première et qu'ils portaient au flanc dans un étui comme une baïonnette. Les cahots ne les empêchèrent pas de retomber dans la torpeur d'où l'arrivée des étrangers les avait sortis.

La route était sinueuse. Fabienne admira que, pour en signaler les virages, des artistes des Ponts et Chaussées eussent personnalisé chacun d'entre eux en les peignant sur des panneaux de bois tels qu'ils apparaissaient réellement aux voyageurs.

– Les Chinois sont des gens de goût. Ils savent rendre jolis les objets les plus ordinaires.

– Vous les aimez tant que cela, Philippe, les Chinois ?

– Ils me fascinent.

– Et moi ?

Elle avait les yeux fixés droit devant elle. Sans qu'elle s'en aperçût, il détailla du coin de l'œil son beau profil d'Orientale, ses sourcils étirés vers la tempe, ses pommettes hautes, le ferme dessin de ses lèvres qu'un demi-sourire relevait.

– Si je vous répondais oui, vous penseriez que je le fais par politesse.

Ils restèrent silencieux jusqu'à la gare de Long Tchéou, seule enclave française dans la ville. Le consulat de France s'y était installé depuis que les trains n'y arrivaient plus. Le consul était à Nan-ning, la capitale de la province.

L'irremplaçable Timothée les reçut. C'était un gros homme, mais quand il se déplaçait il avait l'aisance et la souplesse d'un danseur. Il leur fit les honneurs de la station. Elle était absolument semblable à celle de Langson avec les mêmes « Hommes-Dames » discrètement cachés dans le feuillage, et la lampisterie garnie des mêmes lanternes étincelantes. La seule différence était qu'au-delà des quais les rails avaient totalement disparu de la voie. Le ballast n'était plus qu'une simple chaussée de cailloux où des files de paysans, palanques à l'épaule, trottaient comme sur une diguette.

– Que diable ont-ils fait de toute cette ferraille, monsieur Timothée ?

– Des marmites, mon capitaine, et des outils. Ils ont tronçonné des kilomètres à la scie à métaux et ils ont brûlé les traverses pour les fondre.

– Sage économie, murmura Philippe. Rien ne s'est perdu.

Fabienne monta se reposer dans sa chambre au-dessus du bureau du chef de gare où le métis et le capitaine s'étaient enfermés sans se soucier d'elle. Le plancher était mince, les murs sonores. Elle tendit l'oreille pour essayer de comprendre ce qu'ils se disaient, mais ils s'exprimaient en chinois. Bien que Philippe ne lui eût rien dit des buts de son voyage, elle se doutait bien que ce n'était pas seulement une visite de courtoisie.

En attendant l'heure du dîner, elle s'installa dans un fauteuil de rotin à la fenêtre qui s'ouvrait, au-delà des voies, sur la rivière et sur la ville. La berge disparaissait sous un amas confus de maisons de bois perchées sur des pilotis que la décrue avait découverts. Au-dessus, Long Tchéou, dans la bruine, apparaissait comme une carapace luisante d'écailles brunes sous laquelle rien ne laissait deviner ses places, ses rues, son grouillement de fourmilière. Elle se dit qu'elle eût aimé être ce « Diable boiteux » qui soulevait les toits de Madrid pour épier les secrets de ses habitants et découvrir peut-être celui que lui cachait Philippe Ebrard.

Chez le chef de gare, la conversation touchait à sa fin. Timothée tendit au capitaine sa blague à tabac. Ils tétèrent leurs pipes et contemplèrent en silence les anneaux de leur fumée flotter dans l'air immobile de la pièce. Ils conclurent leur entretien en français, cette fois.

– Quelles sont les relations du curé et de son confrère l'hérétique ?

– Mauvaises.

– Alors, s'il sait quelque chose, il nous le dira d'autant plus volontiers.

Le métis vrilla son index dans sa tempe.

– Et ça se manifeste comment ?

– Manie de la persécution. Il prétend que tous les jours, à midi, un coq vient chanter dans sa citerne exprès pour l'embêter.

– Et il n'y a pas de coq ?

– Naturellement, mais... je, j'ai entendu quand même.

– Je vois, je vois, soupira Philippe. Et vous confirmez que le pasteur héberge sa nièce en ce moment ?

– On le dit. Mais vous savez, mon capitaine, en Chine, la présence de nièces n'a rien d'exceptionnel chez les ecclésiastiques européens.

– Ailleurs non plus. J'irai le voir demain avec la personne qui m'a accompagné. Elle parle un peu l'anglais. Gwendoline, si c'est elle, se laissera peut-être aller à des confidences autour du thé rituel. Moi, je me ferai passer pour un ingénieur des chemins de fer. Dans l'état où ils sont, ça ne surprendra pas.

– Et si c'est bien votre Gwendoline ?

– Monsieur le consul trouvera bien un moyen de la faire expulser.

– Ça m'étonnerait.

– Je peux lui fournir des arguments pour les autorités chinoises... si vous voyez ce que je veux dire.

– Mmm, je les connais ces prosélytes. Vous les foutez dehors par la porte et vous les voyez aussitôt réapparaître à la fenêtre.

Le capitaine laissa Timothée à la préparation de son dîner et sortit sur le quai que la marquise abritait du crachin. Ce fut là que Fabienne vint le rejoindre. Elle lui prit le bras et l'entraîna sur un banc à l'aplomb de la grosse pendule arrêtée à l'heure du dernier convoi.

– Ici, le temps ne compte plus, vous voyez, Fabienne.

C'était une banalité. Il avait dit n'importe quoi pour entamer un dialogue qu'il prévoyait difficile. Elle l'aida.

– Avouez tout, Philippe. Qui est cette Gwendoline ? Une bonne amie ?

– Vous écoutez aux portes ? Ce n'est pas digne de vous.

– Vous parliez assez fort pour que je vous entende.

– Non. Gwendoline n'est pas ma bonne amie. Je ne l'ai jamais vue, mais elle doit être laide à fuir avec des grandes dents jaunes, des mains comme des dictionnaires et les pieds en dedans.

Il lui expliqua qu'il la cherchait non seulement parce qu'elle était un agent provocateur contre la France, mais aussi parce que se déplaçant sans cesse le long de la frontière, elle devait en savoir beaucoup sur les mouvements politiques à l'intérieur du Viêt-minh et sur ses connivences avec les agitateurs communistes chinois.

– Je compte un peu sur vous pour lui tirer les vers du nez. Elle l'a sûrement pointu et fouineur.

– En somme, si vous m'avez emmenée, ce n'est pas pour mes beaux yeux, mais parce que je pouvais vous être utile dans votre enquête ?

– Non. Je n'y pensais pas quand je vous ai demandé de m'accompagner. Il n'empêche que vos yeux sont beaux, même quand vous vous fâchez.

Il posa une main légère sur son genou que sa jupe découvrait. Elle ne la repoussa pas bien que ce fût là un geste possessif réservé à un mari ou à un amant. Elle pensa à sa première escapade à Tay Ninh avec lui, à son pèlerinage au bord du Vaïco, à Alain aussi, un peu. De sa « cour » d'où son bouffon s'était exclu de lui-même, il ne restait que Bertrand, son chevalier jaloux et sourcilleux, pour lequel elle éprouvait des bouffées de tendresse au point de désirer le serrer contre elle et le cajoler comme l'enfant qu'elle voulait et avec lequel elle le confondait. Son « conseiller » l'intimidait toujours, mais c'était de lui qu'elle eût préféré recevoir les caresses.

– Pourquoi ne vous êtes-vous pas marié, Philippe ?

– Il faudra bien que je le fasse un jour.

– Vous dites cela comme s'il s'agissait d'une fatalité.

– Et j'épouserai sans doute une femme fatale... comme vous Fabienne.

Elle répondit par un petit rire contraint. La bruine chuintait imperceptiblement sur la verrière au-dessus d'eux. De la ville montait un bourdonnement de ruche close. Des pas étouffés faisaient crisser les pierres du ballast. Ils se rendaient compte de ce que l'instant, dans cette gare morte, sur le banc des vaines attentes, avait d'irréel et ils le goûtaient comme ces rêves agréables dont, au réveil, on ne se souvient que de la cocasse invraisemblance.

L'urbanisme de Long Tchéou, que n'avait inspiré aucun ordre colonial, était le produit de l'individualisme et de la fantaisie chinois. Les rues étaient étroites et tortueuses, pavées de briques gluantes de détritus et de poussière mouillée, à demi couvertes par les auvents des échoppes. Elles étaient encombrées d'autocars en ruine, de carrioles, de charrettes à bras, de chars à buffles dont certains avaient encore des roues pleines comme des meules de moulin. Fabienne retrouva enfin l'Asie de ses images.

– C'est un peu sale et bruyant, mais plus amusant que Langson.

– Ce ne le sera plus longtemps. Les communistes vont nous aseptiser tout ce pittoresque en trois coups de torchon obligatoires.

Le Yamen aux murailles grises ressemblait à un fort pour soldats de plomb et pour ne pas dépayser ses convertis, le temple protestant qui se nichait dans son ombre imitait une pagode au toit cornu.

Le pasteur, prévenu par un émissaire de Timothée, les guettait sur son seuil. C'était un homme de proportions majestueuses, imberbe bien que la barbe fût un attribut essentiel du missionnaire. Il était vêtu d'un pantalon militaire et d'un curieux chandail bleu layette dû, sans doute, à quelque tricotage d'ouvroir.

Il s'avança vers eux une main largement ouverte.

– *My name is* Smingley.

– Ebrard... *My wife. But I suppose that you speak chinese, Reverend*, se hasarda Philippe.

– *I do.*

– J'aime mieux ça, dit-il à Fabienne. Vous ferez la conversation à la demoiselle pendant que je bavarderai avec son tonton.

Justement, la demoiselle venait de partir pour Nanning chercher un lot de médicaments, de lait condensé et de bibles, dons généreux de l'Amérique au paganisme nécessiteux. Mais le tonton assura qu'elle eût été ravie de pouvoir parler avec une Française.

– Parce qu'elle parle français ?

– Elle l'a appris à l'université.

– Et le chinois, je pense ?

– Ce qu'il faut pour le marché, les boys, le dispensaire.

Quant à la situation sur la frontière qu'évoqua Ebrard, il se montra des plus évasifs, arguant qu'il se consacrait uniquement à son apostolat, mais qu'il espérait que les hordes barbares de Mao Tsé-toung n'oseraient pas s'en prendre aux temples de Dieu.

Pour clore l'entretien, il emmena ses hôtes visiter le sien. Sa *pretty little church* * comme il la décrivit à Fabienne, était une salle sans vocation particulière, meublée d'un austère crucifix de bois noir et d'une barre de prétoire contre laquelle était appuyé un accordéon gros comme un soufflet de wagon. Le pasteur empoigna l'instrument et pianota quelques mesures d'un cantique qu'accompagnèrent aussitôt de leurs piaillements une poignée de zélés catéchumènes.

– Ma nièce leur apprend aussi à chanter, ajouta fièrement Smingley.

– Pas de doute, marmonna Ebrard, elle a l'enseignement dans le sang, la chipie.

Le révérend prit congé d'eux avec les plus vives démonstrations d'amitié, grandes tapes dans le dos du capitaine et interminable poignée de main à sa compagne.

– *And come back for another chat with my niece* **, Mrs. Ebrard.

En revenant de la gare, ils flânèrent devant les étalages où il n'y avait rien qui pût tenter un touriste. Comme

* Jolie petite église.

** Et revenez bavarder avec ma nièce.

Fabienne se taisait, Philippe finit par lui avouer sa déception.

– Nous avons fait chou blanc. Il nous a eus, ce faux curé. La Gwendoline était peut-être là à ricaner derrière la porte d'un placard. Mais je ne pouvais quand même pas fouiller toute la Mission. Je vais fourrer Nhong Ho Tong sur la piste. Où qu'elle soit, il la dénichera, même en enfer.

Fabienne le laissa soliloquer sans paraître même l'écouter.

– Cela ne vous intéresse pas ce que je vous dis, Fabienne ?

– Nous avons fait chou blanc... Il nous a eus! Pourquoi ce nous ? Je ne vous ai pas demandé d'être mêlée à ce micmac, moi ! Et puis ce toupet que vous avez eu de me faire passer pour votre femme !

– Comment vouliez-vous que je vous présente ?

– Comme ce que je suis.

– Savez-vous seulement ce que vous êtes ?

Fabienne se renferma dans son mutisme boudeur. C'était maintenant à elle qu'elle en voulait. Au fond le rôle que lui avait fait jouer Philippe n'avait rien de déshonorant et elle eût dû s'en amuser plutôt que de le lui reprocher aussi vertement.

– Je ne le ferai plus, Fabienne, dit-il d'un ton contrit.

Mais il n'était pas si certain de ne pas avoir envie de récidiver un jour. Pour de bon.

Nhong Ho Tong prit contact avec le capitaine Ebrard avant qu'il ne reparte pour Langson sous le prétexte de faire prolonger un visa au consulat. Ebrard lui livra le peu qu'il avait appris par le bavardage de Timothée et les faux-fuyants du pasteur. Pour le Chinois et son réseau de cousins, il suffisait que Gwendoline ne fût pas un fantôme. Où qu'elle se cachât, il la trouverait et, sans lui infliger le supplice des cinq couteaux, il la dégoûterait à jamais de traîner dans le Kouang-si.

Le surlendemain, Nhong Ho Tong fit savoir au capitaine qu'il l'attendait aux Cinq Dragons et qu'il serait heureux de dissiper en fumées en sa compagnie un peu du salaire de sa mission, ce qui voulait dire qu'il l'avait menée à bonne fin. Il n'avait eu aucun mal à intercepter

Gwendoline sur la route de Nan-ning à Long Tchéou où elle revenait avec sa camionnette. Usant d'arguments « raisonnables », il l'avait persuadée d'abandonner sa cargaison de pharmacie et de bons sentiments et de l'accompagner jusqu'au fortin abandonné de Na Tien, sur la frontière, précisément.

– C'était un enlèvement.

– Mais je n'ai pas exigé de rançon et je l'ai rendue saine et sauve à sa famille, mon capitaine.

Il avait suffi, poursuivit le Chinois, de la laisser macérer toute une nuit dans une casemate souterraine de l'ouvrage, dans le noir et l'humidité.

– Allons donc, Gwendoline n'est pas de la trempe à se laisser impressionner par ce genre de sévices.

– Non, mon capitaine, mais il y avait les rats.

– Comment le saviez-vous ?

– Parce que je les y avais mis ! Le matin, je l'ai raccompagnée jusqu'à son auto et je l'ai prévenue que si elle ne quittait pas la province nous serions obligés de l'enfermer de nouveau avec des rats, mais que cette fois, j'aurais fait le nécessaire pour qu'ils aient vraiment faim. Rassurez-vous, mon capitaine, elle a assez crié dans la cave de Na Tien pour que vous ne l'entendiez plus jamais.

Ebrard aspira sa bouffée d'opium et rendit sa pipe à l'hôtelier. Il se renversa rêveur sur le bat-flanc, les yeux au plafond.

– Je ne peux pas dire que j'approuve entièrement le procédé, Nhong Ho Tong, mais l'essentiel, n'est-ce pas, est qu'il soit efficace.

– J'étais payé. Je ne pouvais que réussir, mon capitaine. Mais vous me devez trois cents piastres pour l'huile de votre ami des blindés.

C'était vrai. Pour une fois, il avait accepté la commande sans qu'elle eût été réglée d'avance.

XIII

Bien que l'absence de Fabienne et d'Ebrard n'eût été que de quelques heures, il sembla à Ferlac qu'elle avait duré une éternité, en tout cas assez longtemps pour que l'innocence de la première eût cédé aux malignités du second. Mais quand il la revit au bar des Maréchaux, deux jours après son retour, rien sur son visage ou dans son comportement avec lui ne donnait à penser qu'il s'était passé entre eux quoi que ce fût d'inavouable. Ce fut pourtant avec une insistance maladroite qu'il chercha à effacer ses derniers soupçons.

– Alors, il vous a fait la cour, votre beau capitaine ? demanda-t-il d'un ton badin.

– Il n'est pas plus à moi que vous, Bertrand.

– Long Tchéou même chose Cythère, non ?

– Que croyez-vous donc ? Philippe est parti en Chine à la recherche de Gwendoline, une espèce d'espionne américaine et il ne m'a emmenée que pour l'aider à la confondre.

– Ah bon ! Il n'avait qu'à le dire, alors ?

– Je n'en savais pas plus que vous. Bref, nous sommes revenus bredouilles. Enfin... J'ai quand même rapporté quelque chose pour vous.

Elle lui tendit un paquet enveloppé de papier rouge de la taille d'une boîte à chaussures. Il le déballa fébrilement.

– Oh ! s'exclama-t-il en rougissant. Vous y avez pensé !

Ce n'était que deux bidons de tôle marqués de l'étoile américaine, mais qu'elle s'en fût souvenue lui fit plus de plaisir que s'ils avaient contenu quelque précieux élixir.

L'huile Lockheed venait à point pour que le peloton Ferlac, relégué par son infirmité dans la cour des miracles de Ky Lua, pût caracoler en tête de l'opération d'An Chau. Le colonel Dargence la méditait depuis qu'au poste de Dinh Lap il avait contemplé couleuvrant dans le fouillis des calcaires la route du Sud vers Hanoï. An Chau n'était que la première étape, la plus difficile. Au-delà, le relief s'apaisait de colline en colline jusqu'à la platitude sereine du Delta.

Jusqu'à son objectif, la reconnaissance se heurta à des coupures qu'elle eût franchies comme une reprise de débutants les fagots d'une carrière, si elles n'avaient été noyées de boue. Le crachin tombait en effet sans répit depuis quinze jours sans les regrets de soleil qui, aux premiers jours de la saison humide, parvenaient parfois à trouer le plafond des nuées. Dans cette vitreuse poisse, on n'y voyait pas à vingt mètres. Pourtant les *du kich*, se fiant au bruit des moteurs, accompagnaient la colonne des « tac-coo » de leurs mousquetons. Débarquer les fantassins n'eût servi qu'à amortir davantage le coup de poing que le colonel avait espéré bref et violent.

Ce ne fut qu'en abordant les premières paillotes d'An Chau que le Viet se manifesta vraiment comme s'il avait voulu prévenir l'intrus que ses chiens jusqu'alors hargneux seulement pouvaient mordre aussi. De la tour qui dominait le village, une rafale vint crépiter sur le blindage de *Simoun* aussitôt suivie du claquement de ses trappes prudemment refermées. Une grenade lancée l'on ne sut d'où roula sous la caisse et, en explosant, se contenta de bosseler la tôle mince du plancher.

– Rendez compte, *Simoun*, demanda le sous-lieutenant.

Dans le fondu du paysage, le maréchal des logis Cousseau ne distinguait du fortin qu'une forme vague estompée par les stries serrées de la pluie.

– Je n'y vois que dalle, *Sirocco.*

– Arrosez quand même!

– Comme si on ne l'était pas assez comme ça, râla le tireur. Je n'ai pas d'essuie-glace à ma lunette, moi.

Cousseau émergea de sa cuve et lâcha dans la nature une demi-bande de sa mitrailleuse. Ses traceuses s'éteignirent vite en se perdant dans le brouillard. Une section de marsouins, progressant en file de chaque côté de la route, arrivait à son niveau quand une deuxième giclée de F.M. sonna sur la tourelle. Le sous-officier ressentit alors une vive douleur à sa main droite comme si elle avait été atteinte par un étui brûlant éjecté de son arme. Il constata avec stupeur que son majeur ne tenait plus que par un lambeau de peau.

– Merde! s'exclama-t-il. Je suis blessé, les gars!

D'un geste irréfléchi, il tenta vainement d'arracher ce petit bout de chair et d'os, dérisoire chipolata qui, ne lui servant plus à rien, l'embarrassait. Il s'énerva.

– Mais ça ne vient pas, nom de Dieu!

Il tendit son bras à Chalant qui, l'œil collé à son oculaire embué, s'exaspérait d'être aveugle.

– Coupe-moi ça, Chalant!

– C'est dégueulasse... Je ne peux pas faire ça, maréchal des logis.

– Coupe, je te dis!

Un ordre est un ordre. Le tireur fit claquer la lame de son Laguiole et trancha le ligament comme il l'eût fait d'une ficelle de colis.

– Hé, devant, passez un paquet de pansements!

A bord de *Sirocco*, Ferlac s'inquiéta du silence soudain de sa voiture de tête.

– Qu'est-ce qu'il y a encore, *Simoun*?

– C'est le margis, expliqua le radio Lejeune. Il a paumé un doigt... et le meilleur, claironna-t-il pour que nul n'en ignore.

Ferlac sauta à terre et accourut, furieux, pensant que Cousseau s'était coincé dans la culasse de son canon.

– C'est malin, Cousseau. Montrez-moi!

Le maréchal des logis leva sa main emmaillotée.

– Et en plus, mon lieutenant, la balle m'a niqué la poignée de ma 30!

– Ah bon! Restez là, je passe en tête.

Mais devant *Sirocco*, il n'y avait plus, diluées dans la mouscaille, que des ombres en chapeaux de brousse et ponchos dégoulinants, qui, déçues, s'interpellaient de cahute vide en cahute vide dans le village rendormi.

Le commandant Carrières n'eut pas de peine à achever l'amputation.

Le maréchal des logis, chaudement recommandé par son chef, fut durant deux jours l'objet des soins délicats que l'on donne aux grands mutilés. Il reçut d'incessantes visites. Ferlac trouva là une occasion de plus pour bavarder avec Fabienne et son équipage de lui apporter le témoignage de sa commisération.

– Avec quoi vous allez vous curer l'oreille, maréchal des logis ?

– Il faudra quelqu'un pour vous boutonner le pantalon...

– Sans compter que...

Las de supporter les sarcasmes et les sous-entendus graveleux devant son infirmière et ses compagnons de salle, Cousseau obtint du chirurgien de revenir à Ky Lua où la verdeur de ses ripostes ne risquait de choquer personne. Ferlac lui rédigea laborieusement une citation à l'ordre de la brigade et le peleton unanime estima qu'une infirmité aussi invalidante valait bien cette consolation.

Le colonel Dargence ne disposait pas d'assez de monde pour tenir la route jusqu'à An Chau et y installer un relais permanent en vue d'une opération plus lointaine. Les renforts se faisaient attendre. L'état-major des T.F.I.N. se donnait de l'air autour d'Hanoï et le long des digues, et entendait nettoyer le delta du fleuve Rouge avant d'aller tendre la main aux garnisons de sa périphérie.

A Langson, le crachin avait cédé sa place à la pluie et une chaleur épaisse et lourde à la relative fraîcheur de la saison sèche. De nouveau, dans la cuvette, les *nha qué* pataugeaient dans leurs rizières que moirait entre deux galops de nuages un soleil écrasant. Pour eux se déroulait le cycle immuable des labours et des semailles avec leurs peines et leurs espoirs.

En revanche, les militaires, qui pour l'instant n'avaient plus rien à faire que de maintenir leurs conquêtes, étaient réduits aux tâches de routine. Entre Dong Dang et la mer, les pilotes des blindés, les chauffeurs des camions patinaient depuis deux mois dans les mêmes coupures gorgées d'eau, cahotaient dans les mêmes fondrières que des mines ou des obus piégés creusaient d'entonnoirs meurtriers. La permanence de la menace jointe à la pesanteur du climat entretenait une nervosité que chacun manifestait à sa manière, mais qui n'épargnait personne.

Le sous-lieutenant de Ferlac, quand il n'était pas d'escorte ou de patrouille, tournait en rond dans la cour de l'école comme un pion maussade commis à la surveillance d'une interminable récréation...

Mieux que les hommes, Fabienne supportait cette atmosphère chargée d'orage. Au reste, elle avait assez à faire avec ses malades pour se pencher sur les états d'âme des bien portants et ceux-ci étaient loin de penser que, si elle s'éloignait d'eux, c'était pour fuir la contagion de leur mauvaise humeur.

Au Yamen, en effet, même Philippe Ebrard que rien ne semblait émouvoir jamais était sensible à cette tension. Il n'apparaissait plus guère au mess des Maréchaux auquel il affectait de préférer l'ordinaire des Cinq Dragons. Aussi avait-il fait de son adjoint la seule cible de son agressive ironie. N'osant y répondre, Rouzic s'en prenait à Mimi.

Elle donnait d'ailleurs quelque prise à sa hargne. Oisive puisque entretenue, elle passait le plus clair de son temps à taper la carte chinoise avec ses anciennes amies de la pagode de la gare et avait transformé sa mansarde en tripot. Souvent, arrivant à l'improviste, il avait dispersé cette pépiante volière, mais ses coups de gueule n'avaient pas été plus efficaces que des coups de torchon sur un essaim de guêpes. Sitôt qu'il était parti, elles revenaient s'accroupir devant leur thé de poupée et leur nougat à la cacahuète.

– Ce qui me chagrine chez vous, Rouzic, et qui m'étonne, avait fini par lui lâcher Ebrard, c'est que vous supportiez encore votre petite maritorne.

Il lui avait dit cela non pour le mettre en garde une fois de plus, mais dans la seule intention de le blesser. Rouzic, bien qu'il fût excédé par ces criailleries et son laisser-aller de souillon, se refusa à accabler Mimi. La défendant, il se défendait lui-même contre une attaque qu'il savait justifiée.

– Elle baise bien.

– Elle fait semblant.

– Et sa soupe vaut bien celle de Nhong Ho Thong.

– Ça m'étonnerait.
– Qu'en savez-vous ? Vous n'y avez jamais goûté !
– Invitez-moi !
– Chiche ! Demain, à déjeuner, avec Ferlac.

Quand ils y arrivèrent, le grenier de la rue des Japonaises était en ordre mais Mimi n'était pas là pour les recevoir. Le fourneau était éteint et le couvert n'était pas mis. Il n'y avait d'ailleurs aucun indice qu'elle eût préparé quoi que ce fût.

– Elle a filé votre cordon-bleu, suggéra Ebrard, acerbe.
– Chez le traiteur peut-être, ajouta fielleusement Ferlac.

Rouzic posa devant eux la bouteille de « patit », deux verres et sortit sans un mot. A la maison de jeu où il alla directement, il la trouva devant une table où une officiante à l'allure de sorcière partageait en petits lots égaux les lentilles du *ba quan*. Il la saisit par son chignon à pleines mains et l'arracha du sol comme il eût fait d'une poignée de plants de riz.

– Tu vas me payer ça, gronda-t-il.

Il l'entraîna par le poignet et dut mettre toutes ses forces pour la hisser dans l'escalier. Elle comparut devant ses juges, échevelée, tremblante de peur.

– Explique-leur maintenant !
– Plus d'argent.
– Et les cent piastres que je t'ai données ce matin ?
– Perdues, avoua-t-elle. La femme *ba quan* beaucoup voleuse.

D'un geste théâtral, il déboucla pour la deuxième fois l'instrument du châtiment. Mais soudain l'idée lui vint qu'en l'obligeant à se montrer nue devant ses hôtes, il aggraverait sa peine en violant sa pudeur.

– *Di vé cai quan *!*

Elle tomba à ses genoux, suppliante dans la posture du Sim Sim.

– Non, Ho Sep. Beaucoup honte.
– Et moi, je n'ai pas honte ?

Il la souleva brutalement d'une main comme il l'avait fait au tripot et de l'autre il fit descendre son pantalon sur

* Enlève ton pantalon !

ses chevilles. Elle se retourna pour offrir le spectacle de ses fesses rondes serrées dans l'attente des coups.

– Assez, Rouzic ! Cessez cette comédie ! Qu'elle se rhabille. Vous avez de l'argent sur vous, Ferlac ?

– Oui, mon capitaine, mais pas beaucoup.

– Ça suffira. Confiez-le-moi !

Ebrard sortit aussi de sa poche quelques billets qu'il joignit à ceux de Ferlac et les tendit à l'Annamite.

– Retourne les jouer, mais gagne cette fois ! Merci quand même, Rouzic !

Sitôt descendus dans la rue, ils entendirent les claquements secs du ceinturon et les piaillements d'écorchée de Mimi.

– Peut-être aurions-nous dû rester, mon capitaine ?

– Elle n'en mourra pas. D'ailleurs, elle le mérite. Quant à lui, je l'avais prévenu.

– Elle le sait ?

– Oui. Elle ne me porte pas dans son cœur. Vous savez, Ferlac, je ne me suis pas fait que des amis en Indochine. Dans le Sud surtout, d'où vient Mimi entre parenthèses. J'ai joué aux caodaïstes et aux Binh Xuyen des tours qu'ils ne sont pas prêts d'oublier. Et puis, il y a cette canaille de Vi Van dont j'ai barbouillé la « face » d'autre chose que de crème parfumée.

Rouzic frappa jusqu'à ce que Mimi ne fût plus à ses pieds qu'un tas de chiffes gémissant, secoué de sursauts. Sans lui jeter un regard, d'une main encore tremblante de rage, il rajusta maladroitement son ceinturon. Puis il avisa sur la table la bouteille que ses invités n'avaient pas eu le temps d'entamer. Il avait la gorge sèche, la bouche amère, le cœur surtout plein de dégoût. Il n'en fallait pas plus pour que son vieux démon se réveillât. Il se servit un demi-verre de « patit » qu'il allongea quand même d'une louchée prise à la jarre d'eau fraîche. Il le but d'un coup, la tête renversée en arrière comme les clients pressés du bistrot de Pierrette lampaient leurs bolées de cidre. Mais sa soif n'en fut pas étanchée. Alors, il but encore et ne s'arrêta de boire que pour s'affaler, assommé sur le lit.

Quand il émergea de sa sieste poisseuse, il était plus de trois heures. De Mimi, il ne restait sur le plancher raboteux que l'atoll noir de son *cai quan*. Il alla en titubant plonger sa figure dans le baquet de la douche. Cela ne le dessoûla pas et pas davantage la pluie qui tombait à seaux et sous laquelle il sortit de la maison en y oubliant son poncho et sa coiffure. Il erra au hasard dans les rues désertes et ses pas, devenus mieux assurés, le menèrent jusqu'à la citadelle.

A la vue de la croix rouge au-dessus de la porte de l'hôpital, la confusion qui avait jusque-là régi son attitude se mua en une idée fixe, une idée d'ivrogne, dont l'exécution ne pouvait être qu'immédiate : se justifier auprès de Fabienne. Avant qu'elle ne l'eût appris par la rumeur, elle devait savoir de sa bouche sa rupture avec Mimi et son humble retour à la « cour ».

A l'accueil de l'hôpital, son air fiévreux et sa démarche incertaine n'étonnèrent pas l'infirmier de garde.

– Un coup de palu, mon lieutenant. On va vous arranger ça en moins de deux.

– Je veux voir Mme Récy.

– Pour une piqûre dans les fesses, je peux faire aussi bien qu'elle.

– Je te dis que c'est elle que je veux.

– A cette heure, elle fait la sieste et je ne sais pas si...

– Où est sa chambre ?

Malade ou pas, le visiteur était officier et l'infirmier, tout caporal-chef qu'il était, n'osa pas lui tenir tête plus longtemps. Rouzic traversa la cour en courant sous l'averse. La fenêtre de Fabienne était entrouverte. A travers le rideau de gaze, il la vit endormie sur son lit de fer, dans une pose abandonnée, presque lascive, vêtue seulement d'un slip et d'un soutien-gorge blancs. Le désir de ce corps offert se fit plus impérieux que jamais et effaça tout ce qui lui restait de raison. Il se hissa sur l'appui et sauta à l'intérieur de la pièce. Réveillée en sursaut, Fabienne se couvrit de son drap mais elle le laissa retomber quand elle le reconnut.

– Oh, c'est vous Joseph ? Vous auriez pu frapper à la porte. Je vous aurais ouvert. Vous n'êtes pas bien ? Voilà ce que c'est de ne pas prendre sa quinacrine. Le temps que je m'habille, allez m'attendre à la salle de soins. Je vous donnerai quelque chose. Vous n'auriez pas dû venir sous la pluie. Qu'avez-vous fait de votre calot ?

Elle avait débité son petit discours d'une traite, haletant comme pour assourdir sa peur et conjurer la menace qu'elle distinguait dans le regard trouble de Rouzic. Sans le quitter des yeux, elle se dirigea vers la chaise où elle avait posé sa jupe et sa blouse blanche. Mais avec une agilité inattendue, il bondit sur elle et lui immobilisa les poignets.

– Nous n'en aurons pas besoin, ricana-t-il.

– Lâchez-moi! Vous êtes fou, Joseph!

Il la poussa vers son lit et la renversa, mais elle se redressa d'un coup de reins et, en se débattant, finit par se libérer. Sans qu'il ait eu le temps de parer le coup, elle le gifla à toute volée comme elle l'avait fait aux Cinq Dragons après l'incident de la tasse.

– J'ai eu de l'amitié pour vous autant que pour les autres, Joseph Rouzic. J'avais encore de la sympathie. Je n'ai plus que du mépris. Allez-vous-en, cria-t-elle. Allez-vous-en! Je dirai à Philippe et à Bertrand le sale type que vous êtes.

Elle lui tourna le dos et sans plus s'occuper de lui, elle se revêtit en hâte. Quand elle se retourna, il était parti. Elle courut à la fenêtre et le vit traverser la cour, lentement, insensible aux aiguillons de la pluie, courbé comme s'il portait sur ses épaules le poids de ce ciel noir gorgé de malédictions. Elle l'appela.

– Joseph, revenez!

Mais le bruit de la cataracte couvrit son appel.

Au Yamen, Rouzic se laissa tomber sur une chaise et s'accouda à la table du chiffre, la tête dans les mains, devant le poste de radio muet et sourd, indifférent témoin de son désarroi. Seuls deux voyants rouges clignotaient dans l'ombre comme deux yeux d'oiseaux nocturnes. Il les fixa, halluciné et crut voir de la réprobation dans ces regards qu'une faible tension de veilleuse semblait animer. Comme par cette mécanique sans âme, il allait être jugé par ceux sans l'estime desquels il ne serait plus qu'un orphelin sans nom, un proscrit sans patrie, un moine sans Dieu. Mais le pardon de l'une, l'indulgence des autres, en admettant que par pitié ils les lui accordassent encore, ne pourraient plus guérir son mal d'être que la simple vue d'une bouteille d'alcool et d'un corps de femme demi-nu avait ravivé. Cet accès de désespoir, cette horreur de lui-même qui l'avaient poussé aux limites de la démence un soir d'attaque à Hiep Hoa l'avaient repris avec d'autant plus de violence qu'il s'en croyait guéri.

Décidé à en finir avec ce gâchis qu'il avait fait de sa vie, il se leva, prit dans l'armoire aux armes la carabine M1 et une demi-douzaine de grenades, sans réfléchir qu'une seule d'entre elles ou qu'une seule balle suffirait. La Jeep d'Ebrard était devant la porte. Il y sauta, mais il dut actionner plusieurs fois le démarreur avant de mettre le moteur en route. Depuis le seuil où le bruit l'avait fait surgir, le boy Lon Chen, ébahi, le regarda partir en trombe en direction du pont. Le chasseur de garde, sur la terrasse de l'école, fut le dernier à le voir.

A mi-chemin de Loc Binh, sur la R.C. 4, une piste pierreuse grimpait en lacet jusqu'au sommet du Mau Son. Il s'y lança, mais le moteur renâcla très vite. Pourtant, même en première, à chaque virage, la Jeep dérapait sur les cailloux roulants au risque de basculer sur la pente raide et de bouler de bond en bond jusqu'au pied de la montagne. Il ralentit un peu. Il voulait mourir, mais en soldat par une arme de soldat et non écrasé sous un amas de ferrailles déchiquetées. Son suicide dont, par un sursaut d'orgueil, il entendait faire un spectacle, un défi au monde qui l'y avait poussé, eût dès lors passé pour un banal accident.

La pluie cessa quand il atteignit la station climatique, au bout de son chemin. Mais le ciel était si bas que des nuées s'effilochaient encore aux cimes des arbres à la lisière des ruines.

Il stoppa la Jeep sous l'arche d'un porche resté debout. Au-delà, ce qui avait été pour des dames trop blanches et des enfants pâlots un asile de fraîcheur et de bien-être n'était plus qu'un sinistre entassement de pierres noires parmi lesquelles s'érigeaient çà et là les colonnes tronquées d'un vestige de galerie. Au milieu de cette sorte de cloître, un bouquet d'hortensias était en fleur, bleus comme ceux qui, en Bretagne, s'épanouissaient à l'abri du vent dans la terre d'ardoise.

Rouzic empoigna sa carabine et grimpa sur un monticule de moellons. Ebrard l'avait dit. Il n'était de plus beau paysage que celui de l'ultime regard. C'était vrai. De toute part moutonnaient les laques vertes et ondoyantes des collines. A ses pieds, dans l'éclaircie, la plaine de Langson lui apparut, balayée de ses brumes, précisément dessinée comme une maquette d'urbaniste. La courbe ocreuse du Song Ky Cong en ourlait le contour. Vers le sud, en bataillons désordonnés, les squelettes géants des calcaires semblaient prêts à l'investir. Il reconnut la citadelle à sa masse blanche mais il était trop loin pour distinguer la croix rouge de l'hôpital.

Le moment était venu. Il arma sa M1. La culasse cliqueta discrètement sur la cartouche. Il s'accroupit et appuya son menton sur la bouche du canon. Fermant les yeux, il pressa de son index en crochet la queue de détente jusqu'à son premier cran.

Une balle claqua au-dessus de sa tête. D'instinct, il se laissa tomber en avant dans l'éboulis. Aussitôt, une rafale de P.M. lâchée de près arracha sous son nez des éclats de pierres. A reculons, il rampa jusqu'à ce qu'il fût à l'abri au bas de cette scène où il s'était juché pour une fin plus théâtrale. Son goût pour le combat solitaire s'était soudain réveillé.

Il savait pourtant que, très vite, à bout de munitions il succomberait au nombre, mais au moins le ferait-il en se défendant. Seul contre dix, trente, cent. Qu'importait d'ailleurs. Il ferait Camerone, Sidi-Brahim, et « la dernière cartouche » de Bazeilles serait pour lui. Le destin lui avait donné sur le Mau Son un rendez-vous avec l'honneur et le moyen de son rachat. Le suicide auquel il était encore décidé il y avait quelques secondes à peine lui parut alors une lâcheté, le refus dérisoire d'affronter un instant insupportable, oublié aussitôt pour peu qu'on ait eu la patience de le laisser passer.

D'un coup d'œil, il jaugea les ressources que lui offrait le terrain. Autour du bosquet d'hortensias, le remblai des ruines formait le quadrilatère d'un fortin de circonstance. Derrière lui et à sa droite, il s'élevait au-dessus d'un glacis d'herbes hautes plus favorable à l'approche qu'au débouché d'un assaut. En face, le côté était dominé par une butte plantée de quelques pins. Logiquement c'était là que les Viets placeraient le soutien de leur attaque. Celle-ci ne pouvait donc surgir qu'à sa gauche où se trouvait, environnée de broussailles, l'entrée de la station.

La Jeep qu'il y avait laissée ne semblait pas avoir attiré l'attention de l'adversaire, à moins qu'il ne l'y ait laissée pour servir d'appât à son passager. L'idée l'effleura en effet de s'échapper avec elle, mais il réfléchit que, pris sous le feu de toutes ses armes, il ne ferait pas dix mètres sur la piste. Il fallait pourtant qu'il réussisse à l'atteindre pour récupérer ses grenades et ses munitions. Comme il l'avait prévu, le tir se déchaîna sur lui jusqu'au porche où il se trouva pour un temps à l'abri. Il jeta la caissette de grenades au sol et sa ceinture de chargeurs, s'installa au volant, mit en route, passa en marche arrière, tira à l'arracher sur l'accélérateur à main, embraya brusquement et sauta à terre. Tout cela n'avait pas duré une minute.

Les Viets, médusés de voir la Jeep démarrer sans son conducteur, cessèrent de tirer. Ils suivirent sa marche cahotante jusqu'au premier virage où elle se renversa. Mais retenue par une arête de rocher à l'extrême bord de la piste, elle resta en équilibre offrant indécemment sous sa carapace de tôle son ventre compliqué de crustacé.

Avant de repartir, le lieutenant dégoupilla une grenade et lâcha la cuillère, mais il attendit assez longtemps pour la jeter afin qu'elle explosât dans les branches des pins.

« Un fusant, se dit-il, comme un 75. Il a dû leur sonner sur les bourguignottes. »

Calmement, il boucla sa cartouchière et saisit la petite caisse de bois par sa poignée de corde. Puis il s'élança vers le massif d'hortensias autour duquel une banquette de maçonnerie constituait une sorte de redoute, sourd au crépitement du F.M., aveugle aux geysers que les balles faisaient jaillir à ses pieds dans le sable mouillé du patio. Un choc à la jambe le fit vaciller. Pris par son élan, il s'effondra au milieu des arbustes. Au-dessus de lui, une rafale hacha les feuilles et fit tomber sur lui une pluie de pétales pervenche.

« A défaut de couronnes, pensa-t-il, j'aurai des fleurs. »

La fusillade s'arrêta de nouveau. Les Viets, excités, s'interpellaient dans la pinède comme pour s'encourager mutuellement à sortir de leurs trous. Comme ils ne se montraient pas, Rouzic leur balança une deuxième grenade. A vingt-cinq mètres, même accroupi, ce n'était pas une performance. En réponse, le F.M. égrena un chargeur, au jugé, vers les hortensias. Sa rafale, cette fois trop basse, écailla le parapet devant le Français. Il fit le mort.

Croyant avoir atteint leur cible, deux *bo doï* s'enhardirent hors du porche. Quelques coups de carabine les y firent s'engouffrer vivement comme des personnages de baromètre aux premiers signes de la tempête. Justement l'averse recommençait à tomber. Joseph Rouzic se redressa un peu pour apercevoir à travers le rideau de pluie des silhouettes déboucher des buissons sur sa gauche.

« Enfin », se dit-il, soulagé.

Il vida un second chargeur sur un débit saccadé et assez rapide pour qu'il parût celui d'une arme automatique. Un Viet s'écroula à portée de caillou. Ceux qui le suivaient se replièrent en hâte.

– Un coup de pot, marmonna-t-il. Avec cette arme de foire!

Ce répit lui permit de tâter sa jambe blessée. La plaie était peu douloureuse et ne saignait pas beaucoup.

– D'ailleurs, je m'en fous. Ce n'est pas moi qui cavalerai à l'assaut tout à l'heure... s'ils le donnent. Et qu'attendent-ils, ces enfoirés?

En effet, ils ne semblaient pas vouloir se décider, ignorant qu'ils n'avaient en face d'eux qu'un seul homme presque désarmé et résigné à la mort.

Ils n'étaient eux-mêmes qu'une dizaine, en mission de liaison vers Na Cham. La présence active des Français le long de la R.C. 4 et dans les postes frontières jusqu'à Dong Dang les avait obligés à faire un long détour par le Mau Son où personne ne s'était encore hasardé depuis les Japonais. Ils ne s'attendaient pas à le trouver occupé et l'imprévu, comme toujours, les déconcertait.

Le lieutenant pensait, lui, qu'ayant entendu ahaner la Jeep depuis la route coloniale, ils avaient eu le temps de monter leur embuscade et il ne comprenait pas leur méfiance et leurs atermoiements.

Impatient d'en terminer avec son attente inconfortable, vautré sur le sol détrempé et sous les gouttes qui s'écoulaient lourdes et lancinantes dans son cou, il se leva et, coup sur coup, il jeta trois grenades autour de lui comme un trompette envoie sa sonnerie dans les aires du vent. Toutes les armes viets convergèrent vers lui. Un choc violent dans la poitrine le cassa en deux. Tout de suite, il suffoqua, la bouche pleine de mousse sanglante.

– C'est fini cette fois, râla-t-il.

Sûrs de leur victoire, les Viets se dévoilaient, un par un, méfiants encore. Chancelant, Joseph Rouzic se remit debout et vida vers eux le dernier chargeur de sa carabine. Un autre coup de poing le frappa à l'aine. Il s'écroula sur le dos sans esquisser un geste pour ralentir du poing dans la blessure béante l'hémorragie qui, très vite, le vidait.

« Comme Récy, pensa-t-il. Fabienne... »

Il ne lui restait qu'une grenade. Il la dégoupilla et la posa sur la culasse de la M1 presque contre sa joue. Il compta comme il l'avait fait à Langson, avenue du Colonel-Martin, le jour où la mort n'avait pas voulu de lui.

– Six, hurla-t-il.

Mais son cri se confondit avec l'immense vacarme dans sa tête éclatée.

***

Au Yamen, le capitaine Ebrard ne fut pas surpris de ne pas voir la Jeep devant la porte. En effet, il arrivait souvent que son adjoint l'empruntât pour les besoins du service ou pour aller giberner avec Ferlac. Il s'inquiéta pourtant de trouver ouverte l'armoire aux armes d'où la carabine et les grenades avaient disparu.

« Il n'est quand même pas parti faire la guerre tout seul », se dit-il.

– Lon Chen!

Le boy surgit sur-le-champ comme s'il avait deviné que son maître allait l'appeler.

– Où est le lieutenant?

– Pas savoir. Lui parti très vite, même chose fou.

Ebrard sauta sur le téléphone et demanda l'école à Ky Lua. On lui laissa le temps de s'impatienter. Ferlac répondit enfin.

– Qu'est-ce que vous foutiez, Ferlac?

– Foot, mon capitaine, haleta le sous-lieutenant, ... avec mes types.

– Rouzic est chez vous ?

– Non, mais ma sentinelle l'a vu filer à tout berzingue vers Loc Binh.

– Venez me prendre avec votre Jeep. Armé. Je vous dirai pourquoi. Mais au trot !

En attendant, il appela Loc Binh où personne ne s'était présenté à la chicane gardée sur la route. Ferlac fut là en cinq minutes avec Pardiès qui, sa Thompson à la main, se tenait sur la banquette arrière raide et solennel comme un valet de carrosse.

A tout hasard, ils firent un saut rue des Japonaises. Mimi n'y était pas. Sur la table, à côté de la bouteille de « patit » presque vide, elle avait laissé en évidence le bracelet d'argent que Ho Sep lui avait rapporté de Ban Xam. Mais ces indices, si révélateurs qu'ils fussent, n'expliquaient pas la disparition du lieutenant.

– On aurait dû rester, mon capitaine.

– Il est trop tard pour le regretter maintenant. Direction, le Mau Son.

– Pourquoi là ?

– Parce qu'il n'y a pas d'autre piste qu'il ait pu prendre entre ici et Loc Binh.

Il était cinq heures, mais sous un ciel bouché de brouillasses, la nuit allait tomber très vite. Ils grimpèrent silencieux, Ferlac tout à sa conduite de trompe-la-mort, Ebrard angoissé, imaginant toutes les suites possibles du coup de folie de Rouzic. Car il ne pouvait s'agir que de folie, méfait terrible du choum, base du pastis local. Quant au chasseur Pardiès, il avait assez de mal à se maintenir sur son siège pour penser à quoi que ce fût.

Ce fut lui pourtant qui aperçut le premier la Jeep renversée. Il sauta à terre, son P.M. à la main, mais Ferlac le retint.

– Pardiès, tu restes là et tu cales les roues, parce que le frein à main...

Ne trouvant rien sous la carcasse, ils eurent un instant l'espoir que Rouzic, éjecté de son véhicule, avait roulé sur la pente et qu'il n'était peut-être que blessé, retenu par un arbuste ou une arête de rocher. Ils appelèrent. Seul leur répondit leur écho assourdi par la pluie. Et puis dans les hautes herbes, un corps en roulant eût laissé une coulée. Une centaine de mètres les séparaient des ruines. Ils les parcoururent à pied, lentement, comme s'ils avaient pressenti l'affreuse chose qu'ils allaient découvrir dans le bouquet d'hortensias. Ebrard y pénétra le premier.

– Ferlac, venez! Il est là.

Ferlac s'approcha. La tête de Rouzic n'était plus qu'une bouillie sanglante comme la pulpe d'une grenade trop mûre écrasée. Il se détourna aussitôt pris de nausées. Ce qu'il avait entrevu était pire que les restes calcinés du lieutenant Mikian sur la route des Plantations à Tay Ninh.

Il hoqueta, la main collée sur sa bouche.

– Non. Je ne peux pas voir ça, mon capitaine.

– Alors, regardez ailleurs, mais passez-moi votre poncho et allez chercher celui de votre chaufeur.

A la vue des pétales répandus sur le cadavre et de la verdure qui l'entourait, Philippe pensa au « Dormeur du Val » gisant dans « le frais cresson bleu » avec « deux trous rouges au côté droit ». Mais cette réminiscence scolaire, tout incongrue qu'elle fût, l'incita à chercher sur le corps de son adjoint d'autres blessures. Surmontant sa répugnance, il arracha les lambeaux de sa chemise et découvrit la plaie de sa poitrine. Cela le rassura. Il acheva de couvrir les restes de Rouzic du poncho de Pardiès que Ferlac lui tendait à bout de bras.

– Il s'est... suicidé, mon capitaine?

– Non. Mais il a voulu mourir et les Viets l'auraient achevé s'il ne l'avait pas fait lui-même.

– Les Viets?

– Les chargeurs de la carabine sont vides et il n'a pas balancé six grenades que pour se faire du bruit.

Dès lors, ils n'eurent pas de mal à reconstituer le drame. Les Viets avaient oublié quelques étuis vides de F.M. dans la pinède. Du sang avait éclaboussé les murs du porche. Ils trouvèrent aussi un tube de bambou plein de riz cuit, une pèlerine de paille de *nha qué* et les inévitables tracts où l'étoile rouge du cachet se distinguait encore.

– C'est bien, murmura le capitaine. Son dernier combat lui ressemble. Il s'est défendu jusqu'au bout et s'est fait sauter en détruisant son arme. Rouzic était un vrai soldat, vous savez, Ferlac.

– Et il était notre ami, n'est-ce pas, mon capitaine ?

– Il l'est encore.

C'était exactement ce que le lieutenant Joseph Rouzic avait toujours souhaité que l'on pensât de lui.

Ebrard apporta le soir même au P.C. du secteur les preuves de la conduite héroïque de son adjoint. Elles ne satisfirent pourtant pas le colonel Dargence.

– Je vous crois, Ebrard, mais cela ne me dit pas ce qu'était allé faire Rouzic sur le Mau Son.

– Une liaison urgente avec les gens de Vi Van. Le mandarin m'avait fait savoir qu'il avait des renseignements importants à me communiquer.

– Pourquoi n'y êtes-vous pas allé vous-même ?

– Rouzic avait besoin de temps en temps d'indépendance et de solitude.

– Et de l'air pur de la montagne ! Allons donc ! De toute façon, rien n'empêchait Vi Van de pousser des estafettes jusqu'ici. Il vient bien lui même fanfaronner au marché.

– Je craignais que les Viets ne les interceptent.

– Et si les Viets vous avaient attendus là-haut ?

– Nous étions trois.

Dargence hocha la tête. Il avait le sentiment qu'Ebrard ne lui avait pas dit toute la vérité ou tout au moins qu'il la travestissait. Mais il le connaissait assez bien pour savoir que s'il lui avait menti ce n'était pas pour se disculper d'une imprudence, mais pour couvrir son subordonné et défendre son honneur.

– C'est bon. Je le proposerai pour la « rouge ». C'est bien cela que vous voulez, Ebrard ?

– Merci pour lui, mon colonel.

Une croix blanche de plus avait poussé dans la nuit au cimetière de la Mission, bien que Rouzic, qui se prétendait libre penseur, eût peut-être préféré une stèle païenne. Sous un ciel sombre comme un ciel de Toussaint, une section de marsouins lui présenta les armes une dernière fois. Le colonel Dargence assista à sa mise en terre entouré d'une délégation d'officiers parmi lesquels se tenaient au premier rang le capitaine Ebrard, l'air lointain et impénétrable, et le sous-lieutenant de Ferlac au bord des larmes.

Fabienne qui avait suivi discrètement le cortège s'attarda un moment près de la tombe, le regard figé sur le cercueil de pauvre que les coolies fossoyeurs faisaient résonner sous leurs pelletées de boue. Quand la fosse fut comblée, elle y déposa une gerbe de cannas pourpres qu'elle avait cueillis dans la cour de l'hôpital. Un bouquet d'églantines vint rejoindre ses fleurs sans qu'elle se fût rendu compte que quelqu'un se tenait derrière elle. Elle se retourna. Mimi s'enfuyait déjà en faisant voltiger autour de son corps de gamine sa tunique blanche de veuve.

Fabienne se dit alors que plus que l'Annamite elle était responsable de la mort de Joseph. Mimi n'avait pu conjurer les sortilèges qui sournoisement attendaient leur heure pour reprendre leurs droits sur son âme tourmentée. Joseph était venu lui demander une aumône d'amour. Il ne lui aurait rien coûté de lui céder un peu d'abandon, de tendresse, un peu d'oubli d'elle-même au risque d'un instant de déplaisir, mais qui l'eussent peut-être sauvé. Des nonnes n'avaient-elles pas, en d'autres temps, sacrifié leur vertu pour préserver la vie de leur abbé ? Mais que valaient ces remords d'abnégation alors que rien ne l'exigerait plus ?

A l'heure du déjeuner, elle rejoignit ses deux amis aux Maréchaux. Ferlac laissa Ebrard lui raconter la mort de Joseph comme il l'avait imaginée et décrite au colonel Dargence sans se douter qu'elle en savait bien plus que lui sur les raisons qui l'y avaient poussé. Elle se contenta d'écouter, les larmes aux yeux, la gorge serrée sans oser le contredire. Pour rien au monde, elle n'eût maintenant avoué que Joseph avait tenté de la violer et que, quelques minutes après, elle regrettait déjà de l'avoir éconduit.

– Votre « cour » est en deuil de votre bouffon, Fabienne.

– Je ne crois pas qu'il m'ait jamais fait rire.

– Il n'y a pas de bouffons heureux. Pour veiller sur vous désormais, il ne vous reste qu'un conseiller dévoué et un chevalier jaloux. N'est-ce pas, Bertrand ?

C'était la première fois que le capitaine l'appelait par son prénom. Il en fut si touché qu'il en oublia qu'il était son rival.

XIV

Même le maréchal des logis Locatelli qui trouvait toujours à s'occuper, ne fût-ce qu'à houspiller son monde, succombait à la morosité générale. C'était d'un œil désabusé qu'il assistait à l'entretien des véhicules dont il était spécialement chargé. Il avait même renoncé à accompagner les équipages à l'étang de Ky Lua où, comme des cornacs leurs éléphants, ils menaient laver leurs automitrailleuses.

– A force de les bichonner ces bahuts, prétendait-il, on va leur donner de mauvaises habitudes. Le jour où on en aura vraiment besoin, ils vont refuser de rouler dans les flaques de peur de se salir.

Les hommes, mieux que les sous-officiers, avaient pris leur parti de leur demi-farniente. Des *be con* * payés trois sous pour faire « boy peloton » briquaient leurs chambres, entretenaient leurs nippes et s'affairaient à la cuisine sous la férule parfois cinglante du brigadier-chef Lanier, commis à l'ordinaire.

Pardiès Ramon mettait son point d'honneur à assumer sans domesticité sa tâche d'ordonnance et, pour aller faire la lessive de son chef, sa Jeep remplaçait la classique brouette des lavandières.

Au soir du 15 mars, une convocation urgente du sous-lieutenant au P.C. du secteur rendit à ses gradés quelque espoir. Quand il revint, la mine épanouie, en se frottant les mains, l'optimisme renaquit tout à fait.

– Alors, mon lieutenant ?

* Gamins.

– On part demain. Tout le monde, sauf Toulouse.

– Et pourquoi moi, protesta le maréchal des logis?

– Parce que votre *Mistral* a un joint de culasse en buvard, qu'Orlof n'est pas le Bon Dieu et que je ne veux pas risquer d'avoir à vous ramener à la ficelle. On aurait l'air de quoi devant les spahis.

– C'est que des Arabes!

– Non, des Marocains. Ils nous attendent à Luc Nam, après-demain.

Dans la chambre des sous-officiers transformée pour la circonstance en salle d'opérations, Ferlac déploya la carte renseignée qu'il avait rapportée du P.C.

– Première étape : An Chau.

– Gaffe à tes doigts, Cousseau, dit Toulouse pour être désagréable.

– On y passera la nuit. Il faudra s'arranger des guitounes avec les bâches. A midi, si tout va bien, on cassera la croûte à Kep Ha, ici. Après, c'est la rizière, un billard jusqu'au bout.

– Et s'il fait beau, conclut Locatelli, ce qui m'étonnerait, en grimpant sur les tourelles, on verra le pont Doumer.

La carte était juste. A Kep Ha, le serpent de la route s'arrachait à sa mue de forêts et de pitons pour s'étirer toute droite dans la plaine déserte où les seuls reliefs étaient ceux des diguettes et des tombes éparses. Entre deux averses, un soleil fugace et pâle argenta d'un coup de pinceau l'eau dormante de la rizière. Au loin, vers le sud, des villages parurent flotter au-dessus de l'horizon comme des mirages d'oasis.

Quand la colonne repartit, des coups de mousqueton tirés depuis les collines saluèrent son arrière-garde. Ils n'atteignirent personne, mais ils donnèrent à Locatelli dont la patrouille fermait la marche l'occasion de dégraisser son canon.

Hors les obstacles, auxquels d'ailleurs on était préparé, l'opération avait été jusqu'alors une promenade. Personne ne doutait qu'elle ne se poursuivît jusqu'à Luc Nam d'où la tête du convoi n'était plus qu'à une vingtaine de kilomètres. En l'absence d'arbres, donc d'abattis, sans ponts à faire sauter, les Viets avaient déployé leur génie de la coupure en grecquant la chaussée de tranchées dans un feston qui vu du ciel devait apparaître des plus décoratifs. Les sapeurs, pourtant assistés d'une fine équipe de coolies paniers, eurent le plus grand mal à les combler. Bertrand trépignait d'impatience.

– A ce train, rouspéta-t-il, les spahis seront là avant nous et ils nous auront soufflé toutes les *ca nha* propres.

– Et bouffé leurs moutons, ajouta Caron.

On cahota donc jusqu'au soir au grand dam des ressorts des camions et des reins de leurs passagers. Trempés pour trempés, beaucoup préférèrent terminer le chemin en patouillant dans la rizière. Comme le convoi traînassait, le sous-lieutenant fit stopper sa patrouille en vue de Luc Nam pour l'attendre. Il ne pleuvait plus et, au couchant, un gros ballot de nuages noirs s'empaquetait de pourpre.

– C'est encore une chance que nous n'ayons pas à débarquer en poncho. A tous, ordonna-t-il à la radio. On met les bérets propres et on se fait jolis ! Les spahis, c'est toujours nickel.

– Et ça la ramène, marmonna Caron.

Bertrand, quant à lui, enfila ses gants pour ne pas être en reste d'élégance cavalière. Les lisières du village qu'il observa à la jumelle fleurissaient de calots rouges.

– Bon, ils sont là. Tu les as à ta lunette, Caron ?

– Ouais. C'est le genre coquelicot, vos sidis.

– Et les coquelicots, c'est jamais que de la mauvaise herbe, affirma Révoil.

Ainsi, les bivouacs ne se mélangèrent pas.

Si le colonel Dargence avait paru se contenter des raisons de la présence de Rouzic sur le Mau Son, Philippe Ebrard, lui, ne pouvait plus continuer à se mentir à lui-même. S'il savait en effet, comment son adjoint était mort, il ignorait toujours pour quoi il avait voulu se tuer. L'alcool frelaté du pastis pouvait l'avoir poussé à la folie, mais cela ne motivait pas son geste de désespoir. Mimi détenait peut-être la clef de l'énigme.

Au risque de se faire recevoir à coups de claquettes *, il se décida à aller rue des Japonaises. Elle était en train d'écouter une sirupeuse « shangaillerie » devant un pho-

* Socques de bois.

nographe à pavillon. L'objet était de fraîche acquisition car il ne l'avait pas remarqué lors de sa dernière visite avec Ferlac. Pas davantage il n'avait vu sur elle une chaîne de cou et un gros bracelet d'or rouge. Il alla relever le bras de l'instrument et le reposa délicatement sur son support. Puis, sans qu'elle l'y eût invité, il s'assit à côté d'elle.

– Un phono, des bijoux neufs, tu as gagné au *ba quan*, Mimi ?

– Non. Jouer *taï siou.*

– Beaucoup ?

Elle haussa les épaules et prit dans un vilain réticule de perles une poignée de coupures d'une piastre qu'elle lui tendit d'une main lointaine. Philippe les empocha distraitement sans les compter.

– C'est l'argent pour toi. C'est ça tu voulais. Va-t'en maintenant !

– Je m'en irai quand je voudrai. Je veux savoir d'abord pourquoi Ho Sep a tant bu de ta saloperie de « patit », le jour où il est allé mourir sur la montagne.

– Lui taper, taper, taper. Après, beaucoup soif.

Comme s'il l'avait cognée comme un bûcheron pendant des heures ! Philippe se demanda si au choum, au sucre et à l'essence d'anis, Mimi, insatisfaite, n'avait pas ajouté quelque poudre aphrodisiaque ou, en tous les cas, excitante. Il fallait qu'il en eût le cœur net.

– Apporte la bouteille !

Elle fourgonna un moment dans ses ustensiles de cuisine et la posa violemment devant lui.

– Un verre aussi, et de l'eau !

Il goûta. Le « patit » était fort comme un Pernod espagnol de contrebande et l'arôme puissant de la badiane couvrait l'odeur fade et médicamenteuse de l'alcool de riz.

– Qu'a fait Rouzic après avoir bu ?

– Dormir.

– Et après ?

– Peut-être voir la putain française à l'hôpital.

Philippe se leva lentement et s'avança vers elle. Elle recula en se protégeant le visage de son bras replié. Mais il n'avait pas du tout l'intention de la frapper. Il se contenta de soulever son menton de l'index pour l'obliger à le regarder dans les yeux.

– Ti Sao Anh Thoan, dite Mimi, je te conseille de te tenir tranquille maintenant!

Médusée, se rongeant les ongles, elle le regarda disparaître dans la trappe de l'escalier. Ainsi, le capitaine savait son nom et peut-être aussi ce qu'elle faisait à Saigon avant de suivre les soldats français si loin de chez elle, au bout de l'Indochine.

En sortant de chez Mimi, Philippe n'en savait guère plus qu'en y entrant mais dans la suggestion que lui avait inspirée sa jalousie, il se pouvait qu'il y eût un fond de vraisemblance. Avant d'entreprendre son équipée mortelle, Rouzic était peut-être allé faire ses adieux à Fabienne.

Dans le couloir central de l'hôpital, il croisa Carrières. Ils parlèrent un moment du drame de Mau Son. Poursuivant son idée, le capitaine se fit confirmer par le médecin que si l'ivresse du choum entraînait comme l'amok meurtrier des Malais des accès violents et subits de démence, elle ne se prolongeait pas au-delà de deux ou trois heures. Rouzic était donc dégrisé lorsqu'il avait quitté Langson.

Fabienne le reçut dans la petite pièce, mi-bureau, mi-chambre de garde qu'elle partageait avec Hélène. Elle lui offrit du thé gardé au chaud dans un drôle de panier ouatiné tressé en forme de poule. Bien qu'il n'en eût pas envie, il en accepta une tasse pour dissiper le goût sucrailleux du pastis qui lui restait collé dans la bouche.

– C'est moi que vous venez voir, Philippe, ou l'infirmière?

– C'est vous. Dites-moi, Rouzic est bien passé ici avant sa dernière vadrouille.

– Comment le savez-vous?

– Je ne le savais pas. Voyez-vous, Fabienne, qu'il ait bu plus que de raison ne fait aucun doute. En revanche, je ne crois pas que cela l'ait rendu fou au point de se détruire. Comment était-il quand il est arrivé chez vous?

– Livide, il frissonnait. Je l'ai d'abord cru malade, mais j'ai très vite compris qu'il s'agissait d'autre chose, comme une émotion qu'il ne parvenait pas à contrôler.

– Que s'est-il passé entre vous?

– Rien. Il était l'heure que je reprenne mon service. Il passait, me dit-il, me dire bonjour avant d'aller au Yamen prendre le sien. Je l'ai remercié de sa visite. Nous ne nous sommes pas dit autre chose.

Elle baissa les yeux qu'une envie de larmes brûlait et poursuivit d'une voix étranglée :

– Je ne pensais pas que je ne le reverrais jamais plus, sinon...

– Sinon ?

– Je me serais montrée plus amicale avec lui, plus chaleureuse.

Elle éclata en sanglots. Philippe sortit sans bruit, la laissant à son chagrin, à ses regrets. Il sentait bien que Fabienne aussi lui avait caché une partie de sa vérité. Mais, dans cette tragédie, tout le monde avait menti. Lui, le premier.

Le soir, il alla dîner aux Cinq Dragons. Comme il était seul à table, Nhong Ho Tong vint lui tenir compagnie. Comme tout Langson, il avait appris la mort de Rouzic. Il ne l'évoqua que pour déplorer la perte d'un estimable client qu'il aurait eu plaisir à accueillir plus souvent dans son établissement. Mais il comprenait très bien l'attrait que pouvait exercer sur un homme seul une jeune femme aussi ingénieuse dans les « jeux des nuages et de la pluie » que dans la préparation du riz. L'allusion à la liaison de l'officier français et de l'Annamite était limpide. Il était évident qu'il ne l'avait pas appréciée.

Étendus sur le bat-flanc, ils fumèrent silencieusement quelques pipes. Le Chinois claqua des doigts. Fa Hué, le « cousin » à tout faire, apporta deux verres de cognac-soda tintinnabulant de glaçons. L'intermède fut pour Philippe l'occasion de reprendre la conversation.

– Vous avez de bonnes relations avec le tenancier du tripot ?

– C'est un parent, mais de Canton.

– Il m'intéresserait de savoir si cette jeune femme dont vous avez dit tant de bien tout à l'heure a gagné récemment une somme assez forte au *taï siou*.

– Les deux filles qui chantent les résultats s'en souviendront sûrement. Je vous dirai cela demain.

– Demain, je serai dans la montagne.

– Les fleurs les plus chatoyantes y sont souvent les plus vénéneuses. Allez doucement *!

Le Chinois fuma encore. Philippe n'en avait plus besoin pour être bien. Nhong Ho Tong était un informateur sagace doublé d'un ami fidèle. Lui non plus ne disait pas tout, mais dans tout ce qu'il disait, il n'y avait rien que l'on ne dût retenir.

Quant à Mme Nhong Ho Tong, elle ronronnait ses éternelles histoires de lions et de nègres à sa portée d'hirsutes chatons.

Avant d'aller chez Vi Van, le capitaine Ebrard s'arrêta à Aï Diem où les marsouins, secouant la somnolente inertie des douaniers, avaient fait de leur tour délabrée un bastion solide et vigilant. Il y laissa son escorte pour grimper à pied jusqu'à la maison de Yang Tao. Le sorcier, comme la plupart de ses confrères médecins, avait toujours négligé de se soigner. Il toussait de plus en plus à s'en arracher les yeux, à en perdre le souffle au point que ses quintes le laissaient épuisé, incapable de dire un mot, de faire un mouvement. Philippe lui donna une petit boîte dorée. Dans son cas, l'opium était le plus efficace des calmants.

– Fais-le durer, Yang Tao. Je n'en ai plus.

– Je n'en aurai plus besoin longtemps maintenant. Mais vous n'êtes pas venu jusqu'ici pour visiter un moribond ?

– Non, je monte chez Ong Cop.

Le Nhung détestait le mandarin. Il ne se fit pas prier pour l'accabler. Du Tigre, il ne restait guère qu'une peau mitée que fouleraient bientôt sous leurs bottes les communistes devant qui pourtant il faisait des *laï* ** de l'autre côté de la frontière. En attendant l'invasion des provinces encore libres, il exerçait sur son peuple une tyrannie de potentat. Sa prison était pleine de débiteurs insolvables, de commerçants rétifs à payer leurs amendes, de *nha qué* misérables raflés pour les besoins de ses corvées.

De fait, la piste que prit Philippe était bien entretenue. Le half-track et le Dodge de l'escorte furent à Ban Son en

* Soyez prudent!
** Prosternations.

moins d'une demi-heure. Leurs moteurs étaient à peine arrêtés que déboucha au galop du fond de la rizière, dans un bruyant jaillissement de gerbes d'eau, un groupe de cavaliers. De loin, leur allure farouche n'était pas sans rappeler celle des hordes tartares. Ils stoppèrent net en cabrant leurs petits chevaux poilus. Une théorie d'esclaves sortit alors de la villa. Dans un joli mouvement de ballet, ils soulevèrent leur maître de sa selle et le déposèrent sur le sol comme un colis fragile. Vi Van s'avança vers Ebrard, tendant sa main dodue, avec l'air ravi de qui reçoit la visite inattendue d'un ami très cher.

– Vous voyez, mon capitaine, nous revenions justement de patrouille.

– Très bien votre numéro de cirque, monsieur, nota froidement Philippe.

Le mandarin haussa un sourcil soupçonneux, mais sa cauteleuse courtoisie reprit le dessus.

– Vous passerez la nuit ici, n'est-ce pas, mon capitaine ?

– Une partie seulement. Monsieur, vous savez qu'un officier, mon adjoint et mon ami, a été massacré sur le Mau Son, il y a moins d'une semaine ?

– Vraiment ? s'étonna Vi Van.

Faisant fi du protocole, Philippe ne s'encombra pas de courbettes et de circonlocutions orientales pour exprimer son mécontentement.

– Le Mau Son est pourtant assez près pour que vous sachiez ce qui s'y passe. Et il y passe du monde, tous les jours, à vos trois poils de barbe ! Si vous aviez fait ce pour quoi je vous paye, le lieutenant Rouzic serait encore vivant et les deux *bo doï* que vous me devez seraient à l'ombre chez moi au lieu de se promener impunément sur votre territoire.

Vi Van blêmit sous l'algarade, mais il se contint encore. La gueule fermée, impénétrable, il invita le capitaine à entrer et fit apporter une collation de sucreries. Ebrard s'était montré assez offensant pour ajouter l'injure de la refuser. Il chipota des pâtes de soja et des gâteaux au miel rassis auxquels son hôte se garda de toucher.

– Vous n'y goûtez pas, monsieur ?

– Régime, répondit le mandarin en se tâtant la panse.

« Quand même, se dit Ebrard, il ne m'empoisonne pas déjà. » A la nuit tombée, il prit avec lui le sous-officier, six coloniaux volontaires de son escorte et un guide partisan. Ils n'eurent pas un long chemin à faire pour surprendre une poignée de *du kich* endormis dans une paillote au pied de la montagne, sur le sentier même qui menait à sa cime. Un seul des Viets était armé d'un mousqueton 92, les autres n'avaient que des grenades. Le bilan était mince, mais il avait été acquis en moins d'une heure, sans frais, à seulement une portée de fusil des sentinelles de Ban Son. Vi Van ne put faire autre chose que d'encaisser la leçon.

Il était minuit lorsque Ebrard se décida à se coucher. Bien qu'il fût fatigué, il ne trouva pas le sommeil. Sa lassitude était plus, en effet, dans sa tête que dans ses muscles et ses os. Pour la première fois, depuis qu'il était revenu en Indochine, il était découragé. Le ralliement de Vi Van était un échec. Celui des autres chefs nhung ou tho n'était pas un franc succès. Échec aussi, Rouzic qu'il n'avait pas su protéger contre lui-même avec assez d'autorité. Échec, sans doute, Fabienne devant qui, par orgueil, il n'avait pas abandonné le masque d'indifférence qui le figeait et qu'il ne savait plus comment jeter.

La flamme de la lampe à huile, à son chevet, vacilla au courant d'air de la porte entrouverte. La même jolie Chinoise que le mandarin lui avait offerte la deuxième nuit qu'il avait passée à Ban Son entra furtivement. Elle portait un plateau qu'elle posa à côté du quinquet.

– Cognac-soda. Peut-être avez-vous soif, monsieur ? demanda-t-elle en cantonais.

– Viens !

Elle défit à son col et sur son épaule les boutons de sa robe et la fit glisser lentement le long de ses hanches. Pour le rejoindre, elle enjamba d'un mouvement gracieux l'anneau de soie froissée autour de ses pieds nus. Elle était belle, soumise. Philippe oublia l'avertissement de Nhong Ho Tong. Un long moment, de sa main puis de sa bouche, il caressa son corps avec une patiente application, comme si en lui prodiguant tant de tendresse, il avait espéré qu'elle la lui rendît. Mais le peu qu'elle lui donna ne combla pas cette faim d'amour qu'il avait eue soudain.

De retour chez lui, vers le milieu de la journée, Philippe Ebrard ne se sentit pas le courage de se changer pour ressortir en ville. Il se contenta pour déjeuner d'un bol de *fa* que Lon Chen lui rapporta d'une gargote de trottoir. Il y toucha à peine et pourtant lorsqu'il s'étendit sur son lit pour sa sieste, il fut pris de violentes nausées. Malgré ses efforts, il ne put restituer les quelques gorgées de soupe qu'il pensait être la cause de son malaise. Mais les spasmes qui lui tordaient les tripes n'étaient pas les symptômes d'une bénigne intoxication. Une atroce brûlure irradia son ventre, siège soudain d'un foyer de braises incandescentes. Il se laissa tomber sur le carrelage de sa chambre et roula sur lui-même comme s'il avait voulu éteindre ses vêtements en flammes. Il appela Lon Chen. Le boy ne répondit pas. Alors, plié en deux par l'insupportable souffrance, il se traîna jusqu'à la rue.

A cette heure, elle était déserte. Langson semblait vide. Tout le monde ou presque était à Luc Nam. Encore lucide, il ne voulait pas qu'on le retrouvât crevé dans un caniveau comme un rat empoisonné, mais il ne pouvait plus attendre de secours que de lui-même. Il fit quelques pas en titubant et retomba, la face contre le sol, griffant la boue qui, comme sa vie, filait sous ses doigts.

Il se souvint de la mise en garde du colonel Bauer à laquelle il avait refusé de croire. Ces « miasmes délétères » venus du Sud en dépit des obstacles de la distance et des montagnes l'avaient poursuivi jusqu'à l'auberge de Nhong Ho Tong, ou la maison de Mimi, ou le château du mandarin Vi Van... Qu'importait où ? Qu'importait qui, à présent ? Il était trop tard. Le poison avait commencé à le ronger. Il abritait en lui un nid grouillant de crabes. Aucun remède, aucun antidote ne les arrêterait avant qu'il ne soit plus qu'un sac de peau grise sur un squelette vide. Il appela encore.

– Fabienne !

Mais l'hôpital vers lequel il tendait la main était trop loin pour que quiconque l'entendît. Sa douleur s'atténua peu à peu à mesure qu'il sombrait dans l'inconscience.

Le chemin du retour pour les conquérants de Luc Nam

ne fut pas aussi facile que l'aller. Les Viets, frelons rageurs dérangés dans leur nid, harcelèrent le convoi de leurs piqûres et ajoutèrent deux croix blanches au cimetière de la Mission. Mais Langson respirait mieux. Pour maintenir l'intégrité de ses bronches, le colonel Dargence essaima des postes de partisans et laissa à An Chau deux sections de ses marsouins et, pour deux jours, le peloton Ferlac afin, prétendit-il, d'habituer la route neuve aux roues de ses automitrailleuses.

Quand Ferlac réapparut aux Maréchaux, il ne savait rien encore de l'événement qui en faisait la chronique. Il trouva Fabienne seule à sa table de la salle à manger. Elle l'accueillit avec un pâle sourire. Ses traits étaient tirés. Des cernes bleus ourlaient ses yeux que son plaisir de le revoir eussent dû faire briller. Il imagina aussitôt quelque déchirure d'amoureux dont Philippe Ebrard eût été l'auteur.

– Qu'y a-t-il, Fabienne ? Vous avez l'air bouleversé. C'est encore un coup du capitaine, je parie.

– Oui, et c'est une bien mauvaise nouvelle que j'ai à vous apprendre.

– Ce n'est pas vrai ! Il n'est pas... mort ?

– Non, mais il est mourant. Dans un coma profond. On l'a trouvé avant-hier, au Yamen, devant sa maison, allongé dans le ruisseau, la bouche dans la terre qu'il grattait, grattait, comme un agonisant le drap de son lit.

Ferlac songea aux vieux paysans de sa Dordogne que la paralysie abattait en pleines forces et que l'on ne bougeait plus que pour les conduire à la tombe.

– Une attaque ?

– Il a été empoisonné. On ne sait par qui, ni comment.

Elle lui agrippa le poignet en y plantant ses ongles.

– Dites-moi qu'il ne va pas mourir lui aussi, Bertrand.

– Je ne sais pas. Je peux le voir ?

– Lui ne vous verra plus. Il est déjà dans sa nuit. Mais venez quand même tout à l'heure !

Dans une pénombre de crypte, Philippe Ebrard gisait sur son lit blanc comme un seigneur sur son catafalque de marbre. Il avait le teint cireux. Sa barbe bleuissait ses joues maigres et sa moustache de major à laquelle il apportait tant de soin n'était plus, sous ses narines pincées, qu'un pinceau de poils collés par la sueur. Ferlac s'approcha de lui, intimidé par la présence invisible de la mort qui rôdait autour de celui qu'elle était venue prendre. D'un flacon suspendu au-dessus de son chevet, un liquide transparent s'écoulait goutte à goutte dans une veine de son bras. Le sous-lieutenant prit sa main inerte et la garda serrée dans la sienne comme s'il avait voulu faire passer en lui par ce contact sa jeunesse et son plaisir de vivre.

Le médecin-commandant Carrières qu'il alla voir lui dit qu'il existait des poisons dont l'action était lente et qui ne se révélaient parfois que plusieurs jours après avoir été absorbés. Il pouvait donc aussi bien l'avoir pris il y avait une semaine aux Cinq Dragons que la veille chez le mandarin Vi Van d'où il était revenu quelques heures à peine avant qu'on l'amenât à l'hôpital. Les radios de son abdomen avaient montré de nombreuses ulcérations. Henri Carrières parla aussi de septicémie provoquée par des bactéries meurtrières, elles-mêmes véhiculées par un agent inconnu qui, comme un acide, attaquait les tissus fragiles des intestins.

– Et vous ne pouvez pas l'opérer ?

– Les lésions sont trop dispersées pour que je puisse les colmater sans tout détruire, vous comprenez, Ferlac. Si seulement je savais ce qui le ronge.

Mais Ferlac, dans son ignorance, ne pouvait accepter que l'on ne pût rien tenter.

– Il n'est pas... fichu, mon commandant ?

– A moins d'un miracle...

Philippe Ebrard avait assez dit qu'il n'y croyait pas. Ferlac pensa alors à ce vieux type de la montagne dont Rouzic lui avait vanté les étranges pouvoirs. Ce que Dieu refuserait de faire, le diable peut-être l'accepterait.

– Il y a Yang Tao, mon commandant. C'est un sorcier nhung qui a sauvé le capitaine après le coup des Japonais. Il l'aimait bien, je crois.

– Un sorcier, murmura le médecin-chef pensif. Après tout, pourquoi pas ? S'il connaît les herbes qui guérissent, il connaît aussi celles qui tuent. Bien que je ne croie pas qu'il s'agisse d'un poison végétal. Et vous savez où il niche, votre charlatan ?

– A la frontière, à l'est de Loc Binh. Ce n'est pas si loin. En partant maintenant, je peux le ramener avant le milieu de la nuit.

– Et s'il refuse ?

– Je l'y forcerai.

D'un coup de téléphone au colonel Dargence, Carrières obtint pour Ferlac la permission de se mettre en route. A Ky Lua, sa patrouille était parée. Il convoqua le maréchal des logis Locatelli.

– Je vais là, lui dit-il en lui montrant Aï Diem sur la carte, chercher un sorcier. Restez à l'écoute sur le 506. En phonie, ça devrait passer.

Locatelli vrilla son index dans sa tempe.

« Un sorcier, se dit-il, il va pas bien, le vieux. »

A Aï Diem, le chef de poste, un adjudant, fut surpris de cette liaison inopinée et plus étonné encore qu'elle eût pour mission d'enlever le sorcier du village. Il ne posa pourtant pas de question et, flanqué de son interprète, guida le sous-lieutenant jusqu'à la maison de Yang Tao. Mais avant d'y entrer, il pensa nécessaire de l'aviser de l'état de santé du bonhomme.

– Je dois quand même vous prévenir, mon lieutenant, qu'il n'est pas frais votre guérisseur. Je me demande même s'il sera transportable. Enfin, allons-y toujours, on verra bien.

Le vieux Nhung était recroquevillé sur son bat-flanc, secoué d'une toux déchirante qui, à son paroxysme, faisait perler un filet de sang au coin de sa bouche. A son chevet, sur le plateau à opium, la lampe de verre était éteinte et la petite boîte de la Régie que lui avait donnée le capitaine était déjà vide. Sa femme, le visage marqué par l'insomnie et le chagrin, était accroupie au pied du lit, désespérée par son impuissance à soulager son homme ne fût-ce que d'une pipe de *Dross* *.

A la vue des Français, elle se leva et les salua de ses mains jointes dans un geste de prière. Sans doute espérait-elle que ce que son mari n'avait pu faire pour se guérir, eux le pouvaient encore. Elle connaissait l'adjudant pour l'avoir rencontré quelquefois au marché, mais ce fut à l'officier inconnu qu'elle s'adressa.

* Produit du nettoyage de la pipe.

– Elle dit « vous donnez le médicament », traduisit l'interprète.

Ferlac n'eut pas le cœur de lui avouer qu'il n'en avait pas, mais il eut la présence d'esprit de lui répondre, ce qui était vrai, qu'il venait chercher Yang Tao pour l'emmener à l'hôpital de Langson. Elle parut réconfortée et, comme si l'idée lui en était venue tout d'un coup, elle sortit vivement de la pièce pour en rapporter le brevet de sorcier de son mari. Le sous-lieutenant contempla sans comprendre l'étrange défilé des Immortels, des Sages et des damnés peinturlurés naïvement sur toile. Sans explication, elle l'enroula soigneusement, le fourra dans un tube de bambou et le lui tendit. C'était tout ce qu'elle avait de plus précieux dans sa cahute.

– Faire cadeau, dit le Nhung.

Pour descendre le malade jusqu'à la route, l'adjudant bricola un brancard avec une couverture et deux perches. Yang Tao, desséché par son mal, ne pesait guère. Ils dévalèrent le raidillon en courant presque jusqu'au poste devant lequel les deux automitrailleuses avaient fait demi-tour, prêtes à repartir. Toujours plein de ressources, le sous-officier proposa à Bertrand un de ses lits Picot que l'on bréla sur la plage arrière de *Sirocco* aux poignées des trappes du moteur.

– Mais vous me le renverrez, mon pageot, mon lieutenant. C'est du matériel en compte.

La patrouille démarra sans à-coups. La vieille Yang Tao leva une main tremblante en signe d'adieu tandis que ses marmots, émerveillés, regardaient de tous leurs yeux ces bêtes de fer, plus grosses que des buffles, s'éloigner en se dandinant sur la piste.

– Tu roules doucement, Révoil, sinon on va le semer dans les trous, notre passager.

– Comme pour un enterrement, dit Caron d'un ton lugubre.

Mort, le sorcier ne l'était pas encore, mais il râlait plus fort que les cent chevaux de son corbillard. Ferlac laissa *Simoun* à l'école et continua jusqu'à l'hôpital, suivi de la Jeep de Pardiès.

– C'est pour une entrée ? demanda la sentinelle.

– Une urgence ! Lève ta barrière, ballot, râla Révoil. Tu vois bien qu'on n'est pas un autocar.

Des infirmiers déposèrent Yang Tao sur une vraie civière et le transportèrent dans la chambre du capitaine afin que, s'il en était encore capable, il pût en le voyant révéler le secret de son mal.

– Mais c'est un moribond que vous m'amenez là, Ferlac! s'exclama Carrières. Votre sorcier n'a pas deux heures à vivre.

L'interprète que le médecin avait pris la précaution de convoquer s'agenouilla près du mourant et lui parla à l'oreille, mais il sembla ne pas entendre.

– Lui faire mort déjà, mon commandant.

– Mais non! Insiste!

Yang Tao s'agita et esquissa péniblement le geste de la « Touffiane ».

– Il veut fumer, le vieux brigand, dit Bertrand.

– Pas ici, quand même, protesta le commandant. Et d'ailleurs, nous n'avons pas l'attirail.

– Je sais où le trouver.

– Alors, allez-y! Au point où nous en sommes...

Ferlac fila aux Cinq Dragons où tout dormait. Nhong Ho Tong finit par se montrer à sa porte. Le sous-lieutenant lui expliqua ce qu'il attendait de lui. Le Chinois ne s'étonna pas de sa démarche pourtant insolite. Il s'éclipsa chez lui pour réapparaître aussitôt avec son fourniment dans un panier de jonc.

Dans la chambre d'Ebrard, sans se soucier de l'assistance, il s'installa près du Nhung et, avec autant de soin qu'il l'eût fait pour lui-même, il prépara une pipe. Soulevant sa tête, il lui colla le tuyau contre les lèvres. Yang Tao n'eut pas assez de souffle pour aspirer la fumée en une seule bouffée. Patiemment, le Chinois gratta le fourneau encrassé et le pencha de nouveau sur la flamme. A sa cinquième pipe, le sorcier parut mieux. Sa terrible toux s'apaisa pour un instant et laissa place à un râle caverneux.

– Demande-lui, dit le commandant à l'interprète, de bien regarder le capitaine. Dis-lui qu'il a des trous dans le ventre à l'intérieur et que son sang devient comme de l'eau.

Le Nhung se redressa et se tourna vers le lit d'Ebrard. Il parla d'une voix rauque à peine audible entrecoupée de sifflements.

– Il dit c'est petits morceaux les ongles, mon commandant, et la planche pour hacher la viande.

Les regards angoissés de Fabienne, d'Hélène et de Ferlac convergèrent vers le médecin.

– Je ne peux rien faire, avoua-t-il consterné. Quand on se pique avec un os de charogne, on peut encore amputer la main ou le pied atteint par l'infection, mais il est impossible de vider un homme de ses intestins comme un poulet.

Quand les brancardiers se présentèrent pour enlever Yang Tao, Carrières les renvoya.

– Ils s'aimaient bien, m'avez-vous dit, Ferlac. Laissons-les ensemble préparer leur voyage.

Ferlac raccompagna Nhong Ho Tong chez lui. Ils n'échangèrent pas un mot, mais quand il fut sur le seuil des Cinq Dragons, le Chinois sembla hésiter. Il se retourna vers la rue :

– Venez demain, mon lieutenant. Nous parlerons.

Yang Tao s'éteignit calmement quelques heures plus tard à côté de celui qu'il n'avait pu sauver une deuxième fois.

Avant de se rendre à l'invitation de l'aubergiste, Ferlac passa à l'hôpital. Hélène Carrières était dans la chambre de Philippe. Elle y avait relevé Fabienne, exténuée par une veille de deux jours qu'avec son obstination de Bretonne elle avait voulu assurer seule, comme si elle avait cru pouvoir par sa présence retenir son malade au bord de l'abîme de sa mort. Le drap qui recouvrait sa poitrine se soulevait imperceptiblement au rythme de plus en plus lent de sa respiration.

– Il s'affaiblit de minute en minute, chuchota Hélène. Le plasma n'y fait rien. Il ne tiendra plus longtemps maintenant. Pensez-vous qu'il faille faire venir le père Mangin ?

– Je ne sais pas s'il croyait vraiment en quelque chose, madame.

– Il croyait en l'homme, en la vie et Dieu est la vie...

– Je sais. Il est aussi la résurrection. Pourtant le capitaine meurt.

– Et Fabienne n'aura plus que vous.

Il ne pensa pas une seconde que la disparition d'Ebrard

le laissait seul en lice. Au contraire, en cet instant même, il était prêt, pour qu'il vive, à lui sacrifier toute la place qu'il croyait encore tenir dans le cœur de son amie.

Aux Cinq Dragons, Nhong Ho Tong n'arborait plus sa mine réjouie d'hôtelier prospère. Il était grave, soucieux. Il poussa devant le sous-lieutenant une tasse de café et s'assit lourdement en face de lui.

– Hier matin, vos gendarmes sont venus. Ils disent que c'est dans ma maison que le capitaine a mangé le poison. Ma face est noire maintenant. Je ne pourrai plus regarder les autres Chinois de ma congrégation sans la honte.

« Et son bistrot va faire faillite, pensa Ferlac. C'est ça qui l'embête surtout. »

– Je dois trouver le coupable et je vous prie de m'y aider.

– Je ne suis pas policier, moi.

– Moi non plus. Le capitaine Ebrard – il prononçait Eblal – avait-il des ennemis personnels ?

Ferlac répéta ce qu'Ebrard lui avait confié rue des Japonaises tandis que Rouzic réglait ses comptes avec son Annamite : ses démêlés avec les Binh Xuyen et les Cao Daï à Saïgon, avec Mimi dont il se méfiait et qui le détestait parce qu'il savait sur elle des choses qu'elle voulait cacher, avec le mandarin Vi Van. Il y avait aussi les Viets, bien sûr, tous les Viets. Mais ils n'avaient pas plus de raison de s'en prendre à lui qu'au colonel Dargence ou à un autre officier français. Il y avait encore le boy Lon Chen...

– Et pourquoi pas votre cousin Fa Hué, monsieur Nhong Ho Tong ? Il est votre cuisinier, non ?

Réellement offusqué que l'on puisse soupçonner un compatriote, membre de sa famille par surcroît, il protesta de son innocence. Il promit néanmoins de s'en assurer.

Le Chinois reconstitua sans peine l'emploi du temps du capitaine avant que ne se déclare son mal. Il avait dû passer dans l'après-midi rue des Japonaises où quelque chose l'avait intrigué. Sinon il ne lui eût pas demandé d'enquêter sur les gains de l'Annamite à la maison de jeu. Le soir, il était venu dîner et fumer aux Cinq Dragons. Et le lendemain, il était parti pour Ban Son. Restait à savoir ce que chez l'une ou chez l'autre, il avait bu ou mangé à quoi l'on eût pu mêler du poison.

Il alla d'abord chez Mimi. Elle était à sa Singer en train de se coudre une tunique dans un brocart de soie. Il avisa ses bijoux trop brillants et le phono qui trônait sur la table basse, triomphant et incongru. C'était à Langson un objet rare qu'elle avait dû payer très cher, comme l'étoffe sur la machine et son bracelet d'or rouge. Au dire des chanteuses du *taï siou*, elle n'avait emporté qu'une centaine de piastres. Cette somme était bien inférieure à la valeur de ce qu'il venait d'évaluer d'un coup d'œil. Il fallait bien qu'elle eût trouvé cet argent quelque part.

Il s'adressa à elle dans sa langue qu'il parlait bien, comme le français, sur un ton doucereux d'abord mais qu'au bout de trois phrases il poussa jusqu'au glapissement des disputes annamites.

– Tu es devenue bien riche tout d'un coup, Mimi.

– Ça ne te regarde pas. Tu cherches quoi au juste, le Chinois ? A baiser ? Tu as ta femme, non ?

– Je veux savoir d'où tu tiens tout cela.

– Je l'ai gagné au *taï siou.*

– Ce n'est pas vrai, hurla Nhong Ho Tong.

Avec une agilité surprenante pour sa corpulence, il sauta sur elle, la saisit par son chignon à demi défait, lui courba la tête vers le sol et la traîna jusqu'au coin de la cuisine où il s'empara d'un couteau. Adroitement, il trancha une petite mèche qu'elle sentit glisser sur sa nuque.

– Tu me dis qui t'a donné l'argent ou je coupe tout.

– Personne ne me l'a donné, cria-t-elle. Je te le jure. Je l'ai pris.

– A qui ?

– A Ho Sep. Il m'avait battue. Il était saoul. Il dormait. Alors..

– Alors tu as volé un mort. Et le capitaine va mourir aussi. Que lui as-tu donné à boire quand il est venu, il y a trois jours ?

– Du pastis.

– Et tu as mis du poison dedans. Il savait, lui, que tu étais venue de Saïgon pour « faire Viêt-minh ». Alors tu l'as tué.

– Non, répondit-elle en avalant ses larmes. A Saïgon, j'étais fille bordel. Je voulais faire *con gaï* d'un Français, comme les autres. Alors je suis venue ici avec les soldats.

J'ai travaillé à la pagode de la gare pour manger. Ho Sep est venu. Je l'ai emmené chez moi. Il était gentil et fort. Peut-être que je l'aimais, même.

Elle se releva en secouant sa tignasse noire et planta ses yeux brillants dans ceux de Nhong Ho Tong. Elle avait soudain retrouvé toute sa pugnacité.

– C'est tout! Va-t'en, maintenant! Je n'ai pas tué ton capitaine. Mais je serai contente s'il meurt!

Mimi avait été sincère au point de faire l'aveu de sa haine et de leur fournir un mobile du crime. Elle ne l'avait donc pas commis. Nhong Ho Tong avait pris une mauvaise piste. Celle de Lon Chen ne tenait pas. Boy de la victime, il n'aurait pas osé l'assassiner. Il lui restait donc deux voies : une dont il doutait qu'elle aboutisse, l'autre qu'il répugnait à prendre. Le soir même, il expédia un de ses informateurs chez Vi Van, nanti d'assez d'argent pour acheter des confidences. Il lui fut rapporté le lendemain que l'officier avait effectivement malmené le mandarin, qu'il avait dîné de quelques pâtisseries avant d'aller tendre une embuscade avec ses soldats. La métisse chinoise qu'au reste son maître rétribuait fort chichement de ses services de bonne hôtesse avoua volontiers qu'elle avait passé le reste de la nuit avec le Français et qu'il n'avait pas touché à la boisson qu'elle lui avait apportée.

« Vi Van est une fripouille, se dit Nhong Ho Tong, bien qu'il soit en partie de mon sang. Il sait donc que nos lois de l'hospitalité sont sacrées. Contrairement aux Japonais, nous n'assassinons pas ceux que nous invitons à partager notre riz. D'ailleurs, le mandarin n'eût pas eu le temps de faire préparer des gâteaux empoisonnés. »

Il ne restait plus donc que le cousin Fa Hué. Avait-il à un moment ou à un autre de sa vie eu affaire aux sectes du Sud qu'avait citées le sous-lieutenant ? Au fond, il y avait plusieurs années qu'il ne l'avait revu avant qu'il ne se présente aux Cinq Dragons. Il avait prétendu arriver de Nan-ning où il résidait avant la guerre.

Nhong Ho Tong avait assez de relations dans la capitale du Kouang-si pour le vérifier. Il choisit parmi elles un correspondant sûr et lui fit porter un message, peu confiant qu'il était dans la célérité des postes chinoises. De même, il calligraphia une longue lettre pour Lo Han, son confrère et cousin de Cholon. Sans être trop précis, sachant néanmoins qu'il serait bien compris, il évoqua les rancunes que le capitaine Ebrard pouvait avoir accumulées dans le milieu des sociétés secrètes de Cochinchine. Il ne manqua pas de lui donner des nouvelles de la famille et notamment de Fa Hué qu'il employait dans son restaurant. Ses services lui donnaient toute satisfaction et sa discrétion était exemplaire au point qu'il ne parlait jamais de son passé. Peut-être avait-il effectué un séjour dans le Sud et le cachait-il, pour sa face, parce qu'il n'y avait pas réussi ?

La réaction de Nan-ning fut immédiate. Fa Hué était en effet passé par sa ville natale avant de se rendre à Langson. Il était vrai aussi qu'il avait disparu pendant les cinq dernières années pour faire du commerce dans le Hou-pei. Mais comme cette province était occupée par les communistes, il n'était pas question d'y envoyer un enquêteur. Il n'était plus que d'attendre la réponse de Lo Han.

Une semaine s'écoula sans que Philippe Ebrard eût manifesté le moindre signe de conscience. A la surprise de Carrières qui l'avait condamné un peu vite, il continuait à vivre dans un ralenti extrême comme pour économiser le peu de forces que le plasma lui instillait. Une nouvelle radiographie montra même que les ulcérations de ses intestins, loin de proliférer, se cicatrisaient. Tous les jours Ferlac venait passer un instant près de lui. Debout, le regard attentif posé sur le visage de bronze, il semblait entretenir avec son ami un dialogue muet.

Fabienne, comme si elle avait jalousé cette intimité, l'interrompait parfois par des soins qu'il jugeait intempestifs et affectés. Elle lui essuyait le front avec de la gaze imbibée d'eau de Cologne, tendait son drap, tâtait son pouls en mettant un doigt sur sa bouche afin de mieux percevoir dans le silence les lentes pulsations de son sang. Elle se penchait sur lui avec cette fierté ostentatoire des jeunes mères exhibant leurs nourrissons aux mémés attendries des jardins publics. Elle montrait par là que personne, hors elle-même, n'était capable de tant de dévouement et que ce dévouement exclusif lui donnait des droits inaliénables de propriété sur Philippe.

Cette attitude agaçait Ferlac auprès de qui elle cherchait une approbation, un soutien dans le combat qu'elle menait contre la mort de « l'autre ». Rien ne comptait plus pour elle que lui. Il était sa seule inquiétude, son seul espoir.

– Comment l'avez-vous trouvé aujourd'hui ? demandait-elle anxieuse.

– Pas mieux, répondit-il un jour alors qu'elle le raccompagnait jusqu'à la barrière de l'hôpital. Je me demande s'il pense encore et s'il n'est plus, comme un pharaon dans ses bandelettes, qu'une apparence de vivant.

C'était une méchanceté gratuite qu'il regretta aussitôt. Il pensait lui aussi que si l'état de Philippe ne s'aggravait pas c'était parce qu'il s'améliorait.

– Vous savez, Fabienne, je désire presque autant que vous qu'il guérisse.

– Pourquoi, presque ?

– Parce que personne plus que vous ne peut le vouloir, répondit-il avec une pointe d'amertume.

A l'école de Ky Lua le traintrain continuait, l'entretien, les patrouilles, les escortes. Pardiès Ramon, toujours soucieux de l'humeur de son chef, lui trouvait l'air préoccupé, surtout quand il revenait de l'hôpital.

– Qu'est-ce qu'il a le lieutenant ? C'est à cause de sa poule ?

– Non, c'est son pote le capitaine, celui de la « Moustache ». Paraît qu'on lui a filé du poil de tigre dans sa soupe, annonça Lejeune. Et il va pas bien.

– Quand on n'est que sous-lieut', on n'est pas le pote d'un capitaine, affirma Révoil péremptoire.

– Tu n'es que brigadier et s'il était à l'hosto, tu irais bien le voir, Ferlac.

– Ce n'est pas la même chose. Ferlac, c'est Ferlac.

– Le sous-lieutenant Loubrerie de Ferlac, intervint Locatelli qui avait comme par hasard une oreille à la traîne.

L'empoisonnement du capitaine avait provoqué un mouvement d'indignation dans la garnison. On était en guerre, certes, et s'il était acceptable d'être blessé par balle ou, à la rigueur, par un coup de couteau dans une rixe de bistrot, il était inadmissible de mourir par l'arme des femmes et des lâches.

Un vent de méfiance s'éleva aussi. Les gargotes, chinoises ou pas, où les militaires s'attablaient devant une soupe aux nouilles et une canette de B.G.I., ne faisaient plus recette et le brigadier-chef Lanier surveillait son équipe de *be con* marmitons avec une vigilance pointilleuse. Il allait même jusqu'à leur faire laver les mains une fois par jour.

Un soir, le sous-lieutenant revint de sa visite quotidienne avec un air presque guilleret. Au foyer, il offrit une tournée générale de « tomates » et de « perroquets », libéralité que l'on n'avait pas vue depuis une quinzaine.

– Tiens, son pitaine va mieux, conclut Caron.

– On dit son « capitaine », Caron, quand on n'est pas un biffin, rectifia le maréchal des logis Locatelli.

Caron ne s'était pas trompé. Dans l'après-midi, Philippe Ebrard avait balbutié des mots sans suite et s'était agité comme pour s'arracher à un mauvais rêve. Il était quand même prématuré de boire à sa santé. On le fit pourtant, mais sans le dire, par superstition, pour ne pas lui porter la guigne dont il venait d'avoir sa part.

La réponse de l'honorable Lo Han mit quinze jours à parvenir à son destinataire. Elle apprit à celui-ci que son cousin avait effectivement tenu un hôtel à Cholon, mais que pour des raisons restées obscures les caodaïstes avaient fait sauter son établissement. Depuis, cette secte s'était ralliée à la France et l'affaire avait été étouffée. Fa Hué avait quitté le Sud peu après, décidé à refaire sa fortune dans le Nord, comptant sur la solidarité des siens pour l'y aider. Lo Han priait Nhong Ho Tong de transmettre à leur commun parent ses vœux de réussite et de croire à son humble attachement.

Bien que le capitaine ne parût pas impliqué dans la ruine de Fa Hué, ces informations ne dissipèrent pas les doutes qui torturaient le maître des Cinq Dragons. Il se résigna à interroger son commis, mais il le fit le plus courtoisement du monde en l'invitant à partager sur le bat-flanc un petit fond de boîte d'opium. Fa Hué ne se méfia pas lorsque son patron pria fermement sa femme et ses enfants de les laisser seuls dans la salle commune et de n'y revenir que lorsqu'il les rappellerait.

– Je n'ai qu'à me louer de tes services, mon cher cousin, lui dit-il entre deux pipes. Aussi, ai-je pensé qu'une augmentation de ton salaire pourrait t'encourager à persévérer dans cette heureuse voie.

– Je ne saurais trop vous remercier, monsieur. Que soit bénie votre générosité et maudite mon ingratitude. Mais j'ai décidé de revenir au pays de nos ancêtres et de m'y installer à mon compte.

– L'économie est une vertu de notre peuple et je te félicite de l'avoir cultivée. Cependant, la réputation de notre famille où la profession d'hôtelier est pratiquée avec succès pourrait souffrir que l'un des siens soit réduit à vendre de la soupe au bout d'un balancier.

Fa Hué se rengorgea et répliqua qu'il n'en serait rien. Un aubergiste de Nan-ning, désireux de couler des jours paisibles après toute une vie passée dans l'agitation torride de sa cuisine, était prêt à lui céder son fonds pour un prix raisonnable. Le chiffre qu'il avança était dérisoirement bas. Aucun Chinois, eût-il été pris d'une violente crise d'altruisme, n'eût consenti à une transaction aussi peu profitable. Nhong Ho Tong suçota le peu de fumée qui stagnait dans le tuyau de sa pipe et se renversa sur son oreiller de porcelaine avec une feinte béatitude.

– Ou ton vendeur est un philanthrope, ce qui m'étonnerait, ou tu n'oses pas avouer la somme qu'il t'a réellement demandée. Ta face n'a pas à noircir d'avoir sollicité un prêt. Je te l'aurais consenti moi-même très volontiers. Ou bien as-tu perçu une forte indemnité pour la ruine de ton hôtel... A Cholon!

– Sans doute êtes-vous mal informé, monsieur. Vous me parlez d'un hôtel en Cochinchine alors que c'est un commerce d'épicerie que je tenais dans le Nord, à Ché Chua. Il était des plus prospères lorsque les communistes m'en ont chassé.

Sans se départir de son calme, le patron des Cinq Dragons s'assit sur le bat-flanc et reposa sa pipe sur le plateau.

– Tu mens, Fa Hué, et j'en éprouve de la peine.

– Pourquoi cacherais-je la vérité à mon bienfaiteur? protesta le commis.

La voix de Nhong Ho Tong s'enfla soudain comme éclate un orage inattendu créant la surprise et la crainte.

– Tu mens! Tu as abusé de ma confiance, bafoué mon hospitalité, sali mon honneur en commettant un crime sous mon toit, en tuant mon ami.

Fa Hué se tut. Il pensa que son cousin feignait l'irritation pour l'impressionner et qu'un mutisme dédaigneux était sa meilleure défense. Il n'avait aucune preuve contre lui. Il resta étendu dans une pose nonchalante, façon de dissimuler l'angoisse qui peu à peu le saisissait. Il ferma les yeux un instant. Quand il les rouvrit, il vit, penchée sur lui une figure grimaçante de colère et un hachoir brandi au-dessus de sa tête. Il se protégea la face de ses deux mains.

– Retourne-toi, chien! Sur le ventre!

Le commis crut alors que son maître allait lui trancher le cou comme il le faisait de ses canards. Il chevrota des protestations d'innocence avec humilité cette fois.

– Tes mains derrière ton dos! Vite!

Prestement Nhong Ho Tong lui lia les bras au-dessus des coudes en appuyant son genou sur ses reins pour mieux serrer le nœud.

– Tu parles, maintenant. Ce que tu vas me dire ne sortira pas d'ici, je te le garantis.

Mais Fa Hué ne comprit pas le sens véritable de cette promesse.

– J'ai dit la vérité, monsieur.

Le Chinois le fit rouler sur le sol et l'obligea à se relever à coups de pied dans les côtes. Il l'entraîna dans la soupente où était entreposé le somptueux cercueil rouge qu'il avait fait faire à ses mesures.

– Allez, entre là-dedans! Il t'ira bien aussi.

Fa Hué s'exécuta quoiqu'il ne saisît pas bien où son cousin voulait en venir. Comme il l'avait fait pour ses bras, Nhong Ho Tong lui lia les chevilles.

– J'attends à présent.

N'eussent été ses liens qui lui cisaillaient les chairs, le commis n'eût pas été si mal à son aise. Le capiton sur lequel il était couché était moelleux et parfumé. Il déchanta lorsque avec un claquement sourd, le couvercle se referma sur lui et qu'il entendit les vis crisser dans leurs alvéoles.

– Monsieur! cria-t-il.

La voix étouffée lui parvint à peine à travers les épaisses parois de la bière.

– Réfléchis bien et vite surtout. Dans moins d'une heure, tu seras mort et personne ne viendra réclamer ton cadavre.

Dans la boîte hermétiquement close, l'obscurité était impénétrable et l'air se raréfiait rapidement.

– Monsieur, ouvrez-moi, haleta Fa Hué.

Le même crissement de vis se fit entendre au-dessus de lui. Le couvercle bascula. Il respira enfin, la bouche grande ouverte comme un noyé que l'on vient de tirer de l'eau.

– Je... parlerai, monsieur... Pas là-dedans, s'il vous plaît.

Nhong Ho Tong lui délia les chevilles, l'entraîna dans la salle commune et l'obligea à s'agenouiller devant lui.

– C'est vrai, monsieur, j'ai mis le poison dans le bol du capitaine. A Cholon, après l'attentat contre mon hôtel, j'ai appris qu'il avait payé les Binh Xuyen pour ça. Il était signé par l'emblème des Cao Daï. Je voulais me venger. Ils l'ont su. En le faisant, je les vengeais aussi. Ils m'ont proposé de l'argent. J'avais tout perdu. J'ai accepté.

– Tu as perçu cet argent ?

– Oui, mais ici seulement.

– Tout ?

– Presque. C'est une femme, Ti Sao Anh Thoan, une Annamite de Saigon qui me l'a remis.

– Et elle en a gardé un peu.

Tout était clair maintenant, le brocart, le phonographe, les bijoux d'or... Sans être certain de rien, le capitaine Ebrard avait eu quelque raison de se méfier de la petite mégère du lieutenant Rouzic.

Fa Hué mourut trois jours plus tard dans les indicibles souffrances qu'il avait infligées à l'officier français, malgré les soins que lui prodigua innocemment Mme Nhong Ho Tong et la sollicitude fraternelle que lui témoigna son mari. Comme il lui restait peu d'opium, il n'estima pas utile d'en gaspiller pour soulager les douleurs du mourant et le garda pour lui pour se consoler de sa perte.

XV

Si, après la mort de son cousin, Nhong Ho Tong avait appris que le capitaine était toujours vivant, il ignorait qu'il allait mieux et que, sans qu'il fût hors de danger, il y avait quand même quelque espoir qu'il guérisse.

Ebrard ne parvenait pourtant pas à se réveiller de la narcose qui embrumait encore son cerveau et qui lui faisait balbutier d'une voix de somnambule des lambeaux de phrases privées de sens. L'amélioration de son état incita le commandant Carrières à tester ses réflexes. Ses membres réagirent bien quoique sans ardeur aux chocs du marteau de caoutchouc, mais lorsque le médecin braqua sur sa figure le faisceau d'une torche, il ne cilla pas.

– Il ne distingue pas le jour de la nuit, murmura-t-il. Cécité totale. Je ne comprends pas.

– Moi, je serai ses yeux, s'écria Fabienne avec élan.

Pour la première fois, depuis deux semaines, le masque figé d'Ebrard s'anima en une sorte de sourire. Carrières se pencha sur lui.

– Vous nous avez entendus, Ebrard. Nous allons vous tirer de là. La vue vous reviendra peut-être, comme l'ouïe, la parole.

Le capitaine souleva une main résignée et la laissa retomber sur son drap.

Quand à l'heure du déjeuner Bertrand entra au mess, Fabienne courut à lui et lui étreignit le poignet à le broyer.

– C'est... fini ? demanda-t-il, la gorge serrée.

– Oh non ! Il entend et comprend ce qu'on lui dit. Il a remué aussi. Il est sauvé, Bertrand. Mais il est aveugle.

Aveugle ! A quoi bon survivre pour être enseveli dans la nuit d'un tombeau. Le sous-lieutenant se dit que ne plus voir était la pire chose qui pût lui arriver, mais qu'à bien réfléchir, il n'était de sens qui ne fût indispensable au plaisir d'être, pour lui qui s'exaltait d'un sourire sur les lèvres d'une femme, du chant des violons d'un adagio baroque, d'une odeur de foin, de la saveur d'une pêche, du contact de ses doigts sur une peau fraîche. D'un geste spontané, pour bien s'assurer que du toucher il jouissait encore, il caressa la joue de Fabienne et laissa glisser sa main jusqu'à son cou, puis son épaule qu'il serra un peu à travers la blouse d'uniforme.

– Moi, je ne supporterais plus de ne plus vous voir, Fabienne.

– Le supportera-t-il, lui ?

Le soir, au lieu d'entrer dans la chambre d'Ebrard, timidement, sur la pointe des pieds, il ouvrit la porte brusquement. Celui-ci était nu sur une toile cirée blanche qui l'isolait de son drap. Ses pieds lui parurent immenses. Son ventre creux, ses hanches pointues, son torse où les côtes se comptaient, ses traits décharnés lui rappelèrent en une vision fugitive les sinistres pantins des danses macabres.

– Vous auriez pu frapper, dit Fabienne, pincée comme si elle venait d'être surprise toute nue elle-même dans une cabine de bain. Vous voyez bien que nous faisons sa toilette.

– Qui est-ce ? demanda Ebrard.

– C'est moi, mon capitaine, Ferlac.

– Restez ! Monsieur de Ferlac... vous présenterez la serviette... comme au lever du roi.

A l'évidence, le capitaine allait mieux ! Moins gênée que Ferlac devant la nudité d'Ebrard, l'infirmière entreprit sa tâche en professionnelle habile et précise, tandis qu'un infirmier annamite lui tendait, comme une canéphore sa corbeille fleurie, une bassine émaillée au décor de pivoines. Malgré la douceur de ses gestes, le patient frémit au contact de l'éponge froide sur son ventre encore endolori.

– Puisque vous êtes là, Bertrand, rendez-vous utile ! Aidez-moi à le retourner, ordonna-t-elle sèchement.

Ferlac obéit avec la craintive gaucherie de qui se voit

confier le transport d'un objet d'art fragile et inestimable. Quand il dut soulever Ebrard pour permettre à l'infirmière de retirer l'alaise, il le trouva étonnamment léger. Il s'en émut.

– Il faudra vous remplumer, mon capitaine.

– La soupe chinoise... Je me méfierai... chez Nhong Ho Tong.

– En attendant de pouvoir manger, il faut dormir, Philippe. La visite est terminée!

Fabienne borda le lit avec une application maternelle.

« Elle va l'embrasser sur le front et lui seriner une berceuse. Dodo, l'enfant do... Ridicule », pensa Ferlac, exaspéré une fois de plus.

Mais elle se contenta de tâter son pouls et de rajuster le goutte-à-goutte. Il pleuvait, pour changer. Elle l'accompagna tout le long de la galerie jusqu'au perron qui débouchait dans la cour.

– Comment l'avez vous trouvé aujourd'hui? demanda-t-elle.

Mais c'était plus pour se soumettre à un rite que par réel souci d'entendre son avis.

– Bien, et vous, comme infirmière-major, parfaite! Il ne vous manque qu'un brin de moustache sous le nez, une voix de trompette et un turban de fakir orné d'une croix rouge.

– Que vous êtes désagréable! Voulez-vous que je vous dise, Bertrand, vous êtes jaloux. C'est idiot. Si vous étiez à la place de Philippe j'en ferais tout autant pour vous. Allez, souriez-moi! J'en ai besoin.

D'un geste enfantin, il tapota sa joue du bout de son index. Elle l'embrassa avec fougue pour lui montrer que rien vraiment ne ternissait leur amitié. Attendrie, elle le regarda traverser la cour en sautillant pour éviter les flaques, comme un joueur de marelle.

Le regard lointain, le sous-lieutenant de Ferlac traversa sans traînasser la longue véranda de l'école pour gagner son appartement. Ses hommes qui attendaient la fin de l'averse pour revenir à leurs voitures le suivirent des yeux, le sourire au coin de la bouche, avec une indulgence narquoise.

– Maintenant que son capitaine est guéri, c'est l'infirmière qui le reprend. Ou les deux peut-être bien, nota Locatelli.

Le maréchal des logis voyait juste. Son chef de peloton était tiraillé entre deux sentiments aussi vifs que contradictoires. Ferlac était heureux, bien qu'il se reprochât de ne pas l'être assez, que son ami fût sauvé, mais déchiré de perdre par là même l'amour exclusif de Fabienne. Il n'était pas sûr, en effet, qu'elle aurait agi avec lui comme elle se comportait avec Ebrard s'il s'était trouvé dans la même situation.

Au reste, le simple malade qu'était le capitaine méritait-il autant d'égards qu'un soldat atteint en combattant ? Quelle gloire pouvait-on tirer d'avoir été empoisonné par un bouillon d'onze heures, fût-ce en service commandé ? Une vraie blessure, c'eût été autre chose, pas trop grave évidemment. Par exemple, une de ces jolies balles dans l'épaule qui laissent le héros mobile et disponible tout en le rendant intéressant, ou dans la poitrine, sans léser d'organe essentiel.

Il se dit que seule une action mirobolante pourrait rendre au chevalier son prestige auprès de la reine. Mais les occasions étaient de plus en plus rares de terrasser les tarasques ou les dragons entre la porte de Chine et les rochers à crevettes de Tien Yen.

La pluie tombait moins dru. Ferlac sortit sur sa terrasse. La Mission Saint-Michel lui apparut grisée par les hachures obliques comme un dessin à la plume. Au-delà, par une trouée de nuages, un rayon de soleil dorait les collines au nord de Dong Dang. Il s'efforça de voir plus loin, vers Na Cham, mais les montagnes sombres se confondaient avec les nuées qui les coiffaient. La rumeur courait d'une opération le long de la frontière, vers Cao Bang, la mystérieuse, où Hô Chi Minh attendait son copain Mao, pour dévaler, fort de nouvelles armes et de l'appui moral d'un demi-milliard de communistes grand teint, par toutes les rivières du Delta, comme une vilaine coulée de boue rouge.

Le sous-lieutenant de Ferlac se prit à rêver d'un raid fulgurant et dévastateur de son peloton jusqu'au cœur même du repaire viêt-minh où il jetterait la panique comme une harde de loups dans un troupeau de moutons et d'où il reviendrait, blessé ou pas, mais avec tout son monde et les coffres de ses M8 bourrés de trophées.

Un mois s'était écoulé. Les ulcères d'Ebrard s'étaient cicatrisés. Il s'alimentait à présent autrement qu'à la becquée et buvait autrement qu'à la petite cuillère. Le boy Lon Chen, que le médecin-commandant tolérait près de lui en qualité de garde-malade, venait chaque matin le raser et l'aider à sa toilette. Il le guidait jusqu'à un fauteuil en rotin de Manille que Fabienne avait déniché dans le bric-à-brac d'un bazar chinois. Le dossier épanoui en forme de queue de paon donnait au siège l'allure d'un trône oriental. Avec son teint plombé, son regard éteint, ses longues mains posées sur les accoudoirs, il ressemblait dans sa pose hiératique à une célébrité de musée de cires. Il s'animait pourtant lors des visites qui, l'après-midi, se succédaient jusqu'au soir. Parmi eux, l'officier que l'on avait expédié d'Hanoï pour le remplacer à la maison du Yamen venait lui rendre compte quotidiennement des activités de la « boutique » et solliciter ses conseils. Le père Mangin venait aussi. Une fois, Ebrard l'accusa d'être à l'affût des conversions in extremis pour faire du « chiffre ».

– Vous êtes d'une ingratitude noire à l'égard de Dieu, Ebrard. Lui qui ne cesse de vous tirer par la peau du dos des merdiers où vous vous fourrez.

Personne ne faisait allusion à son infirmité. Il ne s'en plaignait pas lui-même, mais parfois, lorsqu'il était seul, il portait sa main devant ses yeux morts avec l'espoir qu'un jour il finirait par en distinguer le contour.

Fabienne, outre les soins qu'elle continuait à lui prodiguer, lui faisait la lecture. Les livres, des romans désuets, rescapés de la bibliothèque de garnison, l'ennuyaient un peu. Il n'en disait rien tout au plaisir d'entendre sa voix, de respirer son parfum d'eau de fleurs, de sentir son souffle sur sa peau et les caresses hésitantes auxquelles elle se hasardait parfois.

– Attention, Fabienne vous allez me faire fondre, plaisantait-il en la devinant rougissante. Vous m'avez tripoté des pieds à la tête comme un bébé et parce que je suis redevenu un adulte, je suis intouchable comme un lépreux.

Alors, elle posait deux doigts sur sa bouche et il les embrassait comme s'ils eussent été ses lèvres. De ces simulacres de baisers, elle éprouvait une joie secrète, prémices d'autres fêtes du corps qu'elle ne se défendait plus de se promettre.

Se heurtant au mur de silence de la communauté chinoise, l'enquête de la prévôté n'avait pas abouti, bien que l'on restât persuadé que les Cinq Dragons avaient abrité le coupable de l'empoisonnement du capitaine Ebrard. Nhong Ho Tong, dont on savait les sentiments profrançais, avait été lui-même lavé de tout soupçon. Un doute planait quand même dans l'esprit d'Ebrard. Par Ferlac, il fit savoir à l'hôtelier qu'il serait heureux de sa visite.

Le Chinois se rendit sans délai à cette invitation, peu rassuré à vrai dire sur l'accueil qu'il allait recevoir.

– Comment est votre face, monsieur Nhong Ho Tong? demanda Ebrard en cantonais.

– Elle a retrouvé la couleur de l'honorabilité, mon capitaine.

– Je ne peux malheureusement pas la voir. Ainsi, vous enrichissez vos soupes avec les raclures de votre billot?

– Il n'a fallu qu'une distraction de mon cousin Fa Hué. J'ai dû à mon grand regret me séparer de lui.

– Il a donc reconnu son erreur?

– Il y a consenti très volontiers.

– Intéressant. Racontez-moi ça!

Et Nhong Ho Tong lui conta sans ménager les métaphores et les subtilités qu'à Cholon l'hôtel que tenait son parent avait été détruit par un attentat perpétré par les affidés d'une secte religieuse et néanmoins jalouse sous l'instigation des Services français. Fa Hué en avait éprouvé une contrariété assez vive pour en garder quelque rancune, partagée d'ailleurs par la secte en question qui avait clamé son innocence. A travers le capitaine Ebrard, c'était le responsable anonyme de sa ruine qu'il avait visé.

– Et où est passé l'argent du crime?

– Anh Thoan, la petite pute de la rue des Japonaises, devait le lui remettre mais elle l'a gardé, ajouta-t-il.

Ce qui n'était qu'un demi-mensonge.

– Tiens, tiens! Et qu'est-elle devenue celle-là?

– Elle a filé le jour où vous êtes revenu de Ban Son.

– Et Fa Hué est allé exercer ses malversations ailleurs?

– Chez ses ancêtres, mon capitaine. Je crains que l'orientation de sa tombe que j'ai déterminée avec le plus grand soin ne lui laisse que bien peu de tranquillité dans l'Au-delà.

– Où vous l'avez expédié, j'imagine.

Nhong Ho Tong poursuivit son récit. Après la pénible scène du cercueil, il avait obligé son cousin à fabriquer lui-même le poison dont il s'était servi. Cela fait, il l'avait prié de l'absorber pour s'assurer de son efficacité et lui avait précisé qu'en cas de refus, il se verrait dans la douloureuse obligation de le dépecer vif. Dans ce cas sa mansuétude serait assez grande pour qu'il tirât lui-même au sort l'ordre des membres à séparer du tronc.

– Les « cinq couteaux », cela ne se fait plus guère, monsieur Nhong Ho Tong.

– Il est dommage que quelques-unes de nos coutumes soient tombées en désuétude, mon capitaine.

– Il a préféré le potage aux ongles, je parie.

– Oui. J'ai personnellement veillé à ce que son agonie soit difficile.

– Je n'ai jamais douté de votre esprit de famille.

La justice de Nhong Ho Tong était peu orthodoxe et pouvait paraître blâmable aux yeux de certains esprits scrupuleux, mais guère plus que la façon dont il s'était débarrassé de Gwendoline, ou que le procédé de ricochet utilisé par le capitaine pour ramener les Chinois de Cholon à s'engager aux côtés de la France en Cochinchine.

Ebrard se remémora une phrase du *Prince* dont il traînait dans sa cantine un exemplaire dépenaillé d'avoir été cent fois feuilleté et la traduisit tant bien que mal à son visiteur :

« Il faut avertir le Prince de ne s'associer jamais avec un plus puissant que lui pour en offenser d'autres... si ce n'est que la nécessité l'y contraigne. »

C'était bien ce que le colonel Bauer avait laissé entendre. Mais nécessité avait fait loi.

– Qui a dit cela, mon capitaine?

– Un Italien. Machiavel. Mais votre Sun Tse aurait pu

écrire la même chose. A propos, Nhong Ho Tong, je vous dois sûrement quelque chose pour tout le mal que vous vous êtes donné.

– Je suis assez payé de vous voir vivant, mon capitaine.

Nhong Ho Tong omit de dire que, de l'argent qu'il avait trouvé dans les bagages de Fa Hué, une fois le cercueil et l'enterrement réglés, il lui était resté quand même un petit quelque chose.

Le lendemain de la visite du Chinois, lorsque Lon Chen ouvrit les volets de sa chambre, Ebrard protesta violemment.

– Mais ferme ça, imbécile!

– Pas voir, pas moyen raser, mon capitaine.

– Moyen me foutre la paix une minute.

Le boy s'exécuta croyant à un mauvais réveil de son maître et sortit pour attendre un moment meilleur. Même closes, les persiennes à lattes laissaient filtrer assez de jour pour qu'Ebrard pût distinguer enfin le dessin de ses doigts écartés devant ses yeux. Mais ce n'était peut-être qu'une illusion. Il rappela Lon Chen.

– Ouvre maintenant!

Trop de lumière lui fit mal de nouveau. Quand l'infirmière entra, il lui demanda sans explications de faire de son corps un écran entre la fenêtre et son lit. Sa silhouette lui apparut floue, nimbée d'un halo comme une lune de pluie.

– Je crois bien que je vous vois, Fabienne.

– Philippe! Ce n'est pas vrai? Ce serait trop...

– Trop quoi?

Mais elle avait disparu et courait comme une folle dans les couloirs à la recherche de Carrières. Elle le ramena incrédule comme toujours et agacé qu'on l'eût dérangé en pleine visite. Penché sur Ebrard, il braqua sur lui sa lampe frontale qu'il portait toute la journée comme un diadème, sur ses cheveux en brosse. Le patient grogna et détourna la tête pour échapper au faisceau.

– Regardez-moi, Ebrard. Il faudra bien vous réhabituer à dévisager le soleil. Vous allez revoir le monde. Pas tout de suite. Je ne vous lâcherai que lorsque vous ne risquerez plus de vous cogner aux réverbères du boulevard Gallieni.

– Mangin va encore crier au miracle.

– Je n'y crois pas plus que vous, mon vieux, mais quand même, quand même.

Des progrès plus rapides qu'on ne l'espérait permirent bientôt à Philippe de voir s'agiter autour de lui autre chose que des ombres chinoises. Il put enfin se regarder dans une glace. L'image qu'elle lui renvoya l'effraya un peu. Son visage lui apparut aussi anguleux que celui d'un moine après des années de macérations, mais dont la seule concession au siècle eût été de garder une moustache.

Le jour vint enfin où il put quitter l'hôpital. Fabienne l'accompagna jusqu'au bout de la galerie où l'attendait sa Jeep, pour des adieux de gare comme s'il partait pour un très long voyage.

– Vous vous souvenez, Fabienne ? Le quai vide sous l'horloge arrêtée, à Long Tchéou ? J'ai failli vous dire que je vous aimais.

– Et vous ne m'aimez plus ?

– Embrassez-moi donc ! Non... pas avec deux doigts ! Qui croyiez-vous tromper dans ma nuit ?

– Moi peut-être.

– Ce sont vos lèvres que je veux.

Elle se hissa sur la pointe des pieds et se pendit à son cou, les yeux clos, aveuglée à son tour par un poison délectable quoique plus vénéneux encore que celui du cousin Fa Hué.

Fabienne et Ebrard se retrouvèrent le soir même au bar des Maréchaux où on fêtait sa guérison. Ferlac n'y était pas. Elle se dit qu'il avait deviné ce qui s'était passé entre eux sur le perron de l'hôpital et qu'il boudait leur bonheur parce qu'elle s'imaginait qu'il était aussi visible sur eux que les stigmates sanglants d'un bienheureux. Mais, non sans quelque lâcheté, elle fut soulagée de pouvoir remettre à plus tard l'aveu de son choix définitif parmi les soupirants de sa cour.

De même, Ebrard s'étonna-t-il de l'absence du sous-lieutenant. Un officier du 3e Bureau de l'état-major lui répondit qu'après le briefing du colonel Dargence, à la fin de l'après-midi, Ferlac, désigné pour l'opération du lendemain, avait rejoint son unité.

– Ah, s'inquiéta Fabienne, une opération?

– Non, une reconnaissance un peu musclée sur la R.C. 4 jusqu'à Na Cham, à vingt kilomètres au nord de Dong Dang. Ce sera une balade.

Mais Fabienne savait comme tout le monde, que ces balades-là ne se terminaient pas toutes comme un joyeux retour de pique-nique.

– A l'hôpital, je n'ai pas entendu dire qu'une ambulance était prévue.

– Si près, cela ne vaut pas la peine.

Et voilà que tout d'un coup, sa joie qui remplissait ses yeux de paillettes et rosissait ses joues vacilla comme une flamme trop ardente au souffle d'un vicieux courant d'air.

Ce coup de sonde vers le nord n'était qu'une phase préparatoire à l'occupation de la zone frontière et à l'ouverture de la R.C. 4 jusqu'à Cao Bang. La date de la grande opération n'était pas fixée, mais tout laissait supposer qu'elle ne serait pas déclenchée avant la fin de la saison des pluies. En revanche, on savait qu'elle était baptisée Léa, comme si l'état-major des T.F.I.N. en lui affectant un prénom de femme avait voulu lui donner l'aimable aspect d'une promenade sentimentale.

A Dong Dang, le peloton Ferlac devait se joindre au sous-groupement du capitaine Capelle. Pour cette reconnaissance, Ferlac eût préféré faire cavalier seul, foncer en sabreur et rapporter autour de ses tourelles des guirlandes de têtes viets grimaçantes. Pas moins! Mais il savait que le maître de la principauté libre n'était pas homme à renâcler sur l'obstacle ou à perdre son temps en flâneries incidentes et pauses horaires.

Le peloton démarra à l'aube, non pour respecter l'adage selon lequel le militaire ne fait rien mais le fait tôt, mais parce que l'affaire, menée promptement, devait être terminée avant la nuit. Pour un va-et-vient de vingt kilomètres, en admettant de ne pas tomber sur une division de *bo doï* en déplacement, le délai était raisonnable. Et puis, il ne pleuvait pas. Au-dessus de la houle verte du Mau Son, les nuages traînassaient, sans crever, leur escadre de voiles noires sous petite brise. Mais sur la route droite, les automitrailleuses fendaient sans sillage une mer de brumes cotonneuses.

– On va rien y voir encore un coup, grogna Caron.

– Et crever de chaud, poursuivit Révoil dans l'interphone. J'ai déjà soif à patouiller dans toute cette mousse.

Fort opportunément, le capitaine Capelle invita les cavaliers à prendre le verre de l'étrier sur le mode médiéval qui lui était cher.

– Un rien de cervoise B.G.I., mon cher camarade, pour vous et vos gens? proposa-t-il à Bertrand. Non? Une coupe d'hydromel alors? Non plus? Alors coiffons nos chapels de fer et boutonnons les cottes de mailles. Ma piétaille crapahutera sur les hauts, comme d'habitude. La chevalerie aura garde de ne pas nous dépasser et veillera sur les chariots. Ceci dit, jetez quand même un coup d'œil sur l'état de la voie ferrée. Premier regroupement au passage à niveau de Ta Lo. Votre indicatif dans mon réseau, Fox. C'est un animal intrépide et rageur... comme vous. Moi, Oscar Kilo * par optimisme. Bien vu, baron?

– Affirmatif, mon capitaine.

– Dites donc oui comme tout le monde! Allez! Montjoie, Saint-Denis, et cætera. On y va.

Jusqu'à Ta Lo, le terrain se présentait comme un moutonnement de collines douces couvert de rizières en terrasses, peu propice aux traquenards. La R.C. 4 y serpentait mollement à la rencontre du rail au profil plus paresseux encore. La maison du garde-barrière servait aussi de halte. Elle était vide, mais au passage des marsouins sur le quai de planches le timbre électrique grelotta lugubrement une sonnerie velléitaire sous sa cloche de tôle.

Les hommes de Capelle attaquèrent les premiers escarpements avec une ardeur insouciante comme si leurs semelles eussent gardé en mémoire la moindre pierre branlante, la moindre sournoise racine. En bas, la route semblait ne devoir son délabrement qu'aux intempéries, mais ce n'était pas une raison de s'y laisser rouler en rêvassant. Si dans le pays déserté par ses habitants les Viets ne disposaient pas d'assez de monde pour opérer des destructions efficaces, ils avaient assez de *du kich* pour truffer la chaussée et la voie ferrée d'obus piégés. De fait,

* O.K.

on en trouva un petit lot encore luisants de graisse, bien rangés sur la berme comme des bûches, prêts à l'emploi, mais sans leurs fusées. Précaution inutile puisque personne n'eût songé à les tripoter.

Il était près de onze heures lorsque *Simoun* s'arrêta devant la pancarte « Na Cham ». Ferlac rendit compte.

– N'entrez pas sans moi, Fox. Couvrez-moi pendant ma descente.

Les marsouins dévalèrent de leurs crêtes en tirailleurs, par vagues de groupes dans le respect des alignements et des distances, comme pour une démonstration.

– Pas mal pour de la biffe, apprécia Caron.

– A mon avis, ils en remettent. On regarderait pas, tu verrais le bordel, dit le brigadier Révoil.

Personne ne vit quoi que ce fût. Na Cham était vide. Terminus d'une ligne qui ne servait à rien, la gare était équipée de hangars, de fosses de visite, de plaques tournantes et de bâtiments annexes que l'on mit du temps à fouiller.

Ferlac piaffait. Les lauriers qu'il comptait déposer aux pieds de Fabienne n'avaient pas encore jonché le passage de *Sirocco*. Devant lui, bordant le Song Ky Cong, la route disparaissait à la sortie du village sous un tunnel creusé dans une falaise, comme une de ces rivières folles qui se perdent soudain pour resurgir ailleurs après un souterrain parcours.

Le capitaine Capelle vint rejoindre Ferlac sur la place de la gare où il lui avait donné l'ordre de l'attendre.

– Rien que des machines mortes, annonça-t-il déçu. Le cheminot est en grève. C'est dans sa nature.

Usant du blindage avant de *Sirocco* comme d'un lutrin, il griffonna un message pour le colonel Dargence.

– Passez-moi ce poulet, Ferlac : R.A.S. – Voies libres jusqu'à Na Cham – Ville « gaignée ».

– Gagnée, corrigea Ferlac.

– Non, non! Je tiens à cette orthographe. C'était celle de la Pucelle lorsqu'elle a rendu compte au roi de France de la prise d'Orléans.

Le sous-lieutenant dévisagea attentivement son chef et ne trouva dans ses traits vultueux aucune ressemblance avec Jeanne d'Arc ou, tout au moins, avec ses représentations sulpiciennes.

– Mission terminée, mon bon ami. Poussez donc jusqu'à la sortie du patelin voir un peu où ça mène. Demi-tour dans une demi-heure. Je garde votre adjoint en otage pendant le casse-croûte.

Ferlac passa en tête, laissant la Jeep entre *Simoun* et lui. Au-delà du tunnel, la route grimpait en lacets invisibles pour réapparaître au sommet d'une croupe dénudée entre les deux lèvres d'un col. Il fut saisi alors du même désir d'escalade qu'il avait éprouvé depuis l'enfance à la vue des coteaux pierreux de son Périgord, parce qu'il espérait naïvement qu'en haut lui serait découvert l'horizon d'un monde inconnu. Il pensait que c'était toujours au-delà des portes closes et des cimes inaccessibles que se cachaient les trésors et que ceux-ci ne pouvaient se conquérir que dans une sorte de dépassement de soi.

« Dix minutes pour monter, autant pour redescendre. Le père Capelle n'y verra rien », se dit-il pour se conforter dans son indiscipline.

– Vu le col, Révoil ?

Le brigadier se souleva de son siège et se démancha le cou pour l'apercevoir.

– Vu.

– On y va. Distance d'appui, *Simoun*.

– Reçu, *Sirocco*.

– Pardiès !

Sans réponse dans ses écouteurs, il se retourna. Le vaste béret de son conducteur, tuyauté par le casque de son 510 *, lui faisait une kichenotte de béguine. Il bataillait avec son micro et ses fiches. N'arrivant à rien, il hurla :

– Rrrreçu, mon lieutenant.

– Il n'a pas besoin de gueuler comme ça, marmonna Ferlac. Révoil, démarre sur la pointe des roues.

L'image était audacieuse et la discrétion inutile. Avec le chambard que le sous-groupement avait mené dans Na Cham et l'intervention tonitruante de Pardiès, les Viets étaient depuis longtemps alertés. N'étant pas de l'espèce des moineaux qu'effarouche le plop d'une carabine de foire, ils ne pouvaient plus être très loin et il était bien

* Poste émetteur-récepteur de faible portée.

dans le secret espoir du sous-lieutenant qu'ils réagissent à sa provocation.

Le long du ravin, les murs de pierres sèches qui étayaient la chaussée, sapés par le ruissellement, s'étaient éboulés par endroits obligeant les automitrailleuses à érafler leurs flancs contre la paroi rocheuse de l'escarpement. Les aides-pilotes devaient mettre pied à terre pour les guider.

Le temps passait et le but que Ferlac avait estimé si proche semblait au contraire s'éloigner. La route enfin s'élargit un peu dans une ligne droite. Morin rembarqua en voltige alors que *Sirocco* reprenait de la vitesse. Elle allait aborder le prochain virage lorsqu'un arbre s'écroula devant elle, un gros qui rebondit sur le sol en le faisant trembler.

– Abattis devant, *Simoun*. Je me dégage.

– Le même derrière moi, répondit le maréchal des logis Cousseau.

C'était le piège classique, le truc de la nasse qui interdisait toute manœuvre. Pourtant le barrage ne paraissait pas gardé. Le silence oppressant se rétablit, à peine troublé par le ronronnement des moteurs au ralenti et le bruissement des lianes qui, comme un rideau effrangé, dégoulinaient de la forêt jusqu'à la route.

– Je descends accrocher le câble, mon lieutenant, proposa Morin.

– Attends! Pardiès?

Pardiès souffla dans son micro redevenu bavard.

– J'écoute, *Sirrrocco.*

– Va jusqu'à la boucle devant nous et vois si on peut faire demi-tour.

Demi-tour! C'était le repli infamant devant une embûche inoffensive que l'adversaire avait tendue là comme une mauvaise farce. Et pourtant, il n'y avait plus autre chose à faire. Capelle s'était sûrement aperçu que son cavalier avait filé mener tout seul sa petite guerre. Ferlac se dit qu'il serait heureux de s'en sortir avec une engueulade. Pardiès doubla l'A.M. en trottant, sa Thompson à l'épaule portée comme une fourche. En face des lueurs s'allumèrent, lucioles fugaces dans la sombre tapisserie de verdure.

La rafale du fusil mitrailleur fit voler des éclats de bois sur le tronc de l'arbre et sonna sur la plage avant de *Sirocco*. Mais ce n'était pas à elle qu'elle était destinée. Pour les Viets, ce bonhomme seul qui courait à leur rencontre était une cible facile. Pardiès boula comme un lapin et s'immobilisa sur l'extrême bord du ravin.

– Caron, couvre-moi ! J'y vais.

Ferlac sauta à terre, et courbé sous le tir de sa propre mitrailleuse galopa vers son chasseur. Il n'était qu'à quelques mètres de lui quand un choc brutal au-dessous du genou le faucha, comme s'il avait reçu sur le tibia un coup de barre de fer assené à toute force. Il réussit à s'asseoir et, sans se rendre compte que c'était sur lui maintenant que se concentrait le feu des *bo doï*, il contempla, hébété, l'esquille d'os rosâtre qui pointait à travers la déchirure de son treillis ensanglanté.

– Mais couchez-vous, mon lieutenant, hurla Révoil.

Ferlac retomba sur le sol et tenta de ramper vers le corps inerte de Pardiès malgré le poids de sa jambe morte et l'atroce douleur qui la tenaillait.

– Pardiès, hé, Pardiès! cria-t-il, haletant.

Il se rendit compte qu'il était mort. A bout de souffle, il resta étendu sur l'asphalte où s'étalait peu à peu une flaque rouge. Avant de s'évanouir, il entendit s'enrager la mitrailleuse de Caron et très loin, rugir les half-tracks lancés dans la montée, et plus loin encore, au fond de la vallée, hululer les sirènes de Locatelli.

Simoun s'était avancée jusqu'à la Jeep qui obstruait son chemin. Ce fut elle alors que les Viets prirent à partie, à bout portant, depuis le talus où ils étaient camouflés dans la brousse. Une grenade roula sur la plage arrière et explosa sur le sol. Cousseau, d'une tape, en détourna une autre de sa tourelle dont elle visait l'ouverture béante comme un panier de basket-ball.

– Gaffe qu'ils ne nous en balancent pas dans les pieds, Chalant... puisque tu n'es bon à rien dans ton trou.

Le tireur abandonna sa lunette inutile et haussa son siège, le nez en l'air, les mains en coupe pour recevoir les fruits meurtriers qui lui tombaient des arbres. Le maréchal des logis se mit à arroser à longues giclées de sa 30 le rideau de lianes qu'en allongeant le bras il pouvait presque toucher. Les feuilles hachées par les balles tombèrent sur *Simoun* comme une pluie de pétales sur un char de corso fleuri. Par l'étroite embrasure de leurs trappes entrouvertes, Lefort et Lejeune le canon de leur Thompson presque à la verticale vidaient eux aussi aveuglément leurs chargeurs. Les *bo doï* braillèrent :

– *Tiên Lên! Doc Lap, Tiên Lên!* *

Dans une seconde, la bande de singes verts allait leur sauter dessus et ils n'auraient plus pour ce corps à corps que leurs mains nues.

– C'est foutu, dit Cousseau. On en crèvera quand même bien deux ou trois. Passe-moi deux grenades, Chalant.

A Na Cham où l'écho de la fusillade était parvenu, Capelle n'avait pas traîné pour rassembler son monde. Il avait engagé ses half-tracks sur la route, tandis que leurs équipages, progressant au flanc de la montagne, prenaient les assaillants à revers.

Les Viets, délogés, allèrent se regrouper plus loin, là où ils avaient posté leur F.M., en enfilade. Caron et Cousseau les avaient repérés, grouillant dans les rocailles et les buissons. Ils étaient assez loin pour que les armes de tourelle deviennent efficaces, mais le chef de peloton n'entendit pas claquer ses canons et crépiter ses mitrailleuses. Pas plus qu'il n'entendit le capitaine, penché sur lui, lui murmurer, attendri quand même :

– Petit con, va!

Ce fut lui-même qui posa le garrot autour de la cuisse du sous-lieutenant tandis que l'infirmier de la compagnie arrivait en courant avec sa boîte de premiers secours.

– Fais-lui une morphine et reste avec lui jusqu'à ce que je revienne.

– Et l'autre, mon capitaine.

– Il peut se passer de nous maintenant.

***

A l'hôpital de Langson, prévenu par Capelle depuis Na Cham, tout était prêt pour le recevoir quand le blessé y fut amené à la tombée du jour. Fabienne attendait,

* A l'assaut! Indépendance!

anxieuse, de connaître son identité. Le pressentiment qui l'avait prise, aux Maréchaux, lorsqu'elle avait appris le départ de Bertrand, ne l'avait donc pas trompée. Consternée, mais non surprise, elle accompagna la civière jusqu'à la salle d'opération.

Choqué, assommé de morphine, il ne sentit pas son souffle sur son visage quand elle se pencha sur lui ni sur son front la caresse de sa main fraîche dont il avait souvent rêvé.

Le médecin-commandant Carrières portait déjà son masque. Aidé par Hélène, il préparait ses instruments. Fabienne lut son inquiétude dans le regard qu'il porta sur la plaie quand il la découvrit. Il leva ses yeux gris vers elle, devinant la question qu'elle n'osait lui poser.

– Cette chaleur humide... tout ce sang perdu... Son garrot est resté trop longtemps serré.

– Avec une ambulance, il aurait été évacué plus vite, insinua-t-elle.

– Celle qui nous reste ne serait jamais arrivée jusqu'à Na Cham. Et puis ce n'est pas le moment de polémiquer. La balle viet a fait du vilain travail. Je vais essayer de rabouter les morceaux. Rassurez-vous, je n'amputerai que si l'infection m'y force. Il est costaud, il est sain, il est jeune. Il s'en sortira peut-être avec un simple raccourcissement. Il compensera.

Jeune, il l'était trop pour faire un infirme. Fabienne se détourna, les yeux pleins de larmes. Carrières lui tendit un tampon de gaze au bout d'une pince.

– Les larmes, quoique salées, ne sont pas aseptiques. Essuyez-vous ! Hélène, Pentothal, je te prie. Ne lésine pas. Nous en avons pour un moment.

Le moment dura deux heures. Quand Ferlac se réveilla, Fabienne était à son chevet, guettant dans l'angoisse les premiers battements de paupières de son retour à la vie. Il gémit.

– J'ai mal !

Mais lorsque à la lumière jaune de la veilleuse il la reconnut, il eut honte de s'être plaint devant elle.

– Ça passera, ajouta-t-il avec un pauvre sourire. Vous êtes là. Je suis bien.

Le lendemain matin, Philippe Ebrard vint voir son ami. Il était fiévreux mais lucide.

– Alors, Bertrand, on s'est écorché le genou à la récréation, m'a-t-on dit ?

– Ce n'est pas plus mal que de s'empoisonner avec son goûter, mon capitaine.

Ebrard sourit, saisit sa main moite et la serra affectueusement.

– Nous sommes fiers de vous, gamin.

Mais Ferlac ne se rendit pas compte de ce que ce « nous » voulait dire vraiment. Le capitaine Capelle, après son rapport au colonel Dargence, vint aussi rendre visite au blessé.

– Voyez-vous, Ferlac, je préfère ne pas avoir à vous tartiner une citation à titre posthume. Je vous propose pour une palme, encore que je me demande si vous la méritez.

Quand il sortit, Fabienne fit quelques pas avec lui dans la galerie.

– Nous l'aimons bien ici, vous savez ?

– Tout se sait dans Langson, madame.

Comme Carrières, comme Ebrard, elle ignorait encore les circonstances de sa blessure. Bien que ne doutant pas que son chevalier se fût comporté en héros, elle voulait se l'entendre confirmer par un témoin.

– Comment est-ce arrivé ? lui demanda-t-elle.

Plutôt que lui raconter son incartade, il préféra se cantonner dans l'allusif.

– Le jouvenceau est allé à la quête du Graal pour le rapporter à la reine Guenièvre. Il n'en est revenu qu'avec un mauvais coup. Tôt ou tard, à la guerre la gloire doit se payer. Il a réglé comptant. C'est tout !

Fabienne pensa alors au geste désespéré de Joseph Rouzic qui, pour se racheter d'une peccadille et s'en faire pardonner, était allé mourir dans les hortensias bleus du Mau Son. Mais Bertrand, lui, ne s'était rendu coupable de rien, sinon de vouloir être aimé.

Avant de rentrer à Dong Dang, le capitaine Capelle s'installa au 1er Bureau de l'état-major pour rédiger sans délai la citation du sous-lieutenant. Tout en hésitant sur le choix de ses termes, il se dit que s'il n'avait pas été estropié il lui aurait bien tanné le derrière à coups de botte.

« Jeune officier, exemple de bravoure, d'audace, de

dévouement et d'esprit d'initiative (pas toujours heureuses, mais cela il ne le mentionna pas), pris dans une embuscade sous le feu violent d'un ennemi très supérieur en nombre, n'a pas hésité, quoique blessé lui-même, à se porter au secours d'un de ses hommes grièvement atteint. Est digne des plus nobles traditions de son Arme. »

La dépouille du chasseur Pardiès Ramon fut transportée à l'église sur la plage arrière de *Simoun*.

– Comme un président de la République, remarqua Révoil. Il ne l'a pas volé, Pardiès, son enterrement.

Le père Mangin, renseigné par Locatelli sur les antécédents du défunt, décréta que, tous les Basques étant croyants, celui-là devait l'avoir été aussi et ne se contenta pas d'une simple bénédiction. A la messe, servie par deux catéchumènes du peloton, il prononça quelques mots assez brefs pour être retenus.

« Les montagnards, proches du ciel, arrivent plus vite près de Dieu... Ramon, tu étais berger et, dans les pâturages célestes, tu as rejoint le grand troupeau tranquille des morts pour la Patrie... Tu étais l'innocence, tu as droit à la lumière. Tu étais un soldat, tu as droit à la paix. »

Une croix de plus s'ajouta aux autres dans le petit cimetière de la Mission près de celle de Rigal qui, avant Pardiès, était parti pour cette reconnaissance dont on ne revient pas.

La cérémonie terminée, Hélène Carrières qui avait assisté à l'office et à la mise en terre retint le maréchal des logis Locatelli.

– Il faudra écrire à sa famille... pour leur dire...

– Il n'en avait pas, madame. Chez lui, c'était ici, avec nous.

– Mais il recevait des lettres de quelqu'un. Il en envoyait ?

– Pour être comme les autres, il faisait semblant, madame.

Pour que se réalignent et se ressoudent les os fracassés, le chirurgien avait placé la jambe de Ferlac en extension. La patte en l'air tendue par un fil de pantin, il était forcé à l'immobilité dans une position des plus inconfortables.

Se raser était la seule contribution qu'il pouvait apporter à sa toilette. Pour le reste, il devait s'en remettre à l'infirmier annamite.

Si indifférent que celui-ci parût, il se soumettait mal au rite du bassin, aux soins intimes quand, mort d'humiliation, il arrivait qu'il se salisse. Pour rien au monde il n'eût accepté que Fabienne assistât à toutes ces ignominies et encore moins qu'elle y participât. Une double fracture ouverte n'était certes pas la blessure romantique qu'il avait souhaitée. Si encore, au lieu de la jambe, c'eût été le bras, ou une éraflure (superficielle) au front, de celles qui ensanglantent avec discrétion les bandeaux proprets des héros des tableaux de genre! Comme si la guerre lui en eût laissé le choix!

Fabienne passait auprès de lui le plus de temps possible, attentive et patiente. Quand Ebrard venait, elle affectait en sa présence la même sollicitude maternelle qu'elle lui avait montrée et que Ferlac avait jugée si excessive. A présent, il s'en voulait de son agacement tout en refusant de s'avouer qu'il n'avait été dû qu'à sa jalousie. Il dormait mal et peu. Lorsqu'elle était de garde, elle venait le distraire dans ses insomnies inquiètes. Elle le faisait parler de son enfance à Cantegril, si proche encore, des lettres qu'il en recevait où Mme de Ferlac lui tenait la chronique des saisons. Elle lui racontait Concarneau, la Ville Close amarrée à la terre comme un navire biscornu, les bateaux de son père qui frottaient leurs grosses joues bleues dans l'avant-port, les jours de brume où la corne mugissait comme une vache perdue.

– Vous ne me dites rien de Récy, s'étonna-t-il, un soir.

– Je pense à lui moins souvent peut-être que je le devrais.

– Vous l'avez aimé pourtant?

– En ai-je eu vraiment le temps?

– Vous vous remarierez?

– Qui sait?

– Avec qui?

Il voulait l'entendre dire que celui qu'elle choisirait ne pourrait que lui ressembler, mais elle resta évasive.

– De toute manière, il ne vous aimera jamais autant que moi.

C'était une déclaration en pure forme devant laquelle elle ne pouvait plus se dérober. Elle se contenta d'appuyer un peu plus fort, un peu plus longtemps ses lèvres sur les siennes. Il n'en fallait pas plus pour que Ferlac crût de nouveau à sa chance. Il dormit mieux cette nuit-là.

Le lendemain, elle ne put cacher à Ebrard ce qui s'était passé sans omettre le baiser qui avait clos leur entretien.

– Pieux devoir et pieux mensonge, railla-t-il. Une infirmière doit être prête à tous les dévouements.

– Ce n'était pas un sacrifice.

L'occasion était venue de lui raconter sa dernière entrevue avec Joseph Rouzic. Elle lui avoua qu'elle avait été troublée par la sauvagerie de son désir et qu'elle avait éprouvé des remords de ne pas lui avoir cédé quelques instants de bonheur sur le petit lit blanc de sa chambre où il l'avait renversée, demi nue.

– Peut-être ne serait-il pas mort?

– Mais il aurait tué autre chose, en vous.

– Lui en voulez-vous?

– Non. Rouzic valait mieux que les apparences qu'il se donnait. Il cultivait en lui le désespoir et cherchait de bonnes raisons de le justifier. Un jour ou l'autre, il aurait commis envers lui l'irréparable.

Locatelli venait quotidiennement rendre compte des activités du peloton. Le brigadier Révoil avait pris provisoirement le commandement de *Sirocco*, ce qui lui permettait de se chamailler avec Caron autrement que par l'interphone. Orlof s'était « démerdé » un joint de culasse d'origine pour *Mistral*. Héberlé avait, comme d'habitude, sifflé sa ration mensuelle de Vinogel en une fois, ce qui l'avait rendu indisponible pour vingt-quatre heures.

Les équipages lui rendaient visite aussi, un par un, en tenue de sortie. Tournicotant leurs bérets, ils se jetaient des regards furtifs n'osant prendre l'initiative de la conversation. L'hôpital restait pour eux un endroit d'où on n'est jamais sûr de sortir. Avant de repartir, soulagés, ils se recoiffaient, claquaient leur garde-à-vous, saluaient comme il était prescrit dans le règlement du Service intérieur... et se bousculaient à la porte.

Quinze jours s'étaient écoulés. Le sous-lieutenant de Ferlac était toujours fiévreux, agité. Carrières se décida à ouvrir son plâtre. Les os étaient bien à leur place, mais le cal se reformait trop lentement. La plaie, laidement boursouflée, suppurait et ne se cicatrisait pas.

– Nous ne pouvons plus le garder ici, confia-t-il à Fabienne. A Lanessan, ils sont mieux outillés que nous. Mais ils prendront sans doute la décision de le rapatrier. Nous l'évacuerons par le prochain Junkers. Elle protesta.

– A Hanoï, il ne sera jamais aussi bien soigné qu'ici, par vous, Henri, par Hélène, par nous tous. Il a ses hommes, son ami Ebrard. Il a moi.

– Et cela lui fera une belle jambe lorsque j'aurai été obligé de la lui couper!

Car il y avait cette menace aussi. Elle n'était pas vaine. Fabienne se soumit.

– Je le lui apprendrai moi-même alors.

– Si vous voulez. Ne tardez pas. L'avion est demain matin. Je fais prévenir son adjoint à Ky Lua.

Ferlac accueillit le verdict du chirurgien dans un silence accablé.

Bien qu'elle n'y fût jamais allée, Fabienne lui décrivit le Val-de-Grâce comme un site enchanteur et historique ainsi d'ailleurs que les Invalides où il réapprendrait à marcher. Mais il se foutait bien que le Val eût servi de retraite à une reine de France frustrée et confite en dévotion. Quant aux Invalides, il l'imaginait plein de ratapoils béquillards et stropiats, coiffés de bonnets de police à pompons, bavouillant dans des pipes en terre, claudiquant sur des pilons et brandissant des crochets de fer vengeurs au bout de leurs moignons.

Quand elle eut terminé son petit discours, il détourna la tête sur son polochon faute de pouvoir lui tourner le dos vraiment.

– Et ça ne vous fait rien, à vous, que je m'en aille, Fabienne ?

Elle perçut dans sa voix boudeuse quelque chose qui ressemblait à un sanglot. Passant de l'autre côté du lit, elle s'agenouilla pour que, son visage au niveau du sien, il pût constater qu'elle avait, elle aussi, des larmes dans les yeux.

– Mais j'ai autant de chagrin que vous, Bertrand.

– Moi qui voulais tant ne jamais vous en faire!

Quand il lui parut calmé, elle lui annonça l'heure de son départ.

– Si vite, soupira-t-il. Il faut leur dire à l'école. Ils vont être paumés tout d'un coup.

Le maréchal des logis Locatelli veillait à ce qu'ils ne le fussent pas. Il leur fit briquer leurs bahuts au mélange, laver les fanions, repasser les tenues n° 1 et changer les rubans verts des bérets, décolorés et pisseux.

– Qu'est-ce qu'on fait de la Jeep ? demanda Cousseau. Son radiateur est percé comme une poêle à marrons.

– On l'emmènera en remorque avec Orlof au volant. Demain, tu me présentes le peloton à neuf heures, impec, aligné le long de l'école, ta patrouille en tête. Toulouse en serre-file. Tout le monde, quoi!

– Et la garde ?

– Je m'arrangerai avec les voisins.

Au soir, Fabienne, accompagnée de Philippe Ebrard, alla à Ky Lua proposer à Locatelli de faire la cantine de son chef, arguant que, femme, elle saurait mieux que personne trier l'indispensable de l'accessoire. Il se débarrassa volontiers de cette corvée qui eût incombé à Pardiès s'il avait été encore là. Elle lui semblait aussi rebutante que celle de faire l'inventaire des biens d'un mort. Discret, il craignait aussi de découvrir dans les affaires de son lieutenant quelque secret brûlant sur les relations qu'il avait eues avec l'infirmière et dont personne au peloton ne doutait qu'elles eussent été intimes.

Avant de partir pour sa dernière patrouille, Pardiès

avait laissé la chambre dans un ordre parfait. Le parquet était passé à l'inévitable mélange et brillait comme les coques des A.M. dans la cour. Il y avait trois fleurs fanées dans un bocal de cornichons. Une tenue, étalée sur le lit dans ses plis, mais déjà poussiéreuse, attendait le retour de son propriétaire. Fabienne la mit avec les autres dans la caisse de tôle cabossée avec le képi bleu et les chaussures fantaisie à semelles de crêpe que Bertrand s'était fait faire sur mesures à Saigon. Elle emballa dans le petit linge quelques humbles souvenirs glanés au hasard des marchés ou, peut-être, dans les ruines d'une pagode. Un grelot de bois sombre de la taille d'un melon, le fourneau ébréché d'une pipe à opium en terre du Seu Tchouan, une statuette de Bouddha que des profanateurs avaient commencé à décapiter et un tube de bambou d'où, curieuse, elle extirpa un rouleau de calicot décoré de figures cocasses et naïves.

– Qu'est-ce que c'est, Philippe ?

Il sursauta, reconnaissant le brevet du sorcier Yang Tao.

– Par exemple ! Je me demande bien comment ce truc-là lui est tombé entre les mains.

Pensif, il caressa l'étoffe amidonnée par la peinture.

– C'est une sorte de talisman, Fabienne, mais je ne crois pas qu'il ait été bien efficace pour lui.

– L'aurait-il été pour vous ?

– Il l'a été peut-être.

Sur la caisse de rations « Pacific » qui servait de table de nuit, elle contempla, perplexe, une photo d'elle, prise à son insu, lors de leur trempette dans le Song Ky Cong, au pied de la briqueterie.

– Pas mal, ce costume de bain, ironisa Philippe. Je ne vous le connaissais pas.

– Il fait partie de mon paquetage. Vous ai-je caché la moindre chose depuis que nous partageons le même lit ?

– Laissez-lui donc ce portrait. Il est flatteur.

– Il sera malheureux.

– Alors reprenez-le !

Elle se décida quand même à l'envelopper dans des mouchoirs. Il était à lui, après tout.

Le Junkers était déjà là quand l'ambulance essoufflée d'une course de deux kilomètres déboucha sur le terrain. Carrières, pour attendre son embarquement, fit déposer le sous-lieutenant sous l'auvent de la baraque qui servait de dépôt, de buvette et de tour de contrôle.

Tous les compagnons de son aventure étaient là, rassemblés comme les comédiens à la fin de la pièce, venus saluer leur public dans leur dernier décor : le colonel Dargence avec sa mèche blanche sous son calot de colonial, la massive et noire silhouette du père Mangin, le capitaine Capelle avec sa tête de marron ombrée par son informe chapeau de brousse, le médecin-commandant en képi de velours et même Nhong Ho Tong qui serrait contre son gros ventre un paquet oblong ficelé dans du papier rouge. Philippe Ebrard se tenait un peu à l'écart du groupe, un sourire légèrement crispé sous ses britanniques bacchantes.

Le long de la piste, le peloton tout entier était aligné comme pour une prise d'armes, la Jeep, *Sirocco, Simoun, Tramontane, Tornade* et *Mistral* étincelantes, fanions aux antennes et canons au bleu. Devant l'équipage du chef de peloton, sa place était vacante et aussi, à côté de la Jeep celle de son conducteur. C'était une délicatesse de Locatelli, comme celle de lui rendre l'appel de l'unité. Il mit les hommes au garde-à-vous, fit présenter les armes et s'approcha de la civière.

– Peloton Ferlac, effectif 23. Présents : 21. Malade couché : un. Permissionnaire de longue durée : un. Manque personne, mon lieutenant.

Il avait inventé cette formule pour signifier au sous-lieutenant et au chasseur Pardiès qui l'entendait peut-être depuis le parc auto de l'Éternel qu'ils étaient toujours avec eux et qu'ils allaient y rester longtemps encore.

– Merci pour tout, Loca. Dites-leur qu'ils étaient aussi... mes amis.

– Repos !

Le maréchal des logis commanda de nouveau le garde-à-vous lorsque le colonel Dargence vint épingler sur le drap qui recouvrait le blessé sa croix de guerre T.O.E. avec palme. Il lut ensuite la citation de Capelle avec, sembla-t-il, un rien d'hésitation au mot « initiative ». Le père Mangin n'exhorta pas Ferlac à la résignation et au don de ses souffrances à Dieu comme on eût pu s'y attendre d'un prêtre.

– Je pense que vous aurez le temps de perfectionner vos annonces au bridge, mon lieutenant, lui dit-il.

Le capitaine Capelle avec une farceuse étincelle dans le

regard lui annonça qu'à défaut de le reconnaître comme son féal, il l'avait fait sujet d'honneur de la principauté.

– Et bonne chance..., chevalier, ajouta-t-il.

Nhong Ho Tong déposa près de lui son paquet.

– Du champagne de France, monsieur le lieutenant, ma dernière bouteille.

Ce qui n'était pas vrai, évidemment.

Le capitaine Ebrard le salua le dernier.

– Au revoir, ami Bertrand. A bientôt, peut-être. A Langson, on revient toujours.

– Au revoir, mon capitaine.

– Non... Philippe.

Le moteur central du Junkers crachota la fumée noire de sa mise en route. Les infirmiers hissèrent le brancard que les convoyeurs arrimèrent près d'un hublot. Fabienne était déjà dans la cabine. Elle se pencha sur lui et plongea son regard brillant dans le sien.

– Il faut nous quitter, Bertrand.

– Alors, embrassez-moi !

Elle le fit, tendrement, mais sur les deux joues cette fois, parce qu'à l'instant de cette déchirure, elle ne pouvait plus lui mentir.

Les trois moteurs vrombissaient lorsqu'elle sauta à terre et courut rejoindre Ebrard. L'avion cahota jusqu'au bout de la piste pour se mettre face au vent. Quand il passa devant la baraque, Bertrand les entrevit tous les deux serrés l'un contre l'autre. Elle avait posé sa tête sur son épaule et lui enserrait la sienne de son bras. Un voile passager devant ses yeux les lui cacha.

Pour prendre de l'altitude, le Junkers décrivit une large courbe au-dessus de la ville. A sa droite, sur le Mau Son que les nuages caressaient d'ombres mouvantes, Ferlac distingua le bastion de ruines et de verdure où Joseph avait mené son combat solitaire. En dessous, Langson se muchait dans l'écharpe du fleuve. Il regarda parmi les arbres les toits roux, luisant de la dernière pluie, la grande croix rouge de l'hôpital au milieu de la citadelle et, vers le nord, au-delà du pont, à Ky Lua, le long bâtiment qui attendait, vide, que lui reviennent, sans leur maître, les écoliers.

Épuisé de s'être trop longtemps dressé jusqu'à son hublot, il se laissa retomber sur sa couchette. Il ferma les yeux, serra les poings et murmura, rageusement, pour lui-même :

– Moi aussi, je reviendrai !

Cet ouvrage a été réalisé sur
Système Cameron
par la SOCIÉTÉ NOUVELLE FIRMIN-DIDOT
Mesnil-sur-l'Estrée
pour le compte des Éditions Presses de la Cité

Imprimé en France
Dépôt légal : février 1990 – N° d'impression : 13646
N° d'édition : 5805